AF156448

The one night rule

Sandy Christine

THE ONE NIGHT RULE

Sandy Christine

ROMANCE

www.soromance.com

Chapitre 1. Rachel

Je marche vers la boîte de nuit d'un pas pressé.

Le taxi n'a pas eu la bonté d'âme de me déposer devant l'entrée puisque, d'après lui, il ne pourrait pas opérer de demi-tour avec les voitures qui affluent de tous les côtés. À Paris, les embouteillages sont fréquents, ce n'est pas nouveau !

Mon téléphone sonne dans la pochette rose poudrée que j'ai décidé d'emmener avec moi, plus pratique à mon goût qu'un sac à main. Je suis essoufflée et ai du mal à le saisir. Mes pieds, perchés sur ces talons aiguilles, sont en train de signer leur arrêt de mort et je ne cesse de descendre ma petite robe noire qui remonte un peu trop haut.

Quand je saisis enfin l'objet, la sonnerie a cessé. Une notification m'informe d'un appel manqué de Lisa, ma meilleure amie. Un message vient s'ajouter « Dépêche-toi, il y a plein d'hommes SEXYYYYY ici, j'en suis déjà à mon deuxième verre offert. BOUGE TES FESSES », accompagné d'un selfie d'elle avec un verre à cocktail. Je l'informe que je ne suis plus très loin.

Pourquoi faut-il toujours que ces soirées tournent autour des mecs ? N'est-il pas possible de passer une simple nuit dans un night-club entre copines ? C'est trop demandé ? Si je disais ça tout fort, Lisa lèverait les yeux au ciel et me répondrait d'être moins rigide. Selon elle, je suis tellement froide envers le sexe opposé que ma place devrait être sur la banquise, là où la température y est semblable.

C'est vrai que je n'ai pas beaucoup de conquêtes à mon actif ou du moins peu de relations sérieuses. Je n'aime pas revoir les hommes que je côtoie, je n'en ai pas le temps. Une nuit à leur accorder est déjà bien assez. Deux, ça serait gâcher le plaisir. Il vaut mieux une partie de jambes en l'air avec un inconnu qu'on ne reverra qu'une seule fois dans sa vie et à qui on ne promet rien, plutôt que dix avec le même. Mais encore une fois, Lisa n'est pas d'accord.

Lorsque j'arrive enfin devant la porte noire, des dizaines de personnes sont en train de faire la queue pour essayer d'entrer. Le videur, un gars assez grand et qui semble tout droit sorti d'un film de boxeur, tient patiemment un cordon rouge dans les mains, faisant pénétrer le nombre de personnes qui en sort.

Il fait nuit noire et mes jambes commencent à avoir la chair de poule. Une odeur d'alcool emplit mes narines, mais ce n'est rien comparé au spectacle qui s'offre à mes yeux : une jeune fille d'une vingtaine d'années, habillée d'un rouge sombre, se tient une main contre le mur, l'autre sur sa bouche. Son amie lui tient les cheveux et lui parle à l'oreille. Elle ne tarde pas à dégobiller le contenu de son estomac.

Une silhouette approche, il est habillé d'un jean noir et d'un polo gris. L'une des deux filles, celle qui n'est pas pâle comme un linge, essaye de le repousser, mais celui-ci raccourcit la distance les séparant et tente de lui caresser les cheveux. Le ton semble monter.

Je sors de la file d'attente où je m'étais faufilée et m'approche d'eux.

— Laisse-nous tranquilles.

— Ta copine a besoin d'aide, je pourrais peut-être m'occuper d'elle. Et puis de toi aussi.

Le regard de l'homme est pervers et ses intentions ne font aucun doute.

La blonde bascule la tête de droite à gauche puis ses yeux bleus se plantent dans les miens, apeurés.

— Dégage, abruti.

Ma voix est sèche, dure. Mon regard est assassin. Ma phrase lui décoche un sourire en coin.

— Je ne le répéterai pas une deuxième fois. Tu pars ou j'appelle le videur pour qu'il te vire de là. À toi de voir.

— Le videur ne va rien faire, je suis dehors. Mais si tu veux, tu peux te joindre à nous. Plus on est de fous, plus on rit.

Un rire nerveux sort de ma bouche, mais je ne me démonte pas. Cet énergumène est loin de me faire peur, j'ai connu bien pire.

— Les hommes comme toi me dégoûtent. Donc, tu vas tourner les talons et marcher tout droit jusqu'à ce que tu sois assez loin pour ne plus nous voir.

L'inconnu n'obtempère pas. Une colère envahit tout mon être. Mes poings sont serrés.

Je fais plusieurs pas dans sa direction afin d'être à sa hauteur. Grâce à mes talons, nos tailles sont identiques. Son haleine pue l'alcool, et son corps, un parfum bon marché. Ses yeux sont vitreux et l'intérieur est rougeâtre. Sa barbe est mal rasée et son col de polo retroussé.

— Allez, ma chérie, je sais que je pourrais te faire du bien, plus que personne ne t'en a jamais fait.

Mon coup part tout seul, un crochet du genou dans ses parties génitales en priant pour qu'elles ne soient plus utilisables pendant un long moment. Il se baisse de douleur et m'insulte de nombreuses fois.

Au bout d'un moment qui me paraît une éternité, il traverse la route pour le trottoir d'en face, non sans continuer de m'insulter et de jurer de douleur. Soulagée, je pose ma main sur l'épaule de la blonde.

— Est-ce que ça va ? je me retourne alors vers les deux filles.

— J'ai eu peur. Il est venu comme ça, je ne le connais pas. Julie ne se sentait pas bien, alors on est sorties et il est arrivé. Je ne savais pas quoi faire.

— Ne t'en fais pas, il est parti. Est-ce que je peux vous appeler un taxi pour rentrer chez vous ?

— Oui, je veux bien. Merci pour tout

La blonde me gratifie de milliers de remerciements pendant que je pianote sur mon téléphone à la recherche de mon application. La brune s'est arrêtée de vomir, mais paraît faible.

Une fois le taxi arrivé, je les escorte jusqu'au véhicule, en tenant la brune par un bras et paye la course pour être sûre qu'elles s'éloignent de cet endroit. Mon karma dirait sûrement que j'ai fait une bonne action, mais je lui répondrais simplement que c'est le moins que je pouvais faire.

Une jolie métisse m'attrape par le bras et me force à me retourner.

— Tu étais passée où ? Tu m'as dit que tu arrivais, mais je ne te voyais pas. Ça fait une heure que je t'attends ! Bon, même si un charmant jeune homme m'a tenu compagnie, ce n'est pas une raison pour me faire faux bond.

— Je suis désolée, j'ai eu un contretemps. Je suis là maintenant. Et oublie le gars, c'est moi ton date ce soir.

— Bien que je t'aime plus que tout au monde, je suis au regret de te dire que tu ne me feras jamais autant de bien qu'un pénis.

— Lisa, tu es vraiment une nympho ! je rétorque, scandalisée par sa réponse.

— Ma chérie, le sexe il n'y a que ça de vrai dans la vie. Alors, trouve-toi un mec pour passer la nuit et s'il est sexy, tu le rappelles pour un deuxième round. On s'en fiche de ta stupide règle. On ne se lasse jamais d'un bon coup !

Je lui fais les gros yeux, mais Lisa se fiche de ce que je pourrais dire. Elle me prend par le bras, montre le tampon sur sa main au videur et nous entrons toutes les deux dans la boîte.

Il y a foule sur la piste de danse et de nombreuses personnes sont en train de se déhancher sur des musiques rythmées.

Lisa me débarrasse de mon manteau pour le déposer au vestiaire et me montre, d'un signe de tête, deux bruns qui sont en train de nous reluquer de haut en bas, plus loin dans la pièce. Le deuxième me dit vaguement quelque chose, son expression m'est familière, sans que je puisse en connaître la raison. Mais pourquoi ?

Chapitre 2. Noah

Je ne sais pas pourquoi je me suis laissé convaincre de fêter mon départ ici. Mes (anciens) collègues, devenus maintenant des amis, auraient été déçus de me laisser partir sans "arroser ça". Ce sont leurs termes exacts, pas les miens.

Me voilà donc assis sur une banquette en cuir noir autour d'une table ronde de la même couleur. Ils sont, pour la plupart, ivres et ne me prêtent plus attention, trop occupés à inviter des filles à s'asseoir avec nous pour profiter de l'énorme bouteille que j'ai eu la gentillesse d'offrir.

— Tu veux venir danser ?

Une blonde, apprêtée de la tête aux pieds, me susurre à l'oreille. Elle aussi, cela se voit qu'elle n'en est pas à son premier verre. Caroline, le nom par lequel elle m'a demandé de l'appeler, me prend par la main avant que je n'aie le temps de refuser et me presse de la suivre.

Au milieu d'inconnus, cette dernière commence à frotter ses fesses contre moi, faisant des mouvements de bas en haut, comme pour attiser la barre qui commence à se former entre mes jambes. Cette fille ne m'excite pas, mais quelque chose sous mon caleçon ne semble pas être du même avis.

Bientôt, nous sommes rejoints par mon groupe d'amis et leurs groupies. Pendant que Caroline se retourne pour parler à l'une d'elles, j'en profite pour m'extirper de la foule et venir me rasseoir à notre table.

Un serveur en chemise noire se plante devant moi :

— Je peux vous servir autre chose ?

— Non merci.

— Et pour vos amis ?

— Je pense qu'ils en ont eu assez. Merci beaucoup.

Le serveur débarrasse les nombreux verres disposés sur la surface du meuble et repart vers le bar.

Paul pose avec difficulté le verre qu'il tient sur la table et s'allonge presque à mes côtés. C'est un miracle qu'il ne le renverse pas !

— Je n'arrive pas à croire que tu vas nous quitter, mon pote ! C'était vraiment cool de travailler avec toi.

— On m'a fait une offre que je ne pouvais pas refuser, je réplique en plantant mes yeux dans les siens.

— Tu promets de revenir à chaque match, hein ?

Paul est un grand fan de football et nous avons l'habitude de regarder le match de son équipe préférée chez lui avec les autres mecs. C'est un rituel, un peu comme une soirée pyjama, mais avec des bières, des pizzas et de nombreuses insultes pour l'équipe adverse. En somme, le combo classique.

Mon ami peine à articuler et le fait qu'il ait ingurgité une demi-douzaine de shots n'arrange rien à la situation. Le ton de ses phrases me fait rire, il parle comme si nous étions des enfants dont l'un quitterait l'autre pour aller dans une nouvelle école, parce que ses parents déménageraient. Mais qu'il se rassure, nous allons nous revoir.

Malgré la petite tristesse que je ressens en l'entendant énoncer mon départ, ce poste chez C & C and Co est une offre qui peut faire avancer ma carrière d'un pas de géant. C'est clairement l'opportunité dont j'avais besoin pour voir mon rêve se réaliser.

Une peur m'envahit : la peur de l'inconnu, de ne connaître ni l'entreprise ni mes futurs collègues. J'aurais dû plus me renseigner, effectuer des recherches. La seule chose certaine, c'est que c'est une des entreprises les plus influentes dans le domaine de la publicité. À partir de là, mon choix était déjà fait.

— J'ai envie de dormir.

Paul s'écroule sur moi. La totalité de son poids repose sur mon bras et mon épaule. Je tente donc de le pousser par tous les moyens. J'arrive à me dégager de son emprise dans une énième tentative. Je vérifie, il respire toujours.

Lucas vient se joindre à nous et décide de rentrer. J'aide ce dernier à porter notre ami jusqu'au taxi et ferme la porte derrière eux. Au moins, je sais que ces deux-là rentreront sans encombre.

Je décide de rentrer dans la boîte à la recherche du reste du groupe, mais je ne vois rien. La foule est encore plus dense que dix minutes auparavant.

J'essaye de me frayer tant bien que mal un chemin vers notre table.

— Merde ! Tu ne peux pas faire attention ?!

Une femme, aussi grande que sublime, me regarde, furieuse. Nos quatre yeux convergent vers son haut blanc qui est désormais couvert d'un liquide rouge.

— C'est moi qui ai fait ça ? je m'enquis en portant un doigt accusateur vers son haut.

— Qui d'autre ? Abruti !

— Je suis désolé, je n'ai pas fait attention.

En traçant une voie à travers les danseurs, j'ai dû, sans m'en rendre compte, rentrer dans cette beauté. Je passe la main par-dessus le bar et attrape un paquet de serviettes pour qu'elle puisse éponger les dégâts que j'ai faits.

— Je suis sincèrement désolé, combien je vous dois pour votre haut ?

Elle relève le menton vers moi.

— Maladroit, mais gentleman. On dirait que tu te rattrapes bien.

L'expression de son visage change en instant et vire vers un aspect plus sensuel. Elle essaye de flirter avec moi. Je ne m'étais pas rendu compte qu'elle était accompagnée, jusqu'à ce que j'aperçoive deux bruns autour d'elle et que l'un d'eux racle sa gorge.

J'ouvre mon porte-monnaie et attrape les quelques billets s'y trouvant. Je lui tends une trentaine d'euros.

— Tenez, c'est pour le haut. Encore désolé.

— Tu sais, tu peux te faire pardonner autrement. Mon haut est foutu, mais pas ce qu'il y a en dessous.

Cette femme est assez directe, j'aime ça.

— Malheureusement pour moi, je pense que vous êtes bien accompagnée.

Je fais un signe de la tête vers les deux hommes.

Ça aurait été sympa de l'avoir dans mon lit, dommage pour moi, elle a l'air d'être prise.

— Lisa, est-ce que ça va ? Qu'est-il arrivé à ton haut ?

Une jolie brune ouvre de grands yeux à mes côtés et sa bouche forme un petit "o". Elle passe du haut de son amie à moi et analyse très vite la situation.

— C'est vous qui lui avez fait ça ?

Je passe ma langue sur mes lèvres en détaillant des yeux chaque petit centimètre de son corps. Ses yeux marron tirant sur le vert continuent de me fusiller.

Et là, un souvenir s'infiltre dans mon cerveau et tout me revient en mémoire.

La surprise disparaît, remplacée par la naissance d'un désir. Elle ne paraît pas me reconnaître, mais moi, si.

Comment oublier des yeux comme les siens ? Ces yeux qui m'ont regardé tant de fois. Et sa bouche, sa magnifique bouche qui a été la première à faire des va-et-vient sur moi.

Son corps, quant à lui, est encore plus sexy que dans mes souvenirs. Ses courbes sont affriolantes, un décolleté à se damner, et son cul, je n'ai pas les mots. Je remercie le ciel de m'offrir le spectacle que me procure cette petite robe sur elle.

Tous mes sens sont en alerte, surtout mon érection qui m'indique que je vais être à l'étroit dans mon pantalon.

Lycée Pierre et Marie Curie, première B. Rachel Dumas. Même l'évocation de son nom dans ma tête me fait bander. Nous avions 16 ans.

— Vous m'entendez ?

Elle me sort de mes pensées, les bras croisés sur sa généreuse poitrine. C'est certain maintenant, elle ne m'a pas reconnu. Une partie de moi se vexe, mais l'autre me rappelle le sport intensif que j'ai fait ces dernières années et la dizaine de kilos que j'ai pris pour échapper à mes cauchemars. Et puis, il y a mon état civil qui a changé… Devrais-je lui rappeler ses souvenirs d'antan ou me taire et faire comme si rien n'avait existé ?

— Il semblerait.

Chapitre 3. Rachel

— J'espère que tu t'es excusé auprès de ma copine, je déclare d'une voix ferme à cet inconnu qui vient de transformer Lisa en un remake du film Carrie.

Je le fixe fermement, bien décidée à ne rien lâcher. Il en fait de même.

Après avoir observé chaque parcelle de mon corps, ses yeux verts sont maintenant plantés dans les miens et il ne les détourne pas.

Monsieur l'inconnu avance d'un pas vers moi et nos visages ne se retrouvent plus qu'à quelques centimètres l'un de l'autre. Un peu plus, et nos lèvres se toucheraient presque.

Il surplombe ma hauteur d'une bonne demi-tête. Il doit probablement mesurer un mètre quatre-vingt-dix, très loin de mon mètre soixante auquel j'ai rajouté douze centimètres de talons. Il a l'air d'apprécier cette posture dominatrice et un large sourire s'étend maintenant sur son visage.

Le fait d'être aussi près de cet inconnu me procure une vague de frissons, allant de mes pieds à l'intérieur de mes cuisses. Je rêverais qu'il me prenne sur ce bar, juste là.

Mon souffle devient saccadé et je peux percevoir chez lui un regard brûlant de désir, ou peut-être que c'est le mien ? Rachel, reprends-toi ! Il est tellement sexy dans cette chemise qui met en valeur une partie de ses nombreuses qualités physiques !

Au bout d'un moment qui me paraît interminable, il se décide enfin à prendre la parole.

— Oui, j'ai été poli et courtois avec ton amie. Tu peux le lui demander si tu le souhaites.

— Je confirme, ce beau mâle alpha est ce qui se fait de mieux dans le domaine de la galanterie, rétorque Lisa avec un sourire.

L'expression de ma meilleure amie me rassure et je ne doute pas que le sex-appeal de monsieur Beau-Gosse y soit pour beaucoup dans sa démarche de pardon.

Ma meilleure amie l'observe comme s'il était un bout de viande et elle, un vautour affamé. Pour une raison qui m'échappe, pour une fois, j'ai bien envie d'être celle qui ramène quelqu'un dans son lit. Je ne pense pas qu'elle m'en voudra de vouloir m'amuser.

Je n'accorde plus aucune importance aux deux hommes qui nous accompagnent, ils ne sont rien à côté de ce que lui me procure. Soudain, il me surprend :

— Est-ce que je peux t'offrir un verre ?

Lisa se tourne vers moi et hoche la tête, un sourire salace en coin, comme pour me dire "fonce ma chérie".

Je la laisse en compagnie de ses futurs partenaires, lui souhaite une bonne nuit, sachant pertinemment que je ne la reverrai pas avant lundi matin. J'espère que le reste de ma soirée se passera aussi bien que la sienne.

L'homme me prend par la main, ses doigts entremêlés aux miens, comme s'il avait peur de me perdre dans le monde environnant et, étant donné qu'il est dos à moi, j'ai une vue plongeante sur ses magnifiques fesses. Je ne connais même pas son nom et il ne paraît pas pressé de me le donner.

Nous atteignons une table un peu à l'écart du reste de la fête. Il s'assied et me fait signe de l'imiter. Je m'exécute, non sans laisser une distance de sécurité entre nous. Il ne serait pas raisonnable que je perde mes moyens maintenant.

Mes yeux se baissent vers son pantalon et je suis sûre que si je posais ma main dessus, j'y sentirais son désir pour moi. Il se penche vers moi, son haleine est chaude. Sa voix est suave, son parfum enivrant. Ce qu'il me susurre à l'oreille n'arrange pas mon état :

— Tu es très belle, tu sais.

— Comment tu t'appelles ? je lui demande en croisant les jambes.

— Penses-tu que ça ait de l'importance ?

— Pour moi, oui. Je suis Rachel.

Il paraît hésiter avant de prononcer :

— Noah, il dit plus faiblement.

Je marque un temps d'arrêt, parce que ce prénom m'en rappelle un similaire que j'ai connu autrefois. Et la façon qu'il a de le prononcer, je ne sais pas, il y a quelque chose de mystérieux.

Je ne vais pas plus me livrer à lui, mais le fait d'entendre ce prénom me replonge dans mes années lycée. Je n'oublierai jamais les premiers émois que j'ai ressentis pour lui, mon premier amour. Nous nous sommes séparés après l'été du bac, chacun était accepté dans une université différente, mais nous poursuivions le même rêve de carrière. Je me demande s'il a réussi. Il s'appelait Noé Cartier.

La main de Noah remonte délicatement le long de ma cuisse et s'arrête à la naissance de ma robe. Mon pouls se fait pressant sous ma peau. Une nuit, c'est tout ce que je veux de lui.

— Et si on allait chez moi ?

Il me devance. Comment pourrais-je lui résister ? Je dois simplement le prévenir et tout ira bien...

— Il faut que je te dise quelque chose avant qu'on aille plus loin.

— Je t'écoute.

Il m'invite à poursuivre en posant la paume de sa main dans le bas de mon dos. Son geste est tendre et de la chaleur se diffuse là où nos corps entrent en collision. Mes pensées sont confuses, mais il faut que je me reprenne. C'est important pour la suite de la soirée.

— Une nuit. Demain, je pars de chez toi et on ne se revoit plus. Pas d'échange de numéros de téléphone, pas de bavardages, pas de petit déjeuner. Juste du sexe.

— Et pourquoi une seule nuit ? Peut-être qu'on pourrait se revoir par la suite et apprendre à faire plus ample connaissance. Je ne dis pas que je recherche du sérieux, mais je ne dis pas non plus que je serais contre, si jamais ça me tombait dessus.

— Je ne cherche pas une relation à long terme, Noah. Je n'ai pas le temps pour m'investir avec quelqu'un. On passe la nuit ensemble, on se fait plaisir mutuellement et je m'en vais. Il n'y a rien de plus simple que ça. Plein de gens le font.

— Pourquoi ?

Sa question me surprend. Toutes les fois où cette situation s'est présentée, les hommes que j'ai rencontrés ont toujours été d'accord et même heureux, de cette condition. Pour la plupart, ils ne cherchent simplement qu'une fille pour se vider de leurs désirs, littéralement. Ils se fichent des sentiments et ne veulent pas s'embarquer dans un futur naufrage ou être bloqués dans cette situation qu'on appelle "couple". Alors pourquoi lui, pourquoi Noah est le seul à objecter ? Je ne comprends pas.

— Pourquoi quoi ?

— Pourquoi ne souhaites-tu pas t'établir avec une personne ?

J'ai envie de lui hurler au visage que ça ne le regarde pas. Sa curiosité commence à m'énerver. Oui, il m'en faut peu. À la place d'une crise d'hystérie, je lui réplique :

— Est-ce que tu te rends compte que tu viens de briser la tension sexuelle qui nous entourait ?

— On sait tous les deux qu'il me suffit de te toucher là (il survole mon entre-jambes), ou là (mon décolleté), pour que ta libido remonte en flèche.

Il n'a pas tort, je suis brûlante. Je crois sentir mon string s'humidifier.

— Donc… pourquoi ?

— Et si je n'ai pas envie de te répondre ?

— Je ne t'oblige à rien, mais je parie que tu me supplieras qu'on recommence. Encore et encore.

Je ne peux pas lui dire la raison de cette "règle" auto-imposée. Cela me brise encore lorsque j'y repense, alors en parler à voix haute est tout simplement impossible. Et, à l'instant présent, je n'ai pas envie de parler, j'ai envie d'agir.

Je me penche vers lui et murmure dans son oreille :

— Emmène-moi rapidement chez toi, je crains de voir ton pénis exploser dans ton jean si tu ne le libères pas tout de suite.

— C'est parce qu'il sait que cette nuit, il t'appartient.

Il n'en fallait pas plus pour envoyer un signal d'alarme à mon corps. Je ne tiens plus. Il me le faut, en moi. Ses mots ont un effet dévastateur. Je ne sais pas si je pourrais tenir le temps du trajet.

— J'espère que tu n'habites pas loin.
— Dix minutes
Parfait !

Chapitre 4. Noah

Nous sommes dans le taxi qui nous ramène chez moi. Assis chacun sur notre siège, nos regards ne cessent de se jauger. Je la dévore des yeux et bientôt je sais que ma bouche et tout mon corps prendront le relais. Les nombreux allers et retours de sa langue sur ses lèvres me signifient qu'elle est impatiente.

Je pourrais très bien la prendre sur cette banquette marron, mais je ne souhaite pas qu'un autre la voie. Je veux que, ce soir, elle soit entièrement à moi, comme quand nous étions jeunes. Si ce n'est pas le destin qui a mis cette sublime créature sur ma route, alors je ne sais pas ce que c'est.

Son sourire en dit long sur ses pensées. Bon dieu, comment pourrais-je bien lui résister ? Ma queue est plus dure que du métal. J'ai l'impression de redevenir ce jeunot qui découvrait une fille nue pour la première fois. Je prie pour que le chauffeur se dépêche et je serais même capable de lui donner tout l'argent que je possède pour qu'il roule plus vite.

Et quand je pense que mon désir est au maximum, elle murmure dans mon oreille :

— Est-ce qu'on t'a déjà attaché ?

Mon sexe réagit avec ferveur. Cette femme est incroyable. Bien évidemment que je désire qu'elle m'attache ! Je la laisserai faire tout ce qu'elle veut de moi tant que je peux continuer à l'admirer. Ce soir sera sa nuit, notre nuit, et je compte bien la rendre mémorable.

Le taxi avance enfin dans ma rue. Je discerne mon bâtiment au loin. Je paye puis compose le code de l'immeuble. À peine la porte de mon appartement ouverte, la déesse me saute dessus.

Je la plaque contre le mur de l'entrée, ma bouche collée à la sienne. Nos langues se titillent puis s'enroulent pour ne former qu'une. Entre deux baisers, elle agrippe le bas de mon haut et le fait disparaître. Elle s'arrête un instant pour m'observer. Son regard est brûlant lorsqu'elle détaille mon torse.

— Tu aimes ce que tu vois ?

— J'aimerai encore plus quand tu n'auras plus de vêtements pour te cacher.

Elle se baisse et attrape la ceinture de mon pantalon, puis en défait les boutons. Rachel descend mon bas à mes chevilles, bientôt rejoint par mon caleçon. Sa merveilleuse bouche emprisonne mon sexe. Je suis complètement en elle. Sa langue se joue de moi et masse mon érection. Cette femme regorge de talents, ce qu'elle me fait est à se damner.

Des gémissements sortent de ma bouche et je ne pense pas pouvoir me retenir très longtemps si elle continue dans cette voie. Je lui fais signe de remonter et la soulève. Ses jambes accrochées autour de ma taille et ses bras autour de mon cou, je nous dirige vers ma chambre.

Le trajet ne l'arrête pas, ses lèvres s'attaquent maintenant à mon cou. Comment suis-je censé rester lucide avec ça ? Je la jette sur le lit. Son corps rebondit sur le matelas.

— Déshabille-toi, je lui ordonne.

Elle se lève et me fait asseoir sur le lit. Debout devant moi, elle relève lentement sa robe. J'aperçois petit à petit le haut de ses cuisses, puis la dentelle de ses sous-vêtements.

Elle porte un ensemble noir transparent qui ne laisse aucune place à l'imagination.

Ses courbes sont majestueuses. Son soutien-gorge peine à cacher ses énormes seins que je prendrais le temps de sucer un à un. Ses larges hanches guident mes yeux vers son cul parfaitement rebondi dans ce tout petit string. Je ne suis visiblement pas le seul à avoir changé en dix ans.

Elle attend que j'agisse, et après la contemplation, je passe à la pratique. Je la pousse vers le lit, écarte ses jambes en prenant soin de faire tomber à terre ses vêtements en trop, et enfouis ma langue dans sa moiteur. Je la mordille, la suce, la masse et la goûte. Elle mouille beaucoup et la chaleur de son liquide se répand dans ma bouche.

Elle se tortille sous mes actions et prononce des paroles à peine audibles. Petit à petit, ses mots deviennent des cris, de plus en plus aigus. Je remonte à côté d'elle, mon doigt prend le relais pendant que je m'attaque à ses seins. Je ne les mange pas, je les gobe. Cette femme vient de me prouver l'existence du paradis.

— Putain, tu es parfaite !

Mon envie de m'occuper d'elle laissera certainement des marques temporaires sur son corps, ou plus précisément sur sa généreuse poitrine. Si je continue, elle risque de jouir sous la pression des deux doigts que j'ai en elle et je m'en voudrais si je n'avais pas le temps de nicher mon sexe dans le sien.

Je m'arrête brusquement à la recherche d'un préservatif. Je fouille ma table de chevet et y trouve l'emballage. Je le déchire et le déroule sur mon sexe.

— Qu'est-ce que tu souhaites ?

— Toi, en moi.

En bon soldat, je m'empresse d'obéir aux ordres de ma belle.

Lorsque nos deux parties entrent en contact, c'est une explosion. Mon bassin produit des coups secs et je rentre profondément en elle. Elle me supplie de continuer, encore et encore. Son intérieur est si chaud que je pourrais y rester toute la nuit.

Une de ses mains empoigne mes fesses, l'autre griffe mon dos. Le plaisir est démultiplié. Rachel est dans le même état que moi. Et dans un dernier va-et-vient, nous jouissons d'un même écho.

Je m'affale sur le côté, épuisé, et jette le préservatif à la poubelle. Ma respiration est saccadée et j'ai du mal à me reprendre. C'était le meilleur coup de ma vie, sans aucun doute. Rachel est sur le dos, les yeux clos et la bouche entrouverte. Sa poitrine se lève et s'affaisse en mouvements irréguliers.

— Je n'ai même pas eu le temps de t'attacher, elle rit timidement.

— La nuit n'est pas encore terminée.

Je me tourne vers elle et, du bout des doigts, trace des cercles sur son ventre.

— Merci, pour ce moment.

— Tu n'as pas à me remercier, nous en avions envie tous les deux.

Au milieu de la nuit, je sens une silhouette se faufiler sous la couette et venir enlacer mon entrejambe. Cette femme va sûrement venir à bout de moi, mais je crois bien que nous sommes repartis pour un round supplémentaire…

Chapitre 5. Rachel

Un rayon de soleil vient illuminer mon visage. J'ouvre les yeux avec peine et dois me dégager d'une main posée sur mon ventre. Les volets ne sont pas fermés et la lumière du jour me permet donc de me souvenir du lieu où je me trouve.

Noah est allongé sur le côté, face à moi. Le drap gris couvre le bas de son corps, mais je me fais un malin plaisir à observer son torse saillant.

La soirée de la veille a été si rapide que je n'ai pas prêté attention aux détails environnants. Nous sommes dans sa chambre, une pièce un peu trop dénuée de couleurs à mon goût. Les murs sont blancs, sans cadre ni tableau. Il y a seulement un lit double, une commode en bois clair et une table de chevet dans les mêmes tons. Même la fenêtre, pourtant plutôt spacieuse pour Paris, ne permet pas de ramener de la vie dans cet espace. Je pense qu'il ne doit pas avoir beaucoup de talent en matière de décoration.

Un bref ronflement me fait savoir qu'il est toujours dans les bras de Morphée. Je profite de cet instant pour m'éclipser.

Mes membres sont endoloris, mais ce que Noah a fait à mon corps la veille est digne de finir sur le podium de mes meilleures expériences sexuelles. Je ramasse mes vêtements éparpillés un peu partout dans l'appartement, qui est, au passage, semblable à la chambre, et les enfile en essayant de faire le moins de bruit possible.

Les lendemains de nuit de débauche sont toujours les plus embarrassants et je serais reconnaissante de ne pas avoir à le croiser et devoir simuler un rendez-vous important pour m'éclipser sans plus amples explications. En passant devant le bar de la cuisine, un bloc de pense-bêtes fluo me donne une idée. J'attrape un stylo sur le plan de travail et y rédige une simple note.

« Merci pour cette nuit, c'était mémorable. La prochaine aura de la chance d'être dans ton lit. »

Un pincement au cœur m'envahit, mais c'est trop tard, je dois dire adieu à ce bel étalon qui m'a fait tant de bien pour revenir à ma routine. Mais peut-être qu'en me laissant tenter plus souvent par les sorties proposées par Lisa, je rencontrerai d'autres hommes comme Noah, qui sait ?

Mon corps me supplie de recommencer, il en a besoin. Cela faisait trop longtemps que je ne m'étais pas laissé porter comme la nuit dernière. De nombreux mois que je me cache derrière ma peur et ma règle (que je me répète comme un mantra), mais c'est à cause de lui et du mal qu'il m'a fait. Je n'arrive pas à surmonter la souffrance qu'il m'a fait endurer. Il est encore trop tôt pour réparer un cœur en porcelaine brisé à coups de marteau.

Je suis rentrée chez moi aux alentours de 11 h. Lisa m'a appelée et nous nous sommes mutuellement raconté nos expériences de la nuit. Elle m'a expliqué, avec tous les détails, qu'elle s'était rendue chez l'un des deux hommes avec qui on avait passé la soirée et que l'autre (à son plus grand regret) n'avait pas pu les suivre. Faute de malchance, la colocataire de Tom (qui n'est autre que sa mère) est rentrée plus tôt et ils n'ont pas pu finir ce qu'ils avaient commencé. Lisa est donc repartie chez elle sans avoir pu profiter au maximum de ce qu'il avait à lui offrir.

Pour moi, ce fut un fou rire qui dura une dizaine de minutes, et pour elle, une grande déception. Mais heureusement, mon récit lui a remonté le moral. Je crois qu'elle se déteste de m'avoir laissé Noah, mais, d'après ses dires, elle est « heureuse de m'avoir offert ce cadeau ». On peut donc considérer Lisa comme ma bienfaitrice de la soirée.

Après cet appel, qui a duré un long moment, je me décide enfin à me préparer de quoi déjeuner. J'ouvre le réfrigérateur et découvre qu'il est aussi vide qu'un ciel sans étoiles. Je note mentalement de faire des courses aussi rapidement que possible.

Me voilà donc allongée sur mon canapé, un paquet de biscuits entre les mains. Je lance un programme au hasard sur la plateforme de streaming et fixe l'écran sans grand intérêt.

L'écran de mon ordinateur posé sur la table basse s'éclaire. Je m'approche de l'objet et découvre l'arrivée d'un nouveau mail. Le grand patron de l'agence de publicité dans laquelle je travaille me presse de lui envoyer le plus rapidement possible mes idées pour la nouvelle campagne que nous sommes en train de développer pour un très gros client. Je fais l'impasse sur le repas et m'attelle immédiatement à la tâche.

Je passe mon après-midi entière à la recherche d'un slogan pouvant convenir à ce client. Le message doit poursuivre un seul but : être marquant pour que les futurs acheteurs du produit l'aient dans la tête durant des jours entiers, après avoir visionné le spot télévisé.

Lorsque j'étais au lycée, mon professeur de chimie nous avait enseigné qu'il fallait qu'on révise régulièrement nos cours pour s'en souvenir, exactement comme les publicités. Ces dernières ne restent pas longtemps à l'antenne, parfois quelques secondes, mais sont diffusées à répétition. Il est donc plus aisé de se souvenir d'une phrase prononcée tous les soirs pendant dix secondes, plutôt qu'un long discours d'une minute. Et je me suis aperçue qu'il avait raison, c'est exactement cette tactique que nous utilisions en tant que publicitaires.

Je me creuse donc les méninges afin d'éblouir notre client avec mes idées. Si le projet ne lui plaît pas, on peut dire adieu à un gros cachet.

Je griffonne sur un bout de papier tout ce qui me vient en tête puis, en fin de journée, une idée lumineuse me vient. Je peaufine mon projet toute la soirée, en imaginant plusieurs lieux pour tourner le spot et mettre en avant le produit.

Une fois au lit, je suis fière de ma productivité du jour. Je programme mon réveil pour qu'il sonne à six heures le lendemain matin et me laisse porter par toutes les ondes positives qui m'entourent. En somme, un week-end bien rempli !

- Lycée Pierre et Marie Curie, 2 septembre 2010 -

Il est tard lorsque je rejoins mes amis devant la grille du lycée, mais heureusement pour moi, l'appel n'a pas encore commencé. Aujourd'hui, c'est la rentrée, ce jour que beaucoup redoutent puisqu'il signifie la fin des vacances, mais pour moi il n'en est rien. J'ai un objectif de carrière en tête et cet établissement me permettra, je l'espère, d'y parvenir. Ceux qui ne me connaissent pas disent que je suis trop jeune pour être aussi ambitieuse et sûre de mon choix, mais ce n'est pas de ma faute s'ils n'ont pas trouvé la voie qui les fera vibrer. Je suis mature pour mon âge, mais plus que tout, extrêmement déterminée.

Il est neuf heures lorsque le proviseur se décide enfin à appeler les élèves ma classe. J'ai la chance de me retrouver, une année de plus, dans la même section que la plupart de mes amis et connais une grande partie des autres. Enfin amis, c'est un bien grand mot. Le proviseur nous appelle un par un, par ordre alphabétique.

— Cette année, nous accueillons un nouvel élève. Noé, vous pouvez suivre Mme Henrie qui sera votre professeure principale.

Toutes les têtes se retournent vers celui qui vient d'être appelé. Noé rejoint le troupeau que nous formons devant l'entrée. Il baisse la tête, le regard rivé sur ses pieds. Mais, le temps d'un bref instant, nos yeux se rencontrent et je lui souris.

Chapitre 6. Noah

Aujourd'hui n'est pas un jour comme les autres. Je fais ma rentrée dans la cour des grands. Non pas dans une nouvelle école comme un enfant, mais dans l'une des entreprises les plus prestigieuses de mon domaine.

C'est donc de bonne humeur que je me lève, en ce doux matin de septembre, et que je me prépare. Une chemise en coton bleu ciel et un pantalon beige sont mes armes pour conquérir mes futurs collègues. Une pression de parfum et je suis prêt à partir.

La note laissée par Rachel dimanche matin trône encore sur mon plan de travail, je n'ai pas eu le courage de la jeter. Cette nuit avec elle, c'était comme un saut dans le passé, mais en cent fois mieux. J'ai retrouvé mon âme d'adolescent, tout en y ajoutant mes qualités de séducteur chevronné.

Cela fait des années que je n'avais pas eu de nouvelles d'elle, pourtant en la serrant dans mes bras c'est comme si nous nous étions quittés seulement la veille.

Une semaine que je n'ai qu'une seule idée en tête : la retrouver. Maintenant que je sais qu'elle est à Paris, la tâche ne devrait peut-être pas être aussi compliquée, non ?

Elle et moi, c'est une évidence. J'en suis convaincu. Je crois aux signes et pour moi, la revoir après toutes ces années, complètement par hasard, en est un.

Je n'ai pas eu le courage de lui dire qui j'étais, la lâcheté a toujours été une de mes caractéristiques. Je ne sais pas pourquoi je ne me suis pas présenté à elle, peut-être par peur qu'elle me rejette. En même temps, comment aurait-elle pu me reconnaître ? Je ne ressemble plus à ce gamin qu'elle a connu et, depuis ce drame, j'ai été contraint de prendre l'identité d'un autre.

Il est aux alentours de neuf heures lorsque je sonne à l'interphone du bâtiment grisâtre dont l'adresse m'a été indiquée par email, quelques jours plus tôt.

Je donne mes nom et prénom à la secrétaire et cette dernière me signale l'ouverture de la porte vitrée à travers un bruit strident. Je suis le chemin qu'elle m'a indiqué et emprunte l'ascenseur jusqu'au dernier étage.

Le hall d'entrée de l'immeuble est spacieux, carrelé de grandes dalles miroitantes. Je croise plusieurs personnes, mais elles ne m'adressent aucun regard, ni même une marque de politesse. Bienvenue dans le monde du travail parisien, Noah !

J'attends patiemment que l'ascenseur s'arrête, puis entre lorsque les portes sombres s'ouvrent sur une magnifique jeune femme en tailleur pâle et hauts talons. Trop concentrée sur son téléphone, elle ne se rend même pas compte de ma présence à ses côtés.

Je jette plusieurs coups d'œil à ma montre de marque, un cadeau de mes parents. Le stress monte en moi. Je déglutis, ma pomme d'Adam monte et descend plusieurs fois. Nous sommes arrivés à destination. Un dernier regard au miroir et me voici entré dans l'arène.

Je m'avance devant un bureau en bois clair où une femme à lunettes est assise derrière un ordinateur. Un téléphone et de nombreux papiers sont posés devant elle. J'en déduis que c'est sûrement à elle que je dois m'adresser.

— Bonjour. J'ai rendez-vous avec Mme Lisa Bertin à neuf heures trente.

Elle lève les yeux au-dessus de ses lunettes rondes. Ses lèvres sont pincées, son visage est sec et je peux percevoir de petites rides au coin de ses yeux.

— Vous êtes en avance, monsieur.

—Il vaut mieux être en avance qu'en retard, n'est-ce pas ?

Je me force à sourire, mais cela ne la déride pas pour autant. Elle me fait signe du doigt d'attendre dans le salon situé derrière moi. Je la remercie pour sa "gentillesse" et pars dans la direction indiquée.

Le salon en question est un espace ouvert, au milieu de plusieurs bureaux et autres salles. Des fauteuils et des canapés en velours entourent une table basse rectangulaire en métal où sont disposés des prospectus et quelques magazines people.

Je contemple les hommes et les femmes qui passent à côté de moi, tous ont l'air pressés, mais sont amicaux avec ceux qu'ils croisent. Mise à part la première personne aperçue ici, une bonne humeur générale semble régner ici. Je me détends un peu, je vais me sentir bien ici. Je vérifie mon téléphone, réponds aux mails et messages reçus pour patienter.

À neuf heures vingt-cinq, une voix féminine appelle mon nom. Je me retourne et un visage familier apparaît à quelques mètres de moi. Cette peau dorée, ces lèvres charnues, ces grands yeux foncés, je les ai déjà rencontrés. Elle aussi semble m'avoir reconnu. Son visage arbore une expression de surprise puis laisse place à un sourire sensuel.

La chance me sourit, c'est ce que j'ai envie de crier au monde entier.

Je ne suis pas adepte des jeux de grattage ou des tirages au sort, je perds systématiquement. Malgré tout, j'ai l'impression que cette fois-ci, la roue tourne et qu'on a enfin décidé de m'accorder un peu de chance.

Il y a déjà une semaine que nous nous sommes croisés, Mme Bertin et moi. Il y a une semaine que j'ai passé une merveilleuse nuit avec sa copine. Peut-être qu'avoir la meilleure amie de Rachel en collègue pourrait être l'occasion d'obtenir des informations sur elle ?

Non, Noah, tu es dans un milieu professionnel et tu dois le rester. Mais le visage de la femme en face de moi pense tout le contraire. Elle est plus qu'heureuse de me revoir.

Je repense à la note laissée par Rachel dans ma cuisine et ses mots résonnent dans mon esprit. Nous avons eu la chance, par un heureux hasard, de nous rencontrer dix années plus tard, et je ne laisserai une décennie nous séparer. Il me la faut et l'organisatrice de mon rendez-vous pourrait sûrement être un avantage dans ma quête.

En l'espace de quelques secondes, elle devient mon but à atteindre.

— Monsieur Wilson, suivez-moi dans mon bureau.

Ses désirs sont des ordres et je suis son magnifique petit cul, moulé dans un pantalon blanc, à travers un long couloir bordé à nouveau de bureaux. Elle ne se gêne pas pour se déhancher ouvertement.

Nous arrivons dans ce que je présume être son espace professionnel : une pièce aux murs ivoire, un bureau en verre transparent, trois chaises noires. Il n'y a aucune photo, aucun tableau accroché au mur, ni même une seule petite décoration qui me laisserait penser qu'elle s'est approprié cet environnement.

Elle s'assied en face de moi et d'un ton professionnel, m'explique son travail et ses attentes envers moi. Mme Bertin est ce qu'on pourrait qualifier de chargée de clientèle, elle est celle qui accueille les clients. Une sorte d'intermédiaire entre l'entreprise et eux. Je ne dois donc pas la décevoir.

Cela me démange de lui parler de Rachel, mais je me ravise. Je vais être tel un jardinier : la laisser grandir, s'épanouir, puis dès qu'elle sera mûre, je la cueillerai et obtiendrai les informations dont j'ai besoin.

Lisa Bertin me fait ensuite une visite guidée de l'agence. Quand nous arrivons devant la pièce comportant la photocopieuse et divers matériaux informatiques, elle insiste bien sur le fait que « jamais personne ne vient ici à partir d'une certaine heure, c'est utile lorsqu'on veut être seul un moment », suivie d'un clin d'œil. Je range mes hormones et ne réagis pas à son attaque.

Puis vient la présentation officielle avec mes nouveaux collègues. Certains sont chaleureux et me souhaitent la bienvenue, tandis que d'autres me dévisagent à peine. Je suppose qu'ici, la compétition est plus féroce que dans mon ancienne agence. Chacun se bat pour être celui qui trouvera l'idée qui va plaire.

— Je pense que tu l'auras remarqué, mais ici le tutoiement est de mise.

— C'est ce que j'avais cru comprendre, effectivement, Mme Bertin.

— Qu'est-ce que je viens de dire ? Appelle-moi Lisa !

Elle accentue les deux syllabes qui composent son prénom, comme pour le graver en moi. Elle ne devrait pas se faire de soucis à ce sujet, je ne risque pas de l'oublier.

— Avant de terminer notre entrevue, je dois te présenter à notre supérieure.

Après avoir toqué, elle ouvre une porte où est inscrit "directrice marketing" sur une plaque en or.

Une femme est plongée dans une pile de dossiers, des papiers éparpillés sur la totalité de son bureau.

— Rachel, voici le nouveau.

Elle relève la tête de ses documents. Ses yeux marron s'écarquillent en grand.

— Noah, voici Rachel. Je ne pense pas avoir besoin de faire les présentations.

J'ai envie de rire de la situation. Tout est parfait. Je ne pouvais décemment pas rêver mieux !

Chapitre 7. Rachel

Il est tout bonnement impossible qu'il soit là, devant moi, sur mon lieu de travail.

Il passe une main sur sa charmante chemise bleue, ce qui ne fait que faire ressortir encore plus ses épaules musclées, tandis que je papillonne des cils pour être certaine de ne pas être l'objet d'une hallucination.

Il doit remarquer que ma surprise est totale puisqu'il ne cesse de sourire. Son putain de sourire charmeur qui m'a plu lors de notre unique rencontre.

— Rachel, est-ce que tu vas bien ? demande ma meilleure amie ne parvenant pas, elle non plus, à dissimuler son sourire.

Si c'est une blague de Lisa, ce n'est vraiment pas drôle. Mais à la tête qu'elle fait, je peux deviner qu'elle n'y est pour rien.

Est-ce un heureux hasard ou cet homme m'a-t-il suivie jusqu'ici ? Peut-être que c'est un serial killer qui apprend à connaître ses futures victimes, qui les suit jusqu'à leur lieu de travail pour ensuite mieux les assassiner. OK, ok, j'ai besoin de sommeil, moi.

Je reprends mes esprits au bout d'une minute qui s'éternise et viens à la rencontre du charmant stalker/psychopathe/dieu du sexe. Je suis sa patronne, à moi de me comporter comme telle.

Je fais le tour du bureau et lui tends une main professionnelle tout en lissant ma tenue.

— Enchantée, Noah. L'entreprise est ravie de vous accueillir.

— Le plaisir est partagé, il rétorque en humidifiant ses lèvres.

Sa poignée de main est douce. S'il avait été un autre homme, je n'aurais sans doute pas remarqué la lenteur qu'il prend pour retirer ses doigts des miens. Il y a quelque chose d'impénétrable dans ses yeux, une lueur que je n'arrive pas à analyser. Ils ont la même couleur que ceux de mon amour passé.

Je me racle la gorge et bombe le torse.

— Je suis donc Rachel Dumas. Je vous souhaite la bienvenue chez C & C and Co. Vous remplacerez David, qui a déménagé dans le sud. C'était un très bon élément et j'espère que vous serez dans sa lignée, je déclare en insistant pour lui montrer mon air détaché.

Mon regard le met au défi. Je veux lui montrer qui est aux commandes de cette entreprise, et ce n'est pas une nuit de luxure qui va me transformer. Il sera logé à la même enseigne que tous les autres. Aucun favoritisme ne sera toléré.

— Je connais les exigences que vous placez en moi. Si on m'a recruté, c'est justement pour mes qualités professionnelles. Je ne vous décevrai pas.

— J'y compte bien. Vous avez une période d'essai d'un mois, qui peut être interrompue à tout moment.

Deuxième avertissement, Noah.

— C'est noté. Je saurais me montrer indispensable, madame.

Un rictus vient fendre ses lèvres. Malgré sa phrase qui peut semer le trouble sur sa double connotation, je ne vais pas faillir. Il est mon nouvel employé et il le restera.

Je jette un regard vers sa main droite, dont les doigts font du piano sur le dossier de la chaise qui fait face à mon bureau. Il n'a l'air nullement perturbé par le fait que nous avons passé la nuit ensemble. Il paraît même plutôt à l'aise avec l'idée.

— Lisa, peux-tu conduire notre nouvelle recrue vers Marc, s'il te plaît ? Je veux qu'il s'attelle immédiatement à la tâche. Nous avons une grande campagne à bâtir et le plus vite sera le mieux.

Ma meilleure amie hoche la tête et ouvre la porte de mon bureau pour que les deux en sortent. Je m'installe à mon espace de travail et observe la silhouette de Noah disparaître de mon environnement.

Je souffle un bon coup et me prends la tête entre les mains en jurant comme un charretier. Mon nouvel employé est en réalité un homme qui m'a vue littéralement sous toutes les coutures, dans mon plus simple appareil. Je ne le connais pas, comment pourrais-je espérer de lui qu'il taise notre nuit ? Si ce secret venait à être révélé, je risque ma place et j'aime trop mon travail pour laisser un pénis tout gâcher, aussi incroyable soit-il.

Alors que je me replonge dans mes documents clients après une bonne dose d'autocritique, Lisa déboule dans la pièce comme une fusée

— Je n'y crois pas !!!

Je lui intime du doigt de baisser d'une octave et d'un coup de hanche, elle referme la porte de mon bureau.

— Quoi ?

— Tu ne vas pas me dire que ce n'est pas un signe ? Le mec sur qui tu as craqué est là, derrière ces murs. Tu le verras tous les jours !

Je lève les yeux au ciel. Lisa ne me laissera donc jamais tranquille.

— Je t'arrête tout de suite, je suis sa patronne. Il ne se passera rien entre nous. C'est juste un hasard si on exerce la même profession, rien de plus. Il est peut-être un serial killer qui me suit partout.

— Rachel, c'est la décision de Veymers, et il l'avait recruté bien avant que vous vous soyez rencontrés. Les premiers emails échangés datent de plus d'un mois.

— Comment tu sais tout ça ? je l'interpelle en comprenant que ma meilleure amie a joué à l'agent des renseignements.

— Je me renseigne, c'est tout, elle rétorque du tac au tac en minaudant d'un air innocent.

Je vois très bien où Lisa veut en venir. Je ne rentrerai pas dans son jeu.

— Il avait l'air heureux de cette rencontre en tout cas. Je l'ai vu à la façon qu'il avait de te reluquer.

OK, maintenant j'ai droit à ses sourcils qui se relèvent plusieurs fois. Du grand Lisa.

— Je te remercie pour tes conseils façon madame Irma, mais maintenant est-ce que tu pourrais sortir ? Il y en a certains ici, qui ont beaucoup de travail.

— Tu n'échapperas pas à ton destin, Dumas. Ça, tu vois, c'est la vie qui te fait un signe. Elle te dit d'arrêter cette règle stupide, de sortir de ce bâtiment et de te bouger les fesses pour enfin avoir une vraie relation !

Un rire nerveux secoue mon corps alors que j'abaisse l'écran de mon ordinateur portable. Lisa en profite pour se rapprocher de mon bureau et y poser ses poings.

— Est-ce que je peux savoir pourquoi c'est toi qui me parles de relation ? Tu n'es pas la plus experte en matière d'amour.

— Certes, j'aime être libre, c'est un fait. Mais, si l'occasion se présentait, je ne refuserais pas un tête-à-tête tous les soirs avec ce bel apollon.

Elle ponctue sa phrase d'un regard vers la porte fermée.

— Tu n'as qu'à le prendre si tu le veux tant ! je l'informe en mâchouillant le capuchon d'un stylo.

Lisa râle dans sa barbe, se redresse, puis me déclare avec assurance :

— Ma chérie, s'il me voulait vraiment je ne serais pas là à parler avec toi. C'est toi qu'il veut, j'en mettrais ma main à couper et Dieu sait que j'en ai besoin, de mes doigts !

Je balaie cette conversation d'un revers de main

— On a passé une nuit ensemble, une seule. Ça ne voulait rien dire et il doit sûrement être un coureur de jupons.

— Qu'est-ce que tu peux être têtue quand tu t'y mets !

Je suis submergée par le travail et découragée par mon manque d'optimisme, Lisa s'en va enfin pour me laisser vaquer à mes occupations. On a un gros client à convaincre de signer chez nous, il n'est pas question que je fasse mumuse avec le nouveau.

La tornade Lisa revient me voir pour l'accompagner déjeuner deux heures plus tard, mais je refuse poliment. Je n'ai pas le temps de manger quoique ce soit ce midi, pas tant que je ne serais pas satisfaite de ce que je produis.

Au retour de sa pause, elle vient me déposer un thé noir parfumé à la vanille. Le liquide me brûle la langue, mais l'odeur qui entre dans mes narines est alléchante.

La vanille a toujours été une de ces odeurs que j'affectionne énormément. Elle me rappelle les vacances au soleil avec mes parents lorsque j'étais jeune. Mes parents adorent voyager et j'ai eu la chance de découvrir de nombreux pays.

Je me suis toujours dit que, si un jour je rencontrais quelqu'un, j'aimerais parcourir le monde avec lui. Mais tous mes rêves et espoirs ont été détruits lorsque j'ai rencontré un démon, deux ans auparavant, dans cette rue du centre-ville. Je n'aurais pas dû le laisser me raccompagner. Ni même l'inviter à entrer. Je n'aurais pas dû accepter de le revoir. Il a éteint un morceau du feu qui crépitait en moi, et mes rêves sont partis en fumée.

À vingt heures, je suis la dernière encore présente à notre étage. Toutes les bonnes âmes de cette compagnie sont rentrées chez elles, pressées de retrouver la chaleur de leurs foyers. Moi, je ne pense pas que je manque à mon canapé ou à mon lit.

J'actionne l'interrupteur de mon bureau et ferme la porte à clef. L'étage est sombre et seule la faible lumière du hall m'aide à me diriger.

— Vous aussi, vous travaillez tard ?

La voix me terrifie et je sursaute en laissant échapper les affaires que je tenais entre mes bras. Tout s'étale par terre avant que je ne comprenne ce qu'il se passe.

— Je suis désolé, je ne voulais pas vous faire peur.

Une silhouette se précipite pour m'aider à rassembler ce qui s'est échappé de mes mains. Je le gratifie d'un sourire, mais ne le reconnais pas.

J'appuie sur le bouton blanc du couloir et les spots du plafond se remettent à fonctionner. Une lumière vient nous éblouir et je vois enfin distinctement le visage du monstre des couloirs qui rôde à la nuit tombée.

Il est plutôt bel homme, je dois l'avouer. Il me sourit timidement, visiblement embarrassé par la situation.

— Je m'appelle Yann, je travaille au deuxième, il s'adresse à moi en se grattant machinalement le derrière du crâne.

— Rachel. Qu'est-ce que vous faites ici à part effrayer des inconnus ?

Mes yeux sont plantés dans les siens et je tente de l'analyser comme un tableau Excel.

— Je dois rendre un dossier urgent pour mon patron, mais notre imprimante est tombée en panne et la deadline est dans une heure. L'agent de sécurité de l'immeuble m'a dit de venir à votre étage, car la vôtre a été réparée récemment et est beaucoup plus puissante.

— Oui c'est vrai, le technicien est venu la semaine dernière. Elle fonctionne, je l'ai utilisée sans problème tout à l'heure. Vous voulez que je vous y conduise ?

Je ne sais pas d'où me vient cette bonté d'âme, peut-être que je souhaite simplement vérifier qu'il ne volera rien d'autre que de l'encre.

— Je ne voudrais pas vous déranger. Vous aviez l'air de rentrer chez vous.

— Cela ne me dérange pas, rien ne m'attend chez moi, donc je peux retarder mon départ de quelques minutes, je lui apprends en haussant les épaules.

Il me suit jusqu'à la salle informatique, me remerciant à de nombreuses reprises. Je reste avec lui pour m'assurer que tout fonctionne correctement. L'appareil imprime à la chaîne des dizaines de feuilles colorées composées de dessins et d'écritures diverses.

— Vous me sauvez la mise ! Mon boss m'aurait certainement licencié sans votre aide.

Son expression est beaucoup plus détendue que lors de notre rencontre dans le couloir. La forte lumière blanche de la salle me permet de l'observer comme en plein jour. Je ne sais pas dans quelle branche est Yann, mais il me fait penser à un hipster en costume.

Sa barbe brune fournie contraste avec sa chemise blanche déboutonnée au niveau du col. Ses cheveux bruns sont partiellement recouverts de gel et ses lunettes écaille donnent un look studieux à son regard. Il est à croquer !

Chapitre 8. Noah

— Je te promets que tout s'est bien passé, je rassure ma mère au téléphone sur mon nouveau travail de rêve.

Elle ne cesse de me répéter qu'elle est fière de moi et je peux le sentir à travers le combiné. Après tout ce qu'on a traversé ces dernières années, elle est heureuse que je puisse enfin m'épanouir. Sa voix est pleine d'enthousiasme et de conseils avisés pour "mettre ma patronne dans ma poche". Si elle savait que ma fameuse patronne est Rachel Dumas, elle ne réagirait pas de la même façon…

Au plus loin que je m'en souvienne, mes parents ont toujours adoré Rachel. Pour eux, elle représentait une parfaite belle-fille, la petite jeune qui avait de l'ambition et qui était bien sous tous rapports. Alors, quand on s'est séparés, ils ont eu du mal à le digérer.

Le peu de filles que je leur ai présenté par la suite n'a jamais été à la hauteur du premier amour de leur fils. Je me souviens des nombreuses fois où ma mère m'a demandé de ses nouvelles, et de la mine triste qu'elle arborait ensuite lorsque je lui répondais que nous n'étions plus en contact.

—Est-ce que tu es libre le week-end prochain ? Cela fait longtemps qu'on ne s'est pas vu et tu nous manques.

Je réfléchis, mais ne vois aucun obstacle à cette visite. Cette nouvelle la rend heureuse. Nous fixons les détails puis il est temps de l'abandonner afin d'affronter mon deuxième jour chez C & C.

Le métro est bondé à cette heure-ci puisque c'est le moment d'embauche générale. Les quais sont remplis de dizaines, voire de centaines de personnes, toutes différentes les unes des autres.

Certains ont décidé de rester concentrés, des écouteurs vissés dans leurs oreilles. D'autres feuillettent le journal distribué à l'entrée. Et d'autres encore, comme moi, admirent cette cohue matinale.

Nous sommes entassés dans la rame, tels des animaux en cage. La proximité avec mon voisin me permet même de sentir quelques odeurs « rafraîchissantes ». Ce dernier ne connaît visiblement pas le principe d'une douche. Les stations défilent sous mes yeux et je commence à en connaître l'ordre par cœur.

Sur la route me conduisant au bureau, je décide de faire un arrêt imprévu. Le café de Jean, le nom inscrit sur l'enseigne, est calme. Seulement quelques personnes sont attablées, une boisson chaude devant eux. L'environnement est sombre, les lumières sont basses et le bar ne paraît pas tout jeune. J'aime cet aspect rustique des lieux, on sait que ce genre d'endroit a du vécu.

— Qu'est-ce que je vous sers ?

Le barman est un homme d'une soixantaine d'année, barbe blanche mal rasée et chemise à col déboutonné. Un torchon sur l'épaule, il doit avoir le même âge que son établissement.

— Je vais vous prendre un cappuccino à emporter, s'il vous plaît. Et, est-ce qu'il serait possible de rajouter de la crème fouettée dessus ?

Le vieux barman se saisit d'un gobelet en carton.

— Tout est possible, jeune homme, il me répond sans un sourire, puis dans sa barbe : C'est la première fois qu'on me demande ça. Quarante ans dans ce bar et on m'aura tout fait !

L'homme verse le liquide dans le contenant et le recouvre d'un couvercle blanc pour éviter de le renverser. Sage décision. Il me rend la monnaie et j'accours vers la sortie.

Je ne suis plus aussi en avance que je l'étais en partant ce matin. Le gobelet me brûle les mains, mais je n'ai pas le temps de m'apitoyer sur mon sort que me voilà déjà devant l'entrée de l'immeuble. Je passe le badge que m'a donné Lisa hier, devant un lecteur, et les portes s'ouvrent en grand. Je dis bonjour au vigile. Il ne me regarde pas, trop absorbé par le magazine qu'il est en train de lire.

— Eh, Noah ! j'entends quelqu'un m'interpeller.

Je me retourne alors que mon doigt allait appeler l'ascenseur et j'ai le plaisir de rencontrer :

— Lisa, salut ! Ça va ?

—Comme un matin.

Elle s'approche de moi et pose délicatement sa bouche sur ma joue. Elle ne me fait pas la bise, seulement un baiser avec ses douces lèvres.

Lisa est très jolie, elle porte une robe fuchsia qui met en valeur son teint, et des escarpins noirs vernis. Ses cheveux sont rassemblés en chignon et des boucles d'oreilles vertes tintillent à chaque fois qu'elle bouge la tête. À vrai dire, je crois qu'elle est sublime tous les jours. Pas autant que Rachel, mais je ne suis pas objectif sur ce point.

— J'ai oublié de te le dire hier, mais ici on s'embrasse pour se dire bonjour entre… collègues.

Elle me fait un clin d'œil en prononçant ces dernières syllabes. Sa main est toujours posée sur mon bras, mais je ne la retire pas.

Nous montons dans l'ascenseur, côte à côte. Un étage plus loin, l'appareil est soumis à un sursaut et s'arrête brusquement. Son corps fin tombe dans mes bras et s'accroche à mon torse pour ne pas vaciller.

J'aide Lisa à se remettre sur ses deux jambes. Ce contact fortuit était plutôt agréable. Sentir sa voluptueuse poitrine sur moi est une habitude que je pourrais prendre si les circonstances avaient été différentes. L'ascenseur redémarre rapidement.

— Je suis désolée, Noah. Merci.

Elle n'est pas du tout désolée, ça se sent dans chaque parcelle de son corps.

— Ne t'en fais pas, ce n'est rien.

— J'espère que je n'ai pas renversé ton café ?

Son ton est inquiet et sa tête penche vers le gobelet que je tiens à la main. Mince, j'en avais presque oublié le cappuccino !

J'inspecte la boisson. Heureusement pour moi, le couvercle est plutôt étanche. J'ouvre l'opercule, seule la crème épaisse du dessus n'est plus autant mousseuse qu'au moment où je suis allé le chercher. Malgré l'esthétique, je sais que le goût sera au rendez-vous.

— De la crème chantilly sur un cappuccino, c'est original comme concept.

Lisa me dévisage, surprise de mon choix, et sa bouche fait la moue. Je lui souris et récite une phrase qui me vient en mémoire :

— La crème chantilly rajoute du crémeux au cappuccino. C'est comme si une ballerine dansait la macarena, ce n'est pas son domaine de prédilection, et pourtant ça serait joli à regarder.

— Je ne cerne pas ce que tu veux dire, elle riposte en plissant ses paupières maquillées.

— Ça veut simplement dire que ça ne va pas ensemble au premier abord, mais qu'en essayant ce mariage, il se peut que ça soit finalement délicieux.

— Intéressante métaphore, Wilson.

Elle sourit et ses lèvres me laissent entrevoir ses dents blanches. Ma phrase n'est pas pertinente pour certains, mais dans la bouche de son auteur, elle était pleine de sens. Je me souviens du sourire qu'elle arborait lorsqu'elle la citait, fière de sa création.

Nous arrivons à notre destination. Les portes s'ouvrent et Lisa part de son côté. Mes jambes me portent vers un bureau qui n'est pas le mien. Je toque et entends une voix m'invitant à entrer. Je sais que je devrais faire machine arrière, mais mes pieds refusent de bouger.

Rachel est assise derrière son bureau et, tout comme la veille, son visage est surpris de mon interruption alors qu'elle relève les yeux de son écran.

Des cernes soulignent ses magnifiques prunelles. Est-ce qu'elle dort, au moins ?

— Excusez-moi de vous déranger, Mme Dumas. Je tenais à vous apporter ceci.

Je m'approche et dépose la boisson devant elle. Rachel arque un sourcil.

— Si c'est une tactique pour me faire de la lèche, vous devriez savoir que ça ne marchera pas avec moi.

J'ai envie de lui répondre qu'il n'y a pas si longtemps, elle gémissait sous l'action de ma langue et ne l'aurait pas refusée. Mais je me tais, parce que je sens qu'elle n'est pas d'humeur.

Elle soulève le couvercle et observe le liquide.

— De la crème épaisse dans un cappuccino. Je peux savoir où vous avez trouvé ça ?

— J'ai demandé à un barman qu'il en ajoute. C'est une de mes spécialités et je pensais que ça vous plairait.

Elle me décoche un demi-sourire, comme si elle se contentait de m'exprimer sa joie.

— C'est marrant, quand j'étais jeune je ne buvais que ça.

Je sais Rachel, je te connais par cœur. Pourquoi ne pas m'aider de notre passé commun pour la conquérir au présent ? Pas à pas. Je ne voudrais pas la braquer.

— Merci, Noah, c'est très attentionné de votre part.

Alors qu'elle humidifie ses lèvres dans le liquide chaud, on frappe à la porte. Nous nous retournons tous les deux vers celui qui vient de faire son apparition.

— Mme Dumas ?

— Oui ?

— C'est pour vous.

Un livreur, casquette orange sur la tête, entre dans la pièce les bras chargés d'un bouquet de fleurs roses et blanches. Rachel signe un document que lui tend le livreur et dépose le présent sur une commode de son bureau.

C'est quoi ce délire ? Aurais-je de la concurrence ?

Chapitre 9. Rachel

Je tiens dans ma main un magnifique bouquet composé de pivoines, de roses, de lys et d'autres fleurs qui forment un ensemble aux teintes fraîches et printanières.

Me demandant qui en est son expéditeur, je décide d'ouvrir la petite enveloppe rouge posée au milieu du présent. Mon prénom y est inscrit en noir dans une écriture fine.

Merci pour votre aide et ce charmant moment passé en votre compagnie. Au plaisir de vous recroiser à la photocopieuse. Yann.

Le bouquet vient de Yann. Il est vrai que nous sommes restés une grande partie de la soirée ensemble à rire et à évoquer nos mésaventures, mais je ne m'attendais pas à ce qu'il m'envoie ça. Malgré ma surprise, je ne vais pas le nier, recevoir ce bouquet de fleurs me fait extrêmement plaisir. Il est toujours agréable de recevoir des cadeaux.

J'entends un raclement de gorge. Merde, Noah. J'en avais presque oublié sa présence !

— Un admirateur secret ?

— Seulement un remerciement pour une aide apportée, je lui réponds en humant le bouquet.

Je mentirais si je disais que je n'avais pas remarqué le regard inquisiteur de Noah. L'espace d'un instant, je crois même percevoir une pointe de soulagement. Il faut mettre les choses au clair entre nous.

— Noah, peux-tu fermer la porte, s'il te plaît ?

— On se tutoie maintenant ?

Je soupire bruyamment face à son insolence, on dirait un enfant qui teste mes limites. Malheureusement pour lui, la corde est bien trop usée pour tirer dessus.

— Uniquement pour cette conversation.

Il s'exécute, me tournant le dos, ce qui me laisse tout le loisir d'admirer ses fesses parfaitement moulées dans le pantalon gris qu'il porte. Lorsqu'il se retourne vers moi, nos regards se croisent, se défiant l'un et l'autre. Je ne dois pas lui céder, ni même le laisser m'atteindre. Il doit comprendre ce que je m'apprête à lui dire, il le faut.

Noah s'installe sur une chaise tandis que j'appuie mes fesses contre mon bureau, debout, afin de lui montrer la position hiérarchique de mon poste.

— Noah, je voulais qu'on parle de la semaine dernière…

— Tu veux aborder quel sujet ? La nuit passée ensemble ou le lendemain, quand tu t'es enfuie ?

Il joue la désinvolture, je croise les bras sur ma poitrine.

— J'avais mes raisons, mais là n'est pas la question. Étant donné que dans cette entreprise je suis ta supérieure, j'apprécierais vraiment que nous n'évoquions plus cette fameuse nuit. Cela doit rester entre nous. Penses-tu pouvoir garder ce secret ?

— Vos désirs sont des ordres, Mme Dumas.

Ses yeux me fusillent, mais je lui tiens tête.

J'espère ne pas l'avoir vexé, mais personne ne doit savoir que j'ai couché avec mon employé, même si au moment de l'acte, il ne l'était pas encore.

Je m'apprête à le congédier lorsqu'il me surprend :

— C'est dommage que tu sois partie le lendemain matin, je voulais t'inviter à déjeuner. Mais, je suppose qu'étant donné notre lien professionnel, mon invitation risque d'être compromise ?

— Noah, je t'ai déjà expliqué que cela m'était impossible. Une nuit, rien de plus.

Il se lève pour me faire face et je sens son haleine caféinée emplir mes narines.

— C'est dommage de se limiter à une seule nuit, c'est gâcher l'attraction que mon corps produit sur le tien.

— Monsieur Wilson ! je le réprimande vigoureusement.

Il rit, moi pas.

Je suis terriblement outrée par ses propos. Il faut qu'il comprenne qu'il ne peut pas employer ce vocabulaire avec moi, même si nous ne sommes que tous les deux. Rachel, tu devrais penser à ta carrière, c'est tout ce qui compte !

Il se rapproche de moi et sa main commence à caresser mon bras nu. Des frissons me parcourent. J'abandonne, je ne peux pas lutter contre ma propre chair.

— Tu ne peux pas le nier, nous sommes attirés l'un vers l'autre. Si ce n'était pas le cas, tu n'aurais ni la chair de poule ni le cœur qui bat à la chamade.

Il a parfaitement résumé mon état présent. Contre mon gré, mon corps me trahit et perd le contrôle au fil de ses paroles. Ai-je envie qu'il prenne le dessus ?

— Je sais garder un secret, tu sais. Tout ça peut rester dans ce bureau, il ajoute en pointant du doigt le peu d'espace entre nous.

Plus il parle et plus j'ai l'impression d'être proche de lui. La tension monte, tout comme la nuit de nos ébats. Son sourire s'élargit et je deviens un animal sans défense. Je ressens ce qu'il me décrit, ce lien charnel qui me pousse à vouloir qu'il me déshabille sur ce bureau, et qui m'enivre de bonheur.

Il faut que je sorte de ce piège qui se referme sur moi ou je ne serais plus capable de revenir en arrière. Je peux être pardonnée pour avoir couché avec lui alors même que nous étions des étrangers l'un pour l'autre. Mais là, je suis pleinement conscience des limites que je suis sur le point de franchir.

Je ne sais pas par quelle vertu divine je parviens à rassembler mon courage, mais je repousse Noah. Physiquement et mentalement.

— Je ne peux pas, Noah. Tu es mon employé et ça n'ira pas plus loin. Merci pour le café. Demain, à la première heure, je veux tes idées sur le projet Laïtisser. Tu peux disposer.

Je me rassois et fais mine de m'occuper. Noah comprend le message et s'en va sans rien ajouter, claquant la porte sur son passage.

Je relève la tête et passe ma main dans mes cheveux détachés. Cette scène ne doit jamais se reproduire, sous aucun prétexte !

Quelques minutes plus tard, j'ai le bonheur de voir ma meilleure amie débarquer dans mon bureau pour notre briefing habituel. Lisa commence :

— Bon, je n'ai rien de spécial ce matin à part que le boss a essayé de te joindre et il est tombé sur ta messagerie. Il revient demain de Hong-kong et il souhaiterait étudier avec toi la nouvelle campagne.

J'ai toujours redouté les visites de monsieur Veymers. Il ne vient jamais juste pour le plaisir, il doit avoir une annonce à faire. Je suis envahie par la peur, j'espère que nos idées lui plairont. Je sais très bien que si je ne suis pas à la hauteur, d'autres se feront un plaisir de me remplacer.

Lisa tourne les talons puis se ravise et me dévisage.

— Au fait, il y a quelqu'un qui a appelé pour toi. Il pensait tomber sur Christiane. Pourquoi faut-il toujours que ça soit mon numéro et pas le sien ?

Lisa se plaint souvent des appels intempestifs qu'elle reçoit, ceux qui sont reçus sur son téléphone et non sur celui de Christiane, la secrétaire de notre étage, dont le numéro est similaire.

— Qui a appelé, Lisa ?

— Un homme. Je ne sais plus comment il s'appelle, mais il voulait savoir si tu avais bien reçu le bouquet de fleurs qu'il t'a envoyé.

— Yann…

— Je savais bien qu'il y avait anguille sous roche ! Je veux que tu me racontes TOUS les détails.

Comprenant vite qu'elle ne me laissera pas tranquille avant de connaître la vérité, je commence mon récit sur la nuit dernière et je n'oublie pas de lui parler de mon entrevue quelque peu spéciale avec Noah…

- Lycée Pierre et Marie Curie, 10 septembre 2010 -

Cela fait un peu plus d'une semaine que nous sommes de retour au lycée. Je me suis vite réhabituée à la routine scolaire. Aujourd'hui, en sortant des cours, nous avons prévu d'aller au cinéma avec quelques amis.

Jules a proposé à Noé de nous accompagner. Peut-être que cette invitation me permettra d'en savoir un peu plus sur lui. Il ne dit presque rien sur sa vie ou même dans quel lieu il était avant de déménager par ici. Il évite toujours les questions qu'on peut lui poser. Il y a quelque chose qui cloche chez lui et je suis bien décidée à élucider ce mystère.

En raison de mon envie irréductible d'acheter du pop-corn, je me trouve la dernière à entrer dans la salle. Ils sont déjà tous assis et le siège vacant qui m'est destiné n'est pas forcément celui que j'aurais choisi de moi-même. Après tout, cela me permettra d'en savoir un peu plus sur lui !

Je m'installe donc à côté de Noé. Le film ne tarde pas à commencer. J'observe mon voisin du coin de l'œil à de nombreuses reprises, cherchant à le percer à jour.

— J'ai l'impression d'être un tableau que tu admires.

Sa voix est chaude dans mon oreille. Il murmure pour que je sois la seule à l'entendre. Je me mords la bouche et me retourne vers lui. C'est presque ça, à vrai dire.

— Je ne vois pas de quoi tu parles.

Je me concentre sur l'écran, mais c'est à son tour de me regarder.

— Tu es mystérieux, je parviens à prononcer.

— Je crois que niveau mystère, tu me dépasses. Je pense que l'image de la petite fille modèle est une façade pour te protéger de ce qui t'entoure.

Outch, ça fait mal. Je croise les bras et essaye de comprendre pourquoi l'actrice tombe du rocher, mais c'est sans compter Noé qui revient à la charge.

— Si tu veux apprendre à connaître mes mystères, on pourrait se voir, rien que toi et moi.

— Je n'ai pas de temps à t'accorder.

Là, c'est lui qui reçoit une flèche en plein cœur. Pourtant, ça n'a pas l'air de le démonter.

— Laisse-moi trouver un endroit sympa et je referai ma proposition. Je ne connais pas encore bien la ville, mais tu peux être certaine que tu ne le regretteras pas.

Chapitre 10. Noah

- Lycée Pierre et Marie Curie, 17 septembre 2010 - Noé Cartier

Une semaine s'est écoulée depuis notre sortie au cinéma. Cela serait mentir de dire que cela ne me fait pas du bien de changer d'école et rencontrer de nouvelles personnes.

C'est un renouveau pour moi, une seconde vie. Je respire à nouveau, sans peur, sans crainte du lendemain. Je peux maintenant être moi sans les jugements ou moqueries du passé. Il n'y a rien de plus agréable au monde comme sentiment.

Je ne pourrais pas dire quand cela a commencé, c'est comme si ça avait toujours été présent dans ma vie. Cette plaie me suivait partout où j'allais. Comme un consensus mutuel, toutes les personnes à qui j'avais eu affaire s'étaient donné le mot pour poursuivre ce travail de longue haleine et batailler contre moi. Mais cette dernière école, ça a été la pire. Ces gosses de riches étaient de vrais monstres. Ils ont dit qu'ils me retrouveraient tôt ou tard, que je ne pourrais pas leur échapper.

Pour la première fois de ma vie, je me faisais enfin des amis. Je ne leur raconterai pas mon passé, je ne voudrais pas que cela recommence, mais j'ai foi en l'avenir. Le sentiment qui m'anime est confiant, serein. Je sens que ce cercle sans fin se termine aujourd'hui. Je ne pourrais pas le supporter autrement. Ce déménagement est mon dernier espoir.

Et puis comment ne pas parler de cette fille, Rachel ? Elle est incroyablement belle, incroyablement enivrante. Comment ne pas la remarquer ? Je dois lui montrer que je suis sûr de moi et ne pas l'effrayer. Elle ne doit jamais connaître ce secret et simplement me percevoir comme un garçon plein de courage, comme la personne que je souhaiterais être.

J'ai l'obligation de me montrer à sa hauteur, lui prouver que je pourrais lui correspondre. Je la veux. Je n'ai jamais été aussi certain de mes choix.

Après deux heures de trajet, j'arrive enfin à destination. Cette gare n'a pas changé depuis mon adolescence. Les mêmes murs gris défraîchis entourent la structure. Le graffiti rouge inscrit sur le panneau d'information n'a pas bougé lui non plus.

Je sors et une odeur familière me rappelle le temps où je vivais encore ici, tout comme le bonheur que j'y avais trouvé. Une voiture m'attend devant le bâtiment et je reconnais maman lorsqu'elle sort du véhicule, rayonnante comme à son habitude. Ses bras balaient l'air dans de grands signes.

— Je t'avais reconnu, maman.

Elle me prend dans ses bras fins. Sa petite silhouette ne m'arrive pas plus haut que le milieu du torse. Elle me serre fort, comme si son étreinte pouvait me protéger du monde extérieur. Je sais qu'elle se sent encore coupable pour ce que j'ai vécu.

— Tu es si beau ! Mais tu as l'air fatigué, mon chéri, c'est ton employeur qui te donne trop de travail ?

Son regard bleu est inquiet, mais je m'empresse de dissiper le doute présent sur son visage. Elle caresse ma joue d'un geste tendre et je ne peux que sourire à cette femme qui m'a tant donné.

— Comment va papa ?

— Il va bien, sa cheville a simplement besoin de repos.

Il était prévu que mes parents se déplacent jusqu'à Paris ce week-end, afin de me rendre visite et découvrir mon nouvel appartement.

Malheureusement, il y a quelques jours, maman m'a annoncé qu'ils ne pourraient pas venir. En rangeant le garage, mon père a glissé sur un vieux chiffon qui traînait là et il s'est tordu la cheville. Il doit se déplacer à l'aide de béquilles et son médecin lui a interdit de voyager.

— Je suis contente que tu aies pu te libérer, mon chéri. Il y a un petit moment que tu n'es pas revenu ici.

Je prends un air coupable, car je sais que mes parents souffrent de mon absence. Je suis leur unique enfant et je représente le miracle de leur vie.

À la suite d'une maladie, un médecin a diagnostiqué à maman qu'elle était stérile et qu'il n'y avait aucune chance pour qu'elle accomplisse son rêve d'avoir un enfant un jour. Mes parents ont donc entrepris de nombreuses démarches, impliquant des années de procédures afin de pouvoir enfin accueillir un enfant : moi. J'avais tout juste un an quand je suis arrivé dans ma vraie famille.

Je suis né sous X, mes parents biologiques ne m'ont jamais reconnu. On ne m'a jamais laissé de lettre ou une quelconque information pouvant me permettre de les identifier, mais je ne leur en veux pas.

Cela ne me fait rien de ne pas les connaître, je me suis toujours dit qu'ils devaient avoir leurs raisons. Peut-être que celle qui m'a donné naissance était trop jeune ou sans situation ? Peut-être que mon père biologique était un homme marié qui ne voulait pas de moi ?

Petit, j'ai souvent imaginé des scénarios dans lesquels ma mère biologique sonnait à ma porte et me disait qu'elle aimerait apprendre à me connaître, moi, son fils. Et en grandissant, je me suis résigné.

Je remercie le ciel chaque jour d'être tombé dans ma famille, chez ces deux personnes qui m'ont entouré d'un amour inconditionnel depuis tant d'années. Ce n'est pas la génétique qui fait une famille, c'est l'amour qu'on met pour la créer. Et ma famille à moi, elle a beaucoup d'amour à revendre.

Nous arrivons devant la grande bâtisse en pierre beige que j'appelle "maison". Home sweet home, pensais-je. Le jardin de la propriété regorge de fleurs et d'autres plantes que ma mère prend passion à entretenir et à voir grandir. Et il y a ce nain de jardin, le seul dans tout le lotissement. Les gravillons de l'allée crépitent sous mes chaussures lorsque je descends de voiture. Je jette un coup d'œil vers le coin du porche et m'aperçois que la caméra de surveillance est toujours au même endroit malgré les années qui ont passé.

Mon père ouvre avec difficulté la porte d'entrée marron en bois massif. Je m'empresse de gravir les trois marches pour l'aider.

— Le médecin a dit que tu devais te reposer !

— Je n'ai qu'une cheville en moins, je ne suis pas mort ! Mes béquilles ne vont pas m'empêcher de venir accueillir mon fils quand même !

Je raccompagne mon père vers le salon et l'oblige à s'asseoir sur le canapé en cuir bordeaux. Maman me regarde et semble exaspérée par le comportement de mon père.

— Noé, tu sais à quel point ton père est têtu, il n'en fait qu'à sa tête ! Si ça ne tenait qu'à lui, il serait monté dans ce train en rampant.

Elle lève les yeux au ciel et part se rafraîchir.

Mes parents ne se sont jamais habitués à mon changement de prénom et pour eux, je resterai toujours Noé.

Je laisse mon père dans le salon et monte l'escalier pour arriver à ma chambre d'adolescent. Elle, non plus, n'a pas changé. Je fais un bond en arrière de dix ans.

Je pose mon sac de voyage sur le sol et m'allonge sur le lit, un bras derrière la tête. Le poster de mon groupe préféré se décolle légèrement du mur et menace de tomber.

Je me lève et pars fouiller dans le tiroir de mon bureau à la recherche d'une punaise ou tout autre objet pouvant m'aider à fixer l'affiche. Je pousse la paperasse et les stylos accumulés dans le meuble. Une couverture épaisse et colorée attire mon attention. Ma surprise est grande lorsque je me rends compte de l'objet que je tiens dans mes mains. Tiens, je t'avais oublié.

— Oh, tu as retrouvé l'album photo.

Je sursaute à la voix de ma mère. Elle s'assied à mes côtés sur le lit et un triste sourire se dessine sur son visage, grandissant à mesure que je tourne les pages du cadeau offert par Rachel pour fêter la première année de notre rencontre.

Des dizaines de photos de nous sont rassemblées. Les deux protagonistes sourient à l'objectif ou s'embrassent. Beaucoup d'émotion, voilà ce que je ressens alors que je redécouvre nos visages d'adolescents.

Une enveloppe ivoire se détache de l'album et glisse à terre. Mon nom est inscrit dessus dans une écriture rouge. C'est la première fois que je la vois. Qu'est-ce que ça peut bien être ?

Chapitre 11. Rachel

Les rideaux de la chambre d'hôtel volent en raison du vent. J'ai le corps en sueur, ces exercices matinaux m'ont épuisée. Il est là, souriant à mes côtés. Sa main est posée sur mon ventre dans un geste protecteur et il me fait face.

Je caresse tendrement sa joue, sa barbe entre en contact avec mes doigts et me pique légèrement. Ses yeux me transpercent avec l'envie de recommencer.

— Tu ne crois pas qu'on devrait sortir de la chambre ? Cela fait deux jours qu'on est à Nice et je n'ai rien vu d'autre que ces murs.

Je désigne l'environnement d'un revers de la main. J'aimerais tellement sortir et me balader sur la célèbre promenade des Anglais. Lisa n'a pas arrêté de me rappeler à quel point ce serait dommage de la rater, c'est un incontournable après tout.

Il commence à racler sa gorge et regarde partout sauf dans ma direction. Il n'a pas besoin de me parler, je sais ce qu'il va dire avant même qu'il ne prononce un seul mot et ma déception s'affiche sur mon visage.

— Ma chérie, ce n'est pas ce que tu voulais ?

— Rester dans une chambre pendant un week-end complet ?

— Arrête ton sarcasme, Rach, tu voulais qu'on passe du temps ensemble et c'est exactement ce qu'on est en train de faire.

— D'un, tu sais très bien que je n'aime pas ce surnom stupide. Et de deux, je nous imaginais passer un week-end romantique à découvrir la ville.

— Je préfère t'explorer toi, c'est plus intéressant. Tu verras, tu ne regretteras pas d'avoir accepté de m'accompagner.

— On sait tous les deux que c'est faux.

Je me réveille en sursaut dans mon lit. Mon réveil m'indique qu'il est 3 h 2. Je repousse les draps et pars me désaltérer dans la cuisine.

Cela fait plusieurs mois que je n'ai pas rêvé de cet homme, je pensais en être guérie. Je me remémore ce week-end de juin, passé en sa désastreuse compagnie. Je me doutais déjà à ce moment-là qu'il voulait me cacher, qu'il cherchait n'importe quel prétexte pour garder notre relation secrète, mais je ne pensais pas qu'il irait jusqu'à nous confiner dans cet hôtel.

Ce furent quelques jours gravés dans ma mémoire et dans celle du lit qui nous a supportés. Je ne lui pardonnerais jamais ce qu'il m'a fait.

Je parviens à me rendormir, non sans peine, au bout d'interminables minutes. Il est sept heures lorsque j'émerge de mon court sommeil. J'ai le sentiment de ne pas m'être assez reposée. Mes paupières sont lourdes et menacent de se refermer à nouveau si je ne déguerpis pas de ce lit au plus vite.

Il m'a fallu une grande dose de courage et d'autodétermination pour arriver devant les portes de l'immeuble abritant l'activité qui me permet de payer mes factures.

Aujourd'hui, une grande journée m'attend puisque monsieur Veymers souhaite me voir. Il était censé nous rendre visite il y a déjà quelques jours, mais, selon Lisa, il y a eu une urgence qui explique le report de notre entrevue. C'est donc pour ça que je me retrouve toute seule au bureau, un samedi matin, attendant patiemment dans mon fauteuil de voir apparaître mon patron dans la pièce.

— Rachel, quel plaisir de vous revoir !

Je me mets debout pour accueillir ce soixantenaire aux cheveux aussi blancs que de la neige. S'il avait une barbe, il pourrait concurrencer le Père Noël. Mais, il porte un costume qui semble avoir été découpé sur lui. Même pendant le week-end, il porte une cravate nouée autour de son cou et des boutons de manchettes avec ses initiales.

— C'est toujours un plaisir partagé, monsieur Veymers, je lui rétorque, sincèrement.

Bon, ok, je ne suis pas la plus enjouée à l'idée de prendre le métro le samedi matin pour me rendre ici, mais Veymers est un homme que j'apprécie malgré tout. Il m'a donné ma chance et rien que pour ça, je ne peux que lui être redevable.

Il s'installe sur le siège de l'autre côté de mon bureau. Je lui détaille brièvement les idées que nous avons eues pour le projet sur lequel nous travaillons actuellement. Il a l'air enchanté par mes dires et me pose de nombreuses questions. Je tente bien que mal de lui répondre au mieux afin de lui prouver notre performance professionnelle.

— Écoutez, Rachel, si je suis là, ce n'est pas uniquement pour voir où vous en êtes sur le projet Laïtisser. Je suis à

Paris, car j'aurais un service à vous demander, ou plutôt une proposition à vous faire.

— Je vous écoute.

Il relève le tissu de son pantalon, certainement pour ne pas le froisser puis croise ses jambes l'une sur l'autre

— Je souhaiterais que vous vous rendiez à Rome pour moi, à titre exceptionnel.

— À Rome ? je manque de m'étrangler.

Il doit lire la surprise sur mon visage puisqu'il poursuit :

— Une grande entreprise de maroquinerie de luxe italienne a fait appel à nos services pour des spots télévisés, ainsi que pour une importante campagne dans des magazines de mode et autres affiches.

— Vous voulez donc qu'on lui fasse le pack complet en matière de publicité ?

— Exactement, il nous les faut.

Le pack complet est un ensemble de techniques que l'on utilise chez C & C pour proposer à nos clients le meilleur en matière de diffusion d'image, une publicité sur tous les supports possibles.

— Je veux donc que vous alliez à Rome pour les rencontrer et pouvoir cerner au mieux leurs besoins. Je veux qu'ils soient en contact avec vous en premier, puis nous confierons les échanges suivants à Lisa.

— Vous pouvez me faire confiance, c'est dans mes cordes. Je saurais les chouchouter pour obtenir ce contrat.

Je suis plus qu'heureuse de cette opportunité qu'il m'offre. C'est une chance inouïe d'obtenir un nouveau contrat qui ne fera que confirmer que je suis la plus compétente dans mon domaine.

— Vous emmènerez notre nouvelle recrue avec vous. Je veux qu'il soit sur le terrain.

J'avale de travers le verre d'eau que je viens de me servir. Dites-moi que je rêve !

— Noah Wilson ?

Veymers hoche la tête et se sert un jus de fruits, comme s'il ne venait pas tout juste de lâcher une bombe qui pourrait anéantir ma carrière.

Mes yeux sortent de leurs orbites. Je ne peux pas partir plusieurs jours, seule avec Noah, dans un pays étranger, c'est juste impossible. Il faut que je le dissuade avant qu'il ne prenne une très, très mauvaise décision.

— Monsieur Veymers, sauf votre respect, je ne pense pas que cela soit une bonne idée. Noah est encore nouveau chez nous, je suis sûre qu'on peut trouver quelqu'un de plus qualifié pour répondre à vos attentes. Il ne faudrait pas compromettre un très gros contrat à cause d'un manque d'expérience.

Veymers se met à rire.

— Monsieur Wilson a toute l'expérience nécessaire pour charmer nos futurs clients. Il sera parfait pour remplir ce rôle. Je vous enverrai les détails par mail et je vous laisse le soin de l'annoncer à monsieur Wilson, lundi matin.

Mon boss se met en marche sans plus de cérémonie.

— Très bien, si tel est votre souhait, je lui décoche amèrement alors qu'il a le dos tourné.

— Merci, Rachel, je savais que je pourrais compter sur vous.

Monsieur Veymers quitte les lieux après une poignée de main cordiale et me laisse seule à mon triste sort.

Je tente de me résigner, de toute manière ce n'est pas comme si j'avais le choix ! Ce n'est qu'un voyage professionnel avec un collègue, dans un but bien précis. Un collègue avec qui tu as couché, me rappelle ma conscience.

Je suis une grande fille et Noah n'arrivera pas à me détourner de l'objectif premier de ce séjour. Nous sommes deux professionnels de la publicité. Alors, pourquoi j'essaye autant de me convaincre qu'il ne se passera rien ?

J'ai l'impression d'être dans un trou que j'aurais creusé et duquel je ne parviens pas à m'extraire, malgré toute ma bonne volonté.

Mon téléphone interrompt mes pensées vagabondes. Un numéro que je ne connais pas s'affiche sur l'écran de l'appareil.

— Allo ?

Silence, puis :

— Bonjour, Rach.

Cette voix, je la reconnaîtrais entre mille. Je me fige sur place, je ne pensais pas l'entendre à nouveau un jour.

Mon cœur fait un bond dans ma poitrine et je sens les larmes monter, pour finir par inonder mes yeux. La main qui tient le combiné se crispe, je sens mes jointures devenir blanches et mon sang ne plus arriver jusqu'à l'extrémité de mes doigts.

J'ai l'impression de ne plus avoir d'air dans les poumons. Une boule se forme dans ma gorge, représentant la peur qui m'envahit, celle de cet homme que je ne connais que trop bien.

— Bonjour, Damien.

Si le dieu du Mal portait un nom, ça serait le sien.

Que veut-il de moi ?

Chapitre 12. Noah

— Qu'est-ce que c'est ? me demande maman.

— Je ne sais pas, je ne l'ai jamais vu.

— Elle t'est destinée en tout cas.

— C'est l'écriture de Rachel.

— Elle a dû la déposer à l'intérieur de l'album le jour où elle te l'a offert.

J'acquiesce, les suppositions de ma mère me semblant logiques. Mais pourquoi Rachel n'a-t-elle jamais mentionné cette enveloppe ?

— Je vais te laisser regarder ça tranquillement. Si tu me cherches, je serai dans la cuisine, je dois préparer les médicaments prescrits par le médecin pour ton père.

Maman sort de ma chambre et mon regard se pose à nouveau sur ce que je tiens entre les mains. Je reconnaîtrais son écriture entre mille.

Je décachette l'enveloppe avec précaution pour ne pas la déchirer complètement. Tout ce qui vient de Rachel est précieux pour moi. Je découvre une lettre manuscrite qui semble avoir été écrite avec soin à l'aide d'un stylo plume.

Mon cher Noééééé. Ces premiers mots me tordent légèrement la gorge. Le souvenir de ce surnom surgit dans mon esprit instantanément, comme si mon cerveau avait ouvert un tiroir intitulé "Rachel", qu'une vidéo s'y trouvait et qu'il avait appuyé sur "play".

L'inauguration de ce surnom remonte à notre premier tête-à-tête, la première fois que nous nous sommes donné rendez-vous pour passer un moment ensemble, uniquement tous les deux, sans notre groupe d'amis autour de nous.

Nous parlions de banalités puis, en raison d'une blague que je lui ai faite, elle s'est mise à prononcer mon nom en riant. Ce qui était censé être "Noé" s'est donc transformé en "Noééééééé" et le surnom était attribué.

C'est un souvenir heureux à ses côtés, le tout premier, que je chéris précieusement.

Trêve du passé, je poursuis ma lecture :

Aujourd'hui, scelle la première année de notre amour. Je ne pourrais la résumer en quelques mots, alors je vais le faire en te remémorant mon plus beau souvenir, et je pense qu'il nous représente plutôt bien.

Te souviens-tu du jour où tout heureux de ta trouvaille, tu m'as offert un trèfle à quatre feuilles ? Nous étions près du lac et je te faisais part de mes peurs concernant cet oral de français. Tu m'as rassurée pendant de longues minutes, mais je n'arrivais pas à m'en convaincre, alors tu es parti et, en un rien de temps, tu es revenu en courant vers moi en me montrant ces quatre petites feuilles vertes.

Ton regard s'est illuminé et tu étais fier de pouvoir me dire que je n'avais rien à craindre puisque, maintenant, je tenais la chance entre mes mains et qu'elle ne pouvait plus me quitter. Ce jour-là, j'ai senti tout le soutien et l'amour que tu me portais et, par-dessus tout, j'ai su que je pourrais toujours compter sur toi. Et par ce geste simple, j'ai compris le besoin que j'avais de t'avoir dans ma vie.

Mon cœur, je ne pourrais désormais plus me passer de toi. Je ne sais pas ce que l'avenir nous réserve, mais dans tous les cas, je sais qu'on affrontera le futur ensemble, main dans la main.

Et qui sait, peut-être que, dans quelques années, nous réaliserons notre rêve et nous monterons ensemble notre entreprise de publicité ? Peut-être même que nous serons les meilleurs du monde entier ?

Dans tous les cas, sache que je t'aime. Je t'aime d'un amour qui dépasse l'entendement puisque, quand je te regarde, je sais que tu m'aimes pour ce que je suis et, pour moi, c'est ça la définition du verbe "aimer".

Avec tout mon amour,
Rachel

Je ne sais quoi penser de ce présent. Un goût amer stagne dans ma bouche, comme un goût d'inachevé. Rachel ne m'a jamais avoué en face son amour. Je savais pertinemment qu'elle m'aimait, j'en étais conscient. Cependant, ses lèvres n'ont jamais prononcé les mots "je t'aime". Ces trois syllabes pourtant communes représentaient un sens trop fort pour Rachel. Ils étaient importants à tel point qu'elle ne les prononçait qu'à ses proches. J'aurais aimé lire cette lettre avant, peut-être aurait-elle changé une partie de notre histoire ?

Mais, après tout, il n'est pas trop tard. Certes, je ne pourrais pas changer le passé, mais maintenant que j'ai ces mots en ma possession, cela pourra peut-être m'aider à la conquérir à nouveau.

Je n'ai jamais pu passer outre cette femme. Après notre séparation, je n'ai jamais pu trouver quelqu'un lui ressemblant, quelqu'un avec qui je pourrais me laisser aller librement.

Après avoir passé toute mon enfance à subir des moqueries sur ma maigreur et à entendre le mot "brindille" à tout va, je me suis pris en main.

Je suis allé à la salle de sport quatre fois par semaine, enchaînant courses et haltères. Je me suis bâti un nouveau corps qui est parvenu à cacher ces blessures. Je me suis construit cette barrière fortifiée de muscles, que personne n'a réussi à percer à jour. Et après le drame, j'ai eu besoin de me trouver un objectif à atteindre.

Lorsque mon corps s'est transformé, j'ai senti un tout autre regard de la part de la gent féminine. Je me faisais séduire, et des inconnus ont commencé à me prendre au sérieux. Parfois, je me sens coupable de faire passer mon identité et ma personnalité à travers mon physique, mais ayant vécu l'enfance que j'ai eue, je ne peux que me féliciter du chemin que j'ai parcouru.

Ce nouveau physique avantageux est une revanche sur la vie, une claque à tous ceux qui m'ont un jour mis plus bas que terre. Je suis un homme neuf, mais plus que tout, un homme qui n'a plus peur de rien, ni de personne. Je ne souhaite à personne ce harcèlement incessant, cet acharnement journalier contre un enfant vulnérable qui ne voulait qu'une simple chose : être aimé. Je voulais des amis avec qui faire une balle aux prisonniers ou une pyjama party, être un enfant comme ceux que j'admirais depuis mon coin, seul dans la cour de récréation.

J'ai un souvenir en tête, celui d'un gamin de dix ans invitant tous ses camarades de classe par un bel après-midi d'automne à fêter son anniversaire dans sa nouvelle maison. Il avait tout prévu : un beau gâteau en forme de ballon de football, des jeux pour se divertir, des bonbons à perte de vue et même une chasse au trésor.

Tout était prêt pour ce grand jour qu'il attendait tant. Souffler ses dix bougies, entouré d'amis, était son plus grand rêve. Malheureusement pour le petit Noé, aucun enfant ne s'est montré. Personne ne voulait fêter cet événement à ses côtés.

Le lendemain matin, les rires déchaînés de ma classe m'ont fait ressentir une profonde solitude. Je n'ai jamais eu aussi mal que ce jour-là. Mon petit cœur innocent s'est brisé en morceaux irréparables et cela m'a marqué pendant de nombreuses années. Ce sentiment de rejet m'a poursuivi, et mes plus terribles cauchemars se sont transformés en une triste réalité, celle d'un enfant solitaire.

Le lendemain, en fin de soirée, ma mère me conduit à la gare pour reprendre le train en direction de Paris. Une nouvelle semaine palpitante s'annonce chez C & C, une nouvelle semaine aux côtés de la belle Rachel.

Chapitre 13. Rachel

Mes mains sont secouées de longs tremblements. Une envie irrésistible de raccrocher me prend, tout comme prendre mes jambes à mon cou pour m'enfuir le plus loin possible de lui. Il ne dit rien, ne poursuit pas la conversation.

Mais que cherche-t-il à la fin ?

Un moment interminable plus tard, il se décide enfin à prendre la parole :

— Je voudrais te revoir.

— Je ne pense pas que cela soit une bonne idée.

— Je ne te demande qu'un repas, rien de plus. S'il te plaît, Rach, en souvenir du passé.

— Mais à quel passé fais-tu référence, Damien ?

Je me concentre sur l'affiche d'une de nos précédentes campagnes, accrochée au mur dans un cadre doré, pour qu'il n'entende pas à ma voix que ce coup de fil m'affecte.

— J'ai mal agi, j'en suis conscient. Ma psy m'a dit que ça me ferait du bien de m'expliquer avec toi.

Il paraît presque sincère, et sa voix n'est pas aussi dure qu'à son habitude. Un inconnu pourrait se faire leurrer par son ton d'homme fragile et brisé, mais Damien n'est rien de tout ça, cet homme est sans cœur. Il n'est pas capable de ressentir une quelconque empathie. Ses talents de comédien ne font émerger en moi qu'un mélange de colère et d'amertume.

— Au revoir, Damien.

— Je veux juste m'excuser et après je te laisserai tranquille. Je t'en fais la promesse.

— Te connaissant, je suppose que tu ne lâcheras pas l'affaire avant d'avoir obtenu ce que tu veux.

— Juste un malheureux repas, c'est moi qui t'invite.

— Seulement un café. Mardi, 16 h, au croisement des rues Hubert et Matisse.

— Toujours aussi directe.

— Ne me fais pas regretter mon choix. À mardi.

Il n'a pas le temps de répondre que ma main s'est déjà débarrassée de l'objet qu'elle contenait, comme si le téléphone me brûlait les doigts.

Mais pourquoi ai-je accepté ce rendez-vous ? Mes coudes s'enfoncent dans le meuble devant moi tandis que mes doigts s'emmêlent dans mes cheveux. Je suis presque morte intérieurement en entendant sa voix, alors voir Damien en chair et en os, qu'est-ce que cela me fera ressentir ? Ce coup de fil vient remuer en moi une plaie encore ouverte, une plaie qui n'en peut plus de saigner.

Une boule d'énergie ensoleillée entre en furie dans mon bureau. Lisa s'approche de moi, un large sourire sur les lèvres. Son long trench jaune pastel suit chaque mouvement de son corps.

— Je suis venue te sauver de ce grand bureau tout vide. Alors, que te voulait le grand patron ?

Son enthousiasme s'évapore lorsque ma tête se redresse et que mon regard rencontre le sien. Une larme, que je pensais avoir réussi à refouler, roule sur ma joue puis s'ensuit un éclat en sanglots.

— Oh, ma chérie. Qu'est-ce qui s'est passé ? Il t'a annoncé une mauvaise nouvelle ?

Lisa se tient derrière moi et m'entoure de ses bras aux doigts manucurés, alors que je tombe à terre. Son parfum sent le monoï et la sérénité. Elle m'enveloppe de tout son amour et la sentir tout près me réconforte plus que je ne peux l'accepter. Lisa a toujours eu cet effet apaisant sur moi.

— Raconte-moi tout.

La paume de sa main caresse mon dos d'un geste protecteur. Je ne parviens à murmurer entre deux sanglots qu'un faible :

— Damien.

Cette réponse suffit à Lisa. Elle ne pose pas de questions et je la remercie intérieurement de ne pas en exiger plus de moi, j'en serais incapable. Elle ne cesse de me réconforter pendant une bonne dizaine de minutes avant de décider que changer d'air me ferait du bien.

— Viens avec moi, on rentre.

— D'accord.

Ma meilleure amie m'aide à rassembler mes affaires et me raccompagne jusque dans l'enceinte de mon appartement.

— Est-ce que tu veux que je reste avec toi ?

— Tu n'avais pas quelque chose de prévu cet après-midi ?

— Aucun pénis n'est plus important que toi, ma belle.

— Merci, Lisa.

Nous nous asseyons sur le canapé du salon et je lui relate les événements de ce matin. Lisa passe en un éclair, de l'excitation à une envie terrible de tuer mon interlocuteur matinal.

— Je ne comprends même pas pourquoi il veut te voir. Si ce type a des problèmes, qu'il se débrouille tout seul pour les régler ! Il t'a fait assez de mal comme ça, Rachel, je ne veux pas te voir encore souffrir.

— Ce sera juste une conversation de quelques minutes.

— Tu veux y aller ? Très bien, mais je viens avec toi !

— Il en est hors de question, je dois l'affronter seul.

Lisa me fait ses gros yeux, ceux qui m'avertissent de ne pas la contredire, mais elle se radoucit lorsqu'une nouvelle larme fait son apparition sur mon visage.

— Promets-moi que tu ne le laisseras pas t'atteindre à nouveau.

— Je te le promets, Lisa.

Et c'est une promesse que je compte tenir.

— Crois-moi, s'il touche à un seul de tes cheveux, je serais là à l'attendre patiemment avec ma plus belle batte de baseball, comme dans ce film avec Harley Quinn !

Instantanément mon visage se transforme pour laisser place à de la joie. La vision de Lisa avec des couettes colorées et un short bleu me fait sourire. Je l'imagine parfaitement débarquer dans le café et arriver à notre table en menaçant Damien.

Ma meilleure amie en serait tout à fait capable si mon bonheur était en jeu. Mais elle n'aura pas besoin de déployer autant d'efforts. Malgré sa touchante sollicitude, je ne compte pas rester plus de cinq minutes avec ce démon venu tout droit de l'enfer, car, oui, c'est la définition que je donnerais de lui si on me le demandait.

— Est-ce que tu veux manger un morceau pendant qu'on regarde un épisode sur Netflix ? elle me propose en tirant un plaid sur mes genoux.

— Tu sais comment me faire plaisir.

Nous commandons un burger chacune et un dessert sur une application en ligne. Un coursier à vélo vient nous remettre notre précieux repas vingt minutes plus tard, et il est temps pour nous de commencer une nouvelle série sur une histoire d'amour tumultueuse entre deux personnages à fort caractère. Vous avez dit ironique ?

- Quelque part à la campagne, 21 septembre 2010 -
— Tu magnifies la beauté de cette robe, Rachel.

Mes joues s'empourprent de la même couleur que l'habit que je porte. Je ne peux répondre à ce garçon qui m'intimide.

Ses doigts enlacent les miens pendant de longues secondes. Nous sommes assis sur une couverture vert pomme, disposée dans l'herbe, sous un grand chêne. Le cadre qui nous entoure est aussi bucolique qu'une peinture de Claude Monet.

— Est-ce que tu veux une fraise ?

Noé sort une barquette de fruits du sac isotherme qu'il a apporté. Mon accompagnateur m'a fait la surprise d'un romantique pique-nique improvisé. Je suis comme une actrice de téléfilm à l'eau de rose, mais en beaucoup plus réelle.

J'accepte volontiers le fruit rouge qu'il me tend et le croque à pleines dents.

— Tu en as un peu, juste là.

Il montre du doigt le coin de ma bouche. Je tente de me débarrasser des résidus de fraise, mais je semble échouer lorsque j'observe l'expression sur son visage.

— Laisse-moi t'aider.

Un linge vient essuyer ma bouche d'une manière tendre, puis je suis du regard ses lèvres se rapprocher dangereusement des miennes.

Un contact se fait ressentir dans mon dos, je devine que son bras s'est glissé derrière moi. Je ne le repousse pas, il sait que j'ai envie de cette proximité autant que lui.

Sa langue s'immisce entre mes lèvres et commence à jouer avec la mienne. Il la titille et nos deux parties dansent à l'unisson. Ce baiser est langoureux et intense.

Quand nous nous écartons enfin l'un de l'autre, à bout de souffle, une vague de plaisir emplit mon cœur. Je ne me suis jamais sentie aussi comblée.

Chapitre 14. Noah

— Bonjour, est-ce que vous pouvez me dire si Rachel est là ?

Une voix s'immisce dans mes oreilles alors que je porte à mes lèvres le café que je me suis fait en arrivant.

Je me retourne et surprends une conversation entre Christiane et un barbu. Pourquoi cet homme cherche-t-il Rachel ? Il ne l'aurait pas appelé par son prénom s'il était un simple client.

Mes sens sont alertes et je ne peux m'empêcher de ressentir une pointe de jalousie envers cet étranger. Il est grand et barbu, un peu à la façon d'un dieu grec. Ce qui me fait me mettre sur mes gardes n'est pas tant son souhait d'une entrevue avec Rachel, non ce qui m'interpelle, c'est son physique. N'est-ce pas le type de physique qu'une grande partie de la population féminine et masculine souhaiterait avoir dans son lit ?

J'aperçois mon reflet dans une des fenêtres de l'étage. Mes incertitudes refont surface. Je vois à nouveau le gamin de quinze ans mal dans sa peau et doutant de tout. Cet adolescent qui gardait constamment les yeux rivés vers le sol pour ne pas affronter ceux des autres, pour fuir leurs attaques.

C'est grâce à Rachel que j'ai pris confiance en moi, c'est cette femme qui m'a permis d'accepter le physique dont la nature m'avait doté, ou du moins d'en faire abstraction. Et puis, à dix-neuf ans, le drame est survenu et j'ai failli replonger dans cette tourmente qui m'habitait.

— Noah! Ton week-end s'est bien passé ?

Marc vient à ma rencontre et me tend une poignée de main amicale, me permettant de m'échapper de mes rêveries et de me ramener à l'endroit où je suis.

Lorsque mon regard se pose à nouveau sur mon reflet, ma vision a changé. L'enfant fragile a laissé place à un homme imposant dans un costume bleu marine. Mon torse est bombé comme un ballon auquel on aurait injecté de l'hélium. Mon assurance se ressent dans ma posture.

Comment ai-je fait pour passer d'un opposé à un autre en l'espace de quelques instants ? Il va sans dire que je préfère ce Noah-là.

Monsieur Barbu passe à mes côtés sans un mot et emprunte le couloir. Ce serait mal me connaître de le laisser filer. Je dois connaître la raison de sa venue. Dorénavant, tout ce qui concerne Rachel me concerne aussi. Il semblerait que j'ai trouvé ma nouvelle devise.

Piqué d'une vive curiosité, je pars à la chasse à l'homme.

— Excusez-moi ?

Barbe brune interrompt sa marche puis fait volte-face. Du doigt, il repousse ses lunettes sur son nez. Il paraissait grand de loin, mais à présent je dirais qu'il fait aux alentours de ma taille.

— Est-ce qu'on se connaît ? il me demande d'une voix rauque.

Pas encore, mon pote.

— Ne serait-ce pas plutôt à moi de poser cette question ? Que faites-vous ici ?

Son sourcil gauche s'arque en un accent circonflexe presque parfaitement exécuté. Les bras croisés, il m'analyse, son regard allant de mes pieds à ma tête. Il fait preuve d'un peu trop d'aplomb à mon goût. Dommage pour toi Roméo, tu as de la concurrence en face de toi.

— Je ne vois pas en quoi cela vous regarde.

Un petit rire m'échappe. Cet inconnu est en train de jouer au plus malin avec moi et je n'aime pas ça. Son expression de défi me force à le pousser dans ses retranchements. Il me rappelle ces brutes que j'affrontais lorsque j'étais gosse. Je me suis juré que plus personne ne me tiendrait tête. Et même si la peur qu'ils reviennent me hante toujours, j'ai décidé de vivre ma vie comme je le souhaitais. Ils m'ont pris mon identité, hors de question qu'ils me prennent ça aussi.

— Cela me concerne lorsqu'un étranger à nos services se présente sur mon lieu de travail sans y avoir été autorisé.

Je croise les bras sur mon torse et le bombe un peu, je dois bien l'avouer.

— Vous êtes quoi, la police de l'étage ?

Tu ne vas pas me la faire à moi, connard !

— Vraiment très drôle ! Au moins je sais qu'humoriste n'est pas l'objet principal de votre travail, sinon vous auriez été renvoyé rapidement. Je réitère ma question, que faites-vous là ?

— Je m'appelle Yann et je viens voir Rachel. Est-ce une réponse suffisante pour vous ? il s'enquiert en caressant sa barbe de bûcheron. J'avoue que j'ai bien envie de la lui raser afin qu'il pleure toutes les larmes de son corps.

— Est-ce qu'elle sait que vous voulez la voir ?

— Je lui ai offert un bouquet de fleurs, donc, oui, je pense qu'elle est au courant de mes intentions.

Il ponctue sa phrase d'un large sourire. Touché.

Un sentiment de rage se faufile entre mes côtes et s'infiltre dans mes veines pour irradier la totalité de mon corps. Plusieurs points se précisent et pour mon plus grand malheur, j'avais raison.

Barbe brune vient donc voir Rachel pour des motifs autre qu'une simple relation client-professionnel. Et pour enfoncer le couteau dans la plaie, il est à l'origine des fleurs reçues quelques jours plus tôt. Rachel m'a clairement fait comprendre qu'elle ne m'accorderait qu'une seule nuit. Qu'a-t-il de plus que moi pour qu'elle change d'avis en sa faveur ?

Je reste perplexe, sous le choc de cette annonce. Aucun de mes muscles ne réagit. Mon cerveau est embrumé par l'incompréhension des informations qui viennent de lui parvenir.

— Est-ce que l'interrogatoire est terminé ?

Le fameux Yann est toujours planté devant moi, son attitude de conquérant encore présente. Sans réponse de ma part, il commence à tourner les talons au moment où une femme ouvre la porte. Elle manque presque de tomber à la renverse, mais les bras du bûcheron la rattrapent et il l'aide à se remettre sur pied. Un sourire naît sur son visage quand il se rend compte de l'identité de la demoiselle en détresse.

Mes pas se pressent vers le lieu de la collision.

— Yann ?

— Rachel.

Une des mains de Yann le bûcheron est posée sur son avant-bras. Comment ose-t-il la toucher ? L'atmosphère est changeante. Je n'ai pas de mal à remarquer qu'il meurt d'envie de se rapprocher d'elle.

Trêve de retrouvailles pour moi, ce spectacle est plus que ce que je peux supporter.

— Bonjour, Rachel, je déclame comme un cheveu sur la soupe pour lui montrer ma présence.

Son visage pivote dans ma direction et sa bouche s'arrondit.

— Bonjour, euh… Noah.

L'expression abasourdie de Rachel s'efface pour se transformer en une assurance professionnelle que je ne lui connais que trop bien. Du coin de l'œil, je sens Barbe brune me fusiller du regard.

Qu'importe, je vais être un vrai obstacle à leur rapprochement, c'est décidé.

Chapitre 15. Rachel

Yann. Noah. Tous les deux devant moi. Je ne peux en croire mes yeux. Je suis paralysée tant la surprise est grande. Je me sens oppressée et bloquée dans un triangle plus qu'étrange.

Ne sachant pas quoi faire, je n'ai qu'une réaction : m'enfuir. Je me presse de rentrer dans mon bureau et referme la porte derrière moi. Mon dos glisse contre cette dernière et mes fesses atterrissent sur le sol. Les mains sur mon visage, la honte m'envahit.

Je devine avec certitude mon visage empourpré tant je sens le rouge y monter. Une main toque doucement, mais je n'ai pas le cœur à répondre, je préfère rester prostrée ici jusqu'à la fin de mes jours. S'enfuir était vraiment la pire attitude. Ces deux hommes ne me verront plus comme une adulte maintenant. Ils vont me prendre pour une folle !

Je rapproche mes genoux vers ma poitrine, enlève mes escarpins et les envoie faire un petit tour dans les airs. Mes pauvres chaussures s'écrasent près de l'étagère, en un bruit fracassant.

Que m'arrive-t-il ? Je me sens pitoyable, lâche. Quelqu'un continue de frapper et de m'importuner, puis une voix se fait entendre. Je me relève avec peine et actionne délicatement la poignée en prenant soin de passer ma tête à travers l'embrasure, afin de vérifier l'identité de l'envahisseur.

Lisa m'interroge du regard, ne comprenant pas ma méfiance. Je la tire par le bras pour la faire entrer rapidement sans que personne ne la voie.

— Qu'est-ce qu'il t'arrive, Rachy ?

— Il n'y avait personne dans le couloir ?

— Non, non. Pourquoi me demandes-tu ça ? Mais qu'est-ce qu'il t'arrive ?

Lisa me regarde, perplexe, et semble déroutée par la situation.

— Je peux savoir d'où vient cette paranoïa qui a l'air de t'habiter ?

— Tu vas me détester. Ou rigoler de moi. Ou les deux.

— Tu ne fais rien pour me rassurer.

Je lui raconte ma mésaventure, celle d'une femme terrorisée qui tente d'échapper à la confrontation par tous les moyens. Elle rit de moi, comme prévu.

— Mais pourquoi tu t'es enfuie ?

— Je ne sais pas. Quand je les ai vus là, tous les deux, j'ai eu l'impression d'être un lapin coincé dans le piège d'un chasseur. Est-ce que tu me prends pour une folle ?

Je ne lui en voudrais pas si c'était le cas.

— Pas du tout. Ce que je pense, c'est que tu t'es perdue, Rachel. Tu as vu deux hommes qui pourraient te correspondre et tu as eu peur.

Je ne peux pas la contredire. Lisa a parfaitement raison et je m'en rends compte à présent. Quelques années auparavant, Noah et Yann auraient pu être des hommes avec qui je me serais vu aisément partager un avenir.

Ma meilleure amie vient me rejoindre et s'assied à mes côtés, par terre.

— Je ne peux pas sortir. Je ne veux pas les croiser, je la supplie du regard.

— Ma chérie, tu ne vas pas te terrer indéfiniment dans ton bureau. Tu vas forcément être amenée à les croiser, l'un comme l'autre.

— Je sais, mais je veux retarder l'échéance.

Au bout d'une dizaine de minutes, Lisa me pousse à l'extérieur et me force à affronter mes craintes. Ma priorité est d'aller trouver Noah, je dois lui annoncer le voyage qui nous attend, je n'ai pas d'autre choix.

Je le trouve dans notre salle de pause, riant de bon cœur avec une blonde que je soupçonne de travailler à l'étage inférieur. Sa main est posée sur son avant-bras et elle le presse à chaque secousse que provoque son rire. Elle remet une mèche de cheveux derrière son oreille tout en poursuivant leur jeu de regards. Blondie lisse ensuite sa jupe, et Noah ne manque rien de son geste.

D'un point de vue extérieur, son attitude est complètement aguicheuse. Il n'y a aucun doute que Noah ne la laisse pas indifférente. Un sentiment de jalousie pointe le bout de son nez, mais il n'a aucune raison de se loger juste là, sous ma poitrine.

Une crise de panique ce matin, et maintenant ça ? Qu'arrive-t-il à la partie de mon cerveau qui gère mes émotions ? Est-elle défaillante ?

Pendant que les doutes m'assaillent et attaquent de part et d'autre le peu d'âme pure qu'il me reste, Noah paraît sentir mes yeux sur lui, puisque les siens ne tardent pas à se poser sur moi. Son regard intense ne veut pas me quitter.

Son interlocutrice se retourne d'une manière théâtrale et me fusille, comme si j'étais une sorte d'ennemie. Je peux aisément deviner, à sa bouche plissée, qu'elle n'a pas l'air d'apprécier la scène qui se déroule devant elle.

D'humeur joueuse, je décide de continuer dans cette voie. Si, à cet instant, elle voit rouge, dans quelques instants, son expression faciale risque de sombrer vers des couleurs bien plus foncées.

— Noah? Est-ce que je peux vous voir dans mon bureau, s'il vous plaît ?

La surprise se dessine sur le visage de l'un, pendant que celui de l'autre est empli de colère. Elle me tuerait par la pensée si elle le pouvait.

Décidant d'abattre mes dernières cartes, c'est avec un plaisir non dissimulé que je lance à la cantonade :

— J'espère que je ne vous dérange pas, au moins. Cela m'embêterait sincèrement de vous interrompre au milieu d'une conversation passionnante.

Vous avez dit peste ? Moi ? Absolument !

Noah s'empresse de me répondre de la voix la plus suave qu'il m'ait été donné d'entendre :

— Vous savez très bien que jamais vous ne serez à l'origine d'un tel dérangement, Rachel.

Ces six lettres prononcées par sa bouche sont une ode à l'amour. Mon prénom pourrait très bien être celui du pire des tyrans, il serait toujours une invitation au paradis avec lui.

Je chasse mes incontrôlables pensées d'un revers de main et me concentre sur le moment présent en précédant Noah jusque dans mon bureau. Je crois que j'ai réussi à clouer le bec de Blondie.

— Puis-je savoir à quel jeu vous jouez, mademoiselle Dumas ? Je ne sais sur quel pied danser avec vous, il murmure alors que j'ai le dos collé contre la porte.

Que pourrais-je lui répondre alors que, moi-même, je ne peux pas exprimer la raison m'ayant poussée à agir d'une façon plus qu'étrange aujourd'hui ?

Décidant d'échapper à une question embarrassante, pour la deuxième fois de la journée, j'utilise ma carte joker.

— J'espère que vous n'avez rien de prévu pour la fin de semaine prochaine.

Il gratte son menton en guise de réflexion. Les petits poils de sa barbe de trois jours virevoltent au gré de ses doigts. Il me serait si facile de tendre la main afin de profiter d'elle, moi aussi. Cette même barbe avait produit des merveilles sur mon entrejambe, quelques semaines auparavant.

Entendant cette pensée, mes cuisses ressentent le besoin de se serrer l'une contre l'autre.

— Rachel, est-ce que vous m'entendez ?

Perdue dans mes fantasmes, je n'avais pas écouté sa réponse.

— Oui, oui !

— Je vous disais que j'étais libre.

— Très bien ! C'est… parfait ! je rétorque comme si j'étais à bout de souffle.

Il se met à sourire et un "hmmm" sort de ses lèvres.

— Vous comptez me dire pourquoi ou bien est-ce un secret ?

— Oui, pardonnez-moi. Ma tête est un peu ailleurs en ce moment.

Ça, je pense qu'il l'avait remarqué…

— Vous venez avec moi à Rome, jeudi prochain, j'ajoute en tirant sur le blazer que je porte. Nous avons un client à rencontrer et monsieur Veymers souhaiterait que nous y allions tous les deux.

L'annonce produit le même choc en lui que celui que j'ai ressenti, puis il lui suffit d'une seconde pour qu'un sourire sexy naisse sur son visage :

— Il me tarde d'y être !

Chapitre 16. Noah

Rachel me fait un sourire crispé après m'avoir expliqué que je serais en tête à tête avec elle pendant plusieurs jours. Enfin, c'est un tête-à-tête professionnel, mais je serais quand même avec elle et ça, c'est tout ce qui compte. En plus, Rome ce n'est pas un peu le Paris italien ? Du genre hyper romantique ?

Dans le couloir, je croise Lisa qui me lance un drôle de regard.

— Je présume que Rachel t'a parlé de votre futur déplacement.

Une pochette élastique entre les bras, elle semble danser d'un pied sur l'autre, perchée sur ses hauts talons. Je ne peux dissimuler un sourire.

— Elle vient de le faire. Il semblerait que je n'ai plus qu'à m'acheter une valise ! je déclare en dressant mentalement la liste de tout ce dont j'aurais besoin.

Je commence à m'éloigner, mais la voix de Lisa me fait effectuer un quart de tour.

— Eh, Wilson !

— Oui ?

— Rachel adore les plats italiens et les petits restos typiques. Je crois que ce n'est pas ce qui manque à Rome, hein ?

Et elle me fait un clin d'œil en disparaissant dans son bureau. Vient-elle de faire une allusion ou je rêve ? Ne t'en fais pas, Lisa, je viens bien m'occuper de la belle Rachel.

Je me dirige vers l'open space et profite de la lumière des grandes vitres qui donnent sur Paris pour travailler. J'ai un bureau, que je partage avec plusieurs autres collègues, mais j'adore travailler dans l'open space. C'est ce qui me manquait dans mon ancienne entreprise, cette liberté.

Je m'installe à l'une des tables dans l'espace ouvert qui nous est dédié et qui fait aussi office de salle de pause parfois. J'ai déjà vu Marc manger son sandwich sur la table à ma droite et y faire dégouliner sa mayonnaise chimique. Marc n'est pas méchant, seulement il n'est pas des plus adroits et parle plus qu'un perroquet en roue libre.

J'allume mon ordinateur et ouvre le dossier de notre prochain client sur le cloud, là où Rachel a soigneusement tout consigné. Toutes les informations dont on a besoin sont dans ces tableurs de chiffres et ces images d'anciens slogans. Je dois reconnaître qu'elle est très douée dans son domaine.

Je me souviens encore du jour où elle m'a annoncé qu'elle voulait travailler dans la publicité, elle paraissait si sûre de son choix. Moi, je ne savais même pas ce que je voulais manger le soir même. Et puis, à force de l'entendre parler, j'ai apprécié ce monde qu'elle me dépeignait et j'ai décidé d'en faire ma future profession. Elle ne m'a jamais forcé à travailler dans ce domaine, elle m'a simplement fait découvrir un milieu qui finalement me plaît bien. Le stage que j'ai fait, au cours du lycée, dans une agence bien moins importante que C & C m'a prouvé que c'était ce que je voulais faire de ma vie. Et puis, comme une conclusion évidente, nous avons décidé qu'un jour nous créerions notre propre agence, Rachel et moi. Je ne sais pas si elle s'en souvient puisqu'après tout, elle ne se souvient même pas de moi. En même temps, je ne me précipite pas pour réveiller ses souvenirs.

— C'est sympa de travailler dans l'open space. Je peux me joindre à toi ?

Sabrina, la jolie blonde avec qui j'ai partagé un café tout à l'heure, se laisse tomber sur la chaise à mes côtés. Ses yeux bleus sont maquillés avec une épaisse couche de crayon noir et sa jupe crayon remonte un peu trop sur ses cuisses pour être décente.

— Avec plaisir, j'acquiesce, alors même qu'elle n'a pas attendu ma réponse pour s'imposer dans mon environnement.

Je ne sais même pas quel est son rôle dans l'entreprise ni même si elle travaille à notre étage. À vrai dire, tout ce que je sais d'elle c'est qu'elle a tenté de me séduire pendant les dix minutes où on s'est parlé, juste avant que Rachel ne nous interrompe.

Sabrina gribouille ce qui ressemble à des notes sur une page vierge. Je pourrais lui demander ce qu'elle fait, mais je suis trop concentré sur mon propre travail pour tenter d'impressionner Rachel. Car oui, c'est de ça qu'il s'agit. Elle a toujours été meilleure que moi dans tous les domaines scolaires et je ne doute pas qu'elle fasse des étincelles chez C & C, sinon elle ne serait pas au poste qu'elle occupe à l'heure actuelle. Aujourd'hui, j'ai envie de lui pondre mes plus belles idées pour le projet Laïtisser. Je sais qu'elle a énormément avancé sans nous, mais il n'est jamais trop tard pour lui fournir un coup de main.

Je sens la main de Sabrina sur ma cuisse alors que je suis en train de détailler les chiffres du budget alloué à la campagne télévisée. Sa main est presque innocente, elle fait rouler ses doigts de bas en haut tout en faisant exprès de me frôler le moins possible. Cette fille est une joueuse.

Je tourne la tête vers elle et jette un œil vers son décolleté. Elle me surprend et sourit en entortillant une mèche de sa crinière blonde entre ses doigts. Elle se penche vers moi, dangereusement, et murmure à mon oreille :

— Qu'est-ce que tu as prévu de faire ce soir ?

Si je n'avais pas Rachel en vue, je lui répondrais que je l'attendrais dans une chambre d'hôtel, ma queue tendue à l'extrême et que nos vêtements disparaîtraient aussi vite qu'ils ont été enfilés. Mais, ma seule préoccupation est de travailler sur ce projet, alors je l'informe que je ne suis pas disponible.

— Laisse-moi deviner, la brune c'est ta copine ? Celle que tu as suivi la queue entre les jambes lorsqu'elle t'a appelé ?

— Rachel est ma boss.

— Tu sais, c'est vieux comme le monde les employés qui couchent ensemble. Dommage, j'aurais bien aimé que ton stylo magique m'aide à combler le syndrome de la page blanche.

Elle hausse les épaules, rassemble ses affaires et se dirige vers l'ascenseur sans plus d'explication. Je ne suis pas certain de la revoir de sitôt. J'ai foiré un plan cul et mon sexe me maudit pour ça, mais je ne peux pas me laisser distraire. Je ne suis productif que lorsque je suis à fond dans ce que je fais. C'est bien pour ça que je n'écoute aucune musique quand je travaille, je risquerais de me concentrer bien plus sur les paroles que ce qui se trouve devant mon nez.

Cela fait deux heures que j'ai les yeux bousillés par mon écran lorsque le petit cul de Rachel passe devant moi. Elle ne m'a pas remarqué et se dirige vers la salle de pause, que je peux apercevoir depuis mon point d'observation.

Elle retrouve Lisa et se met immédiatement en grande conversation avec elle. Je ne sais pas quel en est l'objet, mais Rachel semble mal à l'aise et Lisa lui caresse le dos. Je regrette de ne pas avoir le superpouvoir de lire sur leurs lèvres, ça m'aurait bien été utile.

Lisa tend une tasse de café à Rachel et cette dernière l'avale d'un trait. La vache, elle doit être sacrément chamboulée pour ne pas sentir la chaleur que je vois d'ici avec le nuage de fumée qui se répand depuis la tasse.

Les deux amies sortent de la salle et je me recroqueville instantanément derrière mon écran pour me cacher.

— J'ai peur, Lisa. J'ai envie de tout annuler, je n'ai pas envie d'y aller.

— Annule, si c'est ça qui te rend nerveuse. Tu sais très bien que, de toute façon, je n'étais pas pour cette idée.

De quelle idée elle parle ?

La curiosité est un vilain défaut, Noah Wilson !

Chapitre 17. Rachel

— Annule, si c'est ça qui te rend nerveuse. Tu sais très bien que de toute façon je n'étais pas pour cette idée.

Je voudrais annuler et ne pas aller voir Damien, j'en meurs d'envie. Chaque fois que je pense à ce rendez-vous, une boule d'angoisse me noue l'estomac.

— Peut-être que je pourrais repousser, je peux dire que j'ai pas mal de boulot ou qu'un client souhaite absolument me voir et que ça tombe à ce moment-là.

Lisa secoue vivement la tête, elle me connaît par cœur.

— Tu as deux solutions ma belle, soit tu l'affrontes pour savoir ce qu'il a à te dire, soit tu lui dis tout simplement d'aller se faire voir parce que c'est un gros co….

Je me précipite pour apposer ma main sur la bouche de Lisa et la faire taire. Son volume a doublé à mesure qu'elle parlait et il est hors de question que toute l'entreprise soit au courant du genre de salopard qu'est mon ex.

— Donc, qu'est-ce que tu comptes faire ? demande Lisa aussitôt que je l'ai libérée de l'emprise de ma paume.

Me défiler, comme d'habitude.

— Je ne sais pas, je confesse en la suivant dans son bureau.

Je m'installe sur le siège moche et j'ai soudain l'impression d'être chez le psy.

Le téléphone fixe de Lisa se met à sonner sur son bureau et, après avoir levé les yeux au ciel, elle répond sur un ton professionnel.

Je sors mon smartphone de ma poche et commence à taper un message à l'attention de Damien. Je ne m'épanche pas sur le sujet, je l'informe simplement que je ne suis pas disponible pour notre café. Deux secondes après, il me répond qu'il sera de nouveau à Paris dans deux semaines. Parfait, ça me laissera le temps de me préparer psychologiquement à le revoir, et, aussi, de bien paniquer pendant quinze jours.

Lisa va me tuer, mais elle est trop occupée par l'appel d'un de nos clients pour s'apercevoir que je sors de son bureau comme un ninja. Je ferais presque un roulé-boulé vers la sortie si je ne craignais pas de finir à l'hôpital.

— Madame Dumas ?

En sortant, je tombe nez à nez avec Christiane, notre responsable de l'accueil qui me dévisage de manière suspicieuse. J'aurais pu la prendre pour une folle si ce n'est pas moi qu'elle prenait déjà comme telle.

Je remets une mèche de mes cheveux derrière mon oreille et agis comme si tout était normal.

— Est-ce que je peux vous aider, Christiane ?

— Non, non, j'allais me chercher un café.

— Parfait, je vais donc retourner à mon travail, je rétorque en feignant un sourire.

Je déguerpis aussi vite que possible pour m'enfermer à double tour dans mon donjon. Bravo, Rachel, du grand art !

De nouveau dans mon fauteuil, cette même assise sur laquelle la trace de mes fesses doit être implantée tellement j'y reste un long moment, je consulte mes mails. Je suis ravie lorsque j'ouvre celui de l'assistante de Veymers dans lequel elle me transmet mon emploi du temps italien et les différents documents des réservations.

Le nom de Noah Wilson est en évidence sur le billet d'avion numérique. Je pourrais prétendre que je n'ai pas reçu ce mail, que son billet a été perdu dans les abysses des ondes, mais je suis une trop mauvaise menteuse pour qu'il ne lise pas la vérité sur mon visage. Je vais devoir faire avec ce boulet à mes pieds, je n'ai pas d'autre choix ! Je tape sur mon bureau pour montrer aux murs mon mécontentement.

Mes yeux tombent sur l'affiche que j'ai accrochée sur un mur, celle de ma première campagne ici, où un homme embrasse la joue de sa femme avec un pot de crème glacée entre les mains. La femme me regarde avec un sourire franc et enjoué.

— Qu'est-ce que tu as à me regarder, toi ? je balance à la photographie. Tu n'as jamais vu quelqu'un être de mauvaise humeur ?

Je sais qu'elle ne pourra pas me répondre, pourtant c'est jouissif de pouvoir vider son sac et évacuer toute la colère qui m'habite à cet instant précis.

Je transfère le mail à Noah, enfin monsieur Wilson, afin qu'il en prenne connaissance et puisse s'organiser. On ne sait jamais, peut-être qu'il a un chien ou un poisson rouge à faire garder pendant son absence ? Ou peut-être même qu'il a des enfants ? Qui sait, je ne lui ai jamais posé la question. Après tout, je ne connais rien de lui. Il pourrait très bien être marié et père de quinze enfants que je n'en saurais rien.

— Rachel, tu viens manger ? me demande Lisa en toquant doucement à ma porte.

J'opine du chef en saisissant mon manteau en feutrine que j'ai négligemment accroché sur le porte-manteau ce matin. Je saisis mon sac à main et arrive dans le hall d'un pas hésitant. Pourquoi me direz-vous ? Tout simplement parce que Lisa ne m'avait pas prévenue que Marc et Noah seraient de la partie. Ce dernier me fixe d'ailleurs d'un drôle d'œil, un sourire en coin.

— Mademoiselle Dumas, je suis ravi que vous nous fassiez l'honneur de vous joindre à nous pour ce maigre festin, murmure Noah à mon oreille, alors que nous nous dirigeons vers l'ascenseur, un brin moqueur.

Lisa et Marc sont en grande discussion devant nous et remarquent à peine que nous sommes à la traîne. Je soupçonne Marc d'avoir un petit faible pour ma meilleure amie depuis des années, mais je me garde bien de lui avouer. Je ne suis pas du genre à faire cracher le morceau à quelqu'un qui n'a pas l'envie ou le courage de se dévoiler.

— Faites attention, Wilson, ce n'est pas parce que nous sommes en pause déjeuner que je ne vous ai pas à l'œil. Je reste votre supérieure, à l'intérieur et en dehors de cet immeuble.

Il se rapproche un peu plus près de moi, à tel point que nos doigts se frôlent. Il ne prend pas la peine de baisser sa tête pour être à ma hauteur et depuis son perchoir creusé par les nombreux centimètres qui nous dépassent, il me déclare tout bas :

— Il y a quelques semaines, c'est moi qui vous avais, à l'œil.

Je deviens aussi rouge que la semelle des Louboutin de Lisa. Instinctivement, je scanne les alentours pour être certaine que personne ne nous ait entendus.

— Après vous, il minaude alors que l'ascenseur ouvre ses portes devant nous, comme s'il ne venait pas à l'instant de me balancer à la figure le secret que je souhaiterais voir enterrer avec moi.

Lisa appuie sur le bouton du rez-de-chaussée. La cabine stoppe à l'étage inférieur et trois personnes entrent dans l'habitacle. Je m'appuie contre la paroi pour laisser place aux nouveaux passagers. Noah et moi sommes épaule contre épaule par manque de place, et je me presse contre le mur pour laisser une maigre distance de sécurité entre nous. Je suis assez près de lui pour sentir l'odeur de son parfum, celui qui laisse sa trace dans l'air bien après son départ d'une pièce.

J'ai l'impression que le trajet dure une éternité. Et soudain, je pense au fait que l'ascenseur ne doit absolument pas tomber en panne, sous aucun prétexte. Si c'était le cas, je resterais coincée avec Noah à l'intérieur et je n'aurais aucune échappatoire à notre proximité. Je vous l'accorde, je pense toujours au pire.

Je tente de garder un regard détaché sur la situation, essayant au maximum de prendre du recul sur le moment présent. Mon visage se veut froid et inexpressif, mais mon cœur bat vite dans ma poitrine et je peine à déglutir correctement, comme si j'étais assoiffée et que chaque goutte de salive était une torture à avaler. L'effet Noah, voilà ce que c'est.

Chapitre 18. Noah

Rachel est à côté de moi. Si près que je peux sentir son souffle chaud dans l'air, si proche que j'entends sa respiration rapide. Est-ce moi qui la rends aussi nerveuse ? Suis-je vraiment l'objet de la gêne qu'elle éprouve à l'instant présent ?

Je sais qu'elle n'était pas enchantée à l'idée de partager un déjeuner avec Marc et moi. Je soupçonne Lisa de ne lui avoir rien dit au moment où elle est venue la chercher. Moi, évidemment j'étais pour dès l'instant où Lisa a rabattu l'écran de mon ordinateur pour m'affirmer qu'elle allait me faire découvrir le meilleur restaurant italien du quartier. Est-ce une prémonition pour notre futur voyage à venir ? Si tel est le cas, Sainte Lisa devrait être canonisée. Je crois que cette femme m'aide plus qu'elle ne veut l'admettre.

L'air ambiant s'est rafraîchi lorsque nous sortons de l'immeuble et je vois Rachel frigorifiée, tentant désespérément de couvrir son cou avec son manteau, en vain. Sans même y réfléchir à deux fois, je dénoue l'écharpe que je porte et la lui tends. Elle analyse le vêtement, puis ses yeux charnels se posent sur moi.

— Merci, mais je n'ai pas froid…

— … Dis la femme qui expire des nuages de fumée et tremble comme une feuille morte.

Elle fixe à nouveau le tissu et je sens une lueur passer sur son visage, une micro-expression à peine perceptible. Je joue gros en abattant mes cartes, mais je tente le tout pour le tout. A-t-elle remarqué que cette écharpe est en réalité un cadeau, un présent qu'elle m'a fait lors de notre premier Noël ensemble ? C'est une écharpe assez commune, un modèle répandu, mais il vient d'elle.

Rachel empoigne le tissu comme s'il allait la mordre et la passe autour de son cou. Je sens qu'elle voudrait sourire au contact de cette chaleur, mais elle est trop fière pour faire quoique ce soit qui indiquerait qu'elle est reconnaissante de ce geste. Elle me gratifie seulement d'un hochement de tête puis, alors que je m'apprête à me remettre en marche, elle annonce de sa voix cassante :

— Wilson, sachez que les pots-de-vin ne fonctionnent pas avec moi.

Je souris sans me retourner.

— C'est parfait, parce que ça n'en était pas un.

— On est d'accord.

Nous arrivons devant un restaurant à la devanture verte et rouge. Des habitués se sont pressés sur la terrasse, chauffée par des radiateurs extérieurs et protégée par une bâche géante transparente. Il est vrai qu'à l'intérieur de cette bulle, on ne ressent pas le froid automnal qui commence doucement à prendre ses marques sur la capitale.

Un serveur nous conduit à une table carrée qui vient de se libérer et se retire pour nous laisser le temps de prendre place. Rachel se presse de s'installer aux côtés de Lisa, mais une moue déçue apparaît sur son visage lorsqu'elle s'aperçoit que je me trouve en face d'elle. Manque de chance pour toi ma belle, sans le vouloir tu m'as accordé la meilleure place pour t'observer à ma guise.

Rachel retire son manteau, de la façon la plus élégante possible. Cette femme est réellement la grâce incarnée, sans même s'en rendre compte. Une fois, je lui avais demandé si elle avait pratiqué la danse classique, tant ses gestes paraissaient répétés, calculés, harmonieux. Elle m'avait ri au nez, chez elle c'était naturel.

— Alors, où en sommes-nous sur le projet Laïtisser ? demande Rachel en triturant la fourchette posée sur la table.

— Rachel ! grogne Lisa en tapant du poing. On ne parle pas boulot en mangeant, c'est mauvais pour la digestion !

J'esquisse un sourire tandis que Rachel lève les yeux au ciel. Ne peut-elle pas décrocher de C & C juste une seconde ?

— On va parler de quoi, alors ?

Rachel se renfrogne dans son siège, comme un enfant qu'on aurait réprimandé, et une grimace apparaît sur son doux visage.

— Et pourquoi on ne parlerait pas de... Noah ? s'exclame Lisa en me fixant droit dans les yeux, un éclair malicieux traversant son visage.

Rachel relève la tête. Oh oh, je ne savais pas que ma vie t'intéresserait !

— Alors, Noah, poursuit Lisa sur le ton de l'interrogatoire, raconte-nous des choses sur toi. Après tout, tu ne dis jamais rien de ton passé, de ce que tu faisais avant de venir chez C & C.

— Fais attention à elle, elle est pire qu'un inspecteur de police ! rit Marc.

Lisa lui donne un petit coup sur le bras pour le réprimander puis pose son visage sur ses poings et se suspend à mes lèvres. Aucune pression, évidemment.

Je réfléchis, je ne dois pas en dire trop pour ne pas me démasquer auprès de Rachel. Pas que je veuille absolument cacher le lien qui nous a unis autrefois, mais je préférerais qu'elle s'en souvienne d'elle-même plutôt que je lui mâche le travail.

Et je crois qu'il y a aussi cet instinct de préservation qui subsiste, comme si toute information que je pourrais révéler pouvait compromettre ma sécurité et celle de mes parents. Il y a quelques années, j'ai dû opérer des changements drastiques dans ma vie pour me protéger. Je crois que certaines habitudes ont persisté.

— J'habitais déjà à Paris avant d'être recruté chez C & C. Je travaillais pour une autre boîte de pub, beaucoup moins importante, mais mes collègues étaient vraiment sympas.

— Dis que tu nous détestes, pendant que tu y es !

— Ce n'est pas ce que j'ai voulu dire, je rétorque à Lisa d'un sourire, c'est juste que…

— … Que je n'étais pas votre supérieure ? me coupe Rachel, ce qui me surprend.

— Tu n'es pas une boss horrible, ajoute Marc.

Je me tourne vers lui et l'observe hausser les épaules. Est-ce qu'il tente de se la jouer premier de la classe ou je rêve ?

— Peut-être pas avec toi, mais avec Noah, oui, riposte Lisa.

— Je suis sa supérieure, je n'ai pas à me montrer amicale. Et ça vaut aussi pour vous deux.

Le serveur nous coupe pour prendre la commande de nos boissons. J'ai l'impression que ce n'est qu'un entracte dans le spectacle que m'offre Rachel Dumas.

— Breeeeeeeef ! conclut Lisa en s'interposant et en étirant la prononciation de son mot. On en était où déjà ? Ah oui, ton passé !

— Demande-moi ce qui t'intéresse, ça ira plus vite.

Le serveur dépose nos boissons et je sirote à la paille mon cocktail de fruits. Rachel et moi avons choisi le même, quelle coïncidence !

— Je ne sais pas, dis-nous si tu es marié, si tu as une petite copine, comment est ta famille.

— Ça fait plus d'une seule question, ça.

Lorsque Lisa a évoqué une petite amie, l'attention de Rachel s'est reportée sur moi, une nouvelle fois. Je vois que mademoiselle Dumas est de nature curieuse, parfait !

— Je suis totalement célibataire et je peux assurer que je n'ai pas d'enfant caché.

— Ça c'est un bon point, hein Rachel, murmure Lisa en donnant un coup de coude à sa meilleure amie. Marc ne le remarque pas, trop occupé à répondre à un message sur son téléphone.

— Et, concernant ma famille, je n'ai ni frère ni sœur. Mes parents habitent dans une petite ville et je vais leur rendre visite de temps à autre.

— Un homme qui aime sa famille sans être un fils à maman, tu sembles être un mec à marier, Noah Wilson !

Et là, sans que personne s'y attende, Rachel se met à rire à gorge déployée. Elle rit tant que des larmes perlent aux coins de ses yeux. Ça a au moins le mérite de faire ranger son téléphone à Marc.

— Je ne savais pas que ma situation vous ferait autant rire, mademoiselle Dumas.

— Et moi, je ne savais pas que tu étais capable de rire, ajoute Marc.

— Attendez, comment ça se fait que tu la tutoies, toi ? je questionne le deuxième chromosome XY de la table.

— Je n'ai jamais compris pourquoi toi, tu la vouvoyais, il rétorque en s'empiffrant de cacahuètes salées.

Mon regard pivote jusqu'à Lisa et Rachel. L'une semble amusée de la situation tandis que l'autre arbore une expression détachée.

— Ce n'est pas parce que vous êtes nouveau, monsieur Wilson, qu'il faut vous accorder un traitement de faveur, elle tente de se justifier.

Juste après avoir commandé nos plats, Lisa s'éclipse vers les toilettes et Marc s'excuse pour un appel urgent. Tiens, tiens, à nous deux, Dumas.

Rachel observe les autres clients du restaurant, tous en grande conversation avec leurs amis. Tout en elle se tend et je devine aisément qu'elle n'est pas ravie d'avoir été abandonnée par nos collègues. Lorsque je pose mes yeux sur elle, le brouhaha autour de nous se dissipe et l'odeur du parmesan posé sur la table ne parvient même plus à me distraire. Je ne vois qu'elle.

Je n'ai pas beaucoup de temps en tête-à-tête avant elle avant que les autres ne reviennent, qui sait quand aura lieu la prochaine fois que nous ne serons rien que tous les deux, en dehors de notre voyage en Italie ?

— Donc, je suppose qu'après avoir révélé tes petites manigances, nous pouvons désormais nous tutoyer.

Elle arque un sourcil dans ma direction et joue avec la bague qu'elle porte à sa main droite. J'ai remarqué qu'elle faisait souvent ce geste avant de répondre.

— Qu'attends-tu, que je te félicite ? Tu ne veux pas une médaille, non plus ?

— Tout ce que je souhaite, c'est un peu de respect, mademoiselle Dumas.

J'ai l'impression de revivre une certaine conversation que nous avons eue il n'y a pas si longtemps de ça.

— Es-tu prête pour Rome ? je tente de changer de sujet.

— Rome n'est que la semaine prochaine et, oui, je suis prête. J'ai déjà participé à des déplacements professionnels, celui-là ne fera pas exception à ce que je connais déjà.

Alors, pourquoi déchires-tu ta serviette en petits morceaux, Rachel ?

Chapitre 19. Rachel

Évidemment que je suis prête, prête à passer un week-end entier avec un homme arrogant et sûr de lui. J'ai déjà couché avec lui, au moins rien ne pourra plus déraper que ce que nous avons déjà fait.

Les prunelles de Noah passent du vert au gris en un instant. Il passe une main sur sa barbe de trois jours, qui ne cesse de pousser. Pas que je l'ai remarqué, mais plutôt qu'il est tout le temps dans les parages. Ce n'est tout de même pas ma faute s'il est dans mes pattes en permanence !

En revanche, je vais clairement assassiner Lisa la prochaine fois qu'elle viendra dans mon bureau. Son coup de "j'ai soudainement envie d'aller faire pipi et je ne reviens plus", elle ne me la fera pas à moi. Et son interrogatoire, sérieusement ?

— Et toi, tu as des frères et sœurs ?

— Noah, si tu essayes de faire la conversation pour qu'il n'y ait aucun blanc entre nous, je te rassure, le silence ne me dérange pas.

— Et si j'avais sincèrement envie de connaître la réponse ?

Un jour, un gars que j'avais rencontré à l'université m'a affirmé que j'étais trop froide pour que quelqu'un puisse vouloir apprendre à me connaître. Que si c'était le cas, c'est parce qu'il était soit drogué soit complètement aliéné. Pour ma défense, je venais de le larguer après notre deuxième rendez-vous. Je crois que mon trop-plein d'ambition lui faisait peur. Certains hommes n'aiment pas qu'une femme puisse réussir.

À vrai dire, je n'ai jamais cru à ce qu'il me disait jusqu'à aujourd'hui. Jusqu'à l'apparition de Noah dans ma vie, enfin dans l'immeuble.

Je ne suis pas froide, loin de là.

— Il n'y a rien à savoir sur moi, Noah.

— Je n'en suis pas si sûr. Je serais curieux de savoir comment une femme aussi jeune que toi a pu accéder à un poste aussi élevé. Habituellement, ce n'est qu'après avoir fait ses preuves pendant de nombreuses années, qu'on se voit proposer un emploi de cette envergure.

— Qu'est-ce que tu insinues, Noah, que je suis passée par la promotion canapé ?

C'est décidé, il m'énerve ! Je perds mon sang-froid et bois cul sec le cocktail dans mon verre sans même passer par la paille. Dommage qu'il n'y ait que des fruits à l'intérieur, j'aurais bien voulu être assez saoule pour ne pas avoir entendu sa phrase.

— Ce n'est pas ce que j'ai voulu dire, Rachel, je voulais plutôt connaître ton parcours scolaire et tes anciennes expériences professionnelles. Jamais je n'aurais insinué une telle chose !

Pour la première fois depuis que nous nous sommes rencontrés, Noah se met à rougir. Visiblement, il paraît embarrassé et il y a de quoi !

Je croise les bras sur ma poitrine et n'ouvre plus la bouche de tout le repas, même lorsque Lisa et Marc reviennent. Ce repas m'a lessivée de toute mon énergie et, pour une fois, je quitte le boulot assez tôt.

Je rentre chez moi et m'endors tout habillée. Ça faisait un moment que je n'avais pas aussi bien dormi. Finalement, Noah possède au moins une qualité, il est soporifique !

Je me réveille avec des crampes dans tout le corps et un mal au crâne terrible. J'insère une dosette de café dans la machine et pars me doucher le temps que la caféine se déverse dans mon mug super boss 2020, un cadeau de mon père Noël secret de l'an passé. C'est une vieille tradition de Veymers. Tous les ans, il organise ce tirage au sort ridicule. Heureusement pour moi, cela fait deux ans de suite que Lisa est la personne à qui je dois offrir un cadeau, il n'y a donc pas plus facile que choisir un cadeau pour sa meilleure amie. Je soupçonne le tirage au sort d'être truqué, mais bon, je ne vais pas me plaindre si ça tourne à mon avantage.

L'odeur du shampoing à la noix de coco est un délice qui ravit mes cheveux et mes narines. Je me réveille progressivement de mon sommeil grâce à l'eau froide qui se déverse sur moi depuis le pommeau. Alors que j'applique mon après-shampoing, le visage de Noah s'insère dans mon esprit de la façon la plus désagréable qui soit. J'ai beau réfléchir aux projets en cours de l'agence, toutes mes pensées convergent vers mon employé.

Je ne sais pas trop quoi penser de lui, je devrais sûrement l'éviter au maximum. Je ne dis pas que je vais fuir à chaque fois que je le verrais, quoique c'est déjà ce que j'ai fait il n'y a pas si longtemps, mais il faut absolument que je ne me retrouve plus seule avec lui. De toute façon, j'ai l'impression qu'à chaque fois qu'on se retrouve ensemble, je finis par m'énerver. Il a ce don pour me faire sortir de mes gonds plus vite qu'un bouchon de champagne saute d'une bouteille.

Je sors de la salle de bain entourée d'une serviette et prends la tasse de café entre mes mains. Elle n'est plus aussi chaude que lorsque le café venait de s'écouler, mais au moins je n'ai pas besoin d'attendre et de souffler dessus pour ne pas me brûler. Maintenant je n'ai plus qu'une chose en tête, que la caféine effectue son travail et me fasse définitivement émerger.

J'arrive en avance au travail, comme à mon habitude, vêtue aujourd'hui d'une robe bleu roi qui met mes formes en valeur. Je ne sais pas pourquoi j'ai choisi cette tenue qui change de mes vêtements neutres habituels. Cette audace est nouvelle chez moi. Pour ma défense, cette robe était au fond de mon placard, je m'en serais voulu si elle s'était fait ronger par les mites ou l'humidité de l'espace.

Mes talons résonnent sur le sol du hall, apparemment assez pour qu'une tête brune dépasse d'un écran d'ordinateur et pose son regard sur moi. Je pensais être la première à me rendre au bureau, mais quelqu'un m'a devancée.

Je stoppe dans le hall alors que ses joues s'étirent, éclairées par le rayon de soleil matinal des grandes fenêtres de l'open space. Il est littéralement baigné par la lumière. Nous échangeons un long silence et je me sens embarrassée lorsque son regard s'attarde sur moi. Il referme son ordinateur, s'adosse au dossier de sa chaise et pose ses mains devant lui.

— Jolie robe, mademoiselle Dumas. Cette couleur vous va à ravir.

Je serre fermement l'anse de mon sac dans ma main puis rabats vivement mon manteau gris sur le vêtement que je porte. Mes cheveux détachés se prennent dans un bouton que je tente de refermer, mais je ne m'y attarde pas et fais comme si de rien n'était.

— Merci, je déclare alors que mes tentatives pour dissimuler l'objet de la discussion portent leurs fruits. Que fais-tu ici à une heure pareille ?

— Je pourrais te poser la même question. Je suis simplement matinal, il rétorque en haussant les épaules.

Il rassemble un tas de papiers, puis se lève pour se placer devant moi.

— J'ai eu de nouvelles idées pour la campagne Laïtisser. Peut-être pourrais-je t'en faire part ?

Noah a-t-il besoin de cette proximité pour me faire son rapport ? Je ne pense pas. Pourtant, mes jambes refusent de se mouvoir pour reculer. Ma respiration s'accélère alors qu'il fait un pas de plus dans ma direction. Seules les feuilles A4 forment une barrière entre nous.

— Très bien, nous en parlerons pendant la réunion préparatoire, tout à l'heure.

Je ne sais pas comment je parviens à prononcer cette phrase alors que ma gorge est aussi sèche qu'un désert. Noah humidifie ses lèvres et, tout de suite, je me dis que si je l'embrassais, il serait la goutte d'eau, l'oasis de mon désert. Il pourrait rassasier ma soif. OK, je délire complètement !

— J'aurais préféré t'en parler en privé. Après tout, il n'y a personne à cet étage. Nous ne sommes que… tous les deux.

Suis-je totalement folle d'espérer qu'il m'allonge sur une table ? Et encore plus, de penser que je pourrais adorer ça ?

Non, Rachel, une seule nuit, c'est la règle !

Une tension s'installe entre nous, aussi électrique qu'une ligne à haute tension. Je repense à ce samedi soir où je l'ai rencontrée et les souvenirs sensuels de ce qu'il prodiguait sur mon corps se transforment en frissons sur ma peau. Je n'ai jamais été aussi proche de briser ma propre règle.

Et puis, un autre visage s'infiltre dans mes pensées, celui à cause de qui j'ai créé cette règle. Et comme une douche froide, je descends de mon petit nuage pour reprendre mes esprits. Cette règle a été faite pour protéger mon cœur et mon âme. La briser pour une simple histoire de sexe reviendrait à cracher sur tout le travail effectué sur moi-même depuis un an. Et que penseraient mes collègues ou Veymers lui-même si je fricotais avec un autre employé ? Ce dernier me renverrait sur le champ, c'est certain.

— On se verra à la réunion, monsieur Wilson, je murmure en trouvant enfin la force de parler.

Avec regret, je détale vers mon bureau aussi vite que mes talons me le permettent et claque la porte d'un coup sec. Au moins cette fois-ci, je ne me suis pas enfuie. Enfin presque pas.

Chapitre 20. Noah

J'ai bien cru que Rachel allait craquer, j'ai senti dans son regard qu'elle voulait m'embrasser. Pourtant, il y a toujours quelque chose que je n'explique pas chez elle. Elle se retient tandis que moi, j'ai envie qu'elle se laisse aller. Si ça ne tenait qu'à moi, j'aurais posé ma main au creux de ses reins et l'aurait attiré plus près encore. Mais je ne veux pas la forcer, il faut que ça vienne d'elle.

Alors, la queue entre les jambes, je retourne à la table à laquelle j'étais avant qu'elle n'arrive et me penche sur mes notes tout en essayant d'effacer cette magnifique robe bleue de mon esprit. Et mon dieu, qu'est-ce que c'est dur ! Peut-être aussi dur que ce qui se passe dans mon caleçon.

L'étage se remplit petit à petit et, à neuf heures, l'open space devient bruyant et se charge en caféine, la drogue de tout parisien qui se respecte, enfin, je crois. J'aperçois Marc qui dépose un sachet de viennoiseries devant moi et je croque dans un croissant. Je l'aime bien, Marc, c'est probablement le collègue dont je suis le plus proche jusqu'à présent.

— Tu es prêt pour la réunion de dix heures ? il me questionne alors que nous nous rendons tous deux dans la salle de pause.

— Oui, j'ai tout un tas d'idées que je voudrais soumettre à Rachel.

— Tu as bien de la chance ! Moi j'ai eu beau bosser toute la nuit, rien n'a fusé… Du coup, j'ai regardé le match !

Je repense à Paul, avec qui je travaillais dans mon ancienne boîte. On avait pour habitude de passer chaque soirée de match ensemble. Il m'a bien proposé de passer chez lui, mais j'étais tellement obnubilé par cette campagne que j'y ai passé toute la nuit. Je ne me suis même pas renseigné sur l'issue de cette rencontre.

— Alors, ça a donné quoi ?

— Match nul. J'ai parié vingt euros en ligne et j'ai tout perdu. Heureusement que je n'ai pas misé plus !

— Bonjour, messieurs.

Lisa, vêtue d'un tailleur-pantalon corail qui fait ressortir la couleur caramel de sa peau, passe à côté de nous et se sert une tasse de café. Ses cheveux sont rassemblés dans deux nattes de chaque côté. Et on dirait bien que je ne suis pas le seul à remarquer sa beauté puisque Marc se met à rougir lorsqu'elle lui fait la bise pour lui dire bonjour.

Je bafouille une excuse et m'éclipse pour laisser ces deux tourtereaux batifoler en paix, même s'ils ne le savent pas encore et qu'ils se dévorent des yeux.

Cinq minutes avant que les cloches de dix heures ne sonnent, nous commençons à nous rassembler dans la salle de réunion. J'allume mon ordinateur, puis ouvre mon carnet à la page des notes manuscrites que j'ai rédigées la veille.

Rachel fait son entrée à dix heures pétantes. Elle s'est débarrassée de son manteau et je peux maintenant aisément l'admirer dans toute sa splendeur. Heureusement que la table est là pour cacher ce que sa robe me fait ressentir, sinon je serais très mal !

Elle s'installe au bout de la table ovale, telle la maîtresse de cérémonie qu'elle est. Son masque professionnel a repris place sur son visage. En quelques secondes, elle est devenue une déesse de glace.

— Bonjour à tous, elle commence en se levant pour allumer le vidéo projecteur qu'elle relie ensuite à son ordinateur portable. Aujourd'hui, on va faire un point sur la campagne Laïtisser.

Elle se penche pour enlever le cache de l'appareil et je donnerais tout pour être le mur qui a une vue directe sur son magnifique petit cul. Je remarque qu'elle observe tout le monde tour à tour, mais son regard ne s'attarde jamais sur moi. Rachel, as-tu peur que je te trouble ?

Rachel nous présente un diaporama, qui reprend les informations importantes de la campagne que le client souhaiterait nous voir mener. Elle reprend ensuite les idées que nous avons déjà eues, nous propose ses propres idées, puis vient notre tour. Chacun lève la main et elle nous donne la parole, comme à l'école. Rachel note les idées qui lui plaisent, fait une grimace quand d'autres lui semblent saugrenues.

Assise sur sa chaise, elle passe une main désespérée dans ses cheveux quand un homme, dont je n'ai pas encore retenu le prénom, lui propose de faire une campagne publicitaire sur internet en utilisant l'image d'une célébrité. Le regard de Rachel est aussi noir que les ténèbres. Elle se relève, appuie ses poings sur la table et le fixe, ce qui a pour effet de faire reculer l'homme sur sa chaise.

— Adam, elle commence d'une voix neutre alors qu'on sent tous qu'elle se contient pour ne pas s'énerver, quelle originalité d'utiliser une actrice pour promouvoir un parfum ! Je pense qu'on devrait tous t'applaudir pour cette idée lumineuse, idée qui a déjà été reprise par des milliers d'agences publicitaires !

Le pauvre Adam ne pipe mot. Il est vrai qu'il aurait mieux fait de se taire. C'est vieux comme le monde d'utiliser quelqu'un de connu pour promouvoir une marque, d'autant plus un parfum. Laïtisser veut une campagne qui change et je ne crois pas qu'une énième célébrité soit la solution parfaite.

Rassemblant mon courage, je lève à mon tour la main. Après tout, mon idée ne pourra pas être pire que celle d'Adam. Rachel pose enfin ses yeux marron sur moi, d'un air qui veut dire que j'ai plutôt intérêt à remonter le niveau.

— Noah, je t'écoute.

— Pourquoi ne pas faire une campagne autour de la fabrication de ses parfums ? Laïtisser prône une fabrication française et des valeurs familiales.

Rachel opine de la tête, m'invitant à poursuivre ma réflexion.

— Leurs différentes usines sont dirigées par la famille Laïtisser depuis des générations. On pourrait donc faire un focus sur les dirigeants plutôt que le produit et sur toutes les petites mains qui fabriquent les parfums, depuis la création de l'odeur à la finalisation du paquet et des associations soutenues par le groupe. La campagne pourrait même aller jusqu'à une vidéo de questions-réponses en live sur les réseaux sociaux. Je pense que les consommateurs sont curieux de savoir ce qu'il se cache derrière les produits qu'ils utilisent, alors autant valoriser cette force et l'allier à un bien de qualité.

— C'est une idée géniale, Noah ! me félicite Lisa, tout sourire.

— Je confirme ! ajoute Marc.

Beaucoup de mes collègues ont l'air ravis de mon idée, pourtant il n'y a que l'avis d'une seule personne qui compte.

— Noah, tu as fait du très bon travail, prononce Rachel après un laps de temps qui m'a paru durer une éternité. Lisa, je te laisserais contacter monsieur Laïtisser afin de convenir d'un rendez-vous pour lui parler de cette idée et voir s'il en est satisfait.

Sans plus de compliments ou d'effusions, Rachel nous remercie pour la réunion et nous congédie afin que nous vaquions chacun à nos occupations.

Chapitre 21. Rachel

En éteignant mon ordinateur, je me fais la réflexion que j'aurais bien aimé trouver cette idée, celle que Noah a eue. Veymers avait peut-être raison, Noah n'est pas un boulet dans notre équipe. Il se montre même particulièrement doué.

— Rachel ? m'interpelle Noah alors que tout le monde est déjà sorti de la pièce.

— Oui ?

— Merci de me faire confiance pour le projet.

— Le client n'a pas encore donné son accord, je rétorque sèchement, c'est seulement si l'idée lui convient qu'on l'appliquera.

Je ne suis pas méchante ou froide avec lui par pur plaisir, mais c'est la seule solution que j'ai trouvée pour le maintenir à l'écart et ne pas me faire avoir comme ce matin. Peut-être qu'à force de me montrer méprisante, il ne cherchera plus à se rapprocher de moi ?

Noah me fait un signe de la tête, puis sort de mon champ de vision sans plus de cérémonie, et je peux enfin souffler un bon coup.

Il est dix-neuf heures lorsque je sors de mon bureau et me dirige dans le vaste hall de l'immeuble, vers la sortie. Il n'y a pas un chat, à part l'agent de sécurité et un homme, de dos, assis sur un des canapés. Il a l'air complètement absorbé par ce qu'il se passe sur son téléphone, mais le bruit de mes talons, qui trahit ma présence, le fait se retourner. Je découvre le visage de Yann, tout sourire dans sa barbe brune.

— Rachel ! il m'interpelle en venant à ma rencontre.

Il ouvre la bouche, puis la referme tout en analysant la tenue que je porte. Il semblerait que cette robe fasse fureur dans le coin, ce qui veut dire qu'il est fort possible qu'elle pourrisse à nouveau au fond de mon placard. Ou alors je pourrais la donner à Lisa, elle adorerait l'ajouter à sa garde-robe déjà bien fournie.

Est-ce que Yann vient de… rougir ? Oui, je crois voir poindre une touche rosée sur ses joues.

— Salut, Yann. Qu'est-ce que tu fais dans le hall ? Tu attends quelqu'un ?

— À vrai dire, c'est toi que j'attendais, il me confie en caressant sa barbe.

Moi ? Mais il ne pouvait pas venir me voir directement à mon étage ? Il semble lire dans mes pensées puisqu'il ajoute :

— Je ne voulais pas te déranger dans ton travail, alors je me suis dit que j'allais patienter ici en espérant que tu finisses tôt.

— Yann, je suis désolée pour la dernière fois, d'être partie comme une voleuse.

Comme une voleuse, j'entends m'enfuir dans mon bureau pour ne pas supporter le regard de deux hommes sur moi parce que j'ai été incapable de réagir autrement. Autant pour le travail je sais me maîtriser parfaitement, autant dans ma vie sociale je suis une véritable poule mouillée.

— Ce n'est rien, ne t'en fais pas. Je peux comprendre que tu te sois sentie embarrassée de ma présence devant tes collègues. Je sais que beaucoup d'entreprises tolèrent mal le fait de mélanger le milieu privé avec le professionnel.

Ce n'est pas l'exacte version que j'aurais de cette situation, mais je ne vais pas le contredire. La vérité est plus humiliante pour moi.

— Étant donné qu'il est déjà tard, et que j'imagine que tu es comme moi, tu n'as pas l'énergie de te préparer un repas ce soir… (Yann marche sur des œufs et je ne comprends pas bien où il veut en venir) accepterais-tu de dîner avec moi ?

Mes yeux s'arrondissent de stupeur. Mais après tout, il n'y a rien de plus banal dans la vie, qu'une personne en invitant une autre à partager un repas. Alors, pourquoi ai-je soudain terriblement chaud et suis-je prise de vertiges ?

— Rachel, est-ce que ça va ? On dirait que tu es malade.

Yann pose une main délicate sur mon épaule et ce contact est comme un sédatif à mes maux. Ce n'est pas le même genre d'apaisement que j'ai ressenti avec Noah, là, c'est différent.

Juste un repas, ce n'est rien. Ce n'est pas une assiette qui va engager quoi que ce soit. Et puis, je suis tellement effrayée par le fait de briser ma règle, des conséquences si ça arrivait, que je sais pertinemment que je ne ferais rien de stupide. Et Noah, alors ? Tais-toi, petite voix dans mon esprit ! Noah n'est qu'un minuscule égarement sur ma route. Il ne se passera plus rien entre lui et moi, j'en suis certaine.

— Pourquoi pas, pour le repas.

Je ne parviens pas à masquer ma nervosité derrière mon sourire crispé. Yann ne m'en tient pas rigueur et nous sortons ensemble de l'immeuble.

— Il y a ce petit resto sur le boulevard, un bistro qui vient d'ouvrir. Je voulais le tester dans la semaine, mais puisque tu es avec moi, pourquoi ne pas l'essayer ensemble ?

Je hoche de la tête alors que Yann et moi marchons sous les lampadaires qui éclairent la rue. Nous ne sommes pas seuls, puisque nous croisons des dizaines de personnes, des couples, des familles, des groupes d'amis. Cette partie de la ville est assez vivante, même à cette heure-ci.

À mesure que Yann me raconte sa journée avec son patron, qui, entre nous, a tout l'air d'être un véritable tyran, je me détends. Ce dîner ne va pas être si horrible, finalement. Yann est de bonne compagnie et une amitié pourrait facilement naître entre nous. Même si les regards qu'il lance à mon décolleté, quand il pense que je ne le vois pas, laissent une tout autre impression.

Le bistro est plutôt classique. Pas de fioritures, pas de décoration moderne et aseptisée. Ici, c'est la cuisine et la tradition qui comptent. Ils misent clairement plus sur le goût des assiettes que sur ce que j'observe autour de moi.

Nous nous installons à une table ronde, l'un en face de l'autre et je pose mon manteau sur le dossier de ma chaise. Yann en fait de même et la chemise blanche qu'il porte dévoile une ossature de nageur. Ses épaules sont carrées et ses bras ne sont pas forcément énormément musclés, mais un peu plus imposants que la moyenne. Rien à voir avec Noah qui a des muscles de… OK, STOP ! Je m'égare là ! Penser à Noah alors que je suis en compagnie de Yann, mais qu'est-ce que je suis en train de faire ? Il faut que j'aille me faire soigner d'une Noahgite aiguë. Existe-t-il un remède contre ça ?

— Alors, parle-moi de toi.

Yann arbore une expression chaleureuse et a l'air sincèrement intéressé par ma réponse. Pourtant, il n'y a pas grand-chose à dire sur moi, je n'ai rien de palpitant dans ma vie.

— Je m'appelle Rachel, j'ai entre vingt et trente ans, parce qu'il paraît qu'une femme ne dévoile pas son âge.

Yann se met à rire à ma blague et je souris à mon tour.

— Je travaille dans une agence de publicité et je suis directrice marketing. Globalement, je suis en charge des projets de nos clients. Je rassemble les idées de mes équipes et les miennes, afin de trouver la meilleure proposition pour répondre à une problématique donnée selon les campagnes que nous menons.

— Ça a l'air vraiment complexe. Tu es donc leur patronne en quelque sorte ?

— Plutôt la maîtresse d'une classe de maternelle parfois, mais, oui, on peut dire ça comme ça.

— Je suis certain que tu dois être une supérieure bien plus appréciable que le mien !

Beaucoup le contrediraient, mais mon travail n'implique pas que je sois gentille.

Yann m'apprend que sa mère est espagnole et qu'il est bilingue, qu'il a trois petites sœurs qu'il adore autant qu'il les déteste, lorsqu'elles sont trop casse-pieds. Il a fait des études de commerce, mais a toujours eu une passion pour la musique. À ses heures perdues, il compose des sons qu'il publie ensuite sur les réseaux sociaux et paraît avoir une petite communauté à son actif.

— Pourquoi ne pas te lancer dans la musique, si tu adores ça ?

Il a piqué ma curiosité au vif et je ne peux m'en défaire.

— Parfois, on ne fait pas toujours ce qu'on a envie de faire. Je ne déteste pas mon boulot. Certes, il ne me passionne pas autant que le tien, mais il paye bien les factures alors il faut savoir se raisonner. Et toi, tu as des passions ?

Des passions, moi ? La publicité, ça compte ?

— Est-ce que c'est grave de ne pas en avoir ?

Il prend la main que j'ai posée sur la table et la recouvre avec sa paume.

— Rien n'est grave tant que tu es heureuse dans ta vie.

Je pense à ma petite sœur, elle, c'est une vraie passionnée. C'est une artiste, un électron libre. Elle est peintre et voyage beaucoup pour exposer dans des galeries. Elle n'est pas aussi célèbre que Picasso, mais son travail se fait petit à petit un nom dans le milieu.

Ma sœur et moi étions très proches, enfants, mais la distance n'est pas pour rapprocher les cœurs. Nous nous voyons à l'occasion lorsqu'elle est dans le coin et nous nous appelons au minimum une fois par semaine. L'avantage des réseaux sociaux, c'est que je peux au moins suivre ce qu'il se passe dans sa vie sans vraiment y être physiquement.

La conversation s'éternise entre nous. Plus j'apprends à connaître Yann, plus je sens mon armure se fendre. C'est vraiment quelqu'un de bien, ça se ressent dans chacune de ses paroles et chacun de ses gestes.

Devant le restaurant, nous nous observons quelques secondes en silence.

— Est-ce que je peux te proposer de partager un taxi ?

J'accepte et il hèle un véhicule noir qui passe devant nous. Il m'ouvre la porte et je m'y engouffre en lissant le bas de ma robe une fois assise.

— J'ai passé une super soirée, merci beaucoup, Yann.

Et je suis sincère. Yann est divertissant et cette soirée m'a permis de penser à un autre sujet que le boulot pendant plusieurs heures. Je crois que c'est un exploit pour moi.

— C'est réciproque. Tu es d'une excellente compagnie, Rachel.

Je voudrais me concentrer sur la fenêtre à ma gauche, examiner le paysage qui défile à toute allure, mais Yann me captive. Je ne parviens pas à détourner mes yeux des siens. Il caresse sa barbe, puis se penche sur le siège qui nous sépare. L'espace paraît soudain se rétrécir.

— Rachel ? il me demande d'une voix suave.

Je lui réponds un faible oui et je sens que la situation va déraper, il ne peut en être autrement.

— Est-ce que tu voudrais poursuivre cette soirée chez moi ? Peut-être pour prendre un café ou ce que tu voudras ?

Je remarque que la proposition de Yann n'est pas déplacée. Dans la bouche d'un autre homme, elle m'aurait paru presque forcée, comme s'il m'avait invitée au restaurant seulement pour me mettre ensuite dans son lit. Mais, je sais que Yann n'a pas d'intentions autres que simplement partager un bon moment avec moi, et que c'est à moi seule de décider de la tournure que peuvent prendre les prochaines heures.

Je voudrais me laisser tenter par sa proposition, monter chez lui, prendre un dernier verre puis finir dans son lit. Parce que je sais que j'en ai envie. Cependant, Yann n'est pas un nom de plus sur une liste. Yann, c'est le genre de personne avec qui tu as envie de visiter des musées, passer une soirée film ou partir en voyage. C'est quelqu'un qui pourrait me rendre heureuse sur le long terme et pas seulement un orgasme d'une nuit, je le sais pertinemment.

Suis-je prête à rompre ma règle pour Yann ? Si j'accepte de descendre du taxi avec lui, je serais incapable de ne passer qu'une seule nuit avec lui. Je ne pourrais pas croiser régulièrement son visage dans notre immeuble et me dire qu'il n'est qu'une conquête de plus.

— Yann, il faut que je te dise quelque chose.

Il tend l'oreille et j'ai l'impression qu'il pressent ce que je vais dire, alors il ajoute :

— Écoute, Rachel, je ne veux pas faire l'homme qui te contraint à me suivre. Si tu n'as pas envie de venir chez moi, je le comprendrais et je ne t'en voudrais pas.

Comment ai-je fait pour tomber sur un homme aussi doux ? Il me sourit timidement et semble embarrassé d'avoir évoqué une possible suite à cette soirée.

— Yann, ce n'est pas contre toi. Tu es vraiment une personne formidable, mais je ne suis pas prête à passer à l'étape supérieure pour le moment.

Tous ces éléments qui m'ont fait souffrir me retiennent dans le passé. Il n'y a pas de place dans mon cœur pour y accueillir quelqu'un. Parce qu'à force de trop donner, on se perd soi-même. Mon être entier ne se remettrait pas d'une énième déception.

— Est-ce que tu accepterais qu'on reste amis, à défaut de pouvoir faire évoluer cette relation ? J'apprécie ta compagnie, Rachel, et si tu n'es pas prête, alors je me montrerai patient.

Sa question ne pourrait pas me faire plus plaisir et je lui tends ma main pour sceller ce qui nous lie maintenant, une belle amitié.

Chapitre 22. Noah

Le temps passe si vite quand on a l'esprit occupé. Nous sommes le 25 septembre et cela fait plus de dix jours que je fais mes preuves chez C & C.

— Noah, je te cherchais !

Lisa dépose une pile de documents sur la table que je me suis attribuée dans l'open space et me juge d'un regard mauvais.

— Laisse-moi deviner, tu n'as pas consulté tes mails de la journée ?

J'ai quasiment terminé ma journée de travail et j'étais vraiment trop absorbé par le cours de mes idées pour m'intéresser de quoique ce soit. J'ai travaillé dans un café tout l'après-midi pour ne pas être dérangé par Marc qui ne faisait qu'éternuer ou se moucher. Il a attrapé un sacré rhume et ses microbes sont plutôt bruyants.

— Un problème, Lisa ?

Tout dans l'expression qu'elle arbore, de son poing qui tape sa hanche jusqu'à sa bouche pincée, me fait penser qu'elle est en colère.

— J'espère que tu es prêt pour le projet Laïtisser. Le client vient demain et il veut vous rencontrer, Rachel et toi. Tu l'aurais su plus tôt si tu avais fait attention à tes mails et décroché ton téléphone !

— Mais demain, ce n'est pas samedi ?

— Tu avais peut-être quelque chose de prévu ? Oh, je suis sincèrement désolée, mais je m'en contrefiche !

— Fais attention, tu ressembles à Rachel quand tu es comme ça, je ris d'elle.

Ça a au moins le mérite de dérider ma collègue. Elle se radoucit ensuite :

— Pardon, Noah, c'est juste que ce projet, c'est du lourd et il ne faut pas qu'on se plante. Rachel est partie plus tôt, pour une fois, et c'est donc à moi d'assurer le lien entre le client et nous.

Je prends la main de Lisa et la caresse tendrement, mais il n'y a rien de charnel dans ma douceur, seulement de la compassion.

— Mes idées sont prêtes, tu n'as pas de soucis à te faire de ce côté-là. Est-ce que Rachel t'a fait un brief pour moi ?

— Non, elle est seulement rentrée chez elle pour rassembler les dossiers et ce qu'elle avait déjà préparé. Mais j'y pense, tu n'as qu'à passer chez elle ! Vous pourriez travailler ensemble, ça ne pourrait pas être une mauvaise chose d'être bien préparés.

Son sourire en coin me fait peur, un peu comme si Lisa avait monté ce plan de toute pièce. Même si j'adorerais me rendre chez Rachel, je ne suis pas certain que cette dernière voie d'un bon œil mon intrusion dans son intimité.

— Je te note tout de suite son adresse !

Elle déchire une feuille de mon mini bloc-notes orange, griffonne trois lignes et me tend le papier en souriant malicieusement.

— N'oublie pas de lui apporter ces documents, elle pourrait en avoir besoin, elle affirme en poussant la pile qu'elle a apportée vers moi.

— Rachel va te haïr pour ça.

— Ne t'en fais pas pour moi, elle m'aime trop pour m'en vouloir. Puis elle disparaît en ajoutant un clin d'œil pour ponctuer sa phrase.

Je fixe l'écriture de Lisa en pensant à tout ce qui pourrait tourner mal et, connaissant Rachel, il y a beaucoup de scénarios qui iraient dans ce sens. Le plus probable ? Un nez cassé parce qu'elle refermerait vivement la porte sur moi en m'apercevant.

Mais, d'un autre côté, elle a besoin des dossiers en ma possession pour que le projet final soit achevé. Elle ne pourra pas me reprocher de vouloir rassembler toutes les pièces du puzzle. Un travail incomplet ne serait pas professionnel.

Je vérifie l'heure sur ma montre, presque dix-huit heures trente, et je me fais la réflexion que travailler le ventre vide n'est pas une bonne idée.

Je suis devant la porte d'entrée de Rachel, le numéro inscrit dessus est bien celui indiqué par sa meilleure amie. Dans ma housse d'ordinateur, j'ai rangé les documents du travail et, dans mes bras, j'ai deux burgers à emporter.

J'approche mon poing de la porte. Mes doigts ne tremblent pas, mais ils en sont proches. Rachel ne m'a jamais fait peur, mais ce n'est pas pour autant qu'elle ne peut pas se montrer impressionnante quand elle s'y met. Ma visite, ça sera tout ou rien. Soit cela va se passer miraculeusement bien, soit on va faire dix pas en arrière dans notre relation.

Trois coups, voilà ce que j'appose sur la porte. Je ne perçois ni musique ni lumière. Est-elle seulement chez elle ?

Je frappe une nouvelle fois sur le bois en ne sachant pas comment agir. Dois-je attendre patiemment sur son paillasson jusqu'à ce qu'elle revienne ou lui laisser les documents sur le pas de sa porte et m'enfuir à grandes enjambées ? Finalement, au bout d'une éternité je perçois des bruits de pas et une injure. OK, elle est chez elle. C'est déjà bon signe, non ?

La clef se met à tourner et la serrure se déverrouille sur Rachel. Je peux deviner, à son expression faciale, qu'elle ne comprend pas ce que je peux bien faire planté sur son palier. Ses cheveux bruns sont détachés et elle s'empresse de remettre des mèches derrière ses oreilles, comme pour se recoiffer. Elle porte un large t-shirt noir sur un leggings de la même couleur.

C'est la première fois que je vois la version adulte de Rachel sans fioritures, aussi décontractée. Elle qui est toujours soignée, tirée à quatre épingles, paraît soudain plus naturelle. J'aime cette version d'elle, celle qui ne ressent pas le besoin de se cacher sous un masque parfait pour paraître plus légitime.

— Noah, comment tu connais mon adresse ? Que fais-tu ici ? Et c'est quoi tout ça ?

Cela fait beaucoup de questions dans une même tirade, mais venant de Rachel, je n'en attendais pas moins. Elle ne m'a pas claqué la porte au nez, c'est déjà ça !

— Il semblerait que nous ayons un rendez-vous important demain. Lisa m'a chargé de t'apporter tous les documents dont tu pourrais avoir l'utilité. Et puis, si tu veux, nous pourrions préparer ensemble le speech et nous assurer qu'il n'y aura aucune fausse note. Je n'ai pas d'autres plans pour ma soirée.

— Je vais tuer Lisa ! elle murmure dans sa barbe.

— Et, je poursuis en mettant sous son nez le sac de nourriture, j'ai pensé qu'un petit peu de gras ne nous ferait pas de mal, pour l'inspiration.

Rachel soupire, puis elle s'écarte de la porte d'entrée en me faisant comprendre de me frayer un chemin. Elle baisse les armes facilement, ça ne lui ressemble pas, mais je ne vais pas me plaindre.

Je la suis jusqu'à la pièce à vivre où des dizaines de feuilles jonchent le sol. Je reconnais certaines images et des graphiques, puisque c'est moi qui lui ai envoyés. J'aperçois aussi de nouvelles idées qu'il pourrait être intéressant d'approfondir.

À ma grande surprise, son appartement est plus vivant que son bureau. Sur les murs, des cadres représentent des citations ou des photos avec ses proches. Je m'approche d'un des portraits, au-dessus du canapé.

— C'est ma sœur et moi quand nous étions jeunes, elle m'informe alors qu'elle s'est installée sur le canapé.

Nul besoin de précisions, je reconnaîtrais cette bouille entre mille. C'est la Rachel adolescente de mes souvenirs, il faut dire qu'elle n'a pas autant changé qu'elle ne le pense.

— Mets-toi à ton aise, on a du boulot !

— On ferait mieux de manger, ça ne doit plus être très chaud.

Elle rit puis se jette sur le sachet marron, tel un enfant sur un cadeau le matin de Noël. Ses yeux s'illuminent quand elle sort le burger au poulet supplément cheddar que j'ai commandé expressément pour elle.

— J'adore le cheddar.

Je sais, Rachel, je te connais.

Je dépose mon manteau sur le dossier du canapé, déboutonne le haut de ma chemise et enfonce une paille dans mon gobelet en carton. Elle rapproche la table basse en ferraille de nous, afin que nous puissions étaler notre repas, et nous dégustons silencieusement le fast-food.

— C'était super bon, elle complimente mon initiative en essuyant les coins de sa bouche. Merci beaucoup, Noah.

Je me rends dans le couloir, là où j'ai laissé ma mallette et en sors les documents que m'a confiés Lisa. Rachel s'assied par terre, en tailleur, et me fait signe d'en faire de même. Selon elle, ça l'aide à se concentrer.

J'allume mon ordinateur portable et ouvre l'application de diaporama. C'est parti pour une soirée boulot improvisée en compagnie de ma patronne hyper sexy. Le plan semble parfait, non ?

Chapitre 23. Rachel

En partant plus tôt du travail tout à l'heure, je ne m'attendais pas à voir débarquer Noah chez moi. On peut dire que ma meilleure amie m'aura tout fait !

Malgré tout, il n'y a pas que des mauvais côtés à cette visite impromptue. Un cerveau de plus n'est pas de trop pour préparer notre rendez-vous de demain. Et puis, c'est Noah qui est à l'initiative de toutes ces idées, alors autant qu'il fasse partie intégrante de notre présentation.

— On pourrait ajouter ce graphique à la slide seize, il déclare en posant une feuille colorée sur mes genoux.

— Ça peut être un élément de taille pour convaincre monsieur Laïtisser, très bonne idée.

Nous avançons bien plus rapidement que si j'avais préparé ça toute seule et, vers minuit, le dernier clic est effectué.

— Merci, Noah. Je pense que Laïtisser va être ravi.

Nous rangeons le bazar que j'ai mis alors qu'un bâillement sort de sa bouche et qu'un autre déforme la mienne.

— On dirait que ça épuise, de travailler, il rit de nous.

Des cernes viennent se creuser sous ses yeux et je ne dois pas être dans un meilleur état. Mais, alors que le sommeil semble vouloir nous emporter avec lui, un bruit de verre se fait entendre de l'autre côté de ma porte. Puis, il y a des voix. Masculines. Saoules. Pas assez étouffée par l'épaisseur des murs pour que je ne les entende pas.

— Tu crois qu'il y a des mignonnes dans cet immeuble ? demande un des inconnus derrière la porte.

Je ne sais pas qui ils sont, mais mon corps a soudain très peur. La peur, voilà ce qui me refroidit. Je suis pourtant quelqu'un de fort, mais là, tout de suite, je me sens comme un rat pris au piège.

D'autres voix répondent à l'homme, lui indiquant qu'ils n'ont qu'à vérifier dans tous les appartements. Ils font retentir ma sonnette, ce qui me pétrifie un peu plus. Noah me jette un regard en coin, puis se dirige vers la porte pour observer dans le judas. Il me fait signe du doigt de ne pas faire de bruit. Je ne parle pas, respire à peine par crainte qu'on m'entende.

Deuxième sonnerie. Puis, des coups sur la porte.

— Y a qu'un seul nom sur la sonnette, c'est sûr, elle habite seule.

— Eh, les gars, la voisine d'à côté aussi est seule.

Noah revient vers moi et s'assied sur mon canapé. Il m'ouvre ses bras et je me love contre lui. Il place un plaid autour de nous et je patiente dans cette position jusqu'à ce qu'un de mes voisins hurle qu'il va appeler la police si les intrus ne déguerpissent pas rapidement.

Les bras de Noah me rassurent et dispersent presque mes craintes. La dernière fois, quand j'ai aidé ces deux filles avant d'entrer en boîte, j'ai eu du courage parce que l'homme était seul. Mais là, face à je ne sais combien d'inconnus, je ne ferais pas le poids, tout comme ma porte qui n'est pas aussi solide que mon propriétaire me l'a affirmé.

— Est-ce que tu veux que je reste ici ? m'interroge Noah, alors que la pièce est plongée dans un silence des plus complets. Je veux dire, au cas où ils reviennent. Je ne serais pas rassuré de te savoir toute seule.

Je sais que ce soir est un cas isolé, que ce n'est pas tous les jours qu'on s'introduit dans mon immeuble, mais je hoche tout de même la tête. Je n'ai pas pour habitude de me laisser protéger, j'ai appris à mes dépens que je ne pouvais compter que sur moi-même. Mais, pour une fois, c'est reposant de pouvoir déléguer.

— Je n'ai pas d'affaires de rechange, je repartirai demain matin chez moi et on se rejoindra au travail.

— J'ai une brosse à dents neuve dans un placard, je prononce sans en prendre conscience.

— Si tu avais prévu de me séquestrer, tu aurais pu me prévenir. Je n'ai pas enfilé mon plus beau caleçon, il blague alors que je me lève du canapé.

Je lui prête un oreiller et une couette, c'est le moins que je puisse faire sachant qu'il va certainement être mal à l'aise toute la nuit dans mon canapé, beaucoup trop petit pour accueillir un spécimen comme lui.

Dans mon esprit, je n'ai aucune notion de règle. Tout ce à quoi je pense, c'est que je vais pouvoir dormir sur mes deux oreilles.

Alors que je m'approche de l'interrupteur, je me retourne vers Noah qui tente par tous les moyens de trouver une position pour dormir. Il s'est allongé sur le canapé, encore vêtu de sa chemise et de son chino kaki, il dégage un charme fou.

— Merci de rester. C'est très altruiste de ta part, Noah Wilson.

Il s'interrompt dans ses mouvements pour m'analyser.

— Ne me fais pas trop de compliments. Au premier ronflement qui sort de ta chambre, je déguerpis de chez toi.

Et nous partons tous les deux dans un rire joyeux.

Je rejoins ma chambre en me forçant à fermer les yeux pour trouver le sommeil au plus vite. Demain, nous attend un rendez-vous important et nous n'avons pas le droit à l'erreur.

Chapitre 24. Noah

J'ai du mal à me dire que Rachel est seulement à quelques mètres de moi, que je n'aurais qu'à traverser le couloir pour m'allonger dans son lit et être près d'elle. Bien sûr, je ne le ferai pas, je ne voudrais pas qu'elle me prenne pour un taré. J'ai déjà été surpris qu'elle ne me chasse pas, après ma proposition de rester ici cette nuit. Je n'aurais pas pu supporter de rentrer à la maison alors qu'un groupe de dégénérés a été capable de s'introduire dans son immeuble.

Pendant un instant, j'ai cru revivre ce calvaire. Ces voix, elles m'ont terrifié. Et puis, je me suis rappelé que j'avais survécu et, qu'eux, ils ont été punis.

Il est quatre heures du matin, je le sais parce que je vérifie l'heure toutes les dix minutes sur mon téléphone. Je ne parviens pas à retrouver le sommeil. Autant j'ai mis quelques secondes pour m'endormir, autant je suis incapable de réitérer une telle prouesse depuis déjà plus de deux heures.

Je me retourne encore et encore dans ce canapé ridiculement trop petit pour moi, et entreprends d'allumer la télévision pour m'occuper et espérer m'endormir devant. Je prends la télécommande et baisse le volume au plus bas pour ne pas réveiller ma belle endormie.

— Tiens, tiens, je pense pour moi-même.

Je suis sur la page d'accueil d'un site de vidéos à la demande, au logo rouge, et découvre les préférences de Rachel, les séries et films qu'elle a regardés ou ajoutés dans sa liste de favoris pour plus tard. Je choisis un programme au hasard, puis me recouvre de la couette qu'elle m'a prêtée.

— Toi aussi, tu n'arrives pas à dormir ?

Je sursaute à la voix de Rachel. La moitié de son corps est éclairée par la lumière blanche provenant de la télévision et l'autre partie est plongée dans l'obscurité. Apparemment, je n'ai pas été assez discret.

Je me décale pour lui laisser de la place et elle s'assied à mes côtés, tout en conservant une distance avec moi. Je lui tends un bout de la couverture et elle la pose sur ses genoux.

— Pas un mot au bureau. Personne ne doit savoir que je regarde Friends avec mon employé.

— À une condition, Dumas.

— Laquelle, Wilson ?

— Tu as du pop-corn ?

Rachel sourit, se lève puis dépose un sachet en carton dans le micro-ondes. Dans mes souvenirs, Rachel gardait toujours un sachet de pop-corn dans ses placards. Elle forçait ses parents à en acheter, car, pour elle, un bon film ne se visionne pas sans un sachet de pop-corn à proximité.

Elle verse la moitié du pop-corn dans un bol qu'elle me tend, puis pose le carton sur elle et le mange à pleines poignées.

Cela serait plus sage de nous coucher, de préparer nos neurones pour qu'ils soient parfaitement réactifs pour ce qui nous attend dans seulement quelques heures. Mais ce plaisir simple, celui de partager un moment avec elle, vaut bien le petit sacrifice de mon sommeil.

— C'est qui ton personnage préféré ? elle m'interroge au bout du troisième épisode que nous avons enchaîné dans un silence religieux.

— J'adore Joey, il ne se prend pas la tête et profite simplement de ce que la vie lui offre.

— C'est marrant, je te voyais plus comme un Ross, finir seul avec un singe pour compagnie.

— Tu sais que Ross ne finit pas avec son singe, pas vrai ?

— Je croyais que tu n'avais jamais vu la série, elle me fustige en se tournant vers moi.

— Je n'ai jamais dit ça, Rachel.

— Alors pourquoi a-t-on commencé par la première saison ? Elle est bien, mais ce n'est même pas la meilleure !

Et nous voilà partis dans un débat sur cette série, racontant chacun pourquoi tels épisode ou événement marquant sont mieux que celui décrété par l'autre. Rachel me soutient que son homonyme dans la série est la meilleure parce que, tout simplement, elle s'appelle comme elle, et je ris à cette analyse sans aucun fondement.

Lorsque nous atteignons le septième épisode, Rachel s'est assoupie. Sa tête repose sur mon épaule et je ne suis pas certain qu'elle en ait pris conscience. Je n'ai pas envie qu'elle se réveille, je voudrais conserver cette position pour l'éternité.

- Quelque part à Londres, février 2011 -

Je tiens la main de Rachel alors que nous parcourons les rues londoniennes. Nous sommes arrivés en Angleterre après de longues heures de voyage et je suis content de pouvoir enfin profiter de ce séjour linguistique avec cette fille sublime. Cela fait plusieurs semaines que toute la classe se prépare et que notre petit groupe est impatient.

— Qu'est-ce que tu veux faire en premier ? je la questionne alors qu'on nous a donné quartier libre pour l'après-midi.

— Je veux voir le palais !

Elle sautille presque sur place alors que nous marchons vers Buckingham Palace. Je sais que Rachel a beaucoup voyagé avec ses parents, mais c'est la première fois qu'elle se rend à Londres et elle compte bien tout visiter, au grand dam de mes pieds.

— J'aimerais beaucoup apercevoir un membre de la famille royale, peut-être même qu'un jour ils feront appel à moi pour leur faire de la pub !

J'aime son enthousiasme, son énergie. Ses yeux brillent de mille feux alors que nous discernons un grand monument blanc. Sa main quitte la mienne et Rachel court vers l'édifice. Je me dis qu'elle aurait fait une très belle princesse, si elle était née dans la famille royale. Quant à moi, je ne serais pas plus qu'un vilain manant indigne d'elle.

Je baisse mes yeux vers mes poignets dont quelques cicatrices me rappellent ce que j'ai fait. C'est encore difficile pour moi de combattre le trouble qui m'habite. Rachel n'est pas au courant de ce que j'ai subi, j'ai bien trop peur qu'elle se réveille un jour et me voie comme je suis réellement. Je crains trop qu'elle fuie le lâche que je suis, ce faible qui se cachait derrière des excuses pour ne pas participer aux épreuves sportives, pour ne pas avoir à se déshabiller dans le même vestiaire que ses camarades. Ces moqueries sur mon corps que je n'aime pas, que même des inconnus détestent alors qu'ils ne me connaissent pas. Ces t-shirts que je porte trois fois trop grand pour dissimuler ce qui ne doit pas être vu.

— C'est magnifique !

La voix de Rachel me sort de mes ténèbres et je la contemple caresser du doigt les initiales de la reine, sculptées sur le portail noir en lettres d'or. Peut-être que cette femme est mon ange gardien, la lumière de mon obscurité. Peut-être que j'ai besoin d'elle pour me guider vers un avenir radieux, une vie dans laquelle je m'accepterais enfin.

Les rayons de soleil se reflètent sur ses cheveux bruns et les font paraître plus clairs. Elle ne porte qu'une simple robe orange, qui met en valeur ses longues jambes fines et sa taille, marquée par une ceinture.

Elle est belle, elle est si belle. Et je ne la mérite pas.

Chapitre 25. Rachel

Une sonnerie, puis deux, puis trois. Je me réveille seule sur le canapé, avec en mémoire la soirée de la veille, comme des flashs d'un bonheur illusoire.

Mon cou me fait souffrir et je l'étire au maximum pour limiter les dégâts. Je repousse la couverture. Une pensée me frappe, je n'entends aucun son pouvant m'indiquer que Noah est encore là, dans mon appartement. Je me penche vers la table du salon où un carré fluorescent attire mon attention.

Je suis rentré chez moi pour me changer. Je t'ai programmé un réveil pour que tu ne rates pas notre rendez-vous. Merci pour ces épisodes, c'était sympa. À tout à l'heure, Noah.

Je ne peux m'empêcher de sourire au fait que ça me rappelle notre première nuit passée ensemble, celle où, le lendemain, je lui ai écrit une note l'informant que nous n'allions pas nous revoir. Je n'avais pas prévu, à ce moment-là, qu'il pouvait être mon futur employé. J'ai comme un sentiment de déjà-vu en retournant plusieurs fois le papier entre mes doigts.

Il n'a pas tort dans sa façon de décrire notre soirée, c'était vraiment agréable. Je pourrais me frapper la tête dans le mur pour avoir de telles pensées, cependant je n'aurais pu rêver mieux pour trouver le sommeil. Mais je dois me faire une raison, aucune relation ne pourra naître entre nous, qu'elle soit amoureuse ou amicale. C'est un collègue de travail, un collègue si attirant pourtant, et juste penser au fait que je me suis endormie près de lui me fait vibrer tout entière.

Il faut que je me ressaisisse. Il ne peut y avoir de nous.

J'asperge d'eau mon visage afin de retrouver un minimum de lucidité, et mon reflet dans le miroir me fait comprendre que j'en ai grand besoin. Mon téléphone se met à vibrer sur l'étagère où je dépose mes différents produits d'hygiène, et le prénom de ma meilleure amie s'y affiche. Traîtresse, je souffle pour moi-même.

— Bonjour, mademoiselle Dumas. Avez-vous passé une bonne soirée ? elle m'interroge alors que je sens son sourire saliver à travers chaque mot qu'elle prononce.

— Ne te fous pas de moi, tu es loin d'être pardonnée, je lui rétorque sèchement.

— Oh, ça va, je vois bien comment vous vous regardez !

— Comment on se regarde ? je m'étrangle. Lisa, je ne lui accorde même pas une once de gentillesse.

— Justement ! Tu le fuis comme la peste et, quand tu lui parles, tu es plus dure avec lui qu'avec n'importe lequel d'entre nous. Tu n'as jamais réagi comme ça avec quelqu'un et c'est pour ça que…

— Que tu l'as envoyé chez moi ? je la coupe en attachant mes cheveux pour que l'eau de la douche ne les humidifie pas. Tu auras beau monter tous les plans machiavéliques que tu voudras, il ne se passera rien entre nous.

Je pose le téléphone sur le rebord du lavabo et entreprends de me déshabiller.

— Tu veux dire, plus rien. Parce qu'en soi, il s'est déjà passé quelque chose entre vous. Et je crois d'ailleurs que c'était plutôt hot !

Je lève les yeux au ciel face à l'enthousiasme que semble éprouver ma meilleure amie pour Noah.

— Bon, tu comptes me raconter ce qu'il s'est passé hier ou vais-je devoir demander au deuxième intéressé ? Je sais que tu ne l'as pas flanqué à la porte, sinon j'aurais reçu un message de ta part aussitôt.

Je me glisse sous la douche, augmente le volume de mon smartphone, le pose là où il ne peut pas être touché par l'eau et relate tout à ma meilleure amie. Comme je m'y attendais, je l'entends sauter de joie.

— Arrête, Lisa !

— Mais enfin, Rachel, tu ne vas pas me dire que ce n'est pas un miracle que tu réouvres enfin ta porte ! Au sens littéral, en plus ! C'est toi qui devrais arrêter de te voiler la face, il ne t'indiffère pas contrairement à ce que tu voudrais laisser penser. Remplis-toi d'illusions si tu le souhaites, mais je sais lire entre les lignes. Et les tiennes sont plutôt visibles.

— Je vais raccrocher, il y en a une qui doit aller travailler ce matin, je déclare en enfilant mon peignoir bien chaud.

— Fuis autant que tu veux, jeune fille, mais, un jour ou l'autre, la vérité va te rattraper et te botter les fesses !

— Bye, Lisa !

— Je sais que j'ai raison, ma jolie !

Et sur ces belles paroles, je raccroche, confuse de cette conversation échangée avec ma meilleure amie. Elle a tort, ils ont tous tort.

Je ne suis pas en avance, mais je ne suis pas non plus en retard. Noah et moi nous sommes donnés rendez-vous vingt minutes avant l'arrivée de notre client, afin d'avoir le temps de tout préparer pour la présentation.

Je marche rapidement sur le trottoir et je ne suis plus qu'à un croisement de notre immeuble lorsque j'aperçois

Noah. Il porte un long manteau beige et ses cheveux sont coiffés en arrière, je le remarque parce qu'hier ils étaient en pétard. Dans sa main, deux gobelets en carton et un sachet marron. Il se retourne complètement face à moi et je peux maintenant le contempler pleinement. Son nez est rougi par le froid, et sa bouche forme de petits halos de vapeur. J'espère que ce n'est pas moi qui l'ai fait attendre.

— Salut, je prononce simplement.

— Salut, toi.

— Qu'est-ce que tu fais dehors ?

— Je voulais vérifier que tu t'étais bien réveillée. Je craignais que Monica et Chandler aient eu raison de toi. Et je t'ai pris ça, il m'informe en me tendant ce qu'il tient, je ne savais pas si tu avais eu le temps de déjeuner.

— Merci, Noah.

Nous sourions à l'unisson. Pour sa gentillesse, rien de plus.

Je le précède dans l'enceinte du bâtiment, puis dans la salle de réunion où nous installons notre matériel. Je masse mon cou, encore endolori par ma mauvaise position de cette nuit.

— Le canapé ? il me demande en jetant un regard vers l'endroit qui me fait souffrir.

Je valide par un hochement de tête.

— Tu t'es endormie sur moi et je n'ai pas eu le cœur de te réveiller. Tu avais l'air si paisible. Bon, tu as un peu ronflé, mais…

Je lui jette une boulette de papier et il feint d'avoir mal dans son bras.

— Je ne ronfle pas ! je vocifère alors que je tente de réprimer mon sourire.

— Pardon, c'est vrai que les princesses ne ronflent pas, il réplique en mimant une révérence.

Je lui tire la langue, cela ne m'était pas arrivé depuis des années. C'est comme si, près de lui, je redevenais une enfant qui ne pense qu'à jouer et profiter de l'instant.

— Je pense que nous sommes prêts, je déclare à Noah en scannant les horizons.

L'ordinateur fonctionne, le diaporama ne demande qu'à être lancé, l'espace est rangé et Noah a même fait couler du café pour notre client. Je dispose un résumé de notre présentation sur la table, là où monsieur Laïtisser sera installé et nous n'avons plus qu'à patienter près du téléphone en attendant qu'il se présente dans l'immeuble. Étant samedi, Christiane ne travaille pas et ça sera donc à nous d'être réactifs pour lui débloquer l'entrée s'il sonne.

Noah s'assied sur le fauteuil de Christiane et, moi, je pose une fesse sur son bureau en faisant attention de ne pas y mettre tout mon poids. Cela serait dommage que, lundi matin, elle n'ait plus de bureau pour travailler !

Je regarde la montre que je porte au poignet, Noah en fait de même et nous remarquons que notre client est en retard. Dix minutes passent et mon collègue se lève pour se poster près de la fenêtre et observer le petit monde qui gravite à nos pieds.

— Il est comment, Laïtisser ? il me questionne au bout de cinq minutes d'un silence qui pour une fois n'est pas pesant.

— Il est plutôt sympa, pour un client. Je dirais qu'il respecte tout ce qu'on lui présente tout en ayant un avis critique et constructif sur ce qu'il souhaite.

— Physiquement, je veux dire.

Je me mets sur mes pieds et m'approche de Noah en traversant ce qui nous sert de salle d'attente et de hall d'accueil.

— Il est chauve, une petite moustache grise, et toujours flanqué d'un costume à rayures. Pourquoi, vous avez des vues sur lui, monsieur Wilson ?

Je fais un clin d'œil à mon interlocuteur et il roule des yeux.

— Au risque de te décevoir, mon style ce sont plutôt les brunes qui s'endorment sur moi et qui portent le prénom d'un personnage de série.

Son sourire s'élargit et je comprends qu'il parle de moi, de notre nuit de la veille. Aussi surprenant que ça puisse paraître, je décide de rentrer dans son jeu et fais un pas dans sa direction. J'appuie ma hanche sur la baie vitrée et croise mes bras sur ma poitrine.

— C'est plutôt assez précis comme description, tu ne devrais pas être aussi buté sur cette idée ou tu finiras tout seul avec quinze chats.

Il humidifie ses lèvres, rétrécit un peu plus l'espace entre nous et imite ma position. Il approche ses doigts de mon bras nu et commence à le caresser en le touchant à peine. Il me frôle, de peur de me faire reculer. Je détourne le regard de ses doigts pour planter mes yeux dans les siens.

J'apprécie son contact, il me rappelle la douceur de notre rencontre dans cette boîte. Je ne suis plus sur mon lieu de travail, mais dans un monde où il n'y a que lui et moi. L'odeur du café qu'il a préparé semble lointaine et nous ne craignons pas d'être surpris par un autre employé.

Ce rapprochement, c'est une mauvaise idée. Je le sais, je le sens en moi. Pourtant, c'est comme si aucune sangle ne me retenait désormais. Il se baisse, pour se mettre à ma hauteur et je me mets sur la pointe des pieds, pour être à la sienne. Sa main descend pour s'ancrer à ma hanche et ses lèvres s'approchent dangereusement.

Je ferme les yeux, pour capturer l'instant qui tarde à venir. Son souffle chaud frôle ma nuque, puis remonte sur ma joue et enfin, se pose sur…

Sonnerie.

Quoi ? Quelle sonnerie ?

Merde !

Chapitre 26. Noah

Putain !

La sonnerie du téléphone vient de retentir sur le bureau de Christiane et je suis contraint de m'éloigner de Rachel, non sans un long regret partagé. Une fissure s'est opérée en elle, et j'ai senti que je pouvais m'y engouffrer, qu'elle m'autorisait à me frayer un passage jusqu'à elle.

Mais ce que j'avais oublié pendant ce moment de plénitude, c'est Laïtisser, ce petit moustachu que j'ai aperçu à travers la fenêtre, et que sa description a confirmé comme étant notre client.

Rachel se recoiffe rapidement alors que j'appuie sur le bouton qui débloque la porte d'entrée de l'immeuble. Ses lèvres sont entrouvertes et ses yeux sont arrondis, comme si nous avions été surpris en plein acte, alors qu'il ne s'est rien passé, pas d'un point de vue physique du moins.

Ma belle Rachel se reprend rapidement, ne laissant pas cet événement entraver son professionnalisme, et patiente à mes côtés attendant que les portes métalliques de l'ascenseur s'ouvrent sur notre client.

— Rachel Dumas !

— Monsieur Laïtisser !

L'homme s'approche de Rachel avec enthousiasme, à peine a-t-il foulé le sol de notre étage. Rachel l'accueille avec un sourire affectueux et une poignée de main professionnelle.

— Monsieur Laïtisser, je voudrais vous présenter Noah Wilson, notre nouvelle recrue.

Notre client me retourne le même entrain que celui avec lequel il a salué Rachel.

— C'est donc vous, le fameux Noah, Rachel m'a fait beaucoup d'éloges à votre sujet. Il paraît que vous avez de superbes idées pour mon entreprise.

Je tente de rester humble, car, après tout, c'est mon travail d'être source d'idées, mais c'est difficile avec tous les compliments que Laïtisser me balance. Il sait comment flatter les autres, c'est certain !

— Je suis désolé de vous faire travailler un samedi matin, mais j'étais de passage dans les environs pour un rendez-vous professionnel et je voulais faire d'une pierre deux coups.

Comment pourrais-je lui en vouloir au vu de la façon dont il s'excuse ? Dans mon ancienne agence, j'en ai connu des clients, et très peu s'excusaient pour les heures supplémentaires que nous faisions. Il y avait plus de casse-pieds que de monsieur Laïtisser.

— Si vous voulez bien me suivre, annonce Rachel alors que nous nous dirigeons vers la salle de réunion.

Je me retiens de mater ses jolies fesses mises en valeur par la tenue qu'elle porte aujourd'hui, pas devant un client, pas maintenant.

Laïtisser prend place derrière l'immense table ovale, et Rachel et moi restons debout devant l'écran sur lequel nous allons projeter les illustrations de notre proposition pour la campagne de notre client.

Rachel et moi parlons chacun notre tour, récitant le discours que nous avons révisé la veille. Nous ne commettons aucun impair, nos voix sont éloquentes et notre récit impactant. Pour preuve, Laïtisser nous applaudit presque à la fin de notre présentation.

— J'aime beaucoup ce que vous me proposez. Vos idées sont en accord avec les valeurs de mon entreprise et c'est exactement ce pour quoi j'ai choisi C & C et pas une autre agence. Vous savez comment vous entourer, mademoiselle Dumas. J'étais déjà très content de votre travail, mais là, ça ne pourrait pas être mieux !

Rachel sourit timidement et ne contredit pas notre client.

Laïtisser nous pose des questions, nous ajustons nos idées et le tout est plié à midi trente.

— Est-ce que je peux t'inviter à déjeuner pour célébrer ma première victoire chez C & C ?

Nous venons de raccompagner Laïtisser jusqu'au hall de l'immeuble et sommes seuls dans la rue. Rachel rejette ses cheveux en arrière et je l'observe hésiter devant ma proposition.

— Je devrais probablement rentrer, j'ai eu une toute petite nuit et mon quota de sommeil en retard n'a fait que s'allonger.

Après tout, c'est peut-être pour le mieux, je me résigne. Moi non plus, je n'ai pas beaucoup dormi ces derniers temps.

— Mais c'est promis, on fêtera cette victoire, elle ajoute pour ne pas me vexer.

— À Rome ? j'ose lui demander.

— À Rome, elle confirme au même moment.

Je proposerais bien de la raccompagner jusque chez elle, mais je vois déjà le refus pointer le bout de son nez.

— À lundi, Noah.

— À lundi, Rachel.

- Rue De Vinci, 15 mars 2008 -

Je marche tranquillement jusqu'à mon arrêt de bus. Le printemps est arrivé, les oiseaux chantent et les arbres se colorent. Je n'ai qu'à contourner ce gros bâtiment et patienter dix minutes jusqu'à ce que le nez orange de l'autobus apparaisse devant moi. Ce n'est pas un grand effort, je peux le faire, je m'encourage silencieusement.

J'ai mes écouteurs, mais aucune playlist dans mes oreilles. Je veux juste montrer au monde de me laisser tranquille, de ne pas me parler.

— Noééééééééé !

Ce sont leurs voix qui me parviennent en premier. Je ne les vois pas, mais les sons qu'ils émettent ne laissent aucune place au doute. Je n'attends pas longtemps avant qu'ils ne me barrent le passage.

Je recule, par réflexe, mais je bute dans un gars derrière moi. On arrache mes écouteurs et mon iPod est balancé à terre. Il termine sous la semelle du plus grand de la bande.

— Bah alors, on est tout seul ? remarque le roux

— Tu attends ta maman ? Bah non, c'est vrai, tu n'en as pas ! ajoute le blond.

Je ne veux pas les appeler par leurs prénoms, ça leur donnerait trop d'importance dans mon esprit. Mon père m'a dit une fois qu'on ne pouvait pas tout retenir dans la vie, mais que je pouvais faire en sorte que certains souvenirs durent. Or, eux, je n'ai pas envie de m'en souvenir.

Je voudrais bomber le torse et tous les envoyer au tapis. Je voudrais affirmer tout haut que j'ai une maman, mais qu'ils sont trop idiots pour comprendre que, même si je ne suis pas sorti de son ventre, je suis quand même son fils. Ma vraie maman, c'est elle, celle qui m'a adoptée et m'a offert son amour inconditionnel.

—Nono, on a donné sa langue au chat ?

— Tu crois qu'il est muet ? Remarque, vaudrait mieux qu'il le soit, personne ne veut entendre sa voix !

Je me fais bousculer, mais je ne perds pas l'équilibre et reste sur place. Je ne relève pas la tête et observe le bout de mes baskets. Je me concentre sur cette vision pour effacer toutes mes peurs. En réalité, comment pourrait-on être effrayé par quelque chose qui survient si souvent ? Qui se répète inlassablement comme un satané cercle vicieux ?

— On t'a posé une question, Brindille !

Une gifle, puis deux. Ma joue me brûle.

Je sais comment s'appelle cette persécution, c'est du harcèlement. Pourtant, moi, je ne leur ai rien fait. On peut dire qu'il en faut peu à une brute pour trouver un souffre-douleur. Je suis arrivé dans cette école en septembre, et il a suffi que je sois plus fin que les autres, plus timide et plus introverti, pour devenir leur punching-ball humain.

Au début, c'était juste verbal, ça a commencé par des moqueries sans réel fondement, puis on m'a volé mon dessert à la cantine, puis ce fut humiliation sur humiliation jusqu'à ce que je craque. Depuis deux mois, ils se sont aperçus que les coups c'était beaucoup plus drôle que les paroles.

Un croche-pied et je suis à terre, ma hanche tape lourdement le bitume et laissera une ecchymose demain.

Je me mure dans le silence et fais abstraction de la scène, comme spectateur de moi-même.

Je crois qu'ils en ont eu assez, puisque les coups cessent dans mon ventre et mon dos et leurs ombres au-dessus de moi disparaissent. Je revois le soleil, et suis caressé par sa chaleur.

Je prends quelques secondes pour me relever et reprendre conscience que je suis dans la rue et que personne ne m'a aidé.

Je reprends mon chemin, comme si de rien n'était. Comme si je n'avais pas les côtes qui me brûlent et un sentiment d'impuissance qui s'abat sur mes épaules.

Plusieurs fois, j'ai rêvé qu'un superhéros vienne me sauver. Mais nous ne sommes pas dans un comics. Dans la vraie vie, je n'ai que moi-même pour me sauver. Dans la vraie vie, je suis le superhéros incapable de s'en sortir par lui-même.

Aujourd'hui, je suis tout seul, je ne peux en parler à personne. Mais demain, dans un avenir proche, je me reprendrai en main et je les affronterai. Je serai fort, je serai puissant et j'aurai ce que je mérite.

Mes parents ne sont pas encore arrivés lorsque je rentre chez moi et je me dirige directement vers ma chambre. J'enfile un sweat, quelque chose d'assez épais pour me noyer dedans et camoufler la vérité.

Parce que je ne sais faire que ça, masquer ce que je ressens.

Chapitre 27. Rachel

Je surligne un par un chaque article que je dépose dans ma valise. Hier soir, j'ai dressé la liste de tout ce dont j'ai besoin pour mon voyage à Rome et je pense ne rien avoir oublié.

— Il y a quelque chose que tu n'as pas marqué sur ta liste.

Lisa est allongée en travers de mon lit, sur le ventre, et observe plus qu'elle ne m'aide. En fait, rectification, elle critique plus qu'elle ne m'aide. Je fixe mon amie, une main sur la hanche et d'un ton exaspéré, je lui lance :

— Je n'ai rien oublié, Lisa, j'en suis certaine.

Elle se redresse, ouvre un tiroir de ma penderie et me jette au visage une nuisette en dentelle.

— Tu devrais emporter ça avec toi, tu sais, juste au cas où Noah et toi ça irait plus loin. L'Italie, c'est romantique comme pays, ça pourrait te donner des idées.

Je chiffonne le bout de tissu et lui lance comme si c'était un ballon de basket. Je marque un trois-points quand il lui arrive pile sur la tête.

— Je connais les limites entre professionnalisme et vie personnelle, crois-moi, je ne franchirais pas cette frontière.

— Moi, tout ce que je pense, c'est que tu as failli craquer samedi dernier... Dans nos propres locaux en plus !

Je me suis sentie contrainte de lui confesser que Noah et moi nous sommes presque embrassés, alors que nous attendions monsieur Laïtisser. C'était une erreur, pourtant c'était aussi franchement excitant. Pourquoi ce qui est mal paraît-il toujours plus attirant ?

— Assieds-toi sur ma valise, j'ordonne à Lisa, alors que je me bats contre la fermeture éclair.

— Je ne sais pas comment tu fais pour tout faire rentrer dans ce minuscule truc ! elle râle alors que je boucle mon bagage.

— Peut-être parce que je ne suis pas comme toi, une valise cabine me suffit pour quelques jours. Je n'emporte pas un mois de vêtements alors que je pars pour une semaine !

— Il faut toujours se montrer prévoyante, ma chérie.

Lisa me dépasse pour aller se servir un verre d'eau dans la cuisine tandis que je fais rouler ma valise jusque dans l'entrée.

— Vous revenez quand, déjà ?

Je fais bouillir de l'eau pour nous servir des thés.

— Dans la journée de dimanche. On part demain, on rencontre le client vendredi, et je serais revenue plus vite que tu ne le penses.

— J'aimerais être une petite souris pour voir ce qu'il va se passer entre vous. À mon avis, ça risque d'être animé.

Lisa s'étouffe presque avec le grain de raisin qu'elle vient de voler dans ma corbeille de fruits tant elle rit de son propre humour.

Je m'absente quelques secondes pour aller aux toilettes, la laissant seule dans sa propre illusion. Lorsque je reviens, Lisa est assise sur le tabouret en métal du bar, les mains crispées autour de mon téléphone. Elle relève son regard vers moi et je sens que quelque chose cloche.

— Il a sonné, elle affirme en me le tendant.

L'écran est allumé sur une conversation SMS.

Bonjour, Rach, j'espère que tu vas bien. Serais-tu libre mardi prochain ? Stp, c'est important pour moi. Damien

Avec mon quotidien chargé, j'avais oublié Damien et sa volonté de me voir.

— Ma chérie, tu devrais t'asseoir, tu es toute pâle.

Lisa m'accompagne sur le sofa et m'entoure de ses bras. Mes larmes ne coulent pas, mais mes yeux me brûlent. Forte, Rachel, c'est ce que tu avais promis d'être.

— Tu as déjà annulé une fois, tu peux le refaire, Rachel. Tu ne lui dois rien à ce connard. Regarde dans quel état il te met alors que tu n'as reçu qu'un seul misérable message de sa part.

Lisa a raison, je ne lui dois rien. Pourtant, en le quittant, je me suis promis de mettre de côté mon passé, et lui dire définitivement adieu est peut-être l'étape ultime dans la guérison de mon cœur.

Je tape un simple ''OK'', ni plus ni moins, et verrouille mon téléphone pour ne pas voir sa réponse.

— Je connais ce regard, je déclare, alors que Lisa tangue d'une fesse à l'autre sur le tabouret.

— Quel regard ?

— J'ai fait ce que j'avais à faire. Maintenant, est-ce qu'on pourrait revenir à ma valise ?

Lisa hoche la tête et boit la tasse de thé que je viens de lui fourrer sous le nez. Tout dans mon expression montre que je suis détachée de ce qui vient de se passer. Pourtant, à l'intérieur de moi, un long fluide, semblable à du poison, est en train de se répandre dans mes veines. Je suis douée pour cacher ce que je ressens, il en a toujours été ainsi. Je bois ma tasse tout en me murant dans le silence, alors que des images tournent dans mon esprit et me remémorent l'enfer que j'ai subi.

Je me revois arborer une expression d'une joie triste en me demandant comment il est possible de ressentir, à la fois, un bonheur grandissant et un fond amer de tristesse qui ne veut pas disparaître. C'est un mélange toxique, l'illusion d'être heureuse, alors que chacune de ses aiguilles me piquait un peu plus chaque jour, me faisant saigner de l'intérieur.

Si je pouvais remonter le temps et rencontrer la Rachel du passé, je la sermonnerais. Je la prierais de ne pas se montrer aussi idiote face aux hommes, de ne pas se laisser utiliser aussi facilement qu'un mouchoir usagé. Je la giflerais toutes les fois où elle me vanterait les mérites de l'amour, parce que la vérité, c'est qu'il n'y en a aucun. À part souffrir et détruire tous mes espoirs, je ne vois pas de lumière au bout du tunnel.

Une fois, j'ai connu un amour sincère. J'étais jeune et si prise par mes ambitions que nous nous sommes laissé filer. Il s'appelait Noé, nous étions au lycée et il avait des yeux verts presque uniques. C'est sûrement pour cette raison que Noah émet une aura, à laquelle je ne veux pas succomber, peut-être qu'implicitement le fait qu'ils aient la même couleur dans leurs regards influe sur ma perception de la réalité. Je sais, c'est bête, ce ne sont que des yeux, mais j'y lisais tout l'amour qu'il avait pour moi.

Du garçon de mon passé, je me souviens plus de ses qualités que de son visage. Avec le temps, mes souvenirs se sont altérés et, par choix, j'ai décidé de les laisser voguer hors de mon esprit. Lorsque je suis devenue adulte, je me suis débarrassée d'objets qui me faisaient penser à lui, imaginant à tort que cela m'aiderait à aller mieux. De son physique, je me souviens seulement de ses yeux. À croire qu'il est si facile d'oublier des détails aussi visibles, des détails qui auraient dû me marquer.

C'est marrant, ce n'est qu'aujourd'hui que je me demande ce qu'il fait dans la vie. Est-il marié ? Vit-il toujours en France ? Je ne me suis jamais laissé tenter par l'idée d'espionner ses réseaux sociaux à la recherche d'informations, comme dans ces films où d'anciens amis du lycée se retrouvent après vingt ans, sans se parler, simplement pour assouvir une curiosité malsaine ou une jalousie de savoir qui aura le mieux réussi dans la vie. Le passé est peut-être bien où il est, parfois il ne faut pas le déterrer. J'ai un merveilleux souvenir du Noé dont je suis tombée amoureuse et je ne voudrais pas être déçue en altérant ces quelques pensées heureuses dont je me souviens.

Chapitre 28. Noah

J'ai peur. Voilà, c'est dit, j'ai la trouille.

Je n'ai jamais pris l'avion de ma vie, je ne me suis jamais envoyé en l'air au sens propre du terme, en caressant les cieux du bout des doigts.

Plus l'heure du décollage approche et plus une boule de stress se forme dans mon estomac. C'est simple, je n'ai rien pu avaler au petit déjeuner, et ce n'était pas parce qu'il était cinq heures du matin.

Il ne me reste plus que quelques minutes pour me ressaisir et retrouver le masque de confiance en soi que je me suis forgé durant toutes ces années. Il ne faut pas qu'elle remarque mes craintes. Je suis certain que Yann n'aurait pas peur, lui. Pourquoi suis-je en train de parler de Yann, alors que c'est moi qui vais passer un week-end avec cette douce créature ? Je ne peux m'empêcher de croire qu'il est mieux que moi, que c'est avec ce genre d'homme que Rachel mérite d'être. Pourtant, Yann et moi n'évoluons pas dans une sorte de compétition dont Rachel serait le prix.

Je ne suis pas un salaud, mais je la veux. Cela a été assez dur comme ça de l'approcher, je ne veux pas reculer, alors que nous sommes sur la bonne voie.

Je vérifie mon téléphone pour la énième fois. Rachel ne devrait plus tarder, son taxi est coincé dans le trafic parisien. Ça ne lui ressemble pas d'être la dernière arrivée, mais je lui fais assez confiance pour savoir qu'elle doit être en train de crier sur le pauvre chauffeur à l'heure qu'il est, le sommant d'accélérer le mouvement.

Je suis devant les portes transparentes de l'aéroport, observant de nombreux véhicules déposer des passagers, tous plus chargés les uns que les autres. Moi, je n'ai qu'un sac de voyage et un sac à dos. Je me prends au jeu de deviner où chacun part, leur imaginant une vie et une raison pour cette destination.

Je masque mon crâne sous la capuche de mon sweat sentant mes oreilles geler. J'aurais peut-être dû mettre mes écouteurs, la musique aurait sûrement adouci mon corps agité. Je souffle sur mes mains afin de les réchauffer, mais c'est peine perdue.

Un juron et des roues de valise, voilà les sons que je perçois.

Je détourne le regard de mes pieds pour observer sa belle silhouette fouler le chemin qui la guide jusqu'à moi. C'est la première fois que je la vois porter des baskets. Le sommet de sa chevelure est couvert d'un bonnet blanc en laine et une grosse écharpe rose pâle cache son cou, empêchant le froid de l'atteindre. Ses sublimes jambes sont dissimulées sous un jean et un long manteau. Même avec autant de couches de textile sur elle, elle reste la plus belle femme que je n'ai jamais vue.

Je ne peux m'empêcher de sourire lorsque nos yeux se rencontrent, et après quelques secondes d'hésitation, elle me le rend.

— Bonjour, minaude-t-elle timidement. Je suis désolée pour le retard.

— Tu n'as pas à t'excuser, je sais que ce n'était pas ta faute.

Après un bref hochement de tête, elle me contourne et je la suis dans l'enceinte de l'aéroport.

Waouh, c'est immense ! Il y a foule à perte de vue. Tout ce que je distingue dans ce brouhaha international, ce sont les logos de chaque compagnie qui apparaissent devant des comptoirs. Devant moi, un grand panneau s'étend à une hauteur que je ne pourrais jamais atteindre en sautant, et sur lequel sont inscrites des centaines de destinations avec leurs heures et portes d'embarquement.

Rachel se retourne et fronce les sourcils lorsqu'elle s'aperçoit que je me suis arrêté net, alors que des centaines de passagers me dépassent.

— Viens, on va enregistrer nos bagages. C'est par là, elle ajoute plus doucement.

Nous faisons la queue derrière deux couples et trois familles dont les chariots débordent de bagages. Tel un enfant qui découvre la vie, je me mets sur la pointe des pieds pour observer l'hôtesse remplir des informations sur son ordinateur, puis coller une étiquette verte sur la valise de chacun. Elle appuie sur un bouton et fait avancer la valise sur un tapis roulant.

— Premier vol ?

— Hein ?

Rachel m'inspecte des pieds à la tête, puis reprend la parole :

— C'est la première fois que tu prends un avion, je me trompe ? Tu vas faire aujourd'hui ton baptême de l'air ?

— Qu'est-ce qui te fait dire ça ?

Elle rit tout en faisant des cercles avec la pointe de son doigt dans ma direction.

— Toi, tout entier. Tes yeux ont brillé dès l'instant où tu es entré dans l'aéroport. Et là, on dirait que tu es fasciné par le comptoir d'enregistrement. Et puis, il y a ta main qui n'arrête pas de battre la mesure sur ta cuisse.

— Tu es devenue analyste comportementale ?

— J'ai simplement des yeux et je m'en sers, elle rétorque en haussant les épaules.

Ce n'est pas la première fois de Rachel. Adolescents, nous avions déjà abordé ses nombreux voyages aux quatre coins du monde. Elle adorait ça, l'altitude, les langues étrangères, les nouvelles cultures et les paysages. Elle était fascinée par ce qu'elle ne connaissait pas et voulait en apprendre plus sur tout ce qui l'entourait.

— Tu vas voir, ça va être génial, elle ajoute, en coupant court au flux de mes pensées.

Lorsque vient notre tour, je dépose mon sac de voyage sur le tapis et présente mes papiers à l'hôtesse.

— Madame, vous pouvez avancer avec votre époux pour l'enregistrement.

Rachel, qui patientait docilement derrière la ligne jaune peinte au sol, relève les yeux vers l'hôtesse et, en même temps, nous prononçons d'une seule voix :

— Ce n'est pas mon…

— Nous ne sommes pas…

L'hôtesse nous regarde tour à tour, ne comprenant pas la scène qui se déroule devant elle.

— C'est un voyage professionnel, je lui précise en jouant discrètement avec la lanière de mon sac à dos.

— Nous ne sommes que des collègues, ajoute Rachel. De simples collègues.

Autant cette phrase est la plus stricte vérité, autant cela me brise le cœur de l'entendre de sa bouche.

L'hôtesse se confond en excuses alors que, de nous deux, c'est moi le plus désolé de cette situation.

Nous passons rapidement les contrôles de sécurité et me voilà installé dans l'avion, à la droite de Rachel. Un couloir me sépare des autres voyageurs et mes jambes n'ont de cesse de trembler sur place. Nul besoin d'être devin pour reconnaître une personne nerveuse. Malheureusement pour moi, je semble être le seul dans cet état d'esprit.

Rachel, elle, est aussi détendue que si elle se rendait au spa. D'une main habile, elle recoiffe son chignon et sort un porte-vue rouge de son sac. C'est fou, même dans ce genre de transport, Rachel est obnubilée par le travail !

— Si tu veux, je peux demander un calmant à l'hôtesse. Je suis certaine qu'ils doivent en avoir quelque part à bord, elle me propose sans relever les yeux de sa lecture.

— Je vais essayer de dormir, ça me calmera.

Je ne suis pas persuadé que cette idée va fonctionner.

— C'est déconseillé de dormir pendant un décollage, tu sais au cas où il arriverait quelque chose.

— Qu'est-ce qui peut arriver ? je lui crie presque dessus.

Elle me jette enfin un regard, doublé d'un sourire malicieux.

— Je rigole, Noah, je tente de te détendre.

— Si, par me détendre, tu veux dire me faire la peur de ma vie. Alors, là, oui, tu me détends ! je déclare, ironique.

— Hé, ça va bien se passer. Ce ne sont que quelques heures de vol et après tu découvriras la belle dolce vita.

Elle se lève, prétextant aller aux toilettes. Lorsqu'elle revient, elle me tend un verre d'eau.

— Bois un peu, tu es tout pâle.

Je bois à petites gorgées puis une hôtesse vient récupérer mon verre. Quelques instants plus tard, la main de Rachel vient caresser tendrement mon bras, et c'est comme si une partie du poids qui pesait à l'intérieur de mon estomac se dénoue. Telle une magicienne, elle parvient à faire des miracles sur moi. Je ne sais pas si elle remarque le bien qu'elle produit.

Ses yeux charmeurs s'ancrent en moi et ses doigts viennent s'entrelacer aux miens.

— C'est seulement pour le décollage, elle ajoute comme pour justifier ses actes.

Mais moi, je voudrais que ça soit pour bien plus.

Chapitre 29. Rachel

— C'est seulement pour le décollage, je lui précise.

Il me fait de la peine, comme un enfant qui pleure et que l'on voudrait réconforter. J'ai bien remarqué la pâleur de son visage et le bruit saccadé de sa jambe qui bat la cadence sur le sol. À vrai dire, c'est la première fois que je rencontre une personne qui panique en avion, et je ne sais pas quoi lui dire pour le rassurer. Alors, je fais ce que je pense être bon, je prends sa main et partage un peu de ma sérénité avec lui.

Les hôtesses de l'air nous présentent les gestes à adopter en cas de crash et cela ne fait que redoubler la panique ressentie par Noah. Si je le pouvais, je crois que je prendrais ma valise et l'assommerais pour qu'il ne se réveille qu'une fois atterris à Rome. Ça serait uniquement pour son propre bien, évidemment !

Noah commence à broyer mes doigts à mesure que l'avion roule sur le tarmac.

— Ferme les yeux.

Il me dévisage, confus.

— Si on doit mourir maintenant, je préfère voir une dernière fois ce qui m'entoure avant de rencontrer la grande faucheuse !

— Fais-moi confiance, j'insiste avec la voix la plus douce que je suis capable de produire.

Il m'obéit et, alors que les réacteurs atteignent leur pleine puissance, j'enfonce mes écouteurs dans ses oreilles. Sur mon téléphone, je cherche une playlist de relaxation que j'ai téléchargée pour les jours où je suis trop stressée, et que je ne parviens pas à calmer mon anxiété. Les mélodies retentissent et je sens les épaules de Noah s'affaisser. Je sais, il est déconseillé d'utiliser son téléphone au décollage, mais c'est pour la bonne cause, le commandant de bord me pardonnera !

Par le hublot, je vois l'aéroport s'effacer. Les paysages, qui étaient distincts jusqu'alors, paraissent désormais lointains, ressemblant à des petites parcelles vertes et marron.

Après dix minutes de vol, je décide de retirer les écouteurs des oreilles de Noah. Je dénoue mes doigts de son emprise et il ne réagit même pas. Je serais tentée de le secouer, mais sa respiration est douce. Je crois qu'il s'est endormi. Au vu de l'effet que ces playlists ont sur Noah, je devrais noter de les utiliser plus souvent ! Ou alors, peut-être est-ce le médicament que j'ai glissé dans son verre tout à l'heure, dans tous les cas, c'était pour son bien. Il me remerciera plus tard et l'hôtesse m'a assuré que ce n'étaient que des plantes.

J'observe, autour de moi, les passagers qui profitent du vol. Certains sont tentés de dormir, d'autres, comme moi, ont trouvé de quoi s'occuper avec de la lecture.

Je relis minutieusement les informations collectées sur notre futur client, ce n'est pas le moment de décevoir Veymers. L'entreprise de maroquinerie est influente. Ils fabriquent de tout, des sacs, des portefeuilles, des ceintures. Lorsque le chiffre d'affaires inscrit en gras dans le document atteint mon cerveau, je me demande comment j'ai fait pour ne jamais avoir entendu parler d'eux. Lisa doit certainement être incollable sur la marque, elle est nettement plus fan de mode que moi.

Noah se met à sursauter sur son siège, ce qui me sort de l'historique des campagnes publicitaires de Belliflora. Encore endormi, il a l'air de faire un rêve quelque peu agité. Il prononce un mot à plusieurs reprises, mais impossible d'en trouver le sens. Je crois que ça commence par un R, mais cela ressemble davantage à un bredouillage d'enfant qui apprend à parler qu'à un discours intelligible. Ses paupières se plissent et ses sourcils se froncent. Je ne sais pas quoi faire. Je regarde de tous les côtés dans l'espoir de trouver une solution à mon problème, mais personne ne fait attention à nous.

— Noah, je murmure, ce n'est qu'un mauvais rêve.

Pas de réaction. Des gouttes de sueur commencent à perler sur son front. J'espère ne pas y être allée trop fort avec le médicament. Un coup d'œil vers sa montre m'apprend que nous ne sommes plus très loin de Rome. Je caresse doucement son visage et, peu à peu, sa respiration saccadée s'apaise. Et soudain, un flash me fait reculer dans mon siège, aussi brutalement qu'une décharge électrique. Je ferme les yeux à mon tour, en tentant de me calmer. Je ne peux pas avoir une crise d'angoisse, pas dans cet avion, pas maintenant.

Son visage est penché au-dessus de moi.

— Tu as fait un mauvais rêve, Rach.

Il passe une main sur mon front, dégage une mèche qui s'y trouve. En ce moment, la nervosité est la pire ennemie de mon sommeil. Je m'imagine échouer lamentablement à cette présentation importante, me briser les côtes en tombant sur la table ou renverser du café sur la chemise du PDG. Tous les scénarios catastrophes ont été soigneusement étudiés par mes cauchemars.

— Tu t'en vas ?

Nous sommes dans ma chambre, les lumières extérieures éclairent la moitié de son corps, assez pour que je remarque qu'il s'est habillé.

— J'ai une urgence au cabinet, un client veut me voir.

Quel client peut bien être aussi important pour réclamer de voir son notaire un samedi, à vingt-trois heures passées ?

— Je suppose que je ne peux pas te dissuader de m'abandonner ?

Je fais la moue et ça le fait sourire. Il m'embrasse sur la joue, confirmant que la réponse est négative.

— Tu ne restes jamais avec moi le week-end, je commence à me demander si tu n'as pas une vie secrète, à la Batman.

— Je ne suis pas certain de courir assez vite pour attraper des méchants, il me réplique sur le même ton humoristique.

Les yeux à moitié-ouverts, je regarde sa silhouette disparaître hors de ma chambre, puis la porte d'entrée claque et ses pas résonnent dans les escaliers.

J'aurais dû me douter à cet instant précis qu'il me mentait, tous les signaux clignotaient rouges pourtant. Il avait bien une vie secrète, mais elle n'avait rien à voir avec celle d'un super-héros. J'ai choisi de me voiler la face, parce que c'est plus facile de croire à une illusion plutôt que de voir la vérité vous exploser dessus.

Chapitre 30. Noah

Une secousse sur mon bras, puis deux.

— Noah, on est arrivé.

Mes yeux s'entrouvrent difficilement. Je n'en reviens pas, je crois que je me suis endormi. Mais, comment ai-je bien pu trouver le sommeil alors que je paniquais à l'idée de prendre ce maudit avion ? Je devrais me féliciter, j'ai passé un cap !

Autour de moi, les passagers s'activent. Ils récupèrent leurs bagages et s'insèrent dans le couloir. Rachel ne fait pas attention à moi, elle range son dossier dans son sac et m'enjambe, comme si elle avait le feu aux fesses. Un changement s'est opéré en elle. Je ne sais pas s'il s'est passé quelque chose pendant ma sieste, mais elle n'est plus aussi détendue que deux heures auparavant.

Je prends mon manteau et mon sac à dos contre moi, et me presse pour ne pas la perdre de vue parmi les autres passagers. Je me faufile jusqu'à elle, manquant de trébucher sur une valise.

— Ça s'est bien passé ce vol, plus de peur que de mal.

Ma tentative d'humour échoue. Les traits de Rachel ne se dérident pas, et aucun son ne sort de sa bouche. Nous nous arrêtons devant un tapis roulant, patientant pour récupérer nos bagages. Par-dessus son épaule, je l'observe écrire un message à Lisa afin de lui indiquer que nous sommes bien arrivés en Italie.

Rachel s'éclipse lorsque le visage de sa meilleure amie apparaît sur son écran principal. Ai-je fait quelque chose de mal ? Que s'est-il passé pendant ce vol ?

Je m'assieds sur un banc en métal et pose mon sac à dos au sol. De l'autre côté du tapis, une femme s'impatiente de la lenteur du service. Elle doit être proche de mon âge.

— Nathan, tu ne peux pas demander à tes collègues de se dépêcher ? J'ai vraiment envie de rejoindre notre hôtel et de pouvoir enfin décompresser !

— Tu sais très bien que je ne connais pas tout le monde, Leslie.

L'homme presse ses lèvres contre son front et immédiatement, l'expression du visage de la blonde se radoucit. Ils se dévorent des yeux et ont l'air si heureux que cela m'en ferait presque mal au cœur de ne pas ressentir la même chose. Je voudrais avoir ce pouvoir sur Rachel, être capable de lui retirer tous ses doutes et ses pensées négatives, rien qu'avec un baiser ou une parole rassurante.

Je n'ai pas entendu ce que son copain murmurait à la blonde, mais ses joues s'empourprent et elle se met à rire timidement. Je détourne finalement le regard pour ne pas être surpris en train d'espionner un moment d'intimité. Rachel revient enfin près de moi et ma respiration s'accélère.

— J'ai parlé avec Lisa. Il y a eu un changement pour la réservation de notre hôtel. Apparemment, un festival est organisé dans toute la ville, et tous les établissements ont été pris d'assaut par les touristes. On va dormir dans un appartement. Le point positif c'est qu'il est proche des locaux de Belliflora.

Son regard est rivé devant elle. Telle une joueuse de poker, aucune émotion ne transparaît.

— Rachel ?

— Oui ?

Je prends son avant-bras et la force à me regarder. Elle a un mouvement de recul, puis se reprend rapidement.

— Où est-ce que tu te trouves ?

Rachel cligne plusieurs fois des yeux, comme si elle me prenait pour un fou.

— En Italie, comme toi, il me semble.

— Ce n'est pas ce que je veux dire. Tu es ailleurs, dans tes pensées. Où est-ce que tu es, là ? je lui demande en pointant un doigt vers sa tempe.

Elle tente de se dégager, mais je resserre mon emprise tout en m'assurant que cela ne lui fait pas mal.

— Noah, je suis ici avec toi pour rencontrer notre client.

— Tu sais que tu peux me parler.

— Nous travaillons ensemble, rien de plus. Je n'ai pas à m'étaler sur un autre sujet que ce qui concerne C & C avec toi. Ce n'est pas parce que tu m'as allongée dans ton lit que tu peux avoir un passe-droit sur ma vie privée.

Elle se met debout et fait les cent pas devant le banc, croisant les bras sur sa poitrine. Je sais qu'elle se retient d'exploser, parce que nous sommes en public et, moi, je suis touché dans ma fierté. Je me relève à mon tour et me plante juste devant elle. Je ne crie pas, mais parle assez fort pour qu'elle m'entende.

— Je crois que tu me l'as assez fait comprendre, que nous n'étions que des relations de travail, que tu étais supérieure à moi et que je ne devais pas divulguer ce qui s'était passé entre nous, au risque de tacher l'immuable réputation de Rachel Dumas. Crois-moi, j'ai bien retenu la leçon. Mais, je ne vais pas m'excuser de vouloir être l'épaule sur laquelle tu peux te confier. Je suis simplement un être humain, et je ne peux ignorer que quelque chose te tracasse.

Elle fuit mon regard, préférant se concentrer sur l'aéroport plutôt que sur moi. Comme un mécanisme de défense, elle ne veut pas entendre, pour ne pas être obligée d'écouter le message que je veux lui transmettre.

— Je ne sais pas ce que tu as, j'ajoute en caressant ma barbe de trois jours. Je ne sais pas ce qui a changé entre le moment où on a manqué de s'embrasser samedi, où tu me rassures sur ce voyage et maintenant, où tu me fuis comme si j'avais la peste et où tu te comportes comme la reine des glaces.

— Si mon comportement ne te convient pas, tu es libre de prendre le prochain vol retour. Je n'ai pas besoin de toi pour mener à bien ce rendez-vous client.

— Tu sais quel est ton problème ? je la questionne. Tu ne veux compter que sur toi-même. Tu es certaine que tu es capable de tout accomplir sans l'aide des autres. Mais la vérité, c'est que c'est faux. Aussi douée que tu puisses l'être, tu peux te montrer faible. Tu n'es pas obligée d'être systématiquement un modèle pour tous. Ce rendez-vous a été programmé pour que nous nous y rendions ensemble, et ton sale caractère ne me fera pas faire demi-tour.

— C'est surtout que tu crains trop de prendre l'avion tout seul, elle marmonne tout bas.

— Tu peux te montrer aussi sarcastique que tu le souhaites, tu ne me feras pas fuir. Peut-être que ça a marché avec tes précédents collègues, ou même avec tes copains, mais je ne suis pas tout le monde.

— Tu es qu'un idiot, Noah Wilson.

— À votre service, mademoiselle Dumas. C'est le plus beau compliment qu'on ne m'ait jamais fait.

Alors que son ton se veut blessant, je lui fais une courbette et saisis nos deux valises qui se sont arrivées sur le tapis roulant. Je sais que j'ai touché un point sensible chez elle, j'ai remis en question son besoin d'indépendance. Il faut qu'elle retire une leçon de cet échange : vouloir être indépendante est une qualité, mais savoir reconnaître lorsque nous avons besoin de demander de l'aide en est une autre.

Chapitre 31. Rachel

Je marche, sans me retourner, vers la sortie la plus proche. Il me faut de l'air, de l'oxygène qui ne soit pas pollué par la présence de Noah. Je n'ai pas à me confier à lui et je le sais. J'ai appris il y a bien longtemps qu'on ne peut compter que sur soi-même pour avancer dans la vie. Je ne peux me reposer sur personne, et encore moins sur celui avec qui j'ai partagé une nuit. Damien s'est bien assuré que je comprenne ce message. L'exception à cette règle, c'est Lisa, la seule personne au monde en qui j'ai une confiance aveugle.

Elle m'a appelée et je lui ai raconté le souvenir qui m'est revenu en mémoire lorsque j'ai touché Noah. Je crois que je devrais mettre un terme à tout ça. Je pense qu'après avoir rencontré Damien une dernière fois, je pourrais enfin mettre derrière moi tout ce passé, dont j'étais persuadée d'avoir fait le deuil.

Noah et moi entrons dans un taxi et j'indique l'adresse de l'appartement loué pour le week-end au chauffeur. Une fois nos bagages dans le coffre, le véhicule s'engage dans la circulation. L'aéroport étant un peu éloigné du centre de Rome, je sais que nous en avons pour au moins trente bonnes minutes de trajet. Je jette un seul coup d'œil à Noah, qui est trop occupé par la contemplation de ce qui se déroule derrière la vitre pour faire attention à moi. En même temps, comment lui en vouloir, c'est la première fois qu'il voyage.

Durant le trajet, je broie du noir. Je me demande comment vont bien pouvoir se dérouler ces trois jours en sa compagnie, sachant que je n'ai pas l'intention de lui adresser la parole pour autre chose qu'un sujet professionnel. Et, lorsque nous ne serons pas en rendez-vous chez Belliflora j'en profiterai pour visiter à nouveau les lieux incontournables de la ville. Moins je le verrai, mieux je me porterai.

— *Siamo arrivati!*

Le taxi vient de se garer devant un immeuble du centre-ville de Rome. Trois étages composent ce bâtiment ancien aux pierres jaunes. Nous réglons la somme que nous devons au chauffeur et je pousse la porte d'entrée en bois. Un vaste escalier en marbre et une rambarde en fer noir nous accueillent. Je lève la tête vers le haut plafond qui ne s'arrête qu'au dernier étage. Je sors mon téléphone et relis le mail envoyé en urgence par Lisa.

— Deuxième étage, j'annonce à Noah.

À vrai dire, je pourrais aussi parler aux murs que ça ne ferait aucune différence. Je n'ai pas le temps de m'engager dans l'escalier que Noah se saisit de ma valise et foule les marches. Je voudrais protester, mais il est déjà arrivé sur le palier, et la partie haute de son corps dépasse de la balustrade. Il m'attend.

Je prends tout mon temps pour arriver jusqu'à lui. Devant la porte 21, je fais un code à quatre chiffres sur le cadenas qui verrouille un boîtier noir et récupère, à l'intérieur, la clef de l'appartement. Je l'insère dans la serrure et pousse la porte. Nous tombons dans une pièce à vivre plutôt moderne. Il y a un canapé et une grande télévision. À droite se trouve une cuisine en bois foncé et j'en profite pour me laver les mains. Je continue la visite dans un couloir où deux portes fermées se tiennent devant moi. Heureusement, nous disposerons chacun d'une chambre.

— Tu veux quelle chambre ? La bleue ou l'orange ?

Il semblerait que Noah ait été plus rapide que moi pour visiter puisqu'il est déjà au courant de la couleur du papier peint. La première chambre est spacieuse et dispose d'un grand lit et d'une armoire qui n'est pas à négliger. La deuxième, plus petite, est une reproduction de la première.

— Ne me dis pas que… ?

Je désigne une paroi coulissante qui semble être commune aux deux chambres. Noah hausse les épaules, comme si ça lui était égal. Entre les deux chambres, une petite salle de bains a été aménagée. Il n'y en a donc qu'une seule dans tout l'appartement, mais aussi qu'un seul moyen d'y accéder. Je vais devoir me souvenir de bien refermer les portes communicantes.

— Alors, la chambre ? il demande, impatient.

Je prends ma valise et la pose sur le lit de la plus grande, puis pousse la porte en la claquant presque au nez de mon colocataire du week-end.

Soigneusement, je range mes vêtements dans l'armoire et allume mon ordinateur portable. On frappe à ma porte, puis une tête brune apparaît.

— Est-ce que tu as faim ? Le propriétaire a laissé sur la table un dépliant pour se faire livrer des pizzas.

Il est presque quinze heures et mon estomac n'a pas eu sa ration quotidienne de nourriture.

— Une pizza, et après je me remets au travail, je cède faiblement.

— ON se remet au travail, précise Noah.

Ce n'est pas dans mes plans, mais je ne le reprends pas. Il ne faudrait pas qu'il crache dans ma pizza lorsque le livreur arrivera.

Je le rejoins dans le salon et détaille la carte qui me fait plutôt envie, je dois bien l'avouer. Noah sort son téléphone et commande avec un accent maladroit nos repas.

Nous n'échangeons pas un seul mot, asociaux sur nos téléphones respectifs. Il se met à rire, sûrement est-il tombé sur une vidéo drôle dans son fil d'actualité Twitter. De mon côté, je travaille.

Une fois ma pizza engloutie, je vais chercher mon ordinateur et m'installe sur la table de la cuisine. J'étale tous les papiers du dossier afin d'avoir une vue d'ensemble et surligne quelques passages.

Noah tire une chaise et s'installe juste à côté de moi, accompagné de son air nonchalant habituel.

— Tu peux retourner regarder la télévision, je me débrouille.

Je reprends mes recherches lorsqu'il se saisit de mon surligneur et colore lui-même une date clef de l'entreprise.

— Nous sommes ici ensemble, il est donc hors de question que tu fasses tout toute seule, il rétorque en sortant son téléphone. Moi aussi, j'ai mené mon enquête.

Effectivement, plusieurs notes sont inscrites. Je suis surprise par son implication.

— Tu sais, tu n'es pas la seule pour qui ce boulot compte beaucoup. Je dois encore faire mes preuves, et ce ne serait pas très professionnel de ma part de venir les mains vides devant ma boss.

Je lui tends un de mes documents, en signe de trêve provisoire. Nos doigts se frôlent et ce contact fait frissonner mon bras.

— Ça te dit d'aller manger au restaurant ce soir ? C'est moi qui invite.

— Tu es sûr de vouloir dîner avec quelqu'un de sarcastique et d'égoïste ?

Il me donne un coup de coude dans les côtes, puis me tend sa main.

— On va passer trois jours entiers en Italie, autant qu'on fasse la paix, tu ne crois pas ?

— C'est seulement pour avoir une bonne cohésion d'équipe, d'accord ?

— Juste pour l'équipe, il répète alors que nous nous serrons la main.

Son sourire est éclatant et communicatif. Il a raison, on a une mission à accomplir et je ne peux pas rester sur mes positions, même si le discours qu'il a tenu à l'aéroport était blessant. Je dois grandir, évoluer et surtout, ne pas me planter sur ce coup.

Chapitre 32. Noah

— Rachel, il est presque vingt heures.

— J'arrive ! elle crie à travers la porte de sa chambre.

Je suis dans le salon, prêt à partir dîner, mais madame se fait désirer.

L'après-midi s'est déroulée sous de meilleurs auspices qu'elle n'a commencé. Rachel et moi avons signé l'armistice pour le bien de C & C, et nous sommes prêts à toutes les éventualités pour demain. Notre rendez-vous avec le PDG de Belliflora nous permettra de cerner au mieux ses attentes et de pouvoir personnaliser notre proposition de collaboration.

J'entends des pas dans le couloir. Ça y est, madame a enfin terminé de se préparer ! Je commence à lui faire une réflexion concernant notre retard, mais ce que je vois me laisse sans mot. Rachel porte une robe verte qui lui arrive au-dessus du genou, composée d'un léger décolleté. Une fine ceinture blanche marque sa taille et des talons hauts allongent ses sublimes jambes. Ses cheveux sont détachés et ses yeux sont soulignés par un trait noir.

Elle passe devant moi pour saisir son long manteau et je suis toujours incapable d'ouvrir la bouche. Rachel était déjà une adolescente magnifique, mais elle est devenue encore plus superbe avec le temps. Le tableau qui se peint devant moi me submerge.

— Je crois que là, ce n'est pas moi qu'on attend, elle me fait remarquer en tapant du pied.

Je ne pense pas qu'elle ait constaté à quel point son physique me perturbait. En tout cas, si c'est le cas, elle n'en laisse rien paraître.

Je verrouille l'appartement et nous marchons dans le centre-ville de Rome.

— Tu es déjà venue en Italie ?

— Plusieurs fois, mais, à Rome, ce n'est que la deuxième fois. J'avais dix-neuf ans la première fois, ça remonte à si longtemps.

Mes yeux sont rivés sur les pavés alors que j'analyse ses propos. Elle est donc venue en Italie peu de temps après notre séparation.

— J'adore ces villes où l'histoire et le modernisme se mélangent dans un parfait équilibre, elle ajoute, les mains dans les poches de son manteau.

— Tu pourras donc être ma guide, ce week-end. Je serais heureux de visiter tout ce que Rome a à nous offrir.

Elle relève son regard vers moi, et le marron de ses yeux laisse place à un vert kaki.

— Je crois que ma mission guide touristique commence dès maintenant, alors.

Elle me sourit, puis prend mon bras et me fait pivoter de quelques centimètres.

— Tadam !

J'étais tellement concentré sur la beauté de Rachel que je ne m'étais pas rendu compte où nos pas nous avaient emmenés. Une fontaine, que devrais-je dire, un bâtiment immense, se tient devant nous. Des sculptures sont érigées derrière un plan d'eau bleu, et forment une scène antique. Des dizaines de touristes se prennent en photo et lancent des pièces dans la fontaine de Trévi. Trois jeunes sont assis en tailleur et esquissent les traits de ce monument historique.

— Je te présente la plus belle fontaine du monde, à mon sens.

Rachel écarte les bras et j'ai l'impression qu'elle se sent enveloppée par le spectacle.

— On devrait lancer une pièce, ça nous porterait chance pour demain !

Je la vois soudain surexcitée, à croire qu'elle redevient l'ado que j'ai connue autrefois.

Je sors mon portefeuille de la poche de ma veste en jean et nous en distribue chacun une. Nous nous approchons de la fontaine et dos à elle, nous fermons les yeux. Rachel nous demande de faire un vœu pour notre client. Mais, lorsque je clos mes paupières, ce n'est pas à Belliflora que je pense, c'est à Rachel. Je n'ai pas besoin de me retourner pour entendre le bruit de la pièce entrant en contact avec l'eau.

Je ne crois pas aux vœux que l'on fait lorsqu'on souffle nos bougies d'anniversaire. Pourtant, j'ai été témoin d'un miracle lorsque le destin a placé cette femme à nouveau sur mon chemin. C'est pourquoi, peut-être que cette fois-ci, je vais croire en la chance qui me sourit. Peut-être que je vais croire que la fin de mon livre sera heureuse, et qu'elle en sera l'héroïne.

Nous marchons un peu plus loin et découvrons un restaurant à la devanture verte et rouge. Un drapeau italien flotte sur un mât installé au balcon. Rachel entre la première et nous faisons comprendre au serveur que nous souhaiterions une table pour deux. Il porte une chemise blanche, qui ne parvient pas à masquer sa bedaine et les quelques poils gris qui sortent à travers les boutons sur son torse. Sa moustache est beaucoup plus brune que ses cheveux poivre et sel, et je le soupçonne également d'être le gérant de l'établissement.

— C'est trop mignon ici, déclare Rachel en prenant place.

Notre table est disposée sur une terrasse, aux côtés de celles d'autres touristes. Il ne fait pas si froid et il n'y a pas de vent, si bien qu'une simple veste suffit à nous couvrir. Le soleil est presque couché et laisse sur son passage une couleur orangée. Des bougies sont posées au centre de la table, et les guirlandes de la devanture nous éclairent assez pour voir ce qu'il se passe dans nos assiettes, pour l'instant, vides.

— Je sais que nous sommes collègues, mais est-ce que j'ai le droit de dire que ma boss est la plus belle de France ?

Ma question est risquée et je sais qu'à tout moment, Rachel peut se refermer comme une huître pour le restant de la soirée. Mais, j'en ai marre de cacher ce que je ressens. Elle est magnifique et j'ai envie qu'elle le sache.

Pendant l'espace d'une seconde, je prends son sourcil arqué pour une mise en garde ou le début d'une offensive verbale. Mais, ce qu'elle réplique me surprend :

— Pourquoi seulement de France ? Tu penses que les boss italiennes sont plus jolies ?

— Je pense qu'aucune ne t'arrive à la cheville.

Elle saisit le verre d'eau que vient de remplir le serveur et ne parvient pas à complètement dissimuler, derrière le récipient, le sourire qui étire ses lèvres. Je suis heureux qu'elle ne me jette rien à la figure, que cela soit des paroles ou le pot de gressins.

— Ils font des burratas à partager. Ça te tente ?

— J'adore ça !

Je montre la photo de l'apéritif au serveur et il nous ramène rapidement le plat qui nous fait saliver.

— Tu voyages souvent pour C & C ?

Elle me fait signe qu'elle termine sa bouchée avant de me répondre.

— Parfois. La plupart du temps, c'est M. Veymers, le pro des voyages, et, en général, notre clientèle est essentiellement française, puisque c'est notre marché de prédilection. Mais ça peut m'arriver, une à deux fois par an, de rencontrer des clients étrangers. Et, souvent, je les rencontre seule. C'est pour cette raison que j'ai été surprise que Veymers t'offre cette opportunité, alors que tu viens d'arriver dans la boîte.

— Je suis certain que tu dois être ravie d'être accompagnée, cette fois-ci, ainsi tu t'ennuies moins.

Elle suspend en l'air le gressin qu'elle vient de piocher.

— Je vais avoir un repas gratuit, c'est le seul avantage que je vois, elle rétorque en haussant les épaules.

— Moi je trouve ça sympa d'être en Italie avec toi, au moins on peut parler librement de ce qu'il s'est passé entre nous, sans craindre d'être épiés par des oreilles indiscrètes.

Nos lasagnes arrivent, et l'odeur alléchante entre déjà dans mes narines.

— Je ne crois pas que ça soit remarquable au point que le sujet revienne systématiquement sur le tapis.

— Si ça, ce n'était pas remarquable, je crois que nous n'en avons pas la même définition. Pourquoi tu n'es pas restée le lendemain matin ?

Rachel picore plus qu'elle ne dévore son assiette. Toutes ces questions doivent l'embarrasser. Parler d'elle n'est pas son fort.

— Je ne suis pas du genre à bavarder tranquillement autour de croissants après avoir vu le propriétaire nu comme un ver.

— La boulangerie près de chez moi fait de très bons croissants, tu n'aurais pas été déçue.

— Je n'en doute pas, Noah.

Et là, je fais un geste interdit, je pose ma paume sur sa main. Et fait encore plus surprenant, elle ne la retire pas ou ne cherche pas à faire une remarque. Elle se laisse faire, tout simplement.

— C'était peut-être remarquable ce soir-là, finalement.

Son sourire, son si beau sourire marqué par un rouge à lèvre carmin se dévoile.

J'ai envie d'y croire, parce que je sais que c'est possible.

Chapitre 33. Rachel

— C'était peut-être remarquable ce soir-là, finalement. Mais qu'est-ce que tu es en train de faire, ma vieille ? Je viens de lui donner le bâton pour me faire battre. Je lui fournis le couteau qu'il pourra, par la suite, planter dans mon cœur et utiliser pour me blesser. Mais, il est si beau. Certes, la beauté, ça ne fait pas tout. Mais tout ce qu'il me dit, je le ressens.

— Et si, pour ce soir, nous n'étions que deux inconnus qui se rencontraient dans une boîte de nuit ? Deux personnes qui n'ont aucun lien entre elles ?

Sa proposition est tentante, mais je ne dois pas oublier qui il est chez C & C. Ce week-end, cette parenthèse dans notre quotidien, ne doit pas déborder sur nos vies personnelles. Mais, lorsque j'admire ses yeux pétillants, ses muscles saillants qui veulent transpercer son t-shirt blanc et sa barbe de trois jours, je ne vois rien d'un collègue. Je le vois comme un homme, un homme qui pourrait me plaire. Je le décris comme l'homme que j'ai rencontré dans cette boîte et qui m'a séduite, dès les premiers mots échangés.

— Deux inconnus qui se rencontrent de la façon la plus platonique qui soit, je lui propose pour tenter de calmer le feu qui m'attire vers lui.

Il se lève, passe derrière ma chaise et se penche vers mon oreille. Sa voix chaude se répand dans tout mon être :

— Je ne suis pas sûr d'avoir la capacité de faire dans le platonique quand je te vois dans cette tenue, mais je veux bien essayer.

Et il s'éclipse en désignant son téléphone. Quel enfoiré ! Il vient tout simplement de me balancer une bombe au visage, enfin, de me la murmurer, et il ose partir comme si de rien n'était ? Et après, on me demande pourquoi je le hais !

- Lycée Pierre et Marie Currie, mars 2011 -
— Rachel, tu viens avec nous ?
— Je ne peux pas, je n'ai pas encore terminé le devoir maison.

Éloise souffle par la bouche et je ne relève pas le nez vers elle. Je suis trop concentrée sur ces équations pour perdre mon temps à parler avec elle.

— C'est toujours la même chose, je ne sais même pas pourquoi on l'invite encore.

Je taille mon crayon de bois et ajoute une lettre au résultat.

— Éloise, Rachel est des nôtres.
— Des nôtres ? Il est seize heures et elle préfère être en salle de permanence plutôt que venir au ciné !

Noé tire une chaise et pose son sac à dos rouge sur la table.

— Noé, qu'est-ce que tu fais ? hurle presque Éloise, encore et toujours elle.

Je crois qu'elle a un faible pour lui, mais, manque de peau, il n'a pas un seul regard pour elle. Le bras fin de Noé vient voler un stylo dans ma trousse.

— Moi aussi, je dois réviser. De toute façon, il ne me plaisait pas ce film.

— Ça, c'est la meilleure ! râle Éloise en tournant les talons, bientôt suivie par le reste du groupe.

Noé déballe ses affaires, et j'ouvre entre nous le manuel de maths.

— Tu n'étais pas obligé de rester avec moi, je sais que je ne suis pas la fille la plus sociable du lycée.

Il dépose un baiser sur ma tempe, ses lèvres sont froides et humides.

— Je me fiche que tu sois sociable ou non. Si ma petite copine est dans cette salle, alors c'est là où est ma place.

Noé est le premier garçon avec qui je sors, pourtant j'ai l'impression que c'est le seul qui arrive à apaiser mes doutes. À chaque fois qu'un élève me traite de prude studieuse ou d'iceberg, il est systématiquement là pour le remettre en place. Il n'a pas une carrure épaisse, il est plutôt fin pour son âge, mais sa force de conviction est une arme plus aiguisée que ses poings.

— Un jour, tu me parleras de ça ?

Je prends son poignet et caresse les cicatrices qu'il tente de dissimuler avec des bracelets ou des manches longues. Ses yeux deviennent vides, sans vie, mais il ne retire pas son bras. Alors, j'embrasse ses marques rouges et il ferme les yeux. Je sais ce que c'est, la scarification. Et je sais aussi qu'il faut aller très mal pour en arriver à vouloir se faire souffrir. Je ne connais pas son passé, ni le souvenir douloureux qui l'a conduit à cet acte. Mon souhait le plus cher est de l'aider à apaiser ses maux.

— Un jour, il répète dans un murmure.

Avec les autres, Noé joue l'adolescent assuré. Pourtant, je ne suis pas dupe au point de croire à ce mensonge monté de toute pièce. Si les mots ne m'atteignent pas autant qu'ils le devraient, je sais que pour Noah, c'est une tout autre histoire. Je me fiche qu'on me reproche de trop travailler ou d'être froide avec ceux que je ne connais pas. Parce qu'au fond, ça me permet de m'assurer que je vais réussir mes rêves. Je vais aller jusqu'au bout et dans quelques années, je serais fière d'avoir tout sacrifié pour y parvenir.

Avant, rien n'importait plus que les cours du lycée. Mais depuis que Noé est entré dans l'équation, j'ai l'impression que certaines de mes certitudes peuvent voler en éclat à tout moment. Je l'aime beaucoup et je crains bien qu'à un moment de mon avenir, il soit l'heure de faire des choix. Je n'ai pas envie d'y penser, mais je sais que plus les jours vont avancer et plus mon cœur élargira sa porte pour l'accueillir en son sein.

— Et si on s'y remettait ? il insiste en ignorant le sujet de conversation précédent.

— J'en suis au troisième exercice. On peut y réfléchir ensemble, si tu veux.

— Ce que je voudrais, c'est que tu acceptes de venir à la maison un aprèm. Mes parents adoreraient te rencontrer.

Son enthousiasme est si contagieux que je ne peux pas le lui refuser. Ça va être la première fois que je me rends chez un garçon, mais, comme le dicton le dit, il faut une première fois à tout !

Chapitre 34. Noah

Il devrait faire nuit noire autour de nous, mais nous nous trouvons en centre-ville et les lumières sont assez présentes.

Il y a une chaleur entre nous, de celles qui ne peuvent se dissiper à l'aide d'un ventilateur. Après mon discours osé, le reste du repas s'est déroulé à la limite entre l'amitié et le flirt. J'ai lancé plein de perches et, à ma plus grande surprise, elle est entrée dans mon jeu.

Plus que quelques pas, et nous entrons dans l'immeuble. Elle passe devant moi dans les escaliers et je peux deviner la courbure de ses fesses sous le tissu de son manteau.

Dans l'appartement, elle dépose son par-dessus sur le porte-manteau et se dirige dans le couloir. Depuis le salon, je la vois s'arrêter, la main sur la poignée. Dans l'embrasure de la porte de sa chambre, je l'observe appuyer son dos contre le mur et me fixer.

Je m'avance vers elle dans le couloir, mais cesse ma course juste devant ma propre chambre. Elle fuit mon regard et observe ses pieds.

— C'était sympa, ce soir. Merci de m'avoir invitée.

— Merci à toi de m'avoir accompagné.

Je ne sais pas quoi faire, est-ce que je dois bouger et lui sauter dessus ? Parce que, là, maintenant, j'en meurs d'envie. À vrai dire, j'ai ce sentiment depuis qu'elle est arrivée dans cette robe, semblable au fruit défendu. Rachel, c'est la pomme qu'Adam ne doit pas toucher, celle dans laquelle il ne doit surtout pas croquer.

— Tu crois qu'on va y arriver ? À garder nos distances ?

Ses iris remontent lentement jusqu'à mon visage et ses joues rougissent. Putain, qu'est-ce que j'adore quand elle est gênée !

— Il le faut, Noah. Nous n'avons pas d'autre choix, autant toi que moi.

J'avance d'un pas, mais ce n'est toujours pas assez prêt pour la toucher.

— J'aurais dû profiter beaucoup plus de toi, cette nuit-là. Si j'avais su, j'aurais mis un réveil pour t'empêcher de partir.

— Je serais tout de même partie, elle me confesse en jouant avec ses doigts.

Je m'élance doucement vers elle et appuie ma main contre le mur sur lequel son dos repose. Son corps est coincé et elle est contrainte de lever la tête pour me parler les yeux dans les yeux. J'ai l'impression qu'elle n'ose pas respirer de peur de m'accorder trop de terrain. Elle sent bon, c'est probablement le gel douche senteur amande qu'elle a posée dans la douche.

— Ne m'embrasse pas, si c'est à ça que tu pensais.

Audacieuse, la petite. J'admire son aplomb. Effectivement, c'est à ça que je pensais. En même temps, je serais un saint si je pensais à autre chose qu'à goûter ses lèvres.

— Toi, ne m'embrasse pas.

— Je ne veux pas t'embrasser ! elle déclare fermement en croisant ses bras sur sa poitrine.

— Alors, ne fais pas cette bouche en cœur, ma jolie.

— Tu es exaspérant comme mec !

— Dommage pour toi, on sera amené à se revoir.

Elle roule des yeux tandis que mon cœur tambourine dans ma poitrine. Je n'ai que quelques centimètres à parcourir pour goûter ses lèvres. Mais Rachel ne semble pas prête à m'accorder le fruit de mes désirs.

— Je ferais mieux d'aller me coucher, elle conclut en s'échappant de l'étau dans lequel je l'avais piégée.

Je me recule pour qu'elle puisse fermer la porte de sa chambre.

— Tu ne m'échapperas pas, Rachel Dumas, je prononce pour moi-même.

— Bonne nuit, Noah.

Et c'est sur son doux visage d'ange que la porte se referme. Je rejoins mon lit avec des envies qui ne me lâchent pas. Tout comme la fois où j'ai dormi chez elle, je sais que je n'ai que quelques mètres à franchir pour la retrouver.

Je m'enroule dans les draps et ne parviens pas à m'endormir. Je pense à Rachel, comme toujours. J'ai un doute qui subsiste depuis un moment. J'ai bien senti que je lui faisais de l'effet, et je ne pense pas qu'elle me repousse uniquement à cause de nos liens professionnels. J'ai l'impression qu'il y a bien plus qu'elle ne veut l'avouer.

Elle aurait pu me donner son numéro de téléphone, le matin où elle est partie de chez moi. À ce moment-là, nous n'étions pas encore salariés de la même entreprise. Elle aurait pu le faire, mais elle a préféré s'enfuir. Peut-être que je me fais des films, mais elle cache quelque chose et je suis bien déterminé à découvrir ce que c'est.

Quel calvaire, ce réveil ! Les yeux encore clos, ma main tâtonne à la recherche de mon smartphone. Une seule idée en tête, faire taire cette maudite alarme !

En caleçon, je me dirige vers la salle de bains. Une bonne douche me fera du bien. Je fais glisser le panneau et un cri me fait sursauter. Je l'entends avant même de la voir.

— PUTAIN ! hurle une Rachel reconvertie en tigresse.

Je me mets à rire lorsque je la vois aussi enragée et je devine qu'elle a omis le détail de la salle de bains communicante. Elle ne porte qu'une serviette autour de son corps et était en train de démêler ses cheveux humides.

— Est-ce que tu me menaces avec ta brosse à cheveux ? je m'informe en contemplant l'objet qui fend l'air entre nous.

Ses yeux sont noirs de colère et elle laisse tomber sa brosse à cheveux près du lavabo pour couvrir son corps avec ses mains.

— Ne fais pas ta timide, je t'ai déjà vue nue.

Et rien que d'y penser, j'en ressens quelques effets. Je saisis le premier objet à portée de main, ma serviette de bain, et la tiens fermement devant moi comme si de rien n'était. Moi aussi, j'ai oublié un détail, je ne porte qu'un caleçon et tout ce que ressent mon cerveau se dirige tout droit vers la partie du bas.

— Si j'avais su, je ne t'aurais jamais suivi dans ce taxi.

Semblable à la veille, je fais quelques pas dans sa direction et cela la fait reculer, les fesses presque dans le lavabo.

— On sait tous les deux que ça aurait été une erreur.

Je me retourne, fais tomber la serviette à mes pieds et mon caleçon le suit de près.

— Qu'est-ce que tu fais ? elle me demande, horrifiée.

— Je vais prendre une douche. Ce n'est pas à ça que sert une salle de bains ?

Autrefois, j'étais pudique. Je me souviens que je me changeais dans les toilettes pour ne pas croiser mes camarades dans les vestiaires. Je ne voulais pas qu'on me juge, qu'on se moque. Aujourd'hui, je n'ai plus ce complexe et encore moins devant Rachel.

— Tu n'es pas sérieux ?

En guise de réponse, je tourne le robinet et l'eau jaillit depuis le pommeau.

— Je suppose que je ne t'invite pas à me rejoindre pour me frotter le dos ?

— Va te faire voir ! elle jure en rassemblant quelques affaires dans ses bras.

J'essuie la paroi de douche pour contempler un peu plus ma petite furie devenir rouge. Je pourrais presque percevoir des flammes sortir de sa tête.

C'est marrant de l'énerver, car elle ne réagirait pas si elle n'en avait rien à faire de moi.

Chapitre 35. Rachel

Pour qui il se prend ? Se balader nu devant moi, non mais franchement ? Certes il n'a pas à rougir de son corps et le spectacle n'était pas pour me déplaire, mais nous sommes collègues. Il faut vraiment qu'il rentre cette donnée dans son crâne. Si Veymers savait que j'ai vu le joli petit cul de sa nouvelle recrue, c'est à moi qu'il botterait les fesses. Je n'aurais pas le temps de dire ouf que je serais déjà remerciée par C & C, et pas avec les éloges, ça je vous le promets ! C'est à croire que toutes les situations qui ne devraient pas se produire se déroulent dans un parfait enchaînement.

Devant mon miroir, je m'applique à démêler une à une les mèches de ma chevelure. Ça me fait du bien de m'occuper l'esprit, même si toutes mes pensées convergent vers le torse de Noah.

Il ne le faut pas, je le sais. C'est pour cette raison que je me dépêche de m'apprêter et l'attends de pied ferme dans le salon. Nul besoin de mille discours, lorsqu'il entre dans la pièce, il voit à l'expression que je renvoie que je ne suis pas d'accord avec ce qu'il vient de se passer.

— On y va ? il propose, alors que nous sommes prêts à partir.

J'acquiesce, et nous nous dirigeons vers l'entreprise qui nous a contactés. Cinq minutes de marche suffisent pour voir pointer les locaux géants de notre client. Au cœur du centre-ville, les bâtiments historiques contrastent avec ce bloc noir couvert de fenêtres. Je devrais avoir l'habitude avec Paris, pourtant je suis éblouie par le spectacle.

Le nom de la marque est inscrit en grosses lettres dorées et lumineuses. Noah lève les yeux pour percevoir la hauteur du bâtiment et doit avoir les mêmes pensées que moi. Aujourd'hui, lui comme moi, avons fait un effort vestimentaire (encore plus qu'au bureau). Il n'est pas question de faire mauvaise impression au PDG.

Le hall est tout aussi vaste que l'immeuble nous le laisse paraître. Il est sombre, élégant. Rien à envier aux autres clients que j'ai rencontrés dans ma carrière. Pas de doute, c'est un gros poisson et nous sommes dans son cours d'eau.

Une hôtesse nous accueille avant même que nous lui décrivions qui nous sommes. Elle nous conduit au dernier étage de l'immeuble, sûrement là où toutes les décisions importantes doivent se prendre.

— Il ne va pas tarder à vous recevoir. Je peux vous offrir un rafraîchissement ? elle nous demande en anglais, avant de repartir pour préparer les deux verres d'eau que nous lui avons commandés. Je ne dirais pas que je suis stressée à quelques minutes de rencontrer ce client, mais je n'ai pas pu avaler grand-chose ce matin.

— Je crois que nous avons intérêt à ne pas nous louper, relève Noah, en s'installant sur la banquette en cuir noir du petit salon.

Des hommes passent devant nous, beaucoup trop d'hommes. Tous en costumes, tous très professionnels.

L'hôtesse revient avec nos verres, que nous avalons d'une traite, puis nous précède jusqu'au bureau du fond. Elle frappe deux coups avant qu'une grosse voix grave lui réponde trois mots en italien.

Elle ouvre la porte et nous entrons dans un vaste bureau, sûrement le plus grand de l'étage. Le grand patron est assis dans son fauteuil, dos à nous, et est au téléphone avec un interlocuteur anglophone.

Nous restons debout, Noah et moi, ne sachant pas quoi faire, alors que le PDG n'a pas terminé sa communication téléphonique. Noah me jette un coup d'œil, puis désigne le canapé dans un coin qui ressemble à un petit salon. La seule touche de couleur présente dans la pièce repose sur la petite plante verte posée sur la table basse. Je fais un non de la tête à mon collègue. Il est hors de question que nous nous asseyons sans la permission de notre client.

— Mes amis français !

L'accent du PDG est bancal, mais il a l'air si heureux de parler français que nous n'osons pas le reprendre. C'est un homme jovial dont le comportement diffère de ceux, austères, des dirigeants avec lesquels nous travaillons, à l'exception de Laïtisser. Sa chemise est ouverte de quelques boutons. Il ne porte ni cravate ni veste, et son pantalon de costume est rouge sang.

La suite de la conversation se déroule en anglais pour plus de compréhension des deux parties. Il nous invite à nous rendre vers le salon et nous dit qu'on aurait dû s'y asseoir plus tôt, ce qui me vaut un regard appuyé de Noah.

Le rendez-vous dure une bonne heure durant laquelle nous établissons, en accord avec le grand patron, la stratégie de publicité la plus adaptée pour son entreprise. C'est la première fois que nous traitons directement avec le fondateur de l'entreprise, pour une compagnie de cette taille. Habituellement, ils préfèrent déléguer leurs stratégies de communication, mais ce n'est pas le cas de notre client pour qui l'histoire de son entreprise est importante.

— Il était super sympa, le décrit Noah avec enthousiasme lorsque nous passons les portes vitrées de l'immeuble. Maintenant qu'on a en terminé, on peut peut-être visiter la ville ?

Il n'a pas compris que nous n'étions pas en vacances, pourtant ce n'est pas faute de le lui répéter.

— On doit travailler, Noah, je râle vivement, en prenant dans mes bras la mallette de dossiers que nous avons emportée avec nous.

— Laisse-moi ça.

Noah me surprend en soulevant au-dessus de moi ce qui pesait une tonne une seconde plus tôt. Il le fait avec une telle facilité que sa force n'est plus à prouver.

— Dooooonc, où allons-nous en premier ? Il ajoute comme un gosse surexcité à qui on aurait promis un tour de manège.

— Je t'ai dit qu'on avait du travail, je soupire en levant les yeux au ciel.

— C'est ce que tu as dit, mais j'ai décidé de t'ignorer. On est en Italie, autant en profiter pour faire des choses que nous n'avons pas l'occasion de faire à Paris !

Je cède, contre ma volonté, et lui accorde quelques heures, pas plus. Nous rentrons à l'appartement déposer nos affaires de travail et nous débarrasser de nos tenues vestimentaires un peu trop formelles pour des touristes, ce que nous serons ce week-end. Dans la chambre, j'enfile une jupe rouge sur des collants opaques et un perfecto en cuir qui masque le fin pull blanc que Lisa a insisté pour ajouter dans ma valise simplement, parce que le décolleté met ma poitrine en valeur, ce sont ses mots. D'ailleurs, c'est au moment où je pense à elle que mon téléphone se met à vibrer sur le lit.

— Comment se passe ce week-end pro ? elle me questionne sans même un bonjour.

— On sait toutes les deux que ce n'est pas le rendez-vous avec Belliflora qui t'intéresse, je rétorque en changeant de boucles d'oreilles.

— Belliflora, c'est un code pour Noah ? elle ajoute en se moquant ouvertement de moi. Bisous ou pas bisous ?

— Tu es une enfant, Lisa !

Je prends mon sac à main et le vide de ce qui ne me sera pas utile pour ce qui nous attend. Noah crie mon nom et s'époumone, alors qu'un simple petit mur nous sépare.

— C'est lui ????

— Oui, c'est notre cher collègue, Lisa.

— Pourquoi il hurle ton prénom comme s'il te chantait la sérénade sous ton balcon ?

— Noah n'a jamais pris l'avion, donc on va profiter de quelques heures pour visiter Rome.

Lisa marque un arrêt avant de déclarer :

— Est-ce que ce mec est un magicien ? Parce que te faire sortir la tête du travail, ça relève du miracle !

— C'était soit ça, soit l'entendre me supplier pendant une journée. Je préfère abréger les souffrances de mes oreilles.

— Tu ne sais pas mentir, mais je ne t'en veux pas. Il est trop canon pour passer à côté d'un week-end en amoureux.

— Lisa, je gronde, ce n'est pas un…

— Rachel ? me coupe Noah en toquant à ma porte.

— Je crois que ton Roméo t'attend, rit Lisa à l'autre bout du fil.

Je raccroche avec Lisa et ouvre la porte en tombant nez à nez avec celui que je souhaiterais pourtant éviter. Ses yeux m'indiquent sa surprise, il ne s'attendait pas à ce que j'ouvre la porte aussi rapidement ; et moi, de le trouver derrière. Il me détaille de haut en bas, balayant son regard sur la tenue que j'ai enfilée.

— On devrait jouer les touristes plus souvent, mademoiselle Dumas.

Chapitre 36. Noah

Rachel est à tomber. Sa jupe rouge lui fait des jambes longues et fines. Et cette couleur, je rêve d'être un taureau pour pouvoir lui foncer dessus. Même si je crois avoir lu un article comme quoi le rouge sur les taureaux était un mythe. Bref, passons ce détail.

Ma douce patronne sort de sa chambre et passe devant moi comme si nous n'avions pas failli nous rentrer dedans quelques secondes plus tôt.

— Bon, tu viens ? On n'a pas toute la journée !

Chassez le naturel et il revient au galop… Cette femme ne se repose donc jamais.

— Ce n'est pas vraiment comme je l'imaginais.

— Tu pensais quoi, que c'était aussi petit que notre bureau ?

Je monte sur un banc public pour voir d'un peu plus haut le plus célèbre monument de Rome : le Colisée.

Je tourne la tête vers Rachel qui inspecte ces pierres avec une lueur brillante dans les yeux. Je descends de mon piédestal, sors mon téléphone de la poche de mon pantalon et saisis le moment.

— Qu'est-ce que tu fais ?

— Tu avais l'air happée par ce que tu voyais, je me suis dit que ça te ferait une nouvelle photo de profil pour les réseaux sociaux.

Je lui montre les photos prises et elle ne semble pas m'en vouloir. J'aimerais lui dire qu'un photographe adorerait l'avoir comme modèle, qu'elle en serait sa muse. Mais je garde mes remarques pour moi, et nous achetons deux billets pour visiter l'intérieur de ce que je n'avais jusqu'à présent vu qu'à travers un écran.

Un guide nous explique le principal de ce qu'il y a à savoir sur le monument : comment il a été construit, la vie à l'époque, à quoi il servait… et Rachel se montre particulièrement à l'écoute. Elle est si curieuse qu'elle est la seule à poser des questions. Même le professeur d'histoire espagnol devant nous, en week-end avec sa famille, ne paraît pas aussi intéressé.

Rachel est une vraie première de la classe. Pas dans le sens péjoratif du terme, même si je ne vois pas ce qu'il peut y avoir de mal à avoir de bonnes notes, mais elle se tient toujours prête à accueillir de nouvelles connaissances.

— Quelle est la prochaine étape de notre visite, cheffe ? je la questionne, lorsque nous empruntons la sortie.

Pour toute réponse, j'ai le droit à son ventre qui gronde et ça nous fait tous les deux rire.

— Je suppose qu'on va aller visiter les restaurants.

La journée a été idyllique et nous avons même eu l'occasion de voir la chapelle Sixtine et le fameux travail de Michel-Ange.

— Tu crois que c'est mal si nous avons passé notre journée à jouer les touristes plutôt que travailler ? elle s'enquit en s'affalant sur le canapé du salon.

Ses cheveux sont en pétard et ses joues rosies par des heures de marche. Le jour est tombé depuis un moment, il doit être aux alentours de vingt-deux heures.

Je dépose mon manteau sur le crochet avant de lui répondre :

— Nous avons eu toutes les informations nécessaires avec l'entrevue de ce matin, et c'est à peu près ce que nous avions prévu de faire. Nous sommes des professionnels plus que compétents dans notre domaine. Si le fils du PDG de Belliflora souhaite nous voir demain, c'est uniquement pour lui répéter ce que nous avons dit à son père. On est prêts, Rachel, je te le promets.

Je m'approche d'elle, m'accroupis et pose mes mains sur ses genoux. Nos regards se croisent, aussi intenses que lors de notre première rencontre.

— Prendre du bon temps n'est pas synonyme de travail bâclé.

— Comment fais-tu pour toujours trouver les mots parfaits ? elle murmure en jouant avec le coussin à sa gauche.

— Je crois que c'est la première fois que tu me fais un compliment, je suis touché.

Elle rit tout en me jetant le coussin au visage. Rachel est si mignonne lorsqu'elle est comme ça, l'air juvénile et doux.

— Je crois qu'on devrait aller se coucher, on a beaucoup marché aujourd'hui.

C'est probablement la chose la plus sage à faire, pourtant je n'ai pas envie de la laisser partir. Je veux pouvoir la contempler encore quelques minutes. Je sais, c'est égoïste.

Rachel se lève et se dirige vers sa chambre. Je la suis dans le couloir, jusqu'à atteindre ma propre porte. Ne pas s'approcher, ne pas bouger, ne pas la regarder.

— Bonne nuit, Noah.

Merde, je l'ai regardée. Mes yeux balaient sa splendide silhouette, mon cœur accélère dans mon torse et ma gorge devient sèche. Elle est si belle, et le désir si présent, que je ne parviens qu'à hocher la tête et à m'engouffrer dans ma chambre.

J'appuie mon front contre l'intérieur de ma porte tout en me traitant d'imbécile. Je ne peux pas craquer, pourtant elle ne me facilite pas la tâche. Je n'ai jamais autant désiré une femme, que cela soit la Rachel du lycée ou l'adulte qu'elle est devenue. Son être tout entier appelle le mien.

Je me débarrasse de mes vêtements et, seulement vêtu de mon caleçon, je me mets au lit. Je pense à elle, à celle qui est de l'autre côté de cette toute petite salle de bains, l'objet de mes rêves.

Il fait chaud dans cette chambre, mais pas à cause de la température annoncée par la météo. Je me retourne, encore et encore, sans parvenir à trouver la brèche dans laquelle m'engouffrer pour trouver le sommeil. C'est long de regarder le plafond en attendant que Morphée vienne me border, très long.

Trois heures du matin. Je le sais parce que je viens de vérifier l'heure sur mon téléphone. J'entends un premier bruit provenant de la chambre de Rachel. Je m'assieds dans mon lit et tends l'oreille, pensant rêver. Un deuxième son se répète quelques secondes plus tard et cette fois-ci, je me jette dans la salle de bains pour ouvrir la porte qui nous sépare.

Il ne me faut pas longtemps pour analyser la scène que je découvre et en tirer mes propres conclusions.

Chapitre 37. Rachel

La lumière me parvient depuis la pièce d'à côté et je découvre Noah qui se précipite sur moi. Pendant l'espace d'un instant, son torse complètement nu et la bosse dans son caleçon me font oublier dans quels draps je viens de me mettre.

— Qu'est-ce qui s'est passé ?

Je gis à terre, vêtue d'une culotte qui ne ferait pas franchement rêver les marques de sous-vêtements de luxe, et d'un t-shirt trois fois trop grand qui me sert de robe. Je porte ma main à mon genou et me tords de douleur. Satané bout de lit !

— Je n'arrivais pas à dormir, alors je me suis levée pour aller chercher mon ordinateur sur la commode, mais il n'y avait pas de lumière et je me suis cognée contre l'encadrement du lit, avant de glisser sur mes chaussettes.

Ça pourrait paraître loufoque comme explication, pourtant, à mon plus grand regret, c'est ce qu'il s'est passé. Pourquoi mentir à Noah sur ma maladresse ?

Les bras de mon collègue se glissent sous moi et il me soulève de terre pour me poser délicatement sur mon lit. Nos tenues, additionnées aux frissons qui me parcourt là où il m'a touchée, sont une anecdote croustillante dont Lisa adorerait pouvoir bénéficier. Elle qui est si persuadée qu'il se passe quelque chose entre Noah et moi.

— Je vais chercher de la glace.

Noah sort de la pièce et revient une minute plus tard avec des glaçons dans un torchon.

— Attention, ça risque de picoter, mais le bleu que tu auras demain disparaîtra plus rapidement.

— Où as-tu appris les gestes de premiers secours ? je le questionne en me crispant à cause du froid.

Sa main stoppe son mouvement sur mon genou, ses yeux se perdent dans le vide, comme s'il pensait à quelque chose, puis il revient à son rôle d'infirmier :

— J'ai été un enfant… casse-cou.

Je saisis une part de mensonge dans sa phrase, alors qu'il est monté d'une octave dans la prononciation du dernier mot. Après tout, il est en droit de garder un peu d'intimité pour lui. Même si, niveau intimité, on a les deux pieds dedans à l'heure actuelle. C'est rare pour un employé de voir sa supérieure en petite culotte. Je refoule la petite voix dans ma tête qui me répète qu'il m'a déjà vue nue.

Les glaçons me font du bien. Cela n'endort pas la douleur, mais ça aurait été plus douloureux sans rien.

— Je suis désolée de t'avoir réveillé, Noah.

— Ne t'excuse jamais pour ça. Et puis, je ne dormais pas de toute façon.

Son insomnie est-elle due aux mêmes raisons que la mienne ? Cette journée l'a-t-elle perturbé autant que moi ? Malgré mes réticences, j'ai adoré lui faire visiter la ville et la redécouvrir à travers ses yeux. Ce n'était pas une si grande torture que ça.

— Est-ce que ça va mieux ? il s'inquiète alors que je frissonne.

Je hoche la tête en le remerciant de son aide. Ce n'est pas si désagréable que ça d'avoir quelqu'un qui s'occupe de soi. Doucement, je sens sa main remonter le long de ma cuisse. Elle se déplace de quelques centimètres seulement, pourtant je sens chaque particule de mon corps exploser sur son passage. Il s'arrête et m'observe. Je me mords la lèvre, alors il continue.

Je ferme les yeux quelques instants et les réouvre lorsqu'il joue avec le bord de ma culotte. Ses yeux verts sont plus foncés que d'ordinaire, et je pense que, dans son esprit, défilent les mêmes pensées que dans le mien.

— Rachel, il finit par prononcer comme une supplication, tu me rends fou.

— C'est difficile de te résister, Noah Wilson.

Mais qu'est-ce qu'il m'arrive ? Je ne viens pas vraiment de dire ça, rassurez-moi ? La tentation est trop forte, la lutte trop ardue. Et je fais la chose la plus stupide qui soit, je l'entraîne sur le lit, et il prend mon visage en coupe. Dans un élan électrique, j'accueille sa langue et y noue la mienne.

Tout se passe très vite, trop vite. Sa bouche possède le même don qui m'avait tant impressionnée la première fois que nous nous sommes embrassés, des semaines plus tôt. Elle est experte, douce, incandescente. Je ne raisonne plus, ne doute plus. C'est lui et moi. Il n'y a rien d'autre qui compte plus à cet instant que le sentir près de moi, comme si toutes mes tentatives pour le maintenir éloigné tombaient à l'eau. Je ne suis plus maîtresse de ce que je ressens.

Aucun bruit dans la pièce, seulement le son de nos lèvres dansantes qui ne veulent pas se séparer.

Il me retourne délicatement pour ne pas empirer ma douleur au genou, je suis maintenant sur le dos et, lui, au-dessus de moi. Nos regards se croisent un bref instant avant que je ne ferme les yeux pour savourer un peu plus ce moment d'interdit.

— Tu es si belle, il murmure, entre deux baisers passionnés.

J'empoigne ses cheveux totalement décoiffés et l'attire à moi pour le faire taire. Des gémissements de plaisir sortent de ma bouche.

Je sens sa main remonter doucement mon t-shirt avant qu'il ne quitte mes lèvres pour embrasser mon ventre. Une nuée de papillons traversent ma poitrine et, soudain, le conte de fées s'envole pour laisser place à la réalité.

— Arrête.

Je pose ma paume sur sa main et l'empêche de continuer son ascension. Son expression reflète la confusion.

— Est-ce que j'ai fait quelque chose de mal ?

Il se relève et me toise. La vérité, c'est qu'il n'y a que moi qui agis de la pire des façons. Je ne devrais pas lui laisser un espoir, nous laisser un espoir, alors que je sais pertinemment que je joue avec le feu. Ce n'est pas respectueux pour lui.

— Je suis désolée, Noah. J'ai envie de toi, j'ai envie de tout ça, mais…

— Si tu le souhaites autant que moi, je ne vois pas pourquoi il y aurait un mais à cette phrase, il me coupe en m'aidant à me relever pour poser mon dos contre l'encadrement du lit.

— Tu ne comprends pas, j'ai…

— Justement, Rachel, je voudrais bien comprendre. Je ne demande que ça de comprendre.

Il caresse mon menton, me forçant à le regarder droit dans les yeux. Dans les siens, j'y lis de la bienveillance. Pourtant, je sais que rien ne pourra me faire changer d'avis. Pas plus aujourd'hui que demain.

— Je ne dévoilerai jamais ce qu'il se passe entre nous, si c'est ce qui t'effraie. Je sais à quel point ton emploi compte pour toi, et je ne voudrais pas être la cause de tes problèmes. Je ne souhaite que ton bonheur.

Je soupire. Ai-je vraiment envie de lui dévoiler les raisons qui me poussent à l'éloigner de moi ? Lisa me répondrait, à coup sûr, que c'est le bon moment. Alors pour une fois, je l'écoute à moitié.

— Tu m'attires énormément, bien plus que je ne voudrais l'admettre, et ça me fout la trouille. Lors de mon embauche, Veymers m'a bien fait comprendre l'enjeu de ce travail, à quel point je devais être sérieuse et ne pas le négliger. Quelques semaines avant que je n'arrive, un employé de C & C a démissionné pour aller vivre à l'autre bout du monde avec sa copine. Mais sa copine, c'était la fille de Veymers. Depuis, ils ne se parlent plus et je crois que Veymers lui en veut de lui avoir volé sa fille. Alors, il m'a fait un speech sur l'importance du travail, de ne pas se laisser distraire par sa vie privée.

Je reprends mon souffle et resserre mes jambes contre moi au moment où mon genou me rappelle à l'ordre. Avec les événements de la dernière demi-heure, j'en avais presque oublié pourquoi Noah était apparu en trombe dans ma chambre.

— Veymers a une image ternie de l'amour. Il ne doit pas t'imposer sa propre vision des choses. Tu es jeune, tu as le droit d'avoir une vie sociale, tu es en droit d'en attendre d'autres opportunités que professionnelles.

— Pendant des années, j'ai suivi son conseil à la lettre. Je me suis comportée comme un brave petit toutou et ai tout consacré à cette entreprise. Et puis, un jour j'ai rencontré quelqu'un, il m'a fait souffrir, et notre rupture a été une véritable douche froide. J'étais au plus mal, et cela s'est ressenti dans mon travail. Veymers m'a accordé une seconde chance, mais il n'y en aura pas de troisième. Pour ça, et pour une autre raison qui m'est personnelle, je ne veux pas laisser entrer quelqu'un dans ma vie. Une nuit, c'est bien, deux c'est trop.

— C'est pour ça que tu n'as pas pris le petit déjeuner avec moi le lendemain de la soirée en boîte ? Ta fameuse règle des une nuit...

Je hoche la tête et laisse quelques secondes à Noah pour assimiler ce que je viens de lui annoncer. Je ne lui ai pas tout raconté. Il connaît une grande partie de mon secret, mais la raison la plus profonde est un élément que je préfère conserver. Je ne veux pas lire de pitié dans ses yeux ou de la tristesse dans les miens.

— Écoute, tu me plais Rachel. Tu me plaisais cette nuit-là, en boîte, et tu me plais encore plus maintenant. Mais, je veux respecter ton choix. Je me tiendrais éloigné, aux yeux de tous nous ne serons que de simples collègues, voire peut-être des amis. Veymers ne saura pas ce qu'il s'est passé. Cela m'attriste que tu te prives d'être heureuse, mais je ne peux pas t'en vouloir de penser à toi en premier.

Noah se lève et se dirige vers la salle de bains, mais ma voix l'interrompt dans sa lancée. Il ne se retourne pas, mais ses épaules s'affaissent lorsque je déclare :

— Dans d'autres circonstances, je suis sûre qu'on aurait eu un avenir ensemble.

Et la porte de la salle de bains claque derrière lui.

Je m'allonge sur mon lit et pleure comme j'ai rarement pleuré.

Je suis en deuil d'une relation qui n'aura jamais existé et n'existera jamais.

Je pleure un bonheur que je laisse s'envoler, qui m'a échappé avant que je n'aie pu le saisir.

Je pleure parce que j'ai mal et que le vide, ça fait souffrir.

Chapitre 38. Noah

— Dans d'autres circonstances, je suis sûre qu'on aurait eu un avenir ensemble.

Je claque la porte de la salle de bains et me dirige droit vers ma chambre. Je fais glisser le panneau de bois et donne un grand coup de pied dans mon sac qui se trouve au pied de mon lit.

Sa phrase me hante, ses mots sont blessants. Je suis en colère, pas contre elle, mais contre notre PDG, celui qui lui a mis ces idées dans la tête. Ce mec n'a pas volé sa fille, il vit simplement son amour comme il l'entend. Il doit sûrement être plus heureux que Veymers ne le sera jamais.

C'est impossible pour moi de rester un simple collègue avec elle. J'ai besoin d'elle. Je la désire tout entière, et pas simplement dans mon lit. Entre nous, c'est bien plus que ça. Je voudrais ne pas laisser tomber, je voudrais me battre. Mais à quoi bon ? Elle a fait son choix, elle a pris sa décision et je ne peux qu'abdiquer.

Je regarde les cicatrices sur mes poignets, et pour la première fois depuis longtemps, l'envie de les rouvrir me paraît être une idée tentante. Je pourrais choisir la solution de facilité et prendre une lame de rasoir dans ma trousse de toilette. Mais, je n'en ferai rien. Ces blessures appartiennent au passé. Rachel ne le sait pas, mais c'est lorsque je l'ai rencontrée que j'ai cessé de m'infliger cette souffrance. Elle a été ma sauveuse, mon ange gardien. Et je ne suis même pas capable de lui rendre la pareille.

Plusieurs fois, je me suis dit que ça apaiserait mon cœur et mon âme, que je ne souffrirais plus. J'y ai surtout pensé après cette nuit-là, et les mois qui ont suivi ont été un long calvaire. Un matin, je suis tombé sur une photo de nous deux dans ma chambre et ça m'a fait repenser à elle, à ce qu'elle dirait si elle me voyait comme ça. Notre rupture datait de plus d'un an, pourtant elle n'a jamais cessé de hanter mes pensées, pas plus qu'aujourd'hui. Alors, ce matin-là, je me suis promis de ne pas les laisser gagner, ces monstres. Je suis sortie du brouillard qui m'entourait pour me plonger dans mes études et rêver du jour où ils paieraient pour ce qu'ils m'ont fait.

— Ce n'est pas dans nos habitudes de rencontrer une compagnie deux fois pour le même pitch, mais c'est le fils du patron, et c'est une grosse entreprise, alors nous avons les mains liées.

Rachel et moi sommes au même étage que la veille, patientant dans la salle de réunion que Belliflora fils daigne nous accorder du temps. Nous allons lui servir le même discours qu'à son père, avec les quelques modifications opérées à la suite du rendez-vous avec le PDG. Nous n'en avons pas discuté ni retravaillé le diaporama, mais nous savons quoi faire.

Rachel termine les branchements de son ordinateur et évite mon regard du mieux qu'elle le peut. Nous n'avons pas évoqué ce qui s'est déroulé la nuit dernière et, pour tout dire, je n'ai pas réellement envie d'y repenser. Ce matin, je l'ai entendu jurer dans la salle de bains. Un hématome s'est dessiné sur son genou et elle fait encore les frais de cette douleur.

Belliflora junior entre enfin dans la pièce, sans même frapper, et il est exactement comme je l'imaginais. Ses cheveux sont aussi foncés que de l'encre noire, ses yeux sont relevés de cils sombres et sa barbe est élégamment coupée. Il doit avoir trente ans, tout au plus, et son costume reflète la fonction qu'il occupe.

— Merci d'être venus jusqu'à nous, il annonce, sans même un bonjour.

Il s'approche de Rachel qui est toujours debout près du bureau sur lequel repose son ordinateur portable. Elle lui tend une poignée de main formelle, mais il la retourne et pose sa paume dessus.

— C'est un réel plaisir de vous rencontrer, mademoiselle Dumas. Mon père m'a fait beaucoup d'éloges sur votre travail.

Rachel rougit quelques instants puis se reprend rapidement. Elle baisse le regard vers sa jupe et dépoussière des saletés imaginaires. Junior s'adresse maintenant à moi. Il ne s'appelle pas vraiment Junior, mais je n'ai pas envie d'apprendre son prénom.

— Monsieur Wilson, merci d'être là aussi, il ajoute dans un français parfait, comme si ma présence était de trop.

Junior s'installe sur une chaise, juste en face de moi, et Rachel reste en bout de table, de sorte que nos trois positions forment un triangle.

— Nous sommes honorés d'avoir fait le voyage jusqu'en Italie et de pouvoir échanger avec vous.

Rachel commence par expliquer le rendez-vous de la veille et les attentes que papa Belliflora avait pour sa campagne. En véritable professionnelle, elle présente les moyens de communication que nous utiliserons et les idées pour les spots publicitaires. Elle répond parfaitement aux quelques questions posées par Junior et, pendant tout ce temps, je n'interviens que lorsque cela est nécessaire. Je suis bien trop occupé à analyser la façon dont Junior observe ma belle pour me montrer sous mon meilleur jour.

— C'est un excellent projet. J'aime tout ce que vous proposez pour notre entreprise, mademoiselle Dumas. Tout comme mon père, j'aime avoir la charge de toutes les décisions concernant cette entreprise, mon héritage familial, et je suivrai avec attention toutes les étapes de ce processus.

Avec attention ? C'est plutôt Rachel qu'il souhaiterait avoir à l'œil ! Et rien que cette pensée me fait serrer les poings sous la table. Ce n'est pas le moment de faire un esclandre, Rachel ne me le pardonnerait pas. Alors, par respect pour elle, une nouvelle fois, je me tais et encaisse les techniques de drague subtiles de Junior.

— Mademoiselle Dumas, puis-je vous appeler Rachel ?

— Oui, bien sûr, rétorque Rachel en s'asseyant à mes côtés.

— Rachel, il reprend après m'avoir jeté un coup d'œil assassin, j'adore les voyages d'affaires. Je trouve que c'est un moyen efficace pour être au plus près des attentes des partenaires avec qui nous travaillons. C'est pourquoi, à l'avenir, si vous souhaitez passer quelques jours en Italie afin d'être certaine que nos deux visions soient en adéquation, c'est avec plaisir que je vous louerais une suite dans l'un de nos hôtels.

Évidemment, il a des hôtels ! Je me retiens de ne pas lever les yeux au ciel d'exaspération envers ce Don Juan en carton. Je pensais m'être débarrassé de Yann. Et pour cause, je ne l'ai pas vu roder à notre étage depuis un moment. Mais là, je ne pourrai jamais rivaliser contre ce millionnaire fils à papa. Autant le père est une crème, autant le fils est le lait caillé qui pourrit au fond du réfrigérateur.

— Merci beaucoup pour votre générosité, monsieur Belliflora. Noah et moi serions heureux de revenir en Italie si le projet l'exige.

Deuxième regard assassin du lait caillé. Finalement, ce surnom lui va encore mieux que Junior !

Rachel et moi quittons les locaux de l'entreprise après une énième tentative de l'autre con. Heureusement pour moi, ma collègue reste fidèle à elle-même : professionnelle, ce qui veut dire qu'elle n'entre pas dans son jeu. Et rien que pour ça, je considère que c'est une victoire.

Le collègue : 1 - Face de laitage fortuné : 0

Chapitre 39. Rachel

C'est le départ. Le jour où notre week-end professionnel se termine.

Nous entrons dans l'avion et n'échangeons pas un seul mot durant l'attente pour l'embarquement, hormis des banalités obligatoires. Je m'installe près du hublot, Noah à ma gauche. Il a l'air plus détendu qu'à l'aller, à croire que cette fois-ci je n'aurais pas besoin de le droguer. Enfin, c'était légal, donc ce n'était pas réellement de la drogue, enfin vous m'avez comprise !

Je fixe le tarmac alors que l'avion s'engage sur la piste. Une longue ligne droite s'offre à lui. Du coin de l'œil, j'intercepte les yeux de Noah, curieux de voir ce qui se déroule à travers le hublot.

— Comment tu te sens ? je m'enquiers sans me retourner.

— Je crois que tu as dû mettre un tranquillisant dans ma bouteille d'eau parce que je me sens étonnamment bien.

Un léger spasme secoue ma poitrine. Je ris. Mes épaules se détendent et c'est comme si le malaise, la gêne que j'ai créée entre nous, se dissipe. Je me retourne et croise son regard. Au vu de son expression, lui aussi l'a sentie.

— Amis ?

Il tend son petit doigt et je l'encercle avec le mien, comme une promesse d'enfants.

— Amis, je répète.

L'avion amorce son décollage et Noah se crispe sur son siège alors que nous n'avons pas encore quitté la terre ferme. Finalement, il n'est pas si détendu que ça, du moins pour cette partie du vol. Alors, comme le ferait une amie, je prends sa main et lui promets que tout va bien se passer.

Après trente minutes de vol, il déclare en fanfaronnant :

— Ce n'est pas si mal, l'avion, en fait !

— Dis l'homme qui a broyé ma main au décollage !

Je roule des yeux et il éclate de rire. Quelques secousses se font ressentir dans l'avion.

— Ta main est une véritable boule antistress, ce n'est quand même pas de ma faute. Et puis, c'est toi qui me l'as proposé. C'était à tes risques et périls.

Soudain, son rire s'interrompt. Au-dessus de nos sièges, un logo vient de s'éclairer et ça ne sent pas bon du tout.

— Mesdames et messieurs, nous allons traverser une zone de fortes turbulences. Merci de relever vos tablettes et d'attacher vos ceintures.

Le commandant de bord répète le même discours en anglais et en italien. Noah devient blême et, avant même que je ne puisse le rassurer, une première grosse secousse se fait ressentir. Elle est légère, mais suffit à mon voisin de siège pour paniquer.

Je n'aime pas particulièrement ces moments de vol. Ce n'est pas la première fois que je voyage, j'ai donc déjà été confrontée à ce scénario, mais je n'ai jamais été à la place de celui qui devait rassurer. Je ne sais pas quoi dire, l'empathie n'est pas ma qualité principale. Pourtant, c'est Noah, l'homme que j'ai embrassé il y a deux jours et, au fond, je sais qu'il est bien plus que ça. Nous nous sommes embrassés, pas lui, pas moi, mais nous. Et c'était incroyable.

Je prends à nouveau sa main dans la mienne et en caresse doucement le dos.

— Tu as déjà fait un tour de montagnes russes ?

Noah hoche la tête.

— Alors, c'est exactement pareil, je reprends, ton wagon est sur les rails et tu fais un looping.

— L'avion va faire un looping ? s'écrit Noah en ouvrant subitement les yeux.

— Non, non ! Ce n'est pas ce que je veux dire.

Moi qui voulais le rassurer, je crois que j'ai fait tout l'opposé. Foutu choix de mots !

— L'avion va seulement bouger de temps à autre, tu vas voir, on en rigolera dans quelques minutes.

Et quelques minutes plus tard, on n'en rigole pas. Les turbulences se sont intensifiées, si bien que, même moi, je ne suis pas rassurée. J'essaye de garder mon sang-froid, mais observer, à travers le hublot, l'aile de l'avion bouger n'est peut-être pas le meilleur des remèdes contre l'anxiété.

L'avion est silencieux. Hormis les bruits provoqués par les secousses et les réacteurs qui tournent, aucun passager ne tente d'entrer dans un débat passionnant. Les hôtesses de l'air sont assises, attachées fermement à leurs sièges. Le commandant de bord ne nous donne pas plus de nouvelles et Noah…

— Je ne prendrai plus jamais cet engin de malheur !

— Ce n'est pas tout le temps comme ça, en général, le vol est calme. Mais, ça peut arriver que de petites complications viennent perturber le trajet. Vois le bon côté des choses, tu auras vécu le pire, tu ne pourras qu'être rassuré la prochaine fois.

— Si on se crashe, je poursuis Veymers en justice pour nous infliger ça et je demande une prime de risque !

Sa réplique me fait sourire. Je lui répondrais bien que si on se crashe, on va sûrement mourir et que, par conséquent, il ne pourra pas poursuivre notre patron, mais je décide de la boucler.

— Rachel ?

Nouvelle turbulence. Je serais incapable de décrire cette sensation à quelqu'un qui ne l'a jamais expérimentée. C'est un peu comme si mes organes remontaient dans ma poitrine. Ils remontent un petit peu en cas de petite turbulence, et un peu plus, si c'est un gros chaos. C'est comme si je roulais en voiture sur un chemin parsemé des nids de poule. L'avion fait une chute de temps en temps, puis remonte. Dans ce cas-là, ça serait un ascenseur qui…

— Rachel ? réitère Noah, en serrant plus fermement ma main.

— Oui ?

— Si jamais on meurt…

— On ne va pas mourir, Noah, je le coupe, en tentant de faire taire son esprit qui fourmille d'idées noires.

— OK, mais si jamais ça arrive, je voudrais que tu saches que j'ai adoré t'embrasser. La nuit ne s'est pas terminée comme je l'aurais souhaité, mais tes lèvres sont merveilleuses, et c'est un super avant-goût du paradis.

— Tu peux attendre un petit peu avant de formuler tes dernières volontés, le ciel t'a entendu.

Noah ne comprend pas, alors je pointe du doigt le logo qui vient de s'éteindre.

— La zone de turbulence vient de s'achever.

D'ailleurs, pour confirmer mes dires, le commandant de bord reprend la parole. Des passagers applaudissent, d'autres retrouvent leur sourire. Et Noah, il se détend enfin.

— Est-ce qu'on peut oublier ce que j'ai dit ?

— Tu as comparé mes lèvres au paradis, je ne crois pas que je pourrais effacer ça de ma mémoire. Mais je vais être gentille, on va mettre ça sous le coup de l'émotion.

Et son sourire, celui si communicatif, se dessine sur sa bouche.

— Je voulais être gentil parce que j'ai vu que tu avais peur, toi aussi.

— Menteur !

Je lui tape doucement sur le bras et nous bavardons le reste du vol.

Notre conversation est légère et ça fait du bien.

Chapitre 40. Noah

— Chériiiiiiiiie !

Nous tirons nos valises dans le hall de l'aéroport jusqu'à ce qu'une voix aiguë et qui porte fasse retourner tout le monde sur son passage. Non, ce n'est pas une alerte incendie, seulement Lisa qui court dans les bras de sa meilleure amie. Ça pourrait presque paraître scénarisé si je ne la connaissais pas. Lisa est ma collègue depuis moins d'un mois et j'ai appris à faire avec ses airs théâtraux. C'est une personne pleine de vie et qui ne fait pas dans la demi-mesure. Avec elle, c'est tout ou rien.

Lisa serre fort Rachel avant de finalement la lâcher, comme si elles ne s'étaient pas vues depuis plusieurs années. Elle repousse une partie de ses cheveux sur ses épaules et m'adresse un large sourire. Ce simple geste suffit à révéler le monoï avec lequel elle a dû se parfumer ce matin. Curieux choix pour un jour d'automne, mais, encore une fois, c'est Lisa, et cette fille ne fait rien comme tout le monde. Je lui dis bonjour avec moins d'effusion et nous sortons tous les trois du bâtiment.

Quelques mètres suffisent à Lisa pour nous assaillir de questions. Elle nous demande comment était la nourriture, notre location, la ville, en bref tout ce qui ne concerne pas le travail.

— Alors, la colocation s'est bien passée ?

Rachel rougit et moi, je regarde ailleurs, me concentrant sur les nuages gris de la météo parisienne. C'est comme si la curiosité de Lisa était un pansement et que Rachel voulait s'en débarrasser au plus vite. C'est pourquoi elle décide de rester évasive :

— C'était assez grand pour qu'on ne soit pas contraint de se marcher dessus.

Je ne sais pas si Rachel compte parler à sa meilleure amie de ce qui s'est passé entre nous. Je sais qu'une amitié est basée sur les confidences et que, face à Lisa, Rachel ne pourra pas conserver ses secrets très longtemps. Il ne faut pas croire, mais cette fille sait tirer les vers du nez plus efficacement qu'un agent de police, j'en suis certain !

En soi, que Rachel évoque ou non ce passage du séjour à sa meilleure amie, cela m'importe peu. C'est son choix de rester discrète sur le sujet, pas le mien.

— Veymers a appelé hier soir et il a laissé un message pour vous. Non, mais sérieusement, qui appelle un samedi soir ? s'indigne Lisa en serrant ses poings sur les hanches. Il n'a pas, genre, une vie privée ? Enfin bon, ok il n'a plus de femme et sa fille s'est amourachée de son ancien directeur marketing, mais je suis certaine qu'il a mieux à faire. Il a, genre, de l'argent, beaucoup d'argent. Tu peux faire plein de choses un samedi soir avec de l'argent !

— Lisa ? demande doucement Rachel en battant des cils, ce qui est si exagéré qu'on ressent le sarcasme qu'elle éprouve.

— Oui, ma chérie ? rétorque innocemment notre collègue, en pivotant sur ses talons haut.

Elle était si perdue dans ses pensées qu'elle n'a pas remarqué l'attitude de Rachel.

— On se fiche de la vie de Veymers, pourquoi il a appelé ?

Lisa soupire. Je crois qu'elle trouvait plus passionnant de déblatérer sur la vie sociale de notre patron.

— Le PDG de la compagnie italienne a appelé personnellement Veymers pour faire vos éloges. Vous l'avez conquis et il a hâte de poursuivre sa collaboration avec C & C. En gros, vous formez une super équipe tous les deux !

Rachel sourit et j'ai envie de lui taper dans les mains, mais je n'en fais rien.

— Je vais prendre un taxi, le vol m'a épuisé.

Je fais un clin d'œil à Rachel pour qu'elle comprenne où je veux en venir et elle sourit de plus belle. Je crois que ces demoiselles ont besoin d'être entre elles et les turbulences m'ont réellement pris toute mon énergie.

Je m'éloigne vers le trottoir d'en face et sens un regard me transpercer le dos. Je fais signe au premier chauffeur que j'aperçois, le premier d'une longue file et lui indique mon adresse. Il saisit ma valise qu'il range dans son coffre et m'invite à m'installer.

Avant de baisser la tête pour entrer dans l'habitacle, je me risque à jeter un œil en direction des filles. Elles n'ont pas bougé. Lisa parle avec ses mains, racontant je ne sais quelle aventure épique qui a dû lui arriver pendant notre absence. Rachel l'écoute attentivement, mais ses yeux sont braqués sur moi, ils me transpercent. Je ne sais pas quoi penser de ce geste. On ne regarde pas un ami partir de cette façon, si ?

Nous restons plusieurs secondes à nous fixer, plusieurs longues secondes où mon esprit emprunte différents chemins. Elle est si belle, avec son bonnet duquel sortent ses cheveux longs, et ses petites joues roses. J'ai envie de la croquer, pas sûr que ça soit la meilleure attitude à adopter après notre accord pas complètement mutuel de rester simplement amis. Je ne peux détacher mes prunelles des siennes. Cette fille est magnétique. Elle resserre son manteau sur elle en raison du froid et je décide de prendre ce geste comme un au revoir.

Il est temps pour elle et moi de nous quitter après ce week-end rempli de turbulences, sans mauvais jeu de mots ! Je lui adresse un signe de la main qu'elle me rend immédiatement puis quitte le charme dans lequel elle m'a envoûté pour retourner dans le calme de mon appartement. Pas sûr que je parvienne à y trouver de la quiétude après ma colocation avec la plus belle femme de l'univers.

Et effectivement, lorsque je passe la porte de mon studio, une sensation de manque vient s'infiltrer dans chaque mètre carré. Le silence est pesant et vient s'abattre sur mes épaules. Il n'y a pas non plus son odeur ni la certitude qu'elle n'est qu'à quelques mètres de moi. Je suis seul, désespérément seul.

J'allume la chaîne hi-fi et enclenche une playlist aléatoire sur mon téléphone, mais aucun son ne pourra rendre la pièce plus habitée que son rire.

Je déballe ma valise et lance le tout dans la panière de linge sale. Je m'occuperai plus tard de mes corvées ménagères.

Je m'allonge sur le canapé, un bras derrière la tête et observe le plafond immaculé. Comme sur une toile vierge, avec mon pinceau imaginaire, j'y esquisse, les traits de celle qui a volé mon cœur sans le vouloir. Dans mon esprit, je la dessine souriante et pétillante, un mélange de celle qu'elle était autrefois et de celle qu'elle est devenue aujourd'hui. Un mélange parfait de la femme parfaite.

Je ne sais pas à quelle heure je sombre dans le sommeil. Tout ce que je sais, c'est que Rachel était ma dernière pensée et que, pour longtemps encore, elle habitera mes songes.

Chapitre 41. Rachel

— Même moi, je ne te comprends plus !

Lisa et moi nous sommes attablées dans un fast-food et je viens de lui relater mon week-end.

— Ce n'est pas si simple et tu le sais.

— Tu ne peux plus te cacher derrière Veymers et Damien, elle argumente la bouche remplie par un burger végétarien. Damien a été une ordure et le mot est faible. Et Veymers ? Il est ce qu'il est. Mais, j'en ai assez que tu t'interdises de vivre pour eux.

Ce n'est pas la première fois qu'elle et moi avons cette discussion. Et ce ne sera pas non plus la dernière fois où nous ne serons pas d'accord.

— Noah, il te plaît. Et tu seras incapable de te comporter avec lui comme tu te comportes avec Marc ou les autres mecs avec qui tu travailles.

— Je peux très bien…

— Non ! elle hurle, en manquant de s'étouffer avec son soda.

L'employé qui nettoyait une table près de nous nous dévisage d'un drôle d'œil. Lisa ne semble même pas l'avoir remarqué.

— Tu ne peux pas agir normalement avec un mec qui t'a léché le nombril, c'est scientifiquement prouvé ! Et c'est encore plus impossible quand tu craques pour cette dite personne.

— Il ne m'a pas léché le nombril, je la coupe, en mangeant mes frites bien trop salées à mon goût. Et puis de toute façon, je n'ai pas d'autre choix. C'est ça ou perdre ma place.

Elle me rétorque que nous avons toujours le choix, mais à quoi bon ? Je suis une working girl, mon travail est mon âme sœur. Et il y a bien longtemps que j'ai accepté mon destin.

Le lendemain, Noah et moi organisons une réunion chez C & C pour prévenir tous les collaborateurs du plan d'attaque dont nous avons convenu pour Belliflora. Tous sont ravis de pouvoir travailler sur un projet d'une si grande envergure. Pas que nous n'en ayons jamais fait, mais Belliflora est vraiment un très gros projet.

— Marc et Clara, je vous ai envoyé par mail le compte rendu de notre échange avec notre client. Claire, je te laisserai contacter la presse et voir combien d'encarts publicitaires nous pouvons poster dans leurs magazines. Appelle aussi Jean de TV1, il me doit un service.

Tous sont prêts à recevoir leur mission, comme de parfaits petits soldats. J'ai de la chance de travailler avec une si belle équipe et c'est dans ces moments que je me dis que j'ai tout ce dont j'ai besoin dans la vie. Ma famille, c'est eux.

À midi, Lisa vient passer une tête à travers mon bureau, mais je suis submergée par le travail que j'ai loupé durant mon temps passé en Italie et ne sors de l'immeuble que tard dans la soirée, lorsque tout le monde est déjà rentré auprès de ses proches.

Hormis lors de la réunion, je n'ai pas croisé Noah de la journée. Pas que nous nous évitions, seulement nous avions chacun du travail en retard.

Je rentre chez moi exténuée et ce n'est qu'au chaud dans mon lit que me revient en tête mon rendez-vous de demain. Lisa ne me l'a pas rappelé, avec l'espoir que je l'oublie, mais aucune de nous ne l'a effacé de sa mémoire. Demain, je vois Damien et, rien que d'y penser, une boule se forme entre mes côtes. Je me persuade que c'est pour mon bien et que j'en ai besoin, mais je ne peux pas prédire quelles émotions je ressentirai en le voyant. De la colère ? De la haine ? De l'angoisse ? De la tristesse ? Il n'y a qu'en entrant dans ce café que je le saurai.

- Paris, il y a deux ans -

Damien avait promis de m'emmener dîner ce soir, mais, une fois de plus, il m'a posé un lapin. C'est le troisième cette semaine et cette attitude est de plus en plus récurrente. Je ne sais pas ce qu'il lui arrive, mais il est étrange ces temps-ci. Il m'a assuré que ce n'était qu'une quantité inattendue de travail qui le rendait comme ça, mais je n'en suis plus très sûre.

Lisa pense qu'il me ment, elle le trouve louche. Elle m'a proposé de le suivre à la sortie de son travail, comme une espionne, mais je fais confiance à Damien. J'en suis venue à croire que je me faisais trop de films, avec mon imagination débordante. Mais mon être n'est que peu convaincu par ce que je répète à ma meilleure amie.

— Je t'assure, Lili, c'est quelqu'un de bien.

— Chérie, ce n'est pas avec moi que tu devais manger ce soir, mais avec lui. Un homme bien ne t'aurait pas prévenue dix minutes avant de partir. En plus, toi aussi tu as beaucoup de travail et tu as réussi à te libérer pour lui.

— Ce n'est pas ce que tu crois.

— Ce que je crois n'a que peu d'importance, ma belle. Tout ce que je vois c'est que cela ne fait que quelques mois que tu es avec cet homme et tu es devenue une personne différente.

Lisa dépose la boîte en carton contenant les plats asiatiques que nous avons commandés sur ma table basse et s'enveloppe dans un plaid. Elle choisit un film d'action, le nouveau blockbuster qui fait sensation sur Netflix et ne parle plus de Damien. Quant à moi, je fixe l'écran, mais ne me concentre pas entièrement dessus.

Tout ce que m'a dit Lisa revient en boucle et, alors que j'ai choisi de faire confiance à Damien, de le croire sur parole quand il m'affirme qu'il a beaucoup de travail, un doute s'installe. Petit, mais bien en place tout de même, dans le genre à avoir la trace de ses fesses incrustée dans l'assise.

La semaine suivante, il décide de m'offrir un bouquet de fleurs et une nuit dans un hôtel quatre étoiles pour se faire pardonner. Mes soupçons dissipés, je me concentre sur notre idylle. Trois jours plus tard, de nouveaux doutes m'assaillent.

Un mois après, je prends l'initiative de parler de lui à mes parents. Et ça, c'est un fait incroyable pour le souligner. Comme ils veulent le rencontrer, je propose à Damien de nous organiser un week-end dans ma ville natale. Au premier abord, il a l'air ravi et ajoute même le nom de la ville dans son application météorologique. Les billets pris, je me rends quelques semaines plus tard à la gare en sautillant de joie. Je ne sautille pas réellement, mais c'est ce que mon cœur ressent. L'homme que j'aime va enfin découvrir l'endroit dans lequel j'ai grandi. Alors que j'attends patiemment sur le quai qu'il me rejoigne après son rendez-vous client, un message arrive sur mon téléphone. Finalement, il ne viendra jamais me rejoindre.

Et ce n'est que le début.

Chapitre 42. Noah

Mardi, dix heures. Je bois paisiblement mon café tout en marchant dans les couloirs, quand un bras m'intercepte et me conduit dans le local informatique. J'en renverserais presque ma tasse.

— Je ne savais pas que tu étais du genre à assassiner les gens puis à conserver une preuve de ton crime grâce à la photocopieuse, je déclare en buvant une autre gorgée.

Je ne comprends absolument pas ce que je fais là.

— Je ne vais pas t'assassiner, gros bêta ! Et puis l'orange, ça ne me va pas au teint.

— Lisa, tu sais que ce n'est qu'aux États-Unis que les prisonnières portent de l'orange, hein ? Et deuxio, m'attraper comme tu l'as fait alors que j'ai en ma possession un liquide aussi brûlant que de la lave, ça se rapproche d'une tentative de meurtre.

Lisa arque un sourcil et croise les bras sur son blazer violet. Je crois que cette fille doit posséder toutes les couleurs de l'arc-en-ciel dans son dressing. D'autres ressembleraient à une licorne ou un clown, mais elle, elle sait les marier et ça lui va bien.

— J'ai un service à te demander.

Je tends l'oreille, prêt à le lui refuser simplement pour l'embêter lorsqu'elle ajoute :

— Ça concerne Rachel.

Peu importe ce qu'elle me demandera, la réponse sera oui.

— Je t'écoute.

Je pose mon café sur la photocopieuse. Ce n'est pas un choix très judicieux de ma part, mais je suis trop pendu aux lèvres de Lisa pour m'en préoccuper.

— Je ne devrais pas t'en parler parce qu'elle me tuerait si elle savait ce que je m'apprête à dire, mais c'est pour son bien.

— Lisa, dis-moi ce qu'il se passe, je déclare plus sèchement que je ne l'aurais souhaité.

La brune triture ses doigts, comme s'il lui était difficile de m'avouer ce qu'elle a à me dire. Mon rythme cardiaque s'accélère et je ne sais pas à quoi m'attendre. Rachel a-t-elle des problèmes ? Va-t-elle m'annoncer qu'elle a été promue à l'autre bout de la France ? Lui organise-t-elle une fête surprise et je dois détourner son attention ? Tout me passe en tête et, à l'expression qu'arbore Lisa, je ne vais pas aimer ce que je vais entendre.

— Je sais que Rachel t'a parlé d'un homme qui l'a fait souffrir, elle confesse enfin au bout de ce qui m'a paru être une éternité. Cet homme, elle doit le voir à seize heures, dans le café au bout de la rue.

Mon cœur s'arrête de battre et je n'entends plus que le grésillement du néon au-dessus de nos têtes. Pourquoi Rachel aurait-elle rendez-vous avec son ex ? Est-ce qu'elle souhaite se remettre avec lui ? Ça n'aurait aucun sens, elle m'a fait clairement comprendre qu'elle ne voulait personne dans sa vie. Mais, maintenant que j'y pense, elle ne voulait pas de moi parce que je travaille chez C & C, mais son ex, c'est différent.

— Rachel ne veut pas que je l'accompagne et j'ai un rendez-vous pro pour la nouvelle campagne qu'elle ne me laissera pas reporter. C'est pourquoi je voudrais que tu ailles dans ce café et que tu sois là pour elle. Tu peux te cacher derrière le menu, dans un recoin de la pièce, comme dans les films. Je veux que tu sois là pour elle, mais qu'elle ne te voie pas.

— Je ne te suis pas. Pourquoi devrais-je être là pour elle si elle veut revoir son ex ? Et pourquoi me demandes-tu ça, à moi ?

J'avoue ne pas tout saisir de l'étendue de ce qu'elle me demande. Lisa pousse un soupir et soudain je comprends que cela a l'air sérieux.

— Je t'en parle parce que je sais que tu tiens à elle presque autant que moi. Presque parce que je suis sa meilleure amie et que je ferais tout pour elle. Mais son ex, il lui a fait beaucoup de mal et je veux pouvoir être sereine du fait qu'elle aura quelqu'un pour l'aider, si ce rendez-vous venait à mal tourner.

Je me contracte, Lisa fuit mon regard. Je sens qu'elle ne peut pas ou ne veut pas me dire toute la vérité.

— Est-ce que ce mec a été violent avec Rachel ? Est-elle en danger ?

Je ne supporterais pas qu'une personne ait pu toucher à celle que j'aime. Si ce mec lui a fait du mal, je suis prêt à lui refaire le portrait. Je sais que la violence n'est pas le meilleur des remèdes, j'en ai fait les frais dans mon enfance. Pourtant, aujourd'hui, je donnerais tout pour cette fille, quitte à me prendre des coups.

Lisa élude la question et une pression supplémentaire s'abat sur mes épaules.

— Je serais là pour elle. Elle n'en saura rien, je te le promets. Tu peux compter sur moi.

Lisa me remercie, mais je ne peux pas lui promettre de conserver mon calme si ce mec fait quelque chose qui me déplaît. C'est contradictoire au souhait de Lisa de rester discret, mais elle ne m'en voudra pas si je suis amené à protéger sa meilleure amie.

La journée défile à une lenteur extrême et, chaque fois que Rachel traverse l'open space, j'ai l'impression qu'elle se mure un peu plus dans le silence. Des cernes soulignent ses si jolis yeux et je la vois bâiller plusieurs fois. Elle paraît fatiguée et triste. Je mettrais ma main à couper qu'elle n'a pas beaucoup dormi la nuit dernière, peut-être ce rendez-vous à seize heures l'a-t-il empêchée de fermer l'œil ?

Rachel n'a jamais été une personne faible, après tout je dirais que personne n'est véritablement faible, nous avons tous des forces cachées quelque part en nous. Le mur que Rachel a dressé avec l'extérieur ne permet que d'apercevoir ses qualités professionnelles, son ambition et sa force de caractère. Je n'arrive pas à l'imaginer être un oisillon fragile pouvant être brisé à tout moment. Rachel ne se laisse pas faire, c'est une battante. Pourtant, lorsque, dans l'après-midi, j'ai pris Lisa à part pour lui demander ce que ce mec lui avait fait, elle m'a simplement répondu :

— Elle est tombée sur le mauvais gars. Il s'est servi d'elle et l'a anéantie. Je ne sais pas dans quel état elle sera face à lui, mais il ne faut pas qu'elle le laisse gagner. S'il te plaît, ça ne doit pas se produire.

Je m'installe dans un coin caché du café, derrière le bar. J'ai enfilé des lunettes de vue rondes que j'ai retrouvées d'un déguisement du Nouvel An. Je ne suis pas le meilleur des caméléons, mais je ne pense pas pouvoir être vu depuis mon poste d'observation.

Son ex est en avance, Lisa m'a envoyé une photo de lui pour que je le reconnaisse. Cependant, un détail me frappe, il a l'air moins vivant que sur la photo. Son teint est pâle, ses yeux creux. Peut-être est-il nerveux, car il a le réflexe de vérifier sa montre toutes les deux secondes. Il commande un verre d'alcool au barman, de l'alcool fort. Il boit d'une traite. Il commande ensuite un verre d'eau, sûrement pour se donner bonne conscience.

Rachel entre dans mon champ de vision avec deux minutes de retard, cela ne lui ressemble pas. Ses pas sont lourds pour se déplacer jusqu'à la table, comme si elle y allait à reculons. Son ex esquisse un sourire, mais elle ne le lui retourne pas. Il lui prononce quelques mots lorsqu'elle dépose son manteau sur le dossier de la chaise, mais je ne perçois rien. Je crois qu'elle lui répond, mais c'est inaudible.

Rachel est de dos et je sens ses épaules se contracter. Elle aussi, elle est nerveuse. Mais pourquoi ? Qui est cet homme et quelle a été la nature de leur relation ?

Je me pose mille questions et je n'ai qu'une envie, agripper ce mec par la gorge et le forcer à me dire ce qu'il lui a fait.

Apparemment, son ex est notaire. Ça pourrait être utile s'il veut préparer son propre testament, car je défendrais Rachel s'il essaye de s'approcher d'elle. Coûte que coûte.

Chapitre 43. Rachel

Je passe le pas de la porte à reculons, comme lorsqu'on va chez le dentiste et qu'on sait pertinemment à quelle sauce on va être mangé. Je n'ai jamais aimé aller chez le dentiste, pas que j'en ai une peur bleue, mais les piqûres et la terrible fraise, très peu pour moi.

Je connais bien ce café, Lisa et moi avons l'habitude de nous y attarder parfois. Le lieu est plutôt calme, pourtant l'heure de cohue va bientôt arriver. J'aime bien cet établissement parce qu'il ressemble à ce qu'on pourrait s'imaginer d'un café parisien. Il y a des moulures au plafond, de vieilles affiches de publicité et quelques citations inspirantes ou drôles. Les tables sont rondes et en ferraille, les chaises peu confortables, et les banquettes bordeaux donnent envie de se battre pour s'y asseoir.

Je m'approche de la table et je n'ose pas relever les yeux vers Damien, je me concentre sur un point imaginaire jusqu'à être à sa hauteur, là où je ne peux plus l'ignorer. Il me salue, je m'installe. Il n'est plus celui que j'ai connu, comme si d'un coup tous les mensonges et toutes les trahisons qu'il avait opérés au fil des ans s'abattaient sur son visage. Son expression est marquée, ses yeux cernés. Il a l'air d'errer autour de son propre corps.

— Je te remercie d'être là aujourd'hui, Rach.

— C'est Rachel, je le corrige froidement.

Damien acquiesce et s'excuse comme un enfant que j'aurais réprimandé. Il n'est définitivement plus le même homme avec lequel j'ai vécu. Celui que j'ai rencontré au détour d'une rue était puissant, fort, presque irréellement invincible et charismatique. Aujourd'hui, il ne reste qu'un homme blême et sans relief.

— Est-ce que tu pourrais me dire au plus vite la raison de ma venue, je suis pressée.

Mon ton est froid, mon expression est rigide, pourtant à l'intérieur de moi je me noie dans mes incertitudes et mes regrets. Je suis à deux doigts de défaillir, mais impossible de me montrer vulnérable devant lui, il ne le mérite pas. Il n'a plus le pouvoir de me faire mal, de m'anéantir, et je me sens un peu plus forte en me répétant ce mantra.

— Je ne me suis pas montré des plus honnêtes avec toi.

— C'est le cas de le dire ! je ne peux me retenir d'exprimer l'amertume et le sarcasme qui m'envahissent.

Alors que je pensais qu'il ne pouvait pas être plus ancré dans sa chaise, j'ai l'impression que Damien s'affaisse un peu plus. C'est comme si un géant voulait se montrer aussi petit qu'un oisillon. J'ai l'impression que c'est aussi dur pour lui que pour moi, de se trouver ici, mais pas pour les mêmes raisons. S'excuser n'a jamais été son point fort, je ne crois même pas l'avoir entendu prononcer ces mots un jour.

— Je t'ai blessée, il reprend en effleurant les bords de son verre d'eau, je t'ai fait souffrir alors que tu m'aimais.

Lorsqu'il prononce le mot amour, un coup de poignard vient ouvrir les plaies de mon cœur, celles que je pensais cicatrisées. À y repenser, je m'en veux d'être tombée amoureuse de lui. Je ne sais pas si ce que je ressentais était de l'amour, je n'avais pas ces papillons dans le ventre et l'envie de faire des albums photos en scrapbooking de nous. Cependant, avant que le coup de massue ne me tombe dessus, une part de moi éprouvait des sentiments forts pour lui.

J'ai aimé étant adolescente, sincèrement aimé. C'est comme si en grandissant, mes perspectives et mes certitudes s'étaient transformées avec l'expérience.

On ne devrait pas aimer ceux qui nous font souffrir, parce que l'amour est censé être un beau voyage dans notre vie. Ce n'est pas censé être un mensonge qui feint une réalité, pour ensuite nous exploser au visage et nous faire comprendre que personne ne connaîtra jamais ce qu'Hollywood essaye de nous faire croire. On se ment à soi-même et parfois, ça nous aide à poursuivre notre chemin. Dans mon cas précis, Damien m'a permis de retenir une leçon essentielle : ne plus jamais accorder une place dans ma vie à quelqu'un qui n'en est pas digne.

— Tu sais, notre rupture m'a ouvert les yeux. J'essaye de changer, de m'améliorer.

Il avance sa main pour prendre la mienne qui est posée sur la table, mais je recule. Le serveur vient nous interrompre et je commande un café bien serré. Je ne suis pas friande de caféine, pourtant je vais en avoir besoin pour ne pas m'endormir face aux artifices qu'il est en train de me pondre. J'aurais préféré un alcool fort et me saouler jusqu'à ne plus l'entendre, mais il n'est que seize heures et je veux pouvoir tenir sur mes deux jambes si j'ai besoin de fuir.

— Un monstre ne peut pas changer sa nature, tout comme un chasseur ne peut pas se transformer en biche par la volonté de Mary Poppins, je riposte.

— Je suis suivi, tu sais. Je parle à un spécialiste pour me soigner. Je ne veux plus être cette personne.

J'ai envie de hurler, de rire, de partir. Damien a été licencié par son propre père, le propriétaire de son cabinet notarial lorsque ce dernier a appris ce que son fils avait fait. D'après les échos que j'ai eus, le père ne voulait pas entacher sa réputation et n'a pas supporté de perdre un de ses plus gros clients à cause des actions de son fils.

— Qui a décidé de prendre cette décision ? C'est venu de toi-même ou ton père t'y a poussé ?

Damien devient un peu plus livide et me confesse à demi-mot que son père l'a forcé à changer s'il voulait un jour reprendre son travail.

— Moi qui pensais que tu venais là pour t'excuser de ton comportement, en réalité tu veux simplement servir tes propres intérêts, comme ça a toujours été le cas. Tu n'as pas changé Damien, tu ne changeras jamais. Tu continues de faire passer ton nombril avant celui des autres ! je m'exclame, rouge de colère.

J'ai été sotte d'accepter ce rendez-vous. Je ne suis pas quelqu'un de méchant et je ne souhaiterais pas de mal à mon pire ennemi, pourtant, voir Damien souffrir, ne serait-ce que le centième de ce que j'ai vécu, ne me déplairait pas.

Je me lève d'un bond, enfile mon manteau et ne fais pas attention à Damien qui vient de se lever à son tour.

— Je voulais des excuses, de simples excuses et même ça, tu n'es pas capable de me les donner ! Je ne suis pas la première que tu as trahie, certainement pas la dernière non plus, mais tu peux être certain que je suis l'une de celles que tu ne reverras plus.

— S'il te plaît, Rachel, reste. Toi et moi on a quand même passé du bon temps, tu ne peux pas le nier.

Il me prend par le bras, sa poigne me fait mal et je ne sais pas s'il a conscience de sa force. Je me débats, mais il me maintient toujours.

— Lâche-la !

La voix de Noah retentit. Il se précipite vers moi, en rage et fait reculer Damien. Le serveur accourt, visiblement prêt à les séparer si besoin. Je ne comprends rien à ce qu'il se passe. Qu'est-ce que Noah fait ici ?

Chapitre 44. Noah

Damien se lève et la saisit par le bras, il ne m'en faut pas plus pour courir vers leur table.

— Lâche-la !

Je ne suis pas du genre à m'énerver facilement ou à déclencher une bagarre dans un bar, pourtant, là, je suis prêt à le faire sans états d'âme.

L'ex de Rachel recule, visiblement il ne comprend pas comment la situation est en train de tourner.

— C'est qui ce mec ?

Il questionne Rachel, mais cette dernière ne peut détourner le regard de moi. Une expression que je ne parviens pas à déchiffrer passe sur son visage. Est-elle… en colère ?

— Je crois que tu ferais mieux de t'en aller le plus loin possible d'ici, je prononce à l'intention de Damien. Pour mon plus grand bonheur, il glisse un billet sur la table et déguerpit du café sans un regard derrière lui. Il ne dit pas au revoir à Rachel et j'en suis soulagé.

Les doigts de Rachel tremblent et je tente un pas vers elle pour la prendre dans mes bras, la rassurer et lui intimer que tout ira bien, maintenant. Or, elle recule et semble retrouver sa contenance.

— Noah, qu'est-ce que tu fais là ? elle demande en se cramponnant au dossier de la chaise. Ne me dis pas que c'est une coïncidence, car je ne te croirai pas, j'ai eu mon lot de mensonges pour la journée.

Je garde le silence. J'ai promis à Lisa de rester discret et elle va certainement me rechercher dans tout Paris quand elle apprendra que j'ai été incapable de respecter cette parole. Rachel saisit son sac et sans plus attendre de réponse, sort en trombe du café. Je la suis jusqu'au parc juste à côté, qu'elle traverse au pas de course.

— Hors de mon chemin !

Sa voix est si intense lorsque je me plante devant elle que j'en aurais presque des frissons. Elle est hors d'elle et je peux le comprendre, mais j'ai envie d'être là pour celle que j'aime et au vu de son état, je doute qu'elle veuille tolérer ma présence.

— Noah, je te jure que si tu ne pars pas, je vais chercher un bout de bois dans la forêt et je te frappe avec si fort que tu ne te souviendras plus de qui tu es.

Je sais qu'elle ne pense pas un seul mot de sa menace, néanmoins elle est assez déterminée à passer. Elle essaye de se frayer un chemin en me repoussant, mais je suis plus fort qu'elle et ses tentatives sont vaines.

— Tu n'avais aucun droit de te pointer ! elle vocifère, quelques larmes perlant au coin de ses yeux.

Je déteste la voir dans cet état, me rendre compte des traces que son entrevue avec Damien a laissées sur elle. Car, au fond, je sais que je ne suis pas le cœur du problème, mais le fait que j'ai vu ce qu'il lui a fait, l'est.

— Je ne m'excuserai pas d'avoir été là pour toi, je trouve la force de lui répondre.

Elle émet un gloussement et ajoute avec sarcasme :

— Tu n'es pas le premier qui ne veut pas s'excuser, aujourd'hui. À croire que je ne le mérite pas !

— Il était en train de te faire du mal, tu aurais préféré que je reste les bras croisés à le regarder faire ?

Je m'emporte, c'est plus fort que moi. J'en ai marre que cette femme se dénigre en pensant qu'elle ne mérite rien de bon, qu'elle ne mérite pas qu'une personne attentionnée prenne soin de ses désirs.

— J'aurais préféré que tu ne sois pas là !

— J'ai compris qu'il t'a fait souffrir, Rachel, je n'ai pas eu besoin d'entendre votre conversation pour voir que ce mec est un connard.

— Ta présence n'était pas requise.

Elle croise les bras sur sa poitrine et ferme les yeux quelques instants pour chasser ses larmes.

— Je n'ai besoin de personne, Noah, elle reprend sur un ton plus calme, mais tout aussi ferme. Damien est un salaud, mais c'était à moi de gérer la situation.

Et, alors que mon souhait le plus cher est de la raccompagner chez elle et être l'épaule confortable sur laquelle elle peut se confier, elle m'assène un coup que je n'avais pas vu venir :

— Tu n'as aucunement le droit d'interférer dans mon intimité en dehors du travail. C'est ma vie et je n'ai pas envie que tu en fasses partie.

Sous le choc, je reste immobile et elle en profite pour me contourner. Je tombe presque sur le banc à côté et ne prends pas la peine de la regarder partir.

C'est ma vie et je n'ai pas envie que tu en fasses partie. À quoi pensait-elle ? Pourquoi me rejette-t-elle ?

Au bout de plusieurs minutes à fixer le sol, je sens mon téléphone vibrer dans ma poche, mais je ne trouve pas la force de le sortir. Soudain, comme un coup du destin, je suis attiré par des chaussures vernies qui entrent dans mon champ de vision. On me saisit par le col et je suis poussée contre un tronc d'arbre.

Damien se tient devant moi, son expression pourrait le faire passer pour fou. Son poing arrive vers moi, mais je me défends en lui assenant un coup dans le ventre. Il se plie et crache ses poumons, comme s'il venait de courir un marathon.

Il se relève, visiblement moins à l'aise sur ses jambes, et je ne sais pas si c'est l'adrénaline qui coule dans ses veines, mais il parvient à faire craquer ma mâchoire sans que je ne puisse riposter. Instinctivement, je porte ma main sur mon visage et un goût métallique se répand dans ma bouche. Ce con a dû me fissurer la lèvre.

— Tu es qui pour nous interrompre ? il crie, en faisant référence à ce qu'il s'est déroulé un peu plus tôt au café. Tu n'es qu'un petit merdeux.

C'est drôle qu'il me dise ça, sachant que je ne suis pas beaucoup plus jeune que lui. Il ouvre son manteau, saisit une flasque et boit une grosse gorgée. Ressent-il la nécessité de boire pour affronter ses problèmes ?

Cette situation m'énerve, son comportement m'indigne et, saisi par l'envie de lui laisser une marque de notre rencontre, je l'empoigne à mon tour par le col et son dos se cogne bientôt contre un deuxième tronc d'arbre.

— Ne t'approche plus de Rachel et ne prononce même pas son prénom. Si je vois ta gueule à nouveau, tu peux être certain que le peu de personnes qui t'adressent encore la parole ne te reconnaîtra pas.

Je le lâche, il tousse pour retrouver sa respiration et moi je rentre chez moi. Je me hais de proférer des menaces, d'utiliser la violence comme moyen de défense. Les brutes de mon enfance m'ont frappé, j'ai été blessé, humilié, moqué. Je ne devrais pas reproduire le schéma qui m'a traumatisé pendant des années. Mais le cas de figure est différent, je le fais pour Rachel, pour la protéger. Et, en passant le pas de ma porte, la seule chose que je regrette est de ne pas avoir couru après Rachel lorsqu'elle s'est enfuie.

Je saisis mon téléphone et préviens Lisa. Rachel va avoir besoin de son amie.

Chapitre 45. Rachel

Je cours dans les escaliers de mon immeuble à en perdre haleine. Je me précipite chez moi, jette sans ménagement mon sac à main et mon manteau par terre et me rue sur le canapé. Ce n'est qu'en position fœtale que je m'autorise à respirer à nouveau.

Je crois que je fais une crise d'angoisse. Non, je le sais. L'air déchire mes poumons, je suffoque. Je tousse à plusieurs reprises et mes sanglots se mêlent aux larmes salées qui se déversent sur mes joues.

Comment a-t-il pu faire ça ? Comment Noah a-t-il pu se permettre d'interférer dans une histoire qui ne le regarde en rien ? Gérer Damien et ma haine à son égard était déjà difficile, mais savoir qu'une personne nous espionnait est encore plus difficile à encaisser. Je crois qu'au fond, c'est sa curiosité mal placée qui me fait le plus de mal et le fait qu'il pense que je ne peux pas me débrouiller seule, alors qu'il ne connaît pas la situation. À côté de tout ça, Damien n'est qu'une goutte d'acide dans la mer.

La sonnette retentit, s'ensuivent des coups à ma porte.

— Rachel, ouvre-moi !

Lisa est derrière le battant et m'assure qu'elle ne partira pas tant que je n'aurai pas montré signe de vie. Dans un effort surhumain, je parviens à me mettre sur mes jambes et croise, dans le miroir de l'entrée, le reflet de mes yeux rougis par la peine.

— Ma chérie, je suis là.

Lisa entre et me prend immédiatement dans ses bras. Avec ses talons, elle est plus grande que moi et je me retrouve le front contre son épaule. Elle me caresse les cheveux, m'explique qu'elle est là pour moi, et nous nous asseyions sur le canapé.

Mon corps est parsemé de spasmes, comme si j'étais incapable de tourner les vannes de mes pleurs sur off.

— Noah était là, il nous a vus, c'est tout ce que je parviens à prononcer.

Lisa me tapote le dos, mais, du coin de l'œil, je l'aperçois fixer ses chaussures, un air coupable sur le visage.

— Je sais, ma chérie, je sais tout.

Deux secondes me suffisent à analyser l'information.

— Comment ça, tu sais tout ?

Elle déglutit, cesse son entreprise de réconfort sur mon dos pour jouer avec un coin du plaid.

— C'est moi qui ai prévenu Noah pour Damien.

— Tu as fait quoi ? je hurle, hors de moi.

— Tu ne voulais pas que j'assiste à cette rencontre. J'avais peur pour toi, alors j'ai demandé à Noah d'être là, au cas où tu aurais besoin d'aide. Je n'ai pas confiance en Damien, je voulais te protéger et Noah n'était pas censé intervenir.

— Pourquoi faut-il toujours qu'on veuille me protéger ?

Je ris, je crois que mes nerfs lâchent. Je me lève et fais les cent pas dans le salon. Lisa demeure immobile et n'ose pas affronter mon regard.

— Tu as pris cette décision alors que tu savais pertinemment que tu es la seule à être au courant de mon passé avec Damien, et que je ne voulais en parler à personne. Je te faisais confiance, Lisa. Tu es ma meilleure amie, putain !

Une rage m'habite. Trahie par celle que je considère comme une sœur, voilà ce que je ressens. La tristesse laisse place à la colère.

— Je suis désolée, Rachel, j'ai fait ça pour toi.

Lisa se met sur ses pieds et vient vers moi. Elle tente de me prendre par le bras pour me forcer à stopper le marathon que j'ai entrepris, mais je recule et ses bras retombent le long de son corps. Lisa ne pleure pas, mais elle paraît pourtant triste.

— Encore une fois, je ne t'ai rien demandé. Une véritable amie ne m'aurait pas planté un couteau dans le dos comme tu viens de le faire.

— Ce n'est pas un coup bas, Rachel.

L'expression de Lisa change, remplacée par de la fureur. Non, elle n'a aucun droit d'éprouver les mêmes émotions que moi. Ça aussi, elle veut me les voler. Elle poursuit avec des éclairs dans les yeux :

— Arrête de croire que tu n'es pas digne d'être aimée et que tout le monde autour de toi te veut du mal. Je suis ton amie, ta meilleure amie. Je sais de quoi Damien est capable, quelle influence il a eue sur toi. Je ne dis pas que tu es faible, je voulais simplement que tu puisses ne pas être seule pour l'affronter. Alors, si tu penses que ça fait de moi une traîtresse, c'est que tu t'es fait laver le cerveau par tes pensées autodestructrices.

Lisa se penche pour récupérer son sac à main, qu'elle serre contre sa poitrine.

— Lorsque tu t'apercevras que je ne suis pas ton ennemie, on reprendra cette conversation calmement.

La porte claque si fort que je sursaute. Lisa laisse derrière elle son parfum enivrant, sa marque de fabrique.

Je me répète que j'ai pris la bonne décision, me persuade que je ne suis pas en tort. C'est vrai, je peux me débrouiller seule. Damien n'a plus de pouvoir sur moi, je ne ressens que du dégoût à son égard. Et c'est ce sentiment qui l'aurait emporté, peu importe ce qu'il aurait pu me dire.

Vingt heures sonnent, mon ventre grogne. Mon téléphone n'est pas couvert de notifications, c'est rare. Je n'ai aucune envie de travailler, je n'en ai pas la force. Je me dirige vers la cuisine, ouvre le frigo et en sors de quoi faire des croque-monsieur. Après tout, rien de bien compliqué, ce ne sont que du pain de mie, du jambon et du fromage. Je prends la planche à découper et décide d'ajouter des tomates à mon repas.

Soudain, distraite par mes pensées, le couteau dévie et me coupe. Ce n'est qu'une petite entaille, mais elle saigne abondamment. Je cours vers l'évier et laisse l'eau froide s'occuper de mon doigt. Je me remets à pleurer et me laisse choir jusqu'au sol. Je prends ma tête entre mes mains et me laisse aller, une nouvelle fois.

Je ne suis pas d'humeur lorsque je me lève le lendemain, je n'ai pas envie d'aller travailler et encore moins d'affronter mes collègues. L'avantage d'être la supérieure, c'est que si vous êtes de mauvaise humeur, personne ne vous en voudra. Vous passerez pour la méchante qui est surchargée de travail, rien qui ne sorte de l'ordinaire. Ce n'est pas comme si l'opinion que les gens ont de moi avait changé ces derniers temps.

Les portes de l'ascenseur s'ouvrent et je me rue dans mon bureau sans répondre au bonjour matinal de mes collègues. Je me mets en mode automatique et évite toutes les interactions possibles. Je croise Lisa dans le couloir, elle est en train de discuter avec Marc. Ce dernier s'interrompt lorsqu'il m'aperçoit, mais son sourire se dissipe rapidement. Son regard passe de Lisa à moi et il ne faut pas être devin pour s'apercevoir que notre attitude est différente. Je passe devant le duo et, sans prononcer un seul mot, claque la porte de mon bureau.

La journée va être longue et je suis bien tentée de la passer cloîtrée entre ces quatre murs, le seul lieu où je ne suis pas obligée de faire semblant d'aller bien.

Chapitre 46. Noah

— Elle m'ignore.

Dans l'open space, Lisa se laisse tomber sur la chaise à côté de moi et suit mon regard qui mène jusqu'à Rachel. C'est la première fois qu'elle sort de son bureau depuis ce matin, simplement pour aller chercher un thé, puis elle repart de là où elle est venue. Elle tourne brièvement la tête et, lorsqu'elle nous aperçoit, Lisa et moi, son expression se durcit et elle presse le pas pour nous fuir.

— Tu sais que depuis qu'on travaille ensemble, c'est la première fois qu'on ne passe pas une journée collées l'une à l'autre. Même le dimanche, on s'envoie des messages !

Je sais que Lisa culpabilise, cette situation l'attriste. Je cherche à la rassurer, après tout elle n'a pas à s'en vouloir.

— Rachel reviendra vers toi. Elle est blessée, mais pas stupide. Elle sait pourquoi tu as agi de la sorte et, même si je ne connais pas l'étendue de son histoire avec Damien, elle a de la chance d'avoir une amie comme toi.

Lisa me sourit timidement. Elle se lève, presse mon épaule et ajoute :

— Elle reviendra vers toi aussi. Depuis Damien, elle fuit ce qui pourrait la rendre heureuse. Et c'est la première fois qu'un homme réussit à chambouler tous ses plans. Je ne sais pas ce que tu lui as fait, mais tu la rends dingue et elle n'est pas habituée à perdre le contrôle. Crois-moi, c'est positif pour la conquérir, aussi tordu que ça puisse paraître, c'est comme ça qu'elle fonctionne.

Je suis stressé, c'est la première fois que mes parents vont rencontrer Rachel. Pour tout dire, c'est la première fois que je ramène quelqu'un à la maison, fille ou garçon. Petit, je n'étais pas du genre à avoir des amis, tout le monde me fuyait comme la peste ou était trop occupé à se moquer pour apprendre à me connaître. Ce n'est que depuis septembre que tout a changé. Je ne sais pas ce qu'il se passe avec ce lycée, mais je me sens enfin accepté.

— Plus que trois minutes, déclare ma mère en fixant sa montre, tout aussi impatiente que moi.

— Chérie, n'embarrasse pas notre fils, voyons !

Je ris doucement, car mon père est tout aussi impatient que maman à l'idée de rencontrer Rachel, mais il ne veut pas le montrer.

— Elle est là !

Maman quitte son point d'observation près de la fenêtre pour se précipiter sur la porte. Papa la retient juste à temps.

— Je crois que c'est à Noé de l'accueillir, il lui intime, en la faisant reculer de quelques pas.

Maman sourit, mais une pointe de déception s'affiche sur son visage. La sonnette retentit et je me passe une main dans mes cheveux avant d'actionner la poignée, je veux être le plus beau pour elle.

— Bonjour.

— Bonjour, elle répète en me souriant.

Dès que je la vois, mon sang circule à nouveau dans mes veines. Elle est sublime dans son manteau jaune, comme si tout le système solaire tournait autour d'elle. Ce qui est sûr, c'est qu'elle est l'astre suprême dans mon cœur.

Je la fais entrer, et mes parents l'accueillent chaleureusement.

— Il n'y avait pas beaucoup de choix à la boulangerie, je suis désolée.

Elle désigne le paquet blanc dans ses mains, qui doit contenir un gâteau.

— Oh voyons, ce n'était pas nécessaire d'apporter quelque chose ! la réprimande maman.

Je sais à quoi pense maman, la présence de Rachel suffit à lui faire plaisir.

— Je ne voulais pas arriver les mains vides.

Rachel tangue d'un pied sur l'autre, visiblement aussi nerveuse que moi, mais l'attitude de mes parents semble la rassurer.

— Viens avec moi.

Je tire Rachel par la main et la conduis à l'étage. Lorsqu'elle entre dans ma chambre, elle observe chaque mètre carré avec attention. Je la débarrasse de son manteau et elle s'approche de mon étagère. Quelques mangas y sont entassés, ils représentaient mon échappatoire dans mes précédentes écoles. Quand je lisais, j'oubliais pendant quelques heures le harcèlement que je subissais.

Ça fait du bien de parler au passé de l'acharnement dont j'ai souffert, de ces moqueries incessantes. Quand ils l'ont appris, maman et papa ont culpabilisé, se demandant ce qu'ils avaient raté pour ne pas s'en apercevoir. La vérité, c'est que j'étais très ingénieux pour le leur cacher, trouvant toujours de nouveaux moyens pour qu'ils ne se doutent de rien. Mes parents sont super et je ne leur en veux pas, ils n'y sont pour rien si les différences provoquent de réactions si extrêmes.

— C'est ta console ? elle me demande, en s'approchant de l'écran installé au mur.

J'acquiesce et elle saisit une manette en la retournant dans tous les sens.

— Tu me prends pour un extraterrestre si je te dis que je n'ai jamais joué aux jeux vidéo ?

Je ris et l'enlace par-derrière. Je noue mes mains sur son ventre et elle pose sa tête contre mon torse.

— Tes parents te l'interdisent ?

— Non, j'ai toujours pensé que si je me concentrais sur ça, je perdrais mon but de vue.

— Tu sais, ce n'est pas parce que tu t'accordes des loisirs que tu ne réussiras pas dans la vie. Tu es douée, Rachel, dans tout ce que tu entreprends.

— Tout le monde dit que je suis coincée, je crois qu'au fond ils ont raison.

Elle baisse la tête, honteuse, et je la retourne pour qu'elle soit face à moi. Je relève doucement son menton et plante mon regard dans le sien.

— On se fiche de ce que pensent les autres, en quelle langue faut-il que je te le répète ? Tu es merveilleuse et tu deviendras la papesse de la publicité dans quelques années. Et moi, je serais ton bras droit. Ensemble, on montera notre propre agence et on sera heureux.

Elle sourit. Moi, Noé, j'arrive à la faire sourire. Et ça, c'est le plus beau cadeau qu'elle pouvait m'offrir.

Nous avons fait une partie de karting sur ma console, et Rachel a adoré. Elle m'a battue, deux fois et je ne l'ai jamais vu autant rire. Peu après, mes parents nous ont appelés pour le goûter et Rachel s'est prêtée à leur interrogatoire bienveillant. Il n'y avait aucune pression ni de jugement dans leurs questions, plus tard, elle m'a affirmé avoir passé une excellente après-midi. Toute la soirée, maman n'a pas arrêté de la complimenter, affirmant qu'elle était une jeune fille extraordinaire. Et s'il y a bien une chose que je suis sûr, c'est qu'elle a raison. J'ai trouvé la perle rare et je suis prêt à tout pour la garder.

Chapitre 47. Rachel

Trois jours se sont écoulés depuis l'altercation avec Damien. Nous sommes vendredi, autrement dit en pré-week-end comme certains adorent l'appeler. Tout le bâtiment est en effervescence aujourd'hui, et pour cause ! Dimanche aura lieu la fête de l'immeuble, une sorte de fête des voisins, avec les entreprises qui travaillent dans le même lieu que C & C. Tous les ans, un étage l'organise et, comme un fait exprès, c'est sur notre étage que cela tombe cette année.

Je déteste cette soirée et cette réunion d'inconnus autour de petits fours. C'est l'occasion pour beaucoup de rencontrer ces visages que l'on croise dans le hall, mais à qui on ne peut attribuer de prénom. J'ai toujours fait acte de présence, restant les deux premières heures et m'éclipsant ensuite avec Lisa pour aller faire la fête ailleurs. C'est plus drôle avec ma meilleure amie, comme chaque moment que je vis.

Je m'installe à mon bureau en pensant au manque que notre dispute a créé ces derniers jours. Lisa est l'une des personnes les plus importantes pour moi. Elle me connaît plus que moi-même et sait comment me faire sourire, elle seule possède ce don. Enfin, Lisa et… Noah, je dois bien l'avouer. Je sais que je ne pourrai pas les ignorer tous les deux éternellement, et me cacher derrière une porte close n'est pas la décision la plus mature que j'ai prise dans ma vie. D'autant plus que Lisa et Christiane se sont portées volontaires pour organiser l'évènement et qu'elles auront, toutes les deux, besoin de mon aval sur certains points.

Lisa pensait qu'en organisant elle-même la soirée, cela serait moins barbant. La pauvre, elle a été déçue lorsqu'elle a reçu un mail de Veymers pour lui rappeler les directives et obligations imposées chaque année. Elle doit donc faire avec les exigences du grand patron et celles des autres entreprises.

Je décide de prendre le taureau par les cornes et de briser la glace avec ma meilleure amie. J'ouvre la porte de mon bureau pour rejoindre l'open space quand je tombe nez à nez avec cette dernière, visiblement prête à frapper à mon bureau.

— Salut.

— Salut.

— Je venais te voir, je réplique en me mordillant la lèvre.

— Moi aussi, j'ai besoin de ta signature pour quelques factures.

Et dans un commun accord silencieux, Lisa et moi nous prenons dans les bras.

— Je suis désolée, elle murmure contre moi.

— C'est moi qui le suis, je déclare sur son épaule.

Nous nous étreignons pendant de longues minutes, au beau milieu du couloir, là où n'importe lequel de mes employés pourrait nous voir, mais je m'en fiche complètement. Je me réconcilie avec ma meilleure amie et ça me fait un bien fou.

— Ta face de fesse m'a manqué, elle ajoute en s'asseyant sur le fauteuil de mon bureau. Je suis sûre que tu t'es ennuyée sans moi.

Je ris, elle a totalement raison.

— Je sais que j'ai dépassé les bornes, Rachel, mais je ne regrette pas d'avoir voulu te protéger.

— Je sais, je lui concède en m'affalant face à elle. Je sais que tes intentions étaient bonnes et, même si je n'aime pas la tournurc que ça a pris, je suis contente d'avoir une meilleure amie aussi dévouée.

— Tu vas lui pardonner à lui aussi ? elle s'enquiert, en jouant avec le dossier sur ses genoux. Pas besoin de prénom pour savoir de qui elle parle.

Je hausse les épaules et elle poursuit :

— Il a agi parce que je lui ai demandé d'être là. Finalement, il n'est pour rien dans cette situation.

Elle a raison, Noah ne serait pas venu si Lisa ne lui avait pas fait promettre de se pointer. Et j'en viens à me dire que s'il n'était pas intervenu lorsque Damien m'a prise par le bras, peut-être que cet affrontement aurait mal tourné. Damien a beaucoup de défauts, mais il n'a jamais usé physiquement de la violence sur moi. Cependant, c'était le Damien du passé et je ne sais pas ce que le Damien du présent est capable de faire pour arriver à ses fins.

— Bon, et si on parlait de cette soirée de l'enfer ?

Je ris, c'est si bon de la retrouver. Lisa s'approche de moi et déverse sur mon bureau tout un tas de paperasse. Elle m'explique ce à quoi elle a pensé et aux failles qu'elle a trouvées pour permettre à cette soirée d'être un peu plus attrayante, tout en respectant les souhaits du conseil d'administration qui gère l'immeuble.

— Demain, on pourrait aller faire les boutiques pour te trouver une superbe tenue à porter dimanche, me dit Lisa, comme si cette idée lui traversait subitement l'esprit, alors que nous évoquons la partie traiteur.

— J'ai déjà une robe qui fera l'affaire et puis ce n'est qu'une fête d'entreprise, pas une cérémonie de remise des Oscars !

Lisa est une pro de la mode et, pour elle, chaque occasion est bonne à prendre pour aller faire du shopping. Elle me fixe comme si elle tentait de scruter mon âme et de me faire changer d'avis. Elle pose ses mains devant elle et me supplie.

— Aller, s'il te plaît, ça va être fun ! Et puis, tu ne veux pas avoir la tenue parfaite pour reconquérir Noah ?

— Je ne veux pas reconquérir Noah, je renchéris dans la foulée. Je sais que je dois m'excuser, mais ce n'est pas pour autant que je me mettrais avec lui.

— Moi, je pense que tu devrais lui expliquer l'importance que Damien a eue dans cette décision de rester célibataire ad vitam aeternam. Tu lui as parlé de Veymers, mais il ne se doute pas de ce que Damien t'a fait subir.

Je rive mon regard sur l'affiche de publicité encadrée en face de mon bureau. Peut-être est-il enfin temps pour Noah de connaître la vérité ?

— Ce n'est pas parce que je lui parlerai de mon passé que je me mettrai avec lui, Lisa. Il y a d'autres facteurs, comme le fait que lui et moi travaillons dans la même entreprise et…

— STOP ! elle me coupe tout en mimant une bouche qui se referme. Je t'en conjure, Rachel, pour une fois dans ta vie, ne pense pas aux conséquences, mais aux actions. Dis-lui simplement ce qui se passe là-dedans, elle ajoute en pointant mon cerveau. Sois honnête avec lui et avant tout avec toi-même.

Quelqu'un frappe à ma porte et nous nous retournons toutes les deux pour voir entrer Marc. Lorsqu'il nous voit,

Lisa et moi, côte à côte sans avoir envie d'en découdre, un bref sourire se dessine sur ses lèvres.

— J'avais parié cinq euros que vous seriez réconciliées avant dimanche.

Sans nous concerter, Lisa et moi éclatons de rire. Il y en a un qui a gagné sa journée et deux autres qui ont retrouvé leur complicité. En somme, une journée radieuse dans le monde de Rachel Dumas !

Chapitre 48. Noah

— Allez, laisse-moi t'accompagner, mec. Je suis certain qu'il doit y avoir de jolies nanas dans ton entreprise.

Dans une heure, je dois me rendre à la soirée organisée par C & C pour notre immeuble, et Paul, mon ancien collègue et ami ne veut pas me lâcher. Il est passé à l'improviste à quatorze heures, prétextant que je le snobais depuis que j'avais changé d'emploi. En réalité, on s'est vu il y a deux semaines pour déjeuner. Mais Paul est du genre très dramatique. Et notre routine hebdomadaire, d'aller chez l'un ou chez l'autre pour regarder le dernier match de notre équipe favorite, a pris fin avec C & C, par manque de temps.

— Tu bosses chez la concurrence, je ne suis pas sûr que, niveau éthique, ce soit accepté.

— Ils n'en sauront rien ! il rétorque en me fixant, alors que j'ajuste ma chemise blanche. Je leur ferai croire que je suis ton frère et que je travaille pour la NASA. Tu vois, rien à voir avec la publicité !

— Je ne te confierais pas une fusée, si j'étais le directeur de l'agence spatiale. Tu n'as même pas le permis !

Paul lève les yeux au ciel et ajoute que ce n'est qu'un détail.

— Bon, ce n'est pas que je veuille te chasser, mais je dois prendre un taxi dans trente minutes et je dois partir à la recherche de mon nœud papillon.

— Tu parles de celui que tu as utilisé pour le costume de Charlie Chaplin pour mon anniversaire ?

Je plaide coupable. Il était tard hier quand je me suis rappelé que je n'avais pas de vrai nœud, hormis celui d'un déguisement, et je n'ai pas eu le courage de me déplacer dans tout Paris, ce matin, pour en acheter un. Pour ma défense, mon déguisement était plutôt réaliste, personne n'en saura rien.

— Ça a l'air vachement chic, ta soirée !

— Nous n'avons pas de tenue imposée, mais il ne faut pas non plus arriver en jeans-baskets.

C'est pourquoi j'ai choisi une chemise blanche, un ensemble de costume noir et un nœud papillon de la même couleur pour changer de l'éternelle cravate, enfin si je parviens à mettre la main dessus.

Paul comprend enfin qu'il est de trop dans mon appartement et s'éclipse, non sans me faire promettre de nous voir plus souvent. J'ai bien cru qu'il allait faire semblant de pleurer quand j'ai refermé la porte sur lui. J'adore Paul, c'est un de mes meilleurs potes, mais il est un peu collant quand il s'y met, surtout quand il a une idée en tête.

Je me dirige vers la salle de bains et coiffe mes cheveux en arrière avec du gel. Ce matin, j'ai taillé ma barbe pour qu'il n'y ait qu'une fine couche de poils sur mon visage, et mes sourcils foncés font ressortir mes yeux verts. Je me trouve rarement beau, peut-être parce qu'avec le harcèlement que j'ai vécu, une part de moi restera toujours le petit garçon tout maigre et timide qui ne parvenait pas à trouver sa place dans ce monde. Mais, avec les années qui ont passé, la transformation physique que j'ai entreprise avec le sport et le costume que je porte aujourd'hui, je me trouve plutôt pas mal.

Mon téléphone vibre, mon taxi attend en bas de l'immeuble. Je saisis mon manteau, mon porte-monnaie et mon téléphone puis descends en trombe les escaliers. Je ne sais pas à quoi m'attendre ce soir, mon ancienne entreprise n'était pas assez importante pour organiser des événements de cette envergure. C'est donc la première fois que je vais devoir faire bonne figure devant tous mes collègues, habillé comme si je me rendais sur un tapis rouge.

Rachel sera aussi présente ce soir et j'ai bien l'intention d'aller lui parler. Vendredi, Lisa et elle se sont réconciliées, et je ne veux plus être la personne qu'elle fuit lorsque j'entre dans une pièce. Il est grand temps que nous ayons une discussion. Je ne repartirai pas de cette soirée sans lui avoir parlé et si, pour ça, il faut que je reste toute la nuit, je le ferai.

Je suis vraiment impressionné par le travail de Lisa lorsque j'arrive à notre étage. Elle a réalisé des miracles en seulement quelques jours. L'open space a été transformé en véritable salle de réception. Les tables sont garnies de petits fours, les murs sont recouverts de dorures et de ballons. Des serveurs passent à travers les invités, un plateau dans la main, et distribuent des flûtes. Je ne sais pas si je suis le dernier à arriver, mais je n'ai jamais vu autant de personnes entassées sur mon lieu de travail.

Le DJ, un homme d'une quarantaine d'années, diffuse des musiques douces, un peu comme un fond sonore. J'espère au moins qu'à la fin de la soirée, il variera sa playlist pour ne pas nous endormir. Ce n'est pas avec une musique d'ascenseur qu'on risque de danser !

Tous les invités sont plus chics les uns que les autres et personne ne semble s'être trompé de dress code.

— Pas mal ton costume, Wilson !

Je me retourne vers Lisa et ne peux m'empêcher de lui faire un compliment. Elle est à tomber et Marc, qui se trouve à ses côtés, semble du même avis que moi. Il pourrait littéralement baver devant la robe sirène rouge de notre collègue. Ses yeux foncés sont recouverts de paillettes couleur or qui font ressortir le métissage de sa peau, et sa bouche rouge carmin ne fait que sublimer ses lèvres.

Marc s'éclipse pour répondre au téléphone, apparemment un appel important. J'en profite pour glisser à Lisa :

— Tu fais très James Bond girl et je ne suis pas le seul à l'avoir remarqué, je lui indique en donnant un coup de menton vers le coin où Marc s'est reculé pour décrocher.

Lisa sourit en observant Marc, puis reporte son attention sur moi, faisant clinquer ses bracelets au passage.

— J'ai accompagné Rachel faire les boutiques hier et, crois-moi, si moi je suis une James Bond girl, elle, elle est la reine de toutes.

Lisa me glisse cette phrase innocemment alors que, dans mon caleçon, une bosse se forme à la simple évocation de ce prénom en six lettres.

— Elle est près de la réception, tu devrais aller la voir.

Lisa file sans que je ne puisse répondre et je me retourne vers l'endroit indiqué. Un groupe se tient devant le bureau de Christiane, qui a été déplacé pour l'occasion et alors qu'il se dissipe pour rejoindre le buffet, je l'aperçois.

Rachel est comme un mirage dans un désert. Telle une déesse, ses courbes sont à se damner. Elle porte une robe bleue, près du corps, qui lui arrive au genou, avec un fendu devant qui laisse entrevoir la naissance de sa cuisse. Des sortes de feuilles dorées sont dessinées dans le bas de la robe. Un nœud marque sa taille et un pan de tissu recouvre une seule de ses épaules, laissant l'autre apparente. Ses cheveux sont bouclés, qu'est-ce que j'adore quand ils le sont ! Elle tient dans sa main une pochette couleur or et porte à ses oreilles des anneaux. De mon poste d'observation, je crois que son maquillage est léger.

Rachel est, sans discussion, la plus belle femme de la pièce à mes yeux. J'ai envie d'elle, avec la même force que je l'ai désirée en boîte, ainsi que tous les jours qui ont suivi. Elle est en grande discussion avec quelqu'un, un homme qui porte une chemise à fines rayures bleues. Il se retourne pour prendre une coupe de champagne et là, je me souviens où j'ai vu ce visage, il s'agit de Yann le bûcheron.

Chapitre 49. Rachel

Lisa m'a déjà lâchée pour régler quelques détails de dernière minute et je me retrouve seule, au milieu d'une foule d'inconnus. Mes collègues ne sont pas encore arrivés, ou alors ils ne se sont pas manifestés devant moi. Je bois ma coupe de champagne dans cette sublime robe pour laquelle Lisa et moi avons craqué. Je dois bien l'avouer, ce serait mentir de dire que je ne l'adore pas, probablement le meilleur achat du mois.

— Rachel ?

Je me retourne pour découvrir Yann. Sa chemise lui fait des épaules de rugbyman et sa barbe est un peu plus taillée que lors de notre rencontre. Il s'approche de moi pour me faire la bise tout en posant une main sur mon avant-bras, d'une façon amicale. Cela fait longtemps que nous ne nous sommes pas vus et je suis heureuse de voir qu'il assiste aussi à cette soirée. Entre lui et moi, il n'y a plus aucun sous-entendu et je peux enfin le découvrir en tant qu'ami.

— Ça me fait plaisir de te voir, tu es très jolie.

— Merci beaucoup, tu n'es pas mal non plus !

— J'ai sorti la chemise rien que pour toi, il se moque, et nous rions ensemble.

Nous parlons de tout et de rien, lui et moi. Il me dit que son patron est encore plus fou qu'avant et je lui parle de notre grosse campagne à venir.

— Est-ce que ça te dirait d'aller prendre un verre un de ces soirs ? Je passe de longues soirées au boulot en ce moment et je sais que tu es du genre à rester travailler bien après ce qui devrait être toléré dans un contrat de travail.

— Je ne vois pas comment je pourrais refuser cette proposition.

Il me sourit et je me souviens pourquoi je l'avais trouvé aussi séduisant la première fois.

— D'ailleurs, vu qu'on est amis dorénavant, je voudrais t'annoncer quelque chose.

Son regard s'éclaircit, comme si une étoile filante passait devant lui.

— Si tu veux t'enfuir avec moi élever des chèvres dans une contrée lointaine, je ne pourrais pas décliner.

— Je suis désolée, ma jolie, mais je préfère les lamas.

— Dommage pour moi, je rétorque, en essayant d'avaler ma gorgée de champagne sans m'étouffer avec le rire qui secoue mon corps.

L'ambiance est légère et je ne fais pas attention au brouhaha des invités qui fourmillent autour de nous.

— J'ai accroché avec quelqu'un sur un site de rencontres et on se revoit bientôt pour un troisième rendez-vous.

— C'est super, Yann. Je suis sincèrement heureuse pour toi, tu sais. Tu es une personne géniale et je suis sûre qu'elle sera très chanceuse.

Yann et moi, nous nous prenons dans les bras et je le félicite une nouvelle fois. C'est bien qu'il ait trouvé quelqu'un, il le mérite. Je n'ai aucun regret sur ce qui aurait pu, éventuellement, se passer entre nous si je n'avais pas été sur mes réserves, car je sais que nous étions incompatibles. Yann est un homme bien, mais il n'y a pas eu cette petite étincelle entre lui et moi, celle que j'ai ressentie avec Noah.

— Yann ?

Un quarantenaire aux cheveux poivre et sel et à la cravate dénouée intervient pour demander à Yann de le suivre. Apparemment, son patron voudrait lui parler.

— Même en soirée, il ne me lâche pas celui-là !

Il lève les yeux au ciel et nous sourions tous les deux.

— On se revoit dans la soirée.

— Ce n'est que partie remise, je réplique.

Je scanne les horizons et pas de Lisa en vue. Je décide donc de me rendre dans mon bureau pour profiter de quelques minutes de répit. Je traverse le couloir et dois slalomer entre les groupes qui se sont formés pour discuter. Une fois dans mon bureau, je m'assieds sur mon fauteuil et enlève ces talons qui martyrisent mes pieds. Quelle idée de génie j'ai eue de porter de nouvelles chaussures, sans savoir si elles étaient assez confortables pour tenir toute la soirée perchée dessus, je vous le demande !

Un faible coup sur ma porte se fait entendre. Qui vient me déranger ce soir ?

— Entrez, j'ordonne d'une voix sèche.

Noah fait son entrée dans la pièce et referme la porte derrière lui. On dirait une star de cinéma dans son costume et je suis sûre qu'il attirerait l'attention de tous les paparazzi.

— Bonsoir, il dit assez fort pour couvrir le vacarme dans l'autre pièce.

— Bonsoir, je rétorque en me levant et en positionnant mes fesses contre mon bureau. Je suis debout afin d'être presque à sa hauteur, mais sans mes talons, il me dépasse vraiment de beaucoup.

Je crois que l'heure est aux confessions. Moi qui redoutais ce moment, je ne peux plus reculer maintenant.

Il s'installe sur le siège juste en face de moi, et nous commençons en même temps :

— Je suis désolée…

— Je n'aurais pas dû…

Un faible sourire apparaît sur son visage.

— Je crois que c'est à moi de commencer, j'ajoute en resserrant mes bras sur moi, comme pour me protéger et faire une barrière entre ce que je vais dire et mon cœur qui est anéanti. Je te remercie d'avoir été présent, mardi. Je pense que j'ai réagi excessivement, je ne voulais pas que tu assistes à ma rencontre avec Damien, mais je suis soulagée que tu sois intervenu. Tu n'as pas d'excuses à présenter, tout simplement parce que tu n'es pas en tort.

Noah se tait et me laisse poursuivre. Je crois que je suis prête à lui avouer tout ce qui pèse sur mon cœur, tout ce qui s'y est accumulé au fil des mois, même des années. Tout ce que Lisa est la seule à savoir. Je suis prête à affronter ce que Damien m'a fait afin que Noah comprenne ma réaction. Il doit entendre ce qui a fait que je suis devenue plus glace que chair.

On dit que tout ce qu'on traverse, tous les obstacles que nous affrontons sont des pierres qui nous bâtissent. On dit aussi qu'on ne rencontre personne par hasard et que chacun nous apporte quelque chose, de bon ou de mauvais. Et je suis convaincue de tout ça. Aujourd'hui, je sens que j'ai besoin de me confesser. Aujourd'hui, je me sens plus forte que je ne l'étais hier et un peu moins que je ne le serai demain.

Alors, les mains tremblantes et le cœur au bord des lèvres, ma langue se délie et je commence mon récit. Je ne sais pas si je sortirai indemne de cette discussion, si je ne vomirai pas avant la fin ou ne faillirai pas à chaque nouvelle phrase, mais je lui dois ça, je dois la vérité à Noah.

Chapitre 50. Noah

Lorsque Rachel commence à parler, je vois qu'elle n'est pas à l'aise avec son récit. Chaque mot qui sort de sa bouche est une souffrance. Elle ne me regarde pas, à aucun moment, et je sais que si elle le faisait, je m'effondrerais à mon tour. Elle est honnête avec moi et j'ai l'impression que c'est la première fois qu'elle raconte tout ça, qu'elle se confie. Je suis chanceux qu'elle s'ouvre à moi de la sorte et je ne peux ressentir une pointe de culpabilité en me disant que, moi, j'ai encore des secrets pour elle et que je ne suis pas encore prêt à m'y confronter.

— J'ai rencontré Damien dans une rue. Je rentrais du boulot, lui aussi. J'ai trébuché sur le trottoir et je suis littéralement tombée sur lui. Il m'a raccompagnée jusque chez moi pour être certain que je n'allais pas tomber à nouveau ou empirer ma situation. C'est comme ça que tout a commencé.

Les épaules de Rachel s'affaissent et j'ai l'impression qu'elle revit ses souvenirs. Un frisson me parcourt, comme si, devant mon écran, défilait un film d'horreur.

— On s'est revu plusieurs fois et nous nous sommes rapidement mis en couple, c'était un peu comme une évidence. Enfin, c'est ce que je croyais. Au bout de quelques semaines de conte de fées, Damien a commencé à se montrer distant. Il annulait souvent nos sorties, rentrait toujours tard en prétextant du travail. Il ne voulait jamais qu'on se tienne la main en public, qu'on s'embrasse ou qu'on sorte dans des lieux trop fréquentés. Je ne pouvais pas mettre de photos de nous sur les réseaux sociaux, car, selon lui, ça aurait pu nuire à ses clients. ''Non, mais tu comprends Rachel, ils ne veulent voir que mon côté professionnel, ils ne veulent pas que je partage ma vie privée'', elle l'imite en prenant une voix plus grave.

Tel un verre qui tombe sur le sol, Rachel se brise un peu plus et, dans ma tête, les morceaux viennent se mettre en place.

— Ça a duré pendant plusieurs mois. Lisa me mettait en garde, me répétant que c'était bizarre, mais je ne voulais pas l'entendre. Je lui trouvais toujours des excuses et, petit à petit, je me murais dans le silence pour ne pas avoir à en trouver d'autres. Un jour, j'ai découvert qu'il avait plusieurs téléphones et que, sur celui auquel je n'avais pas accès, une petite fille apparaissait en photo. Elle ne devait pas avoir plus de deux ans. Il m'a affirmé que c'était sa nièce, je ne savais même pas qu'il avait une sœur. Il ne parlait jamais de sa famille, ne voulait pas que je les rencontre et, le jour où il devait venir avec moi dans ma ville natale, il m'a plantée sur le quai de la gare.

Rachel prend une petite pause pour retrouver ses esprits puis reprend en m'expliquant que la situation a empiré. Les disputes redoublaient et elle a commencé à devenir suspicieuse. Un jour, elle a voulu lui faire une surprise. Elle a cherché sur internet l'adresse de son cabinet de notaire, car, évidemment, il ne lui avait pas dit où il travaillait et elle s'y est pointée à la débauche. Lorsqu'elle est entrée, une femme était en pleine dispute avec Damien et c'est là que les pièces du puzzle se sont assemblées.

Rachel tremble comme une feuille et j'ai envie de la rassurer, de la prendre dans mes bras, mais c'est encore trop tôt. Je serre mes poings sur mes genoux pour ne pas aller chez ce salaud et lui refaire le portrait.

— Sa femme venait de l'apprendre, elle aussi. Il était marié, il avait deux enfants et pas moins de trois maîtresses. Toute la semaine, il jonglait entre nous toutes, comme si nous n'étions que de vulgaires quilles interchangeables. Dans son emploi du temps, il avait même marqué nos prénoms chaque jour pour être certain de ne pas se tromper, tu te rends compte !

Des larmes coulent sur ses joues, elle renifle et je lui tends un mouchoir sur son bureau.

— Sa femme et moi, nous nous sommes appelées quelquefois et nous avons prévenu toutes les autres filles qui s'étaient fait avoir par Damien. C'est un collectionneur maladif, tout ce qu'il veut, il fait tout pour l'avoir. Il n'a jamais été violent avec moi, physiquement parlant, mais il m'a fait énormément souffrir. Lisa m'a ramassée à la petite cuillère et lorsque j'ai retrouvé un peu de force, je me suis promis de ne plus être aussi naïve. Je ne mérite pas d'être un jour de la semaine, je veux être la semaine entière ! C'est pour ça que j'ai inventé cette règle d'une nuit, pour toujours garder le contrôle sur mes sentiments et ne plus me laisser avoir par le premier venu.

Je reste calme, conservant religieusement le silence, mais mon cerveau est en ébullition. Ce mec mérite d'aller en prison pour avoir menti et trahi toutes ces femmes. Elles lui ont fait confiance, l'ont aimé et il s'est joué d'elles pour satisfaire son propre petit ego.

Rachel se met complètement à nu, et alors que je pensais que ses confessions étaient terminées, elle ajoute, en relevant la tête vers moi pour la première fois depuis le début de sa tirade :

— Sauf que je t'ai rencontré et, qu'avec toi, c'est différent. J'ai essayé de me voiler la face aussi longtemps que possible, mais j'ai compris qu'une nuit ne me suffirait pas.

C'était le déclencheur, les mots qu'il fallait dire pour que je me lève et me rue sur elle. Je prends son visage en coupe, ses yeux étincellent.

— J'ai envie de t'embrasser, mais je ne supporterai pas un rejet de plus.

Sa réponse se fait explicite puisqu'elle passe ses bras autour de mon cou et rapproche mon visage. Et tel un miracle, ses lèvres rencontrent les miennes à nouveau et elles s'allient comme si elles ne s'étaient jamais quittées.

— Je pense que tu devrais mettre le verrou de la porte, elle murmure entre deux baisers endiablés.

— Pourquoi, tu as une idée derrière la tête ?

Rachel me sourit et, comme si elle lisait dans mes pensées, elle prononce ce que je souhaitais entendre depuis notre dernière nuit ensemble :

— J'ai envie de toi, Noah Wilson. Et je n'attendrai pas un jour de plus.

Chapitre 51. Rachel

Noah m'assied sur le bureau et débarrasse tout ce qui s'y trouve aussi rapidement qu'une tornade l'aurait fait. J'ai l'impression qu'il s'est passé un monde entre mes confessions sur mon passé et ce qui se joue devant moi. Alors qu'il y a une minute encore, je me sentais fragilisée par ce que j'ai traversé, je me retrouve maintenant à relever ma robe sur mes cuisses. La tristesse que j'ai éprouvée en me replongeant dans mes souvenirs a laissé place à un désir ardent.

Je veux Noah et je me fiche des conséquences qu'il y aura lorsque nous sortirons de cette pièce. Nous verrons tout ça après, nous discuterons de l'avenir de notre relation plus tard. Pour l'heure, je sais que je le souhaite entre mes cuisses, avec la même ferveur que cette nuit-là, chez lui. On ne devrait pas, on est sur notre lieu de travail et on pourrait se faire virer tous les deux, mais lorsqu'il revient après avoir actionné le verrou, j'arrête de penser et me délecte de ses caresses.

Sa main remonte le long de ma cuisse et il sourit, m'affirmant qu'il apprécie ce qu'il voit. Il baisse son pantalon et je peux enfin admirer la bosse dans son caleçon. J'ai du mal à croire que c'est moi qui lui fais ressentir ça, pourtant c'est bien le cas.

Il m'embrasse dans le cou, sur la poitrine lorsque je fais glisser la fermeture éclair dans mon dos, sur la bouche, partout où un bout de ma peau se décèle.

Sa veste de costume tombe à terre, tout comme ma robe.

— J'ai des préservatifs dans le tiroir, je lui indique en pointant la commode du bureau.

Noah arque un sourcil interrogatif.

— Lisa m'en a acheté après ton deuxième jour ici, m'affirmant que ça pourrait servir à tout moment.

— J'adore ta copine, il rit en se saisissant de la boîte encore pleine et en déchirant l'emballage afin de la dérouler sur son sexe.

Il revient vers moi, je suis complètement nue face à lui alors qu'il dispose encore de sa chemise et de son nœud papillon. Il ne me pénètre pas dans l'immédiat, préférant jouer avec moi. Je me courbe sous l'effet de ses doigts, de sa langue et de tout ce qu'il veut bien m'accorder. Je crois que je gémis, mais avec le bruit de la soirée, personne ne m'entendra.

— Tu es si mouillée.

Sa voix suave roule sur mon corps et je n'en peux plus de son jeu, c'est à la fois une torture d'attendre et un plaisir de ressentir ce qu'il provoque en moi. Je me tortille, incapable de tenir en place. Et il cale une main dans le bas de mon dos pour me maintenir plus fermement, ce qui ne fait que redoubler ce que je ressens. C'est comme si chaque parcelle de mon corps était en feu, comme si tout s'embrasait et que je décidais de danser sur les charbons ardents, comme si la glace fondait pour laisser place à Rachel, celle qui a envie de vivre pleinement sa vie.

Et sans que je ne m'y attende, il s'enfonce enfin en moi, provoquant une sorte de délivrance pour nous deux. Un râle grave sort de sa gorge et j'enfonce mes ongles dans sa nuque. Assise sur le bureau, mes jambes autour de son bassin et lui enfoui en moi, je ne réponds plus de rien.

Nos coups de bassin sont harmonieux et dansent sur le même rythme. Mon pouls ne doit plus savoir comment fonctionner, mes poumons ont un trop-plein d'oxygène. Je ne parviens à prononcer aucun mot, seuls les sons de mon plaisir sortent de mes lèvres.

C'est encore mieux que cette nuit chez lui, ce que je pensais inégalable. Je ne sais pas comment c'est possible, mais Noah dirige ses mouvements exactement où il le faut et quand il le faut. Pendant l'espace d'un instant, je me dis que c'est comme s'il me connaissait, comme s'il savait précisément ce qui me fait plaisir et comment l'obtenir.

J'ouvre les yeux quelques instants et nos regards se rencontrent. Ses pupilles sont sombres et j'ai l'impression que nous communiquons par télépathie. Mon corps tremble et je sens que je ne peux pas aller plus loin. Noah me confirme qu'il est aussi au maximum de ce qu'il peut éprouver et nous jouissons en communion.

C'est beau lorsque deux âmes s'accordent si parfaitement. Quand deux personnes éprouvent le même sentiment d'être à bout de forces, de plaisir, de joie. Lorsque ces deux corps se sont aimés, adulés, adorés et qu'ils se sont procuré bien plus que le résultat d'un désir charnel. C'est d'autant plus beau lorsqu'ils ressentent qu'ils ne seront jamais rassasiés de l'autre et que seul cet autre possède la capacité d'éveiller un si grand nombre de cellules dans notre corps.

Cette poésie, c'est ce que je ressens lorsque Noah et moi restons dans la même position, haletants, bien après que nous ayons terminé de faire l'amour. Car oui, il m'a fait l'amour et je ne suis plus effrayée à l'idée de penser ces mots. Je m'agrippe à Noah comme s'il était un rêve et que je risquais de le voir disparaître à tout moment en me réveillant. Il me tient lui aussi fermement contre son torse, caressant doucement mon dos et reposant sa tête contre mon épaule. De temps à autre, j'ai droit à de tendres baisers dans ma nuque.

— Je n'ai pas envie de retourner là-bas, je lui avoue sans bouger.

— Moi non plus, ma soirée se trouve juste dans mes bras.

Nous restons peut-être deux ou trois minutes à ne penser à rien d'autre qu'à nous.

— Rachel ?

— Hum ?

Il relève sa tête, pose son front contre le mien et me demande :

— Je ne veux plus qu'on se fuie. Je veux être avec toi, vraiment avec toi.

— Moi aussi, je le veux. Tu crois que c'est possible d'être ensemble sans que Veymers ne soit au courant ?

— Pour être heureux, vivons cachés, ce n'est pas ce qu'on dit ?

Je hoche la tête et il m'assure qu'il fera tout pour que nous ne soyons pas démasqués.

— Ça va être difficile de ne pas pouvoir t'embrasser chaque minute de la journée, maintenant que tu m'accordes une place dans ta vie.

— Tu sais, il y a toujours mon bureau, et le soir il paraît que je finis très, très tard.

Noah s'illumine comme un matin de Noël. Il joue avec une mèche de mes cheveux.

— Ça veut dire que tu es ma petite amie ?

— Il semblerait, oui. Enfin, si tu veux bien de moi.

— Et comment !

Il m'embrasse avec ferveur, répétant que je suis sa petite amie jusqu'à ce qu'on frappe à mon bureau et que Lisa ne nous interrompe.

— Arrête de te cacher, je sais que tu es ici !

Je me retiens de rire, Noah cache ses pouffements dans mes cheveux, ce qui chatouille mon épaule.

— Je, j'arrive, Lisa !

— Si tu n'es pas ici dans trente secondes, je défonce la porte.

Je suis nue, certainement décoiffée. Noah ne porte que sa chemise et ne doit pas présenter mieux que moi. C'est au moins cinq minutes qu'il nous faudrait pour revenir à notre état avant de sortir du bureau.

— Je te rejoins, Lisa, j'ai un mail à traiter. C'est urgent.

Noah, qui devrait être en train de s'habiller, préfère m'embrasser et je ne peux retenir un gloussement. Il est vraiment vilain celui-ci !

— C'est moi, le mail à traiter ? il me murmure dans l'oreille.

J'acquiesce et il descend un peu plus bas.

— Alors jeune fille, on devrait s'occuper de ça de ce pas. L'urgence avant tout.

Chapitre 52. Noah

Je crois que Lisa a abandonné ses supplications lorsqu'elle a vu qu'au bout de dix minutes Rachel n'était toujours pas sortie de son bureau. Je donne un dernier baiser à Rachel, qui a changé de coiffure pour ne pas se faire démasquer, et j'observe le couloir avant de sortir. Rien à l'horizon, je peux repartir tranquillement vers la soirée.

Enfin, c'est ce que je pensais jusqu'à ce que Lisa, qui est sortie de je ne sais quel endroit, me barre le passage, les bras croisés. Elle arque un sourcil, je lui fais un sourire innocent. Elle regarde un point derrière moi et, rien qu'à son parfum, je sais que Rachel est dans mon dos.

Lisa nous observe tour à tour, puis ses yeux deviennent ronds de surprise et c'est comme dans ces dessins animés quand une ampoule apparaît au-dessus du personnage principal.

— Ne me dites pas que… Attends, dans ton bureau ? Je n'y crois pas !

OK, je crois qu'on est cramés. Lisa n'est pas dupe et elle a vu clair dans notre jeu.

— Un mail urgent, hein ? Petite cachottière !

— Moins fort, Lisa !

Rachel s'empresse de faire taire son amie. Heureusement pour nous, les groupes amassés dans le couloir sont soit en grande discussion soit un peu trop éméchés pour faire attention à nous.

— Donc, ça veut dire que tous les deux vous êtes… ?

— Un secret, répond Rachel du tac au tac. Tu es la seule au courant, ok ?

Lisa mime une clef imaginaire devant sa bouche qu'elle lance au-dessus de son épaule. Nous avançons tous les trois vers l'open space, en faisant en sorte de ne pas attirer les regards sur nous. Nous ne sommes que trois collègues qui se connaissent très bien, non pas deux qui viennent de s'envoyer en l'air sur leur lieu de travail, et la meilleure amie de cette dernière.

La soirée bat son plein avec la même ferveur que lorsqu'on l'a quittée. Le DJ a enfin compris qu'il fallait mettre de l'ambiance et les mélodies sont un peu plus rythmées, juste un petit peu. À côté de moi, je sens que Rachel n'est pas à l'aise. Elle n'ose pas observer l'assemblée de peur que l'on soit démasqués. Je frôle sa main, un geste qui pourrait paraître involontaire, mais c'est presque comme si je la lui serrais, que je lui montrais qu'on est ensemble et que je ne la laisserai pas tomber. Elle relève enfin ses magnifiques yeux et me sourit, me remerciant silencieusement.

— Les enfants !

— Oh non, c'est le moment pour moi de vous laisser, intervient Lisa en s'éclipsant.

Veymers vient à notre rencontre, une mallette à la main. Rachel, que j'avais réussi à rassurer, se tend à nouveau. Il porte un costume qui doit valoir l'un de nos salaires, une grosse montre de luxe orne l'un de ses poignets. Il tient une coupe de champagne et son haleine respire déjà les quelques verres qu'il a dû boire.

— Vous êtes vraiment mes meilleurs éléments, il ajoute sans nous gratifier d'un bonjour. Je ne regrette pas de vous avoir dénichés, tous les deux.

Rachel me jette un regard en coin, moi, je fixe cet homme qui est censé être notre supérieur, probablement ivre. Veymers n'a pas pour habitude de faire autant d'éloges en une si courte phrase. Il n'y a que l'alcool qui doit posséder la capacité de délier sa langue.

— Merci, parvient à prononcer Rachel.

Il pose sa main d'ours sur mon épaule et, à la seconde où il le fait, ma seule envie est de m'en dégager.

— Vous deux, vous faites une sacrée équipe ! Vous me rappelez un peu ma première femme et moi à nos débuts, plein d'ambition et de talent. Mais on a commencé à travailler ensemble et ça a été la fin.

Il continue son discours sur les difficultés d'être en couple tout en gérant une entreprise. Rachel s'affaisse à mesure qu'il ouvre la bouche. Je sais ce qu'elle pense, il a deviné ce qui se trame dans son dos. Mais c'est impossible, il n'est pas là au quotidien avec nous et lorsqu'il vient à l'agence, il ne reste pas plus de quelques heures.

— Mais bon, ça ne vous arrivera pas à vous. Vous n'êtes que des collègues !

Et là, il se met à rire comme s'il venait de nous raconter la plus hilarante blague du siècle. Entre deux rires, il boit une gorgée d'alcool et je me demande comment il fait pour ne pas s'étouffer avec. Parfois, il jette des regards autour de lui et serre si fort la mallette qu'il tient que ses jointures blanchissent.

Lorsqu'un autre gros homme en costume, et certainement aussi riche que lui, l'interpelle, Veymers nous quitte rapidement pour aller discuter golf avec ce dernier. Rachel et moi pouvons enfin pousser un soupir de soulagement. On peut dire que cette rencontre était… étrange.

— Il le sait ! affirme Rachel en posant ses poings sur ses hanches.

— Il ne sait rien, je murmure pour qu'aucune oreille indiscrète ne capte ce qui sort d'entre mes lèvres.

Je saisis Rachel par le poignet et l'entraîne dans la salle informatique, dans un coin plus au calme. Je me fiche qu'on nous voie, je dois la rassurer. Contradictoire, je sais.

Un groupe de trois personnes que je ne connais pas, sûrement d'un autre étage est en train de faire des photocopies de leurs mains et pouffent comme des enfants. Lorsqu'on passe devant eux pour aller vers le fond de la salle, ils nous demandent de participer à leur jeu parce que, selon eux, c'est la meilleure expérience de leur vie. Je ne sais pas quelle est la marque de champagne que Lisa nous a trouvée, mais elle doit être sacrément chargée niveau degrés d'alcool. Au vu de leurs têtes, je déduis qu'ils ont trop bu pour se souvenir de nous avoir vu ici, ce qui revient à dire que nous sommes seuls, leurs voix en plus.

Pendant de longues minutes, je rassure Rachel sur ses incertitudes. Je la prends dans mes bras lorsque cela est nécessaire ou simplement lorsque j'en ai envie, ce qui équivaut à 100 % du temps.

— Et si on rentrait ? je lui propose, alors que je sais qu'elle est au bout de ses capacités sur le plan social.

Elle acquiesce et je nous commande un taxi. Lisa nous raccompagne jusqu'à la sortie et nous entrons dans le véhicule. Je laisse Rachel rentrer seule ce soir, pas parce que j'en ai envie, au contraire, mais parce qu'entre ses révélations et ce qui s'est passé entre nous, je sais qu'elle a besoin de digérer tout ça.

— Je suppose qu'on se voit demain au bureau.

Elle hoche la tête, se met sur la pointe de ses pieds et m'embrasse tendrement. Mais ce n'est pas assez, il m'en faut plus. J'approfondis notre étreinte et je crois qu'elle recule jusqu'à ce que je la plaque contre la porte de son appartement. Sa langue cherche la mienne et la trouve facilement. Lorsque nous nous séparons, ses joues sont roses et ses cheveux encore plus décoiffés. Et le phénomène que j'adore le plus voir chez elle se produit, elle me sourit.

— On recommence ça quand tu veux, collègue, elle déclare avant de rejoindre son appartement et fermer la porte derrière elle.

Chapitre 53. Rachel

Aujourd'hui, j'arrive toute guillerette au travail. Je sautillerais presque de joie. Noah et moi, ce qu'il s'est passé, c'était incroyable. Cela risque d'être compliqué pour moi de ne pas pouvoir l'approcher à chaque fois que je le souhaiterais, mais je le prends comme un défi qu'on doit relever. Et puis, il y a toujours mon bureau si besoin, et ça, je sais de source sûre qu'il peut être utilisé à cette fin.

Les portes de l'ascenseur s'ouvrent, je passe devant le bureau de Christiane pour lui dire bonjour, mais ses traits sont tirés. Elle m'interpelle avant que je ne puisse dire quoi que ce soit.

— Mademoiselle Dumas ! Rachel !

Je crois que Christiane ne s'est jamais habituée au tutoiement, pourtant ce n'est pas faute de le lui répéter. Parfois, j'ai droit à mon prénom, parfois elle m'appelle comme si j'étais convoquée pour un examen.

— Bonjour, Christiane.

Elle fait le tour de son bureau pour se planter devant moi et chuchoter :

— Il y a des hommes qui vous attendent dans votre bureau. Ils sont de la police, ils veulent vous parler. Je n'ai pas eu le temps de vous prévenir.

Et là, mon cœur bat la chamade si fort que je crois l'entendre pulser dans mes oreilles. Se pourrait-il que Veymers soit vraiment au courant de ce qu'il se passe entre nous ? Enfin, de là à appeler la police, c'est peut-être un peu extrême. Ou bien, est-ce que faire l'amour sur son lieu de travail est considéré comme une infraction ? Je traverse le couloir avec des doutes qui m'assaillent de toute part. J'ai l'impression d'entamer une marche vers une cellule. Respire, Rachel, respire !

J'hésite à frapper à la porte de mon propre bureau, c'est dire à quel point je suis angoissée ! Je n'ai jamais été fan de sensations fortes et les situations stressantes ne sont donc pas ma tasse de thé. Je prends une grande respiration et ouvre la porte. Deux hommes en uniforme se retournent.

— Bonjour, messieurs.

— Bonjour, mademoiselle Dumas.

Les deux hommes sont assis sur les sièges qui font face à mon bureau. Je les contourne pour prendre place sur mon fauteuil. Je dépose mes affaires à côté. Sous leurs regards, j'ai l'impression d'être une glace qui fond au soleil. Je ne serais pas étonnée s'ils me disaient que des gouttes de sueur perlent sur mon front. Enfin, il faut que je me ressaisisse, je ne dois pas paraître coupable.

— Nous sommes les agents Moreau et Omari de la police nationale.

C'est le plus vieux des deux qui parle, il doit avoir quarante ou quarante-cinq ans. Il est chauve et porte une cicatrice d'acné sur la joue. Le deuxième a la trentaine. Ses cheveux sont coupés courts, sûrement une obligation de leur direction étant donné que l'autre n'a pas non plus beaucoup de cheveux, voire pas du tout. Son teint est hâlé, il possède de grands yeux noirs et des sourcils épais. Omari, le plus jeune, est beaucoup plus carré d'épaules que son duo.

Dans les films, il y a toujours le gentil et le méchant flic. Je voudrais bien leur demander si c'est vrai, mais je ne voudrais pas aggraver mon cas. Je n'arrive pas à discerner leur expression, ils ont l'air neutre, ni gentils, ni méchants, ce qui est d'autant plus angoissant. Ils feraient de bons joueurs de poker.

— Mademoiselle Dumas, m'interpelle le plus jeune alors que je suis dans la lune, nous souhaiterions vous poser des questions sur monsieur Veymers. C'est votre patron, n'est-ce pas ?

Je reste quelques secondes sans bouger. Veymers ? Pourquoi me parlent-ils de lui ? N'est-ce pas lui qui les a envoyés ?

— Oui, c'est le PDG de C & C, je parviens à articuler.

Je toussote pour reprendre contenance.

— Monsieur Veymers dirige cet endroit, c'est la personne qui m'a engagée, tout comme beaucoup d'entre nous.

Je me recule dans mon siège alors que je comprends petit à petit que ce n'est pas moi qui les intéresse, mais Veymers, et ce pour une raison inconnue.

— Quand avez-vous vu votre PDG pour la dernière fois ?

— Hier soir. Notre étage a organisé la soirée annuelle de notre immeuble et il y était.

Les deux enquêteurs ? Inspecteurs ? Je ne sais pas comment les appeler, mais les deux policiers échangent un regard.

— Dans quel état était-il ?

— Est-ce qu'il va bien ? je demande alors qu'une boule se creuse dans mon estomac. J'aime bien Veymers, ce n'est pas un mauvais patron finalement, et je m'en voudrais si la dernière fois que je l'avais vu c'était à une soirée, alors qu'il était complètement saoul.

Moreau hausse les épaules en émettant une sorte de rire qui me fait un peu froid dans le dos.

— On peut dire ça. En tout cas, il est en parfaite santé si c'est ce qui vous inquiète. Maintenant, répondez à la question de mon collègue. Comment était-il ? Vous a-t-il paru pressé ? Anxieux ? Peut-être même joyeux ? A-t-il eu un comportement suspect ?

Je réfléchis en repensant à la conversation que nous avons eue. Je dois dire qu'il était plutôt étrange, à évoquer sa première femme et la collaboration que je partage avec Noah.

— Il avait quelques verres dans le nez, je réponds honnêtement. Je crois qu'il n'est pas resté très longtemps à la soirée, mais de toute façon il n'est pas du genre à rester assis ici, il voyage beaucoup.

Nouvel échange silencieux entre les deux policiers.

— Je suppose que ce genre de soirée possède un dress code. Monsieur Veymers l'a-t-il respecté ?

— Pourquoi ? Il a commis une erreur de goût et quelqu'un a appelé la fashion police ?

Omari se met à rire, Moreau se déride légèrement. Et moi, je mords ma lèvre pour ne pas avoir eu la capacité de me retenir de sortir ce qui me passe par la tête. Je viens ouvertement de me montrer sarcastique devant deux hommes gradés, c'est certain, je vais finir en prison.

— S'il vous plaît, mademoiselle Dumas, c'est un sujet sérieux.

— Il portait un costume aussi chic que d'habitude. Il avait sa grosse montre et une mallette dans la main.

— Une mallette ?

— Oui, une espèce de porte-documents en cuir. C'est la première fois que je le voyais avec ça, surtout à une soirée. Habituellement, il voyage léger quand il vient nous voir.

Et là, vu leur tête à tous les deux, je comprends que je viens de dire quelque chose qui les intéresse. Je ne sais pas pourquoi, mais j'ai un mauvais pressentiment. J'ai regardé beaucoup de films pour savoir que les mallettes cachent souvent des éléments importants. Je ne vois pas Veymers en baron de la drogue, se baladant avec une valise de billets, mais lorsqu'ils m'annoncent l'objet de leur enquête, je ne suis pas au bout de mes surprises. Comme quoi, on ne connaît jamais vraiment les personnes qui nous entourent.

Chapitre 54. Noah

Je suis dans l'open space, travaillant sur mon ordinateur sans vraiment trouver l'inspiration et plus que tout, la concentration. Christiane m'a informé que des policiers étaient en train d'interroger Rachel dans son bureau. Je suis anxieux, je ne sais pas ce qu'ils lui veulent, et j'espère que ça n'a rien à voir avec ce salaud de Damien. Une boule se forme dans ma gorge à chaque fois que je vois des hommes en uniforme bleu, comme un éternel rappel de ce que j'ai traversé.

— Elle n'est pas encore sortie ?

Lisa et Marc me rejoignent et dissipent mes pensées noires. Eux aussi ont été mis au courant, la rumeur de la présence d'agents de police s'est répandue dans notre étage à la vitesse de l'éclair. Il faut dire que ce n'est pas une visite à laquelle nous sommes habitués.

Lisa est aussi paniquée que moi. Elle est passée plusieurs fois devant le bureau de Rachel, tentant d'écouter à la porte pour saisir des bribes de conversation. Malheureusement, elle a fait chou blanc. Marc, lui, est plus serein.

— Rachel n'est pas du genre à être une criminelle. Je la vois mal tuer quelqu'un de sang-froid. S'ils l'interrogent, ce n'est pas pour l'envoyer en prison, j'en suis certain.

— Bonne journée, messieurs.

Nous nous retournons tous vers le hall de l'entrée dans lequel Rachel donne une poignée de main cordiale aux deux policiers. Son visage est contrarié, mais au moins elle n'a pas de menottes à ses poignets. Les deux hommes quittent les lieux par l'ascenseur et ma belle brune se retourne vers nous. Elle marque un temps d'arrêt lorsqu'elle remarque que nous sommes en train de la dévisager.

— Dans mon bureau, tous les trois.

Elle ne prend pas la peine de voir si nous la suivons et s'engage dans le couloir. Je rassemble rapidement mes affaires, Marc et Lisa sont déjà à sa suite. Rachel s'installe à son fauteuil, Lisa et moi en face d'elle, et Marc reste debout, les bras croisés en s'appuyant contre l'un des murs.

— Ce que je vais vous dire ne doit pas sortir d'ici tant que rien n'est encore officiel.

Rachel nous regarde tour à tour et nous fixe jusqu'à ce qu'on lui indique qu'on ne répétera rien. Elle passe une main dans ses cheveux qu'elle a attachés en une queue de cheval haute. Elle semble préoccupée.

— Deux policiers sont venus me parler et ils vont bientôt revenir pour vous interroger également.

— Je n'ai tué personne ! scande Marc, ce qui a le mérite de faire sourire Rachel.

— Rassure-toi, personne n'a tué personne.

— Qu'est-ce qui se passe, alors ? demande Lisa, impatiente de connaître les réponses à ses questions, tout comme moi.

Rachel prend un ton grave qui ne fait rien pour me rassurer.

— Monsieur Veymers, notre patron, est accusé d'avoir quitté la France avec l'argent de la société. Selon les policiers, il avait des comptes off-shore et ils le surveillaient depuis quelque temps déjà. En d'autres termes, il a volé l'argent de tous nos clients. Et je crains bien qu'il n'y ait plus d'argent pour payer nos salaires. Je ne sais même pas si nous avons encore un emploi !

Lisa commence à paniquer, Rachel laisse glisser une larme sur ses joues, Marc en fait tomber son téléphone portable et moi, je suis abasourdi. Éteint, je réalise l'impact de ces mots.

— Quel salaud !

Lisa insulte Veymers de tous les noms d'oiseaux qui lui passent par la tête et je ferais pareil si j'avais la capacité de parler. La société n'a plus de trésorerie et nous, nous allons pointer au chômage parce que notre patron est un escroc qui a voulu être plus riche qu'il ne l'est déjà.

— Selon des caméras de surveillance, il aurait pris un avion à Charles de Gaulle pour se rendre aux Bahamas. Il serait parti hier soir. Il a fait une courte apparition pour récupérer des documents dans son bureau, puis se serait enfui. Depuis, son téléphone a été coupé et ils n'ont plus aucune trace de lui.

— Ça va se savoir dans la presse, C & C est une grosse boîte, ajoute Marc en retrouvant le sens de la parole.

— On va perdre notre emploi et tout ce à quoi tu penses, c'est que la presse va être au courant de notre injustice ? le réprimande Lisa en opérant un demi-tour sur son siège.

Marc lève les bras au ciel.

— Ce que je veux dire, c'est qu'il vaudrait mieux que la nouvelle s'apprenne en interne plutôt que dans les journaux ou sur les réseaux sociaux. L'étage a le droit de savoir ce qu'il se passe et ce n'est pas comme si personne n'était au courant que la police est venue ici. Ils vont poser des questions, ils en posent déjà.

— Marc a raison, déclare Rachel en se redressant dans son fauteuil, ils doivent connaître la vérité.

Au bout de quelques minutes, Rachel demande à Lisa et à Marc de rassembler tout le monde dans l'open space pour une réunion de crise. Lorsque nous sommes seuls, Rachel s'effondre comme si tout ce qu'elle avait retenu jusqu'alors devait sortir. Je m'empresse de la prendre dans mes bras et elle relâche tout.

— J'ai travaillé si dur pour être là, elle murmure entre deux sanglots, je ne mérite pas qu'on me prenne tout.

J'embrasse ses cheveux. J'en veux à Veymers de s'être tiré aussi lâchement pour de l'argent, mais je lui en veux encore plus de faire ça à Rachel. Ce n'est pas juste pour elle. Elle se sent trahie par l'homme qui lui a donné sa chance et je la comprends. Rapidement, nous serons sans emploi et c'est à elle que revient le fardeau de l'annoncer à nos collègues.

Notre avenir est incertain, mais je pense qu'avec les compétences de Rachel, des dizaines d'entreprises vont se battre pour elle. J'espère que, pour les autres, ça sera aussi facile. Je pense à Christiane, qui élève seule ses deux enfants. À Manuel, dont la femme est atteinte d'un cancer. Et à tous mes collègues qui se lèvent chaque matin pour enrichir un homme qui les remercie en s'enfuyant avec le fruit de leurs efforts.

Rachel et moi rejoignons ensemble l'open space. Tous sont assis et ne comprennent visiblement pas ce qui leur arrive. Il fait jour et le soleil baigne la pièce de lumière. Pourtant, les mines sont sombres et l'atmosphère semble pleine d'orage. S'ils savaient ce qu'elle va leur annoncer…

Je me place à côté de Lisa, qui est assise sur une des tables. Après tout, elle ne peut pas être réprimandée pour cette action, car il n'y a plus personne pour nous diriger. Je m'installe comme elle et, les bras croisés, j'observe Rachel se placer devant tout le monde. Ses pas sont lents, comme lorsqu'on était enfants et qu'on était forcés d'aller au tableau pour répondre à la question posée.

— Bonjour à tous, merci d'être là.

Le silence se fait dans la pièce, les mines se décomposent et Rachel vit le pire moment de sa carrière.

Chapitre 55. Rachel

Tous les regards sont rivés sur moi. Je voudrais être une petite souris et détaler le plus vite possible, mais je suis la seule capable de leur annoncer la trahison de Veymers. Comment vont-ils prendre le fait que nous n'ayons plus d'emplois ? Que nos prochains salaires ne pourront être payés ?

— Bonjour à tous, merci d'être là.

Ma voix n'est pas assurée et je crois qu'ils le ressentent. Je prends une courte pause, tire sur mon blazer et amorce ma terrible annonce :

— Comme vous devez le savoir, deux agents de police sont venus me parler ce matin.

J'ai le droit à quelques hochements de tête et au visage paniqué de Christiane.

— Ils enquêtent sur monsieur Veymers, je reprends. Avant que je n'aille plus loin, sachez que ce que je vais vous dire vient d'eux, d'une source officielle et que vous êtes les premiers à en avoir connaissance. Hier soir, monsieur Veymers a fui la France. Il possédait des comptes à l'étranger depuis quelque temps et y a dissimulé une grande partie des bénéfices de l'entreprise. Il a liquidé les derniers fonds que nous possédions et est parti avec.

— Et nous alors ? m'interpelle Jeanne, la chargée de communication. Qu'est-ce que ça veut dire pour nous ? Et pour nos clients ?

Certains autres collègues me posent des questions au même moment, mais toutes vont dans le même sens et, pour être honnête, je ne sais pas quoi leur répondre. Pour la première fois dans ma carrière, je ne trouve aucune solution à un problème auquel je suis confrontée. En même temps, qui aurait pu prévoir qu'il se passerait une chose pareille ?

— Lisa et moi allons appeler nos clients, ceux pour qui nous sommes actuellement en train de travailler et qui ont des projets en cours. Nous allons leur expliquer la situation, être transparents avec eux. Concernant nos postes, je suis incapable de vous dire ce qu'il va advenir de nous. Je vais me renseigner et je vous tiens au courant. Dans tous les cas, ceux qui le souhaitent peuvent rentrer chez eux et je vous demande de surveiller vos mails. Je vous préviendrai dès que j'en saurai plus sur l'avenir de la société.

— J'ai des enfants à nourrir, je ne peux pas perdre mon emploi !

— Et mes factures, elles ne vont pas se payer toutes seules !

De nombreuses protestations se font entendre, certaines insultes aussi envers Veymers. Je comprends leur réaction, je ne m'attendais pas à ce qu'ils sautent de joie en apprenant leur possible licenciement. Je suis moi-même sous le choc, mais je dois montrer l'exemple et être le mur sur lequel ils peuvent s'appuyer. Le capitaine a abandonné son navire, mais en tant que capitaine adjoint, je ne commettrai pas la même erreur.

La plupart de mes collègues se lèvent, récupèrent leurs affaires et empruntent l'ascenseur. Quelques-uns nous demandent comment ils peuvent se rendre utiles et je demande à Lisa de sortir la liste de nos clients. Nous nous plaçons dans la salle de réunion, dans nos bureaux ou dans l'open space, tous avec un téléphone greffé à l'oreille.

La plupart du temps, nous sommes incapables de joindre directement l'entreprise concernée et sommes contraints de passer par de nombreux services avant de joindre celui qui nous intéresse. Beaucoup sont aussi effarés que nous d'apprendre la nouvelle, puis vient la question de l'argent et du remboursement des acomptes et sommes qu'ils ont versés. Nous ne savons pas quoi leur répondre ni même si nous allons pouvoir poursuivre notre travail sur leurs campagnes respectives.

Je n'ai jamais abandonné de projets, je ne suis pas du genre à renoncer au premier obstacle venu. Mais là, tout est différent.

— Est-ce que tu penses que la banque va saisir les locaux pour rembourser nos clients ? me demande Marc.

— Je ne sais pas. Les locaux étaient loués par Veymers, donc je suppose qu'ils ne vont pouvoir saisir que les meubles. On va attendre de voir où mène l'enquête.

— J'espère que la police va l'attraper, ajoute Lisa en fendant l'air avec son poing. S'il était devant moi, je crois que je lui ferais avaler sa Rolex !

— Un conseil si jamais la police revient, ne dis pas ça devant eux. Ça serait dommage que tu ailles en prison.

Nous travaillons d'arrache-pied tout le reste de la journée, tentant de rassurer au mieux nos clients. Vers seize heures, nous recevons une notification sur notre téléphone. Un article d'un journal en ligne affiche un cliché de Veymers, pris depuis une caméra de surveillance. Le gros titre est sans équivoque : « Le patron qui voulait gagner gros. » Le reste de l'article n'est pas plus encourageant :

En ce lundi après-midi, nous avons appris par les autorités locales qu'une enquête était en cours pour escroquerie et vol de fonds. Le principal suspect, Valentino Veymers, le PDG d'une florissante compagnie dans le domaine du marketing et de la publicité aurait fui le pays hier soir pour aller s'installer à l'étranger avec l'argent de son entreprise. Pour l'heure, nous n'en savons pas plus sur les motivations qui l'ont poussé à agir de la sorte. Il laisse derrière lui de prestigieux clients comme les marques Chonal, Diere et Belliflora qui ont fait appel à ses services pour leurs récentes campagnes de publicité. La compagnie compte une trentaine d'employés dans son fief basé à Paris, tous avec une solide expérience.

Je ne prends pas la peine de poursuivre ma lecture. L'information est devenue virale et bientôt, des dizaines de commentaires fleuriront sur les réseaux sociaux. Je ne serais pas surprise que mes parents m'appellent dans la soirée pour s'informer de la situation. Je viens d'une toute petite ville, à quelques heures de Paris, mais, même là-bas, ils ont internet et on sait tous au combien ce moyen de communication peut être puissant.

Je rentre chez moi épuisée par cette journée forte en émotions. Noah me raccompagne jusqu'à ma porte. Depuis que nous avons appris la nouvelle, il m'est d'un grand soutien. Il fait tout son possible pour alléger la charge qui pèse sur moi et c'est agréable, pour une fois, de déléguer quelques responsabilités.

— Est-ce que tu veux entrer ? je lui demande alors que nous arrivons sur mon paillasson.

J'ai sincèrement envie qu'il accepte. Cela ne fait que deux jours que nous avons officiellement passé le cap du statut de couple et j'ai envie de son réconfort. Ce soir, je ne veux pas penser au travail et à tout ce qui va mal. Ce soir, je veux penser à nous et à celui qui se rapproche de moi avec rapidité. Ce soir, je veux qu'il m'embrasse et qu'il me dise à quel point il a envie de moi. Ce soir, je veux être cette femme qui est attirée par un homme qui partage ses sentiments. Ce soir, je veux être heureuse.

Chapitre 56. Noah

— Est-ce que tu veux entrer ?

J'ai raccompagné Rachel chez elle. Après cette terrible journée, je veux me montrer à ses côtés. Je suis solidaire avec ma collègue et amoureux de ma copine. Alors, lorsqu'elle me demande ce que j'espère au fond de moi, je suis incapable de refuser.

Je m'empresse de la rejoindre, franchissant le pas qui nous séparait. Je passe un bras dans le bas de son dos et l'attire à moi avec toute la douceur dont je suis capable.

Nous parvenons à nous séparer pour qu'elle entre sa clef dans la serrure. Son appartement est comme dans mes souvenirs, aussi ordonné et paisible que la fois où j'étais venu chez elle pour préparer un projet. Cette fois-là, je m'étais endormi sur le canapé parce que des petits cons s'amusaient dans la cage d'escalier.

— Tu veux boire un truc ? Je crois que j'ai besoin d'un bon remontant pour encaisser tout ça.

J'acquiesce et elle entreprend de nous faire deux cocktails à base de vodka, de grenadine et d'autres jus de fruits qu'elle trouve dans son réfrigérateur. Je ne peux m'empêcher de l'observer s'activer dans la cuisine. Elle porte encore tous ses vêtements, et ce pantalon lui fait un cul d'enfer. Je me connecte à la télévision, lance une playlist avec mon téléphone et ses fesses se mettent à danser au rythme de la musique. Quel beau spectacle !

Elle revient vers moi avec nos boissons colorées et, sur le canapé, nous trinquons à nous, parce que boire à notre hypothétique, mais très plausible futur chômage serait trop triste.

— Tu as envie de manger quoi ? elle me propose en naviguant sur une application de restauration rapide.

Elle remet une mèche derrière ses oreilles, puis se mordille le doigt. Elle est si concentrée qu'elle ne s'aperçoit pas que je l'observe avec attention. Ses longs cils battent de temps en temps tels des ailes de papillon. Elle est à croquer.

— Alors ?

Je sens qu'elle s'énerve de mon silence. Elle relève le nez vers moi, mais lorsque nos yeux entrent en contact, ses joues rosissent et l'irritation se dissipe.

— Pourquoi tu me regardes comme ça ? elle me questionne, alors que je n'ai toujours pas ouvert la bouche.

Je lui tends le bras, elle saisit ma main et nous nous retrouvons allongés, elle sur moi. Elle se met à rire, le plus beau son de la Terre.

— Je t'admire parce que tu es magnifique. Et pour répondre à ta question, la seule chose que j'ai envie de dévorer ici, c'est toi.

Elle m'étudie de ses grands yeux marron. C'est dingue comme de petites phrases comme celles-là peuvent la rendre timide, elle, qui est si sûre d'elle dans le cadre professionnel.

— Et si on passait directement au dessert ?

Pour appuyer ses mots, elle s'assied sur moi et fait passer son haut par-dessus sa tête. OK, pas du tout fair-play pour mon sexe qui rugit de plaisir à l'idée de m'emparer d'elle. Elle descend sa tête un peu plus bas, défait la fermeture de mon pantalon et soudain, je crois avoir trouvé les portes du paradis.

- Avril 2011 -

J'ai toujours imaginé que ma première fois se passerait dans un cadre idyllique, avec la personne que j'aime. Je considère qu'offrir son corps est un acte de confiance et Rachel, elle, m'a accordé cette confiance.

Nous sommes dans ma chambre et la tête de Rachel repose sur mon torse. Mon lit n'est pas le cadre idyllique auquel je pensais, mais cette fille, je l'aime et avec elle tout devient parfait.

Mes parents ont accepté de me laisser la maison pour le week-end. J'en ai profité pour célébrer mon anniversaire avec une grande partie de ma classe. Pour la première fois depuis toujours, mes amis sont tous venus. J'ai enfin pu avoir la fête d'anniversaire dont j'ai tant rêvé.

Il doit être heures. Certains sont en train de dormir en bas, sur des matelas gonflables qu'ils ont apportés. Rachel et moi sommes montés dans ma chambre vers trois ou quatre heures du matin. C'est la première fois que nous allions dormir ensemble, une nouvelle étape que je traversais avec elle. Nous nous étions toujours arrêtés à des câlins et des baisers, parfois quelques pelotages, mais rien de bien méchant. J'ai toujours respecté son choix d'attendre. Je ne veux pas pousser les autres à faire quelque chose qu'ils ne souhaitent pas, encore moins lorsque cet acte est un souvenir qui restera gravé pour l'éternité dans notre esprit. Je ne suis pas impatient. J'ai envie de Rachel, mais j'ai aussi envie qu'elle se sente assez à l'aise avec moi pour me confier cet honneur.

Je me suis mis en pyjama dans la salle de bains, j'ai enfilé un t-shirt large et un short pour qu'elle ne voie pas les traces que mes anciennes écoles ont laissées sur ma peau. Lorsque je suis revenu, elle m'attendait assise en tailleur sur mon lit. Elle était vêtue d'un short court et d'un débardeur. Son soutien-gorge avait disparu, je m'en suis rendu compte avec la transparence de son haut. J'en ai eu le souffle coupé.

Je me suis allongé à côté d'elle, sous les draps. Elle m'a imité, puis doucement elle a murmuré :

— Je me sens prête.

Je l'ai observée, lui ai demandé de répéter afin d'être certain de ne pas avoir mal interprété.

— Je veux que ma première fois ait lieu ce soir, avec toi. Noé, je ne me verrais faire ça avec aucun autre.

Je me suis senti béni par les Dieux. Moi, Noé, c'est à moi que cette magnifique fille offre un de ses cadeaux les plus précieux.

Au début, nous étions tous les deux timides. Tout ça, c'était nouveau pour nous. Je ne voulais pas la décevoir, je ne devais pas la décevoir. Elle a tenté de me retirer mon t-shirt. Dans un premier temps, j'ai refusé. Je ne voulais que son regard se pare de dégoût. Puis, elle m'a rassuré, m'affirmant qu'elle m'aimait et que peu importe mes complexes ou ce que je ressentais, ses sentiments envers moi ne changeraient pas. J'ai fini par accepter. Pour elle.

Je crois que je ne me suis jamais aussi senti en phase avec quelqu'un que lorsque ses yeux ont brillé alors que j'entrais en elle. L'espace d'un instant, elle a crié et j'ai cru que je lui avais fait mal. J'ai voulu tout stopper, mais elle a roulé son bassin sous moi, m'intimant de continuer.

Ça a été la meilleure nuit de ma vie.

— Tu es le premier homme que je connais, je n'ai pas de comparaison et pourtant, j'ai l'impression que je ne pourrai jamais ressentir quelque chose de comparable avec un autre.

Je l'ai embrassée, pour qu'elle ne pense pas le faire avec quelqu'un d'autre, parce que moi, je ne m'imagine avec personne d'autre qu'elle. Je l'ai embrassée, parce que je l'aime et que pour moi aussi, cette expérience a été incroyable. Et dès qu'elle sera prête, j'ai envie de recommencer parce que j'aime tout chez elle et j'accueillerai tout ce qu'elle sera prête à me donner. Toutes mes nouvelles expériences de vie, je souhaite les vivre avec elle.

Chapitre 57. Rachel

Je me réveille dans mon lit, complètement nue. Le bras de Noah est passé autour de moi et il dort toujours. Je me lève sans faire de bruit et rejoins la cuisine pour lui préparer un petit déjeuner de compétition avec le peu dont je dispose dans mon réfrigérateur. J'ai l'impression de revivre la même scène que ma première nuit chez lui, à la différence près que cette fois-ci je ne m'enfuis pas de l'appartement.

Le temps que les toasts grillent, je saisis mon téléphone et lis rapidement toutes mes notifications. Il y a de tout : la panique de mes collègues et toutes les questions qu'ils se posent, les rappels que j'avais configurés pour nos dossiers en cours, des mails, un message de mes parents et un appel manqué de ma sœur, et des alertes de mon agenda. Je verrouille l'appareil et le fais glisser sur le plan de travail.

Je passe une main sur mon front. Il est encore trop tôt pour penser à cette première journée post-apocalyptique. Je ne suis pas encore assez réveillée pour me confronter à ce bazar. L'avantage de toute cette situation c'est que je n'ai pas à me précipiter dans le métro de peur d'être en retard au travail. Je crois qu'il n'y a plus d'heure pour embaucher, dorénavant.

Je ris nerveusement et observe mon appartement. Je ne sais même pas si je pourrais conserver ces murs. Peut-être que dans un mois, je serai à la rue. Il sera temps pour moi de préparer des CV dès que tout se calmera.

Je saisis les toasts encore chauds, je les tartine de beurre et de confiture, puis installe le tout sur un plateau. J'y dépose aussi deux tasses fumantes de café et de thé. C'est la première fois que je prépare un petit déjeuner pour quelqu'un qui n'est pas Lisa, j'espère que Noah se montrera indulgent.

Hier soir, nous avons passé la soirée ensemble entre câlins endiablés et repos devant un film, nos corps entrelacés sans jamais se quitter. Ce qui est particulier quand on y pense, c'est que je ne connais pas grand-chose de lui, de sa famille. Pourtant, je me dis que cela m'importe peu, car nous avons toute la vie devant nous pour apprendre à nous connaître. Je l'admets, c'est un peu cliché, mais avec lui j'ai envie de prendre le temps de faire les choses. Rien ne sert de se précipiter parce que je sais qu'il ne me trahira jamais. Noah n'est pas Damien et ça me fait un bien fou d'être enfin rassurée dans ma vie sentimentale.

Je pensais avoir trouvé l'équilibre entre vie professionnelle et vie personnelle. Il s'avère que pendant longtemps, le travail a toujours empiété sur le reste. Dimanche soir, je pensais que la balance avait trouvé une solution. Et aujourd'hui, je me dis que le seul élément stable dans ma vie semble être Noah. À croire qu'avec le temps, les gens changent, même les plus réfractaires !

Plateau entre les mains, je rejoins la chambre. Noah est allongé sur le dos, son torse sculpté bien en vue. Je dépose le repas sur la commode et le réveille doucement en l'embrassant un peu partout. Ses lèvres dessinent un sourire, puis toujours les yeux clos, il m'entraîne sur le lit et me prend dans ses bras. Dans cette position, j'oublie tous mes problèmes et me concentre uniquement sur la chaleur de son corps.

— J'ai t'ai apporté le petit déjeuner au lit, je souffle contre son torse.

— Dis donc, tu me traites comme un vrai roi, il réplique en caressant mes cheveux.

J'ai remarqué que me toucher les cheveux est devenu une habitude pour lui, qu'il le fait sans même réfléchir, et j'adore savoir que nous avons ce genre de petits rituels. Je ne vais pas devenir fleur bleue, mais je sais apprécier ces moments.

Il se relève dans le lit et je dispose devant nous le plateau préparé. Il saisit une tartine et croque avec vigueur comme s'il n'avait pas mangé depuis des jours. Je m'assois en tailleur et mange à mon tour.

— Est-ce que tu as bien dormi ? s'enquit Noah en essuyant le coin de sa bouche avec sa langue, et ça, c'est le geste le plus sexy que j'ai jamais vu. J'ai envie de passer ma langue au même endroit. Oui, je suis terriblement mordue et je l'assume !

— Être près de toi m'a aidé à passer une bonne nuit, j'affirme en lui dévoilant un sourire plein de dents.

C'est vrai, s'il n'avait pas été là, j'aurais ruminé toute la nuit. J'aurais aussi probablement envoyé un message à Veymers pour m'indigner de son comportement et lui montrer à quel point je lui en veux de me laisser tout ce bazar à gérer, celui qu'il a créé. Je sais qu'il ne m'aurait pas répondu, il a certainement dû laisser son téléphone dans une poubelle ou l'abandonner à une station de bus pour qu'on ne le localise pas.

Comme par hasard, mon téléphone que j'ai déposé sur la couette se met à vibrer. Je tends le cou pour apercevoir le visage rayonnant de Jessica sur l'écran.

— C'est ma petite sœur.

— Tu devrais répondre, je vais aller prendre une douche parce qu'une certaine demoiselle m'a fait faire beaucoup d'exercice hier soir.

Il m'embrasse tendrement sur le front, de ce genre de baisers qu'on a envie de tatouer pour les marquer à vie sur nous. Le temps que Noah me couvre de ses lèvres, la vibration a cessé et je relance l'appel. Ma petite sœur décroche au bout de deux tonalités.

— Je croyais que j'étais ta sœur préférée et que tu sauterais sur le téléphone pour me répondre !

— Tu es ma seule sœur, Jess. Et au fait, bonjour à toi aussi !

— Ne lève pas les yeux au ciel, Rachel !

— Je ne vois pas de quoi tu parles.

C'est faux, j'étais exactement en train de le faire. La voix de ma sœur est enjouée, ce qui a toujours eu pour effet de me mettre de bonne humeur. Jessica est solaire, elle est ce genre de femme qui entre dans une pièce et qui, automatiquement, attire les regards simplement par sa présence. Elle n'est pas que belle, elle a ce petit truc en plus que beaucoup lui envient.

D'habitude, elle me demande comment je vais, comment se passe mon travail même si cela ne l'intéresse pas et surtout, si je suis encore célibataire. Je crois que pour ce dernier point, elle a dû se lier avec Lisa, j'en suis persuadée. Ma famille n'est pas au courant pour la trahison de Damien. Ils ne l'ont jamais rencontré et, finalement, c'est très bien ainsi. Dans la version que je leur ai racontée, la moins détaillée, nous avons simplement mis un terme à notre relation, car nous n'avions pas les mêmes perspectives, ce qui n'est pas éloigné de la réalité. Si elle avait été au courant, Jess aurait remué ciel et terre pour retrouver Damien et lui faire la peau. Elle est plus petite que moi, plus jeune aussi, mais elle ferait tout pour moi.

Je sens que quelque chose ne va pas, qu'elle se retient de dire quelque chose. Elle me parle de banalités et ce n'est pas dans sa nature de tourner autour du pot, alors je mets les pieds dans le plat :

— C'est rare que tu m'appelles deux fois dans la semaine.

Silence.

— Jess, accouche ! Je sais que tu ne me téléphones pas pour me faire l'éloge du soleil.

Soupir au bout du fil. Elle ne tarde pas à craquer :

— J'ai appris pour ton patron.

Là, c'est moi qui reste muette. Je savais qu'elle finirait par être au courant, j'ai l'impression que tout le monde l'est.

— Je ne sais pas si les parents sont au courant, elle poursuit. Est-ce que ça va ?

Et là, je craque. Pas physiquement, mais mentalement. Je ne pleure pas, mais je ne retiens plus ma langue. Je lui raconte mon entrevue avec la police et les informations que nous avons. Elle insulte Veymers, tellement de fois que je ne pourrais les compter.

— La semaine prochaine, j'ai une expo à Paris dans la petite galerie d'un collectionneur canadien. Ça s'est décidé il y a deux jours. Ça serait l'occasion de se voir, qu'en penses-tu ?

— Tu sais bien que je ne louperais pas une opportunité de voir ton travail et de te voir, toi.

Je suis admirative de ma sœur, de cette fillette qui peignait les murs de sa chambre avant que mes parents ne comprennent que c'était plus ingénieux et moins salissant de lui acheter des toiles et surtout, une bâche pour protéger le parquet. C'est l'artiste de la famille. Elle adore son métier et, en plus, elle est douée. À croire que chez les Dumas, on ne vit que pour notre carrière.

— Je te mettrai sur la liste des invités.

— Est-ce que je peux venir accompagnée ?

Nouveau silence au bout du fil puis, avant que je ne m'habitue à cette nouvelle tradition, un cri strident vient percer mes tympans.

— Enfin ! Tu en as mis du temps ! Il s'appelle comment ? Vous vous êtes rencontrés où ? Depuis combien de temps vous êtes ensemble ?

Les questions fusent à la vitesse de l'éclair. Je n'ai jamais présenté un garçon à ma sœur. Enfin si, mais mon premier amour ne compte pas. On était si jeunes...

Noé m'a appris à aimer, m'a fait découvrir ce sentiment, et Noah n'a fait que confirmer que cela pouvait se répéter en mille fois plus fort. Il me fait expérimenter une vie d'adulte bien plus palpitante que dans mes rêves les plus fous, il me fait sortir de la coquille dans laquelle j'étais enfermée et déverrouille le cadenas autour de mon cœur.

— Tu le rencontreras bientôt et tu pourras l'assaillir de questions, je te le promets !

J'entends l'eau de la douche se couper et alors que je fixe la porte derrière laquelle Noah doit sortir de la douche, complètement nu, et ruisselant de gouttes, je parviens à raccrocher avec ma sœur. Ce n'est pas chose aisée, car, maintenant qu'elle a connaissance de cette information croustillante, je fais confiance à ma sœur pour me harceler de messages jusqu'au soir de son expo.

Noah finit par sortir, simplement couvert d'une serviette qu'il a nouée autour de son bassin. Ses cheveux sont humides et son corps brille. Il incline la tête sur le côté alors que la serviette menace de tomber. Ou peut-être est-ce moi qui ai envie de la faire glisser par télékinésie ?

— Puis-je savoir quelle est la raison de ce comité d'accueil ? Je ne dis pas que je ne suis pas heureux que tu me dévisages comme si tu voulais me dévorer, mais je n'y suis pas encore habitué.

Il avance vers moi et miracle, la serviette glisse à ses pieds. Il marche à quatre pattes sur le lit, jusqu'à moi et me couche sur le dos. Il commence par m'embrasser dans le cou, ce qui déclenche un millier de sentiments divers dans mon corps, ayant tous comme point commun la plénitude.

— Tu es si beau.

— Ah oui ?

Il continue à m'embrasser, ce qui me fait perdre le fil de ma pensée. Il me demande comment l'appel avec ma sœur s'est déroulé, tout en faisant descendre sa bouche sur mon ventre.

— Elle veut…, je me coupe pour glousser. Noah vient de poser ses lèvres sur le bas de mon ventre et ça me fait des chatouilles.

— Qu'est-ce qu'elle veut, Rachel ?

— Elle a…

Il baisse l'élastique de ma culotte et y glisse sa main. Alors qu'il la pose simplement sur mon sexe, en dessous je remue mon bassin pour lui intimer de la bouger, mais il n'en fait rien.

— Alors, Rachel, tu perds tes mots ?

Il s'amuse avec moi, il joue, car il sait très bien que, dans cette position, je suis incapable de parler. Je prends sa main et la dirige moi-même à l'intérieur. S'il n'est pas pressé de me donner du plaisir, je vais l'y aider. Et c'est comme ça que nous avons pris le métro très tard pour nous rendre chez Noah. Nous y avons fait une apparition éclair pour qu'il se change, puis nous avons pris le chemin vers l'immeuble que nous appelons toujours notre lieu de travail, enfin pour un temps compté. Noah n'a de cesse de me répéter qu'il a envie de m'accompagner dans mon bureau pour reproduire les prouesses de ce matin.

Avec tout ce qu'il s'est passé, je ne lui ai toujours pas dit que je nous avais invités à l'exposition de ma sœur. Je ne sais pas comment il va réagir. Peut-être va-t-il penser que je m'emballe et que cela va trop vite ? Rencontrer la famille, ce n'est pas après plusieurs mois habituellement ? Enfin, nous ne sommes pas comme tout le monde, alors autant vivre notre vie comme on l'entend !

Chapitre 58. Noah

Rachel et moi arrivons main dans la main au bureau. Il n'y a pas grand monde à l'étage, seulement quelques personnes sont rassemblées dans l'open space et dégustent un café. Ils ne nous ont pas encore remarqués.

— On aura tenu une journée dans le secret, me glisse Rachel à mes côtés.

— Veymers n'est plus là, on n'a aucune raison de se cacher.

— Et puis, ce n'est pas comme si on allait se faire licencier pour ça !

Rachel se veut drôle, mais son rire est triste.

Lorsque nous approchons, les têtes se relèvent petit à petit. Christiane fait descendre son regard vers nos mains, mais ne dit rien. Lisa affiche son plus beau sourire et nous ferait presque un high five pour nous féliciter. Quant à Marc, la surprise arrondit ses yeux.

— Alors, vous deux ? il nous demande en pointant son doigt vers nous.

— Tout le monde avait compris qu'ils en pinçaient l'un pour l'autre, tu es le seul à ne pas l'avoir remarqué ! ajoute Lisa en roulant des yeux.

Rachel retire sa main de la mienne pour prendre place autour de la table.

— Merci à tous d'être là.

Je crois qu'elle vient de clore le débat sur notre relation. Je m'installe à mon tour, sur la chaise la plus proche.

— Bon, quel est le plan pour aujourd'hui, boss ?

Rachel demande à notre équipe de rassembler tous les dossiers clients afin de savoir quels sont les papiers que Veymers a emportés avec lui. Nous fouillons dans son bureau, à la recherche de potentiels indices, mais il n'a laissé aucune trace derrière lui. Nous passons la journée entière à éplucher des dossiers aussi gros que des dictionnaires, et comptabiliser la somme que Veymers a volée. Parce qu'après tout, il ne nous reste plus que ça pour nous occuper. On pourrait travailler sur les projets de nos clients et faire comme si de rien n'était, mais à quoi bon ? La plupart nous ont affirmé qu'ils allaient embaucher une autre entreprise pour effectuer notre travail, et les autres, ils attendent le remboursement des sommes versées plus que nos diaporamas.

Il est dix-neuf heures. Rachel récupère son sac et nous empruntons l'ascenseur. Alors que j'appuie sur le bouton du rez-de-chaussée, un élément me revient en tête.

— Au fait, qu'est-ce que tu voulais me demander ce matin ?

Son visage rougit et elle tient fermement son sac devant elle.

— Ma sœur est peintre et elle a une expo la semaine prochaine à Paris. Si tu es d'accord, je souhaiterais que tu m'accompagnes.

— Tu veux que je rencontre ta sœur ?

— Si tu ne veux pas, je comprendrais tout à fait, elle s'empresse de dire.

— Rachel, je prends son visage entre mes mains, rien ne me ferait plus plaisir que de rencontrer ton entourage.

Elle se précipite sur moi, je l'entoure de mes bras, et c'est la première fois de ma vie que je souhaite être bloqué dans un ascenseur pour poursuivre ce moment. Nous empruntons le hall d'entrée et cette fois-ci, c'est dans mon appartement que nous nous rendons.

Je ne crains pas de rencontrer sa sœur, à vrai dire j'ai déjà rencontré Jessica quand j'avais dix-sept ans. Elle était encore une préadolescente de douze ou treize ans. Je me souviens d'une petite tête blonde avec les doigts toujours couverts de peinture. Cela ne m'étonne pas qu'elle ait poursuivi dans cette voie. J'ai dû la voir trois fois, quelque chose comme ça. C'était quand leurs parents travaillaient et que Rachel devait garder sa petite sœur. C'était facile, Jessica restait dans sa chambre, toujours la tête dans ses toiles. Je ne pense pas qu'elle se souvienne de moi, elle était trop petite et mes visites trop espacées. Je n'ai aucun doute là-dessus.

- Résidence des Dumas, mai 2011 -

— Tu es sûre que tes parents ne vont pas rentrer ?

— Depuis quand tu as peur, d'habitude, c'est moi la petite fille modèle qui respecte les règles !

Je souris et l'embrasse sur la tempe. Elle nous prépare des cookies pendant qu'une petite tornade débarque dans la cuisine.

— Rara, je viens de terminer mon carnet à croquis. Tu ne sais pas où les parents ont caché les autres ?

Elle est beaucoup plus jeune que Rachel et moi, elle ne doit pas dépasser les douze ans. Elle est blonde, tout l'inverse de ma copine, mais des traits similaires dans le visage m'indiquent que c'est la fameuse petite sœur dont Rachel m'a parlé. Ses doigts sont couverts de traces noires, sûrement du fusain et ses cheveux sont relevés en un chignon décoiffé. Alors que Rachel termine de disposer sa pâte sur le papier cuisson, Jessica semble enfin prendre conscience de ma présence. Ses yeux noisette s'ancrent dans les miens et elle me scrute comme si j'étais un animal à disséquer.

— Tu es qui, toi ?

Rachel la réprimande en lui répétant qu'une personne polie dit bonjour avant de s'adresser à quelqu'un. La petite fille ne prend guère en considération les paroles de sa sœur et me repose la question.

— Je m'appelle Noé, je suis un camarade de classe de ta sœur.

— Tu es son petit copain ? elle demande d'une voix fluette.

Moi qui voulais faire en sorte qu'elle pose le moins de questions possible pour ne pas embarrasser Rachel, je crois que j'ai failli à ma mission.

— Jessica, ne dis rien aux parents.

— Ouuuuhhhh, tu es amoureuse !

Jessica commence à sautiller de joie, ce qui a l'air d'exaspérer sa sœur.

— Maman et papa, ils ont dit que tu n'avais pas le droit de ramener un garçon avant que tu sois grande. S'ils le savent, tu vas être punie jusqu'à l'année prochaine !

Rachel se lave les mains puis se place devant sa sœur et, en la fixant, lui tend son auriculaire.

— Si tu ne dis rien, je vais chercher un carnet dans la cachette des parents et demain je t'achèterais le pinceau que tu veux, celui que tu m'as montré dans le magasin samedi dernier.

La petite fille, visiblement très maligne pour son âge, scelle le pacte avec sa sœur. Heureuse du deal, elle repart vers sa chambre en chantonnant pendant que Rachel monte sur un marchepied afin d'atteindre un placard en hauteur situé dans la salle à manger.

— Mes parents lui achètent des fournitures de dessin dès qu'elle le souhaite, mais vu que ses résultats ne sont pas très bons à l'école, ils ne lui en donnent que lorsqu'elle ramène de bonnes notes, et aussi quand ils jugent qu'elle a eu un bon comportement. Ils adorent qu'elle ait une passion, mais elle déborde d'énergie et elle est tellement dans sa bulle que, parfois, elle oublie ce qu'est un comportement adéquat. Elle n'écoute pas en classe et dessine sur tous les supports qu'elle peut trouver. C'est sa maîtresse qui leur a proposé de fonctionner comme ça, voir si ça peut l'aider cette année.

Je ne vais pas juger leur façon de faire. Chaque parent a une méthode bien à lui pour éduquer son enfant. Tout en surveillant la cuisson des cookies, Rachel me parle de sa sœur et de son admiration pour ses œuvres. Apparemment, elle est très douée. Et pour l'anniversaire de Jessica, ses parents vont lui faire la surprise de louer la salle des fêtes pour qu'elle puisse exposer ses tableaux et ses dessins. Ils ont même préparé des prospectus qu'ils vont distribuer très bientôt. C'est Jessica qui lui a dit qu'elle aimerait faire ça lorsqu'ils sont allés visiter le Louvre il y a trois mois.

— Les cookies sont bientôt cuits. Tu veux qu'on en profiter pour regarder un DVD ?

J'accepte. En réalité, je me fiche du film qu'elle choisira. Tout ce qui m'importe est de pouvoir lui faire des câlins sur ce canapé.

Chapitre 59. Rachel

Depuis deux semaines, beaucoup de choses ont changé. L'enquête sur Veymers s'est poursuivie et ils ne l'ont toujours pas retrouvé, à croire qu'il est déclaré grand vainqueur au jeu du cache-cache international. C & C a reçu une offre de rachat. Une entreprise qui exerce dans notre domaine voudrait s'implanter en France, et lorsque les dirigeants ont entendu ce qu'il se passait pour nous, ils ont décidé de nous faire une proposition. Ils connaissent la renommée que nous avions avant cette affaire et souhaitent conserver toute l'équipe au complet. Je vous laisse deviner à quel point on était heureux de pouvoir à nouveau travailler. On ne sait pas encore quand l'annonce sera officielle, le fait que Veymers n'ait pas encore été retrouvé et que C & C soit au cœur de la justice n'aide pas à faire la passation de pouvoir.

De mon côté, la compagnie américaine m'a proposé de diriger la boîte lorsque tous les papiers seront en ordre et que nous pourrons enfin retrouver notre emploi. Je n'en reviens toujours pas, pourtant c'est du concret. Lorsque je l'ai annoncé à mes parents et à ma sœur, eux qui étaient inquiets pour mon avenir professionnel avec la fuite de Veymers, ils ont explosé de joie à l'annonce de la nouvelle.

Noah est aussi très heureux pour moi, il m'a même offert une petite plaque avec mon nom gravé dessus, que je pourrais accrocher sur la porte de mon bureau. Parce que oui, j'ai décidé de conserver mon bureau actuel, même si mon poste évolue. Il est hors de question que je m'assoie là où ce traître de Veymers a fait ses petites manigances. Son immense bureau va donc devenir une seconde salle de réunion.

— Ma belle, tu es prête ?

— Une seconde !

J'ajoute un dernier coup de rouge sur mes lèvres. Ce soir, c'est l'exposition de ma sœur et pour l'occasion, j'ai emprunté une robe à Lisa. C'est une robe assez près du corps de couleur fuchsia. Je l'ai assortie à des talons de dix centimètres qui me font presque croire que je suis aussi grande que ma meilleure amie. Mes boucles d'oreilles longues en or apportent de la lumière dans ma chevelure bouclée. Je saisis ma pochette, laissée sur mon lit et rejoins Noah dans le salon. Il porte un costume, celui de la soirée d'entreprise deux semaines plus tôt, et zappe sur l'écran de la télévision. Du coin de l'œil, il doit remarquer une silhouette puisqu'il tourne la tête et en reste sans voix. Je gravite jusqu'au centre de la pièce et tourne sur moi-même pour lui montrer ma tenue.

— Alors, qu'est-ce que tu en penses ?

Il se lève, s'approche de moi encore en chaussettes et pose ses mains sur mes hanches.

— À chaque fois que je te vois, j'ai l'impression d'être l'homme le plus chanceux du monde. Tu es plus belle de jour en jour, comme une fleur qui s'épanouit.

Malgré mon rouge à lèvres, je ne résiste pas à l'envie de l'embrasser. Il porte ce parfum que j'adore et je sens son cœur battre contre moi.

— Noah ?

— Oui, mon amour ?

— Je crois que je suis en train de tomber amoureuse de toi. Est-ce que c'est grave ?

Ses yeux s'illuminent et rien qu'à ce regard qu'il ne peut contrôler, je sais que mes paroles ne pourraient se révéler plus authentiques. Car c'est ce que je ressens pour lui, je tombe tous les jours un peu plus sous son charme et ça me terrifie.

— Tu sais, l'amour n'est pas une maladie. On peut être fou d'amour, mais cela reste une aliénation qui ne nécessite pas de traitement. Et si jamais un jour ce sentiment doit s'inscrire sur une ordonnance, j'espère qu'il sera incurable. Parce que c'est beau, d'aimer. Grâce à toi, je sais ce que c'est. Alors non, rassure-toi, ce n'est pas grave de tomber amoureuse parce que, de mon côté, je suis dingue de toi depuis le premier jour.

— Tu as toujours été du genre poète romantique ?

— Seulement depuis que j'ai fait ta rencontre.

Il m'embrasse et je ne sais pas entre sa déclaration ou la ferveur de son baiser, lequel des deux me fait le plus fondre. Jamais je n'aurais pensé que ce qui ne devait être qu'une simple nuit allait se transformer en une belle histoire d'amour. Je ne voudrais pas mettre la charrue avant les bœufs, mais j'ai le pressentiment que nous ne sommes qu'au début de notre chemin ensemble.

— J'adore le fait de t'avoir pour moi tout seul, mais je pense que ta sœur serait ravie qu'on fasse au moins une petite apparition à son expo.

Je ris contre son torse et je ne doute pas que Noah ait des projets pour nous deux dès que nous serons de retour chez lui.

Nous quittons l'appartement en taxi, direction la galerie louée pour ma sœur.

— C'est vraiment ici ? s'enquit Noah en observant par la vitre du véhicule. Ta sœur n'est pas n'importe qui.

Le trajet a duré vingt minutes et, à destination, nous sommes accueillis par une dizaine de personnes patientant en ligne sur le trottoir. Le taxi nous dépose, Noah règle la course et me tend la main pour sortir.

Un homme est posté devant la porte. Grand, imposant et en costume, il régule les entrées des invités avec sa liste et son stylo. De grandes vitres nous permettent de voir ce qu'il se passe à l'intérieur. L'endroit est bien éclairé et semble déjà bondé. Je n'aperçois pas ma sœur, mais de nombreux groupes se sont formés devant des tableaux. Des serveurs, aussi chics que ceux de la réception organisée par C & C, déambulent avec leurs plateaux. Ce n'est pas la première exposition à laquelle j'assiste, pourtant à chaque fois je suis émerveillée par l'engouement que le talent de ma sœur procure.

— Tu crois qu'on doit faire la queue derrière eux ou tu as une sorte de carte VIP ?

— Ça dépend, es-tu prêt à te battre contre le gentil monsieur qui doit certainement manger des briques au petit déjeuner si jamais ça tourne mal ?

Noah prend ma main et nous dirige vers la fin de la file.

— Trouillard, je lui glisse en resserrant mon manteau contre moi.

Il pose une main dans le creux de mes reins avant d'ajouter :

— Ma chérie, tu sais que je t'aime, mais je tiens tout autant à chacun de mes membres. Tu ne voudrais quand même pas que je ruine ce beau visage ?

La réponse est non. Pour rien au monde je ne souhaiterais que Noah soit blessé. D'autres personnes viennent se regrouper derrière nous, mais la foule avance bien et rapidement, nous arrivons devant monsieur armoire à glace.

— Bonsoir, je vais prendre vos noms, s'il vous plaît.

— Rachel Dumas, je suis la sœur de l'artiste.

Le vigile marque un temps en fouillant dans sa liste.

— C'est marqué que vous venez avec … monsieur inconnu ? il hésite sur les derniers mots.

Je lève les yeux au ciel devant le gag de ma sœur.

— Jessica est très drôle, vous savez les artistes sont dans leur monde …

J'essaye de noyer le poisson. Il ne faudrait pas que Noah reste à la porte à cause de l'humour de ma très chère petite sœur.

— Je présume que vous êtes monsieur inconnu ? demande l'homme en se retournant vers celui qui m'accompagne.

— Noah, ça suffira.

Il hoche la tête, raye nos noms puis nous fait signe d'avancer. Derrière notre dos, je l'entends murmurer :

— Il manquerait plus que monsieur invisible se pointe et je démissionne sur le champ !

Chapitre 60. Noah

Je ne me suis jamais rendu dans une exposition, quel que soit l'art représenté. Pas que je n'aime pas ça, simplement je n'en ai pas eu l'occasion dans ma vie. Nous déposons nos manteaux et le sac à main de Rachel dans ce qui semble être un vestiaire aménagé pour ce soir.

Pour une petite galerie, l'espace est bien disposé. L'endroit est lumineux afin de faire ressortir les couleurs des œuvres, les murs sont blancs, un piano est au centre et un musicien joue de la musique classique en fond. Tous les invités sont sur leur trente-et-un et je comprends maintenant pourquoi Rachel insistait pour que je porte à nouveau ce costume.

— Qu'est-ce qu'on est censé faire ?

Rachel se retourne vers moi, ne comprenant pas où je veux en venir. Je dois reconnaître que je suis légèrement perdu dans ce monde qui n'est pas le mien. Je suis habitué à étudier des posters publicitaires, pas les œuvres d'un artiste de son temps.

— Première fois ?

— Première fois avec toi en avion, première fois à une expo. Je crois qu'on les collectionne.

J'ai envie d'ajouter première fois tout court, celle où pour la première fois de ma vie j'ai embrassé les lèvres d'une femme et touché son corps, mais je m'abstiens. Rachel est au cœur de mes nouvelles expériences et je suis ravi de partager tout ça avec elle, de lier mes souvenirs à cette femme qui me subjugue à chaque nouveau regard posé sur elle.

— Tu fais comme moi. Tu vois tous ces groupes massés devant les œuvres ? En général, tu as quelques connaisseurs dans le lot et tout le reste, ils n'y comprennent rien, comme toi et moi. Tu peux être certain qu'un des connaisseurs va prendre la parole, imaginer la vision que l'artiste a voulu transmettre dans son œuvre. S'il ne te demande pas ton avis, tu acquiesces, parce que, de toute façon, il sera certain de ce qu'il dit. Et s'il te demande ce que tu en penses …

— Je hoche la tête ? je la coupe.

— Non. Dans ce cas-là, tu répètes ce que ta sœur t'a expliqué sur son travail et tu passes d'amatrice à experte.

— Et si ma sœur ne m'a pas parlé de son travail ?

— Alors tu détournes la question par une autre question en lui demandant ce qu'il a pensé d'une autre œuvre.

— Je vois que ton système est bien rodé, je suis réellement impressionné.

— Tu vas apprendre vite, j'en suis sûre.

Rachel m'attrape par la main et me tire jusqu'à ce que nous arrivions devant la première œuvre. C'est un tableau très coloré où se mêlent paysages réels et portraits de femmes.

— Jessica peint beaucoup de portraits, me glisse Rachel à l'oreille. Elle peut peindre des visages humains comme ceux d'animaux. Si tu lui demandes pourquoi dessiner ce type d'art, elle te répondra que rien n'est plus beau qu'un visage puisqu'il peut faire passer des milliers d'expressions.

— Un visage, c'est comme un roman, une expression est semblable à des mots silencieux.

Nous nous retournons vers la voix qui nous a fait sursauter. Une jolie blonde nous observe, une coupe de champagne à la main, vêtue d'une robe pourpre. Ses cheveux sont longs, coiffés en une queue de cheval qui fouette l'air à chaque mouvement et ses yeux marron sont accentués par un épais trait doré.

— Jessica !

Rachel et sa sœur se prennent dans les bras pendant que je fixe cette petite fille hyper active devenue une sublime jeune femme. Il n'y a pas à dire, les Dumas ont de super gênes.

— Tu dois donc être le copain ?

— C'est moi, monsieur inconnu.

Je lui donne une poignée de main, qu'elle me rend avec lenteur. Elle aurait pu rire à sa propre blague, à la place, elle préfère me scruter en détail.

— Je te présente Noah, Noah, je te présente ma sœur, Jessica.

Pendant que Rachel fait les présentations, je sens une expression indéchiffrable passer dans le regard de sa sœur.

— Noah ? Comme … Noah ? elle demande de répéter à Rachel.

Cette dernière acquiesce et, soudain, je ne me sens pas à l'aise.

— C'est drôle comme prénom. Peu commun. Tu viens d'où, Noah ? Ta tête me dit quelque chose.

Je ne sais pas si je pâlis physiquement, pourtant c'est l'impression que j'en ai. Le col de ma chemise a l'air de se resserrer autour de mon cou et mon nœud papillon paraît m'étouffer. Heureusement pour moi, Rachel vient à ma rescousse sans s'en rendre compte.

— On vient d'arriver, il est encore trop tôt pour que tu le bombardes de questions ! Et puis c'est ton expo, c'est toi la reine de la soirée !

— Tu as raison, nous aurons tout le temps de faire connaissance après. N'est-ce pas, Noah ? Mon prénom roule sur sa langue pour l'accentuer.

Jessica entraîne sa sœur vers d'autres tableaux, expliquant ses inspirations pour chacun d'entre eux. Les invités, massés en groupes devant les œuvres, sont ravis de connaître les coulisses et sont friands d'anecdotes sur le processus d'élaboration. Je les suis de près, mais me mure dans le silence.

J'ai l'impression que Jessica se doute de quelque chose. Pourtant, j'étais rassuré par le fait qu'elle était jeune et qu'elle ne se souviendrait probablement pas de moi. Il semblerait que j'ai été trop confiant à ce sujet. Si elle fait part de ses doutes à Rachel, je sais que cette dernière ne me pardonnera pas de lui avoir menti. Je ne lui ai pas menti volontairement, les circonstances ont fait que je n'ai pas eu l'occasion de lui en parler et, maintenant, je crains qu'il ne soit trop tard. Je me suis enterré dans cette omission et, aujourd'hui, je ne peux revenir en arrière.

— Qui est-ce ?

Un homme, bedonnant et moustachu, interpelle les sœurs Dumas au sujet d'un portrait de femme. J'étais si perdu dans mes pensées que je n'avais pas remarqué que nous nous étions arrêtés devant une toile immense, peut-être la plus grande de l'exposition. Le visage de la jeune fille, qui ne doit pas dépasser les seize ans, est peint en noir et blanc. Autour d'elle, une explosion de couleurs forme un halo arc-en-ciel. Ses traits sont fins, ses cheveux longs et sa bouche souriante. Mais, ce qui me frappe, c'est l'intensité de son regard dont Jessica a peint l'iris en noisette-vert.

— Pourquoi tu as fait ça ? s'indigne Rachel en observant le tableau la représentant adolescente, pile au moment où je l'ai connue.

— J'ai retrouvé une photo de nous deux il n'y a pas longtemps et ton visage m'a inspiré.

— Ne me dis pas que tu vends ce tableau de moi sans mon consentement ?

Rachel croise les bras sur sa poitrine tandis que les curieux qui nous entouraient désertent petit à petit le duel de regard des sœurs Dumas.

— Bien sûr que non ! Ce tableau n'est pas à vendre, je pensais te l'offrir à ton anniversaire. Mais évidemment, tu préfères râler avant de connaître la vérité. Je voulais te faire plaisir !

Je sens les traits de ma belle se radoucir.

— Je suis désolée, Jessica, je pensais que …

— Oublie, j'aurais dû te demander avant de l'exposer ici.

Jessica tend ses bras devant elle et Rachel vient s'y insérer, comme un gage de paix. Je décide de laisser les filles seules pour aller prendre un peu l'air frais dehors.

J'ai l'impression que Jessica est une bombe à retardement et que, si ce n'est pas encore fait, ses souvenirs ne tarderont pas à remonter à la surface. Je préfère m'éclipser pour ne pas lui donner plus d'indices et la mettre sur la piste. Moins elle me verra pour l'instant, mieux ma relation avec Rachel se portera. Du moins, c'est ce que je pense.

Chapitre 61. Rachel

— Ton copain est malade ? demande Jessica en m'entraînant vers une table haute sur laquelle sont disposées quelques verrines.

— Je crois surtout que tu lui as fait peur avec toutes tes questions !

— Moi j'en ai une pour toi.

— Je t'écoute.

Jessica fait claquer sa langue sur son palais avant de déclarer :

— J'étais peut-être petite, mais une fois ou deux tu n'as pas ramené un garçon à la maison quand les parents travaillaient ? Tu sais, il avait les yeux verts et je t'avais demandé une photo de lui pour le peindre.

— Si, mon tout premier copain. On était au lycée.

Je suis surprise qu'elle se souvienne de ça, elle n'était qu'une enfant. Elle tenait absolument à capturer son regard parce que, pour elle, il était si vert qu'on aurait dit de la kryptonite.

— Et il s'appelait comment ?

— Noé, mais je ne vois pas où tu veux en venir, je rétorque en goûtant une verrine avocat-saumon, un pur régal.

— C'est marrant comme prénom, Noah, Noé ... J'adore ses yeux en tout cas.

— Je ne vois pas où tu veux en venir, Jess.

Ma sœur hausse les épaules alors pour dissiper l'atmosphère électrique qui commence à peser sur nous, j'ajoute pour la rassurer :

— Je ne veux pas parler de mon ex alors que j'ai un copain avec qui je suis très heureuse. Je t'assure, il est parfait pour moi et je me faisais une joie que tu le rencontres. Alors s'il te plaît, pourrait-on se réjouir du fait que nos deux vies se déroulent à merveille ? Regarde-toi, tu fais du super travail et je suis certaine que les critiques d'art vont être hyper élogieux !

Jessica affiche une tête qui affirme qu'elle ne laissera pas cette discussion inachevée, mais qu'elle est prête à la repousser pour quelque temps.

— C'est vrai, j'assure dans mon travail et toi tu as l'air heureuse dans ta vie perso.

— Plus qu'heureuse. Noah et moi, ça n'a pas été facile au début, mais je sais que nous affronterons tout ensemble.

Jessica me parle de sa prochaine exposition à Amsterdam, proposition qu'elle a reçue avant que la soirée ne commence, et qui la récompense de tout le travail qu'elle a accompli jusque-là. Et de mon côté, je lui raconte ma rencontre originale avec Noah, de cette nuit qui ne devait rester qu'un souvenir et qui s'est ensuite transformée en collaboration professionnelle. Elle me demande aussi des précisions sur Veymers et sur l'avenir de la société. C'est fou comment l'avoir près de moi m'avait manqué.

Le propriétaire de la galerie vient emprunter Jess pour la présenter à des amis haut placés et je cherche Noah du regard pour le rejoindre. Je le repère vite, entouré de trois hommes devant mon portrait. Je m'approche de lui, assez discrètement pour qu'il ne me remarque pas et que je puisse écouter ce qu'il se dit.

— Je ne suis pas d'accord avec vous, Gilles, pour moi ce tableau représente la vie sous toutes ses formes. Il y a la couleur, la joie et la réalité de l'éphémère. Cette sublime jeune femme est l'allégorie de ce qu'il y a de plus beau dans ce monde.

Les autres acquiescent, pendus aux lèvres de ce beau spécimen.

— Je crois que tu as fait l'inverse de ma technique, je susurre dans son oreille alors que le groupe se disperse.

Noah sourit, visiblement dans son élément. Je reprends, toujours dans son dos :

— Alors comme ça, je suis une allégorie ?

Noah se retourne, passe un bras derrière moi et me rapproche de lui. Face à face, nos visages ne sont qu'un miroir de l'autre.

— Tu es la beauté incarnée.

Il avance sa bouche vers moi, je tends mes lèvres, mais il dépose un baiser sur ma joue. Déçue, je fais la moue et le lui fais remarquer.

— Ma chérie, je voudrais te montrer à quel point tu es belle, mais je ne pourrais pas le faire ici, devant tout le monde. Si je t'embrasse, je ne pourrais pas m'arrêter et je serais obligé de te prendre là, sur ce sol.

Je rougis face à tant de mots crus. Un invité aurait pu nous entendre malgré la voix basse de Noah, mais il n'a pas l'air de s'en soucier.

— Je sais que tu ne vois pas souvent ta sœur et je ne souhaite pas interrompre vos retrouvailles, mais j'ai très envie de t'emmener chez moi et de te déshabiller pour découvrir ce qu'il se cache sous cette magnifique robe. Ou bien simplement la soulever et te prendre tout habillée.

Je mords mes lèvres et ma salive reste bloquée dans ma gorge, je ne parviens pas à l'avaler. Quand Noah me parle, j'ai l'impression d'être une autre personne, une fille qui ne se soucie de rien d'autre que de profiter pleinement de la vie. Comme si toutes les barrières que je m'étais imposées pour réussir ma carrière se soulevaient une à une. Je ne suis plus la même femme qui a rencontré Noah dans cette boîte, j'ai l'impression de devenir celle que je n'ai jamais osé rêver d'être.

Malgré l'excitation qui me gagne, je décide de rester une heure supplémentaire, pour ma sœur. Et j'espère qu'elle aura une dette à vie envers moi, car tenter de résister à un mannequin, qui vous susurre à tout va ce qu'il aimerait vous faire une fois rentrés, est une torture digne de l'Enfer.

— L'anniversaire de mariage des parents est dans un mois, on pourrait peut-être leur faire la surprise de rentrer toutes les deux pour le week-end ?

Je fais la bise à Jessica en réfléchissant à sa proposition. Il est vrai que cela fait longtemps que nous ne nous sommes pas retrouvés tous les quatre.

— Tu crois que tu pourrais te libérer avec tous tes voyages ?

— Je peux déjà réserver la date dans mon calendrier si tu en fais de même.

— OK, je lui concède en la prenant dans mes bras.

Ce n'est pas une mauvaise idée et ça me ferait sûrement du bien de rentrer chez moi pendant deux jours. Noah tend sa main à Jess, mais ma sœur le prend dans ses bras. Elle paraît si petite entre les gros biceps de ce dernier.

— Pas de chichis entre nous, tu es de la famille maintenant ! Je ne vais pas te faire le discours du "si tu blesses ma sœur, je te retrouverai et ferai de ta vie un enfer", mais je le pense très fort.

Jessica sourit alors que les lèvres de Noah se crispent légèrement. Je crois que ma sœur a réellement réussi à faire peur à mon copain. Il parvient tout de même à ajouter :

— Lorsqu'on rencontre une personne comme ta sœur, on ne peut que la chérir. Je ferai tout mon possible pour la rendre heureuse et ne pas faillir à ma mission.

La réponse de Noah semble convenir à ma sœur puisque cette dernière me glisse à l'oreille :

— Il a toujours l'air aussi mystérieux, mais il y a une chose sur laquelle je suis certaine qu'il ne ment pas, c'est qu'il est dingue de toi. Tu mérites d'être heureuse, Rara.

Et de savoir que ma sœur soutient cette relation, rien ne me fait plus plaisir.

Chapitre 62. Noah

Marc, Rachel et moi sommes attablés dans l'open space. Il doit être quatorze heures. Notre espace de travail est un mélange d'ordinateurs, de dossiers étalés un peu partout et de boîtes de repas vides. Des talons s'entendent dans le couloir, comme si un troupeau de chevaux avait décidé de ravager notre étage avec leurs gros sabots. Mais il n'y a qu'une seule jument et c'est Lisa qui court littéralement vers nous, son téléphone devant elle.

— Regardez ça !

Sa main tremble, sûrement à cause de son essoufflement.

— On ne voit rien, Lisa, ton écran est noir !

— Merde, il a dû s'éteindre pendant que je courais.

Elle bidouille quelque chose sur son téléphone puis le dépose sur la table avant de s'affaler sur une chaise, les joues rougies. Le marathon de Paris, ce n'est pas pour tout de suite.

Rachel est la première à lire ce qui ressemble à un article de presse, puis elle passe le téléphone à Marc, qui finit enfin par me le tendre.

— Donc, ça y est, ils l'ont attrapé.

Lisa hoche la tête tandis que Rachel énumère dans son esprit ce que la capture de Veymers signifie pour nous, je la vois compter sur ses doigts. Finie la vie dorée au soleil, notre ex-patron va se retrouver derrière les barreaux pendant un petit moment.

— Les Américains vont peut-être enfin pouvoir racheter C & C ! s'extasie Marc, en rêvant des mois à venir.

— Je pense surtout qu'avant ça, la police va longuement interroger Veymers sur ses motivations et peut-être qu'une fois le procès passé, on pourra travailler à nouveau, réagit Rachel.

— Tu crois qu'on devrait l'annoncer aux autres ? lui demande Lisa.

Rachel retrousse le nez et pose sa joue sur son poing.

— Si tu es au courant, ils ne tarderont pas à l'être aussi, si ce n'est pas déjà fait.

— On devrait aller confronter Veymers.

Ces mots sont sortis tout seuls de ma bouche et visiblement je les ai prononcés assez fort pour que trois têtes se retournent vers moi.

— Durant des mois, voire des années pour certains, Veymers a profité de votre motivation et de votre créativité. Réfléchissez à toutes les heures que vous avez passées au bureau, ou même chez vous, à chercher des idées pour les projets dont il s'attribuait le mérite. Après tout, c'était son entreprise. Veymers était au sommet de la pyramide, c'est lui qu'on félicitait pour le travail accompli et sa compagnie florissante, alors qu'il n'aurait rien pu faire sans vous. Vous ne voulez pas exprimer votre rancœur et votre colère ? Qu'il fasse face au merdier qu'il a laissé en s'enfuyant ?

Silence dans la pièce, ou peut-être est-ce le bruit de nos cerveaux qui réfléchissent. J'ai envie de voir à nouveau l'homme qui a tout pris à Rachel, alors qu'elle a voué sa carrière et de nombreux moments de sa vie privée à cette entreprise. Je veux pouvoir exprimer à mon ancien patron le malheur qu'il a causé à ses salariés, et le plus grand malheur que ça aurait été si les Américains ne voulaient pas racheter C & C. Une perte d'emploi, ça peut être dévastateur.

— Je suis d'accord avec Noah. Je veux avoir une conversation avec Veymers.

— Moi aussi, ajoute Lisa après Marc.

Rachel baisse le regard vers les papiers étalés devant elle. Je prends sa main et elle lève son menton vers moi.

— Je pense que ça te ferait du bien, ma belle. Veymers a peut-être été un mentor pour toi, mais il n'a pas su te remercier pour tous tes efforts. Tu m'as dit que tu lui en voulais d'être parti aussi lâchement, c'est le moment d'apaiser ton cœur et de le lui dire. On ne te forcera à rien, mais si tu dois reprendre les rênes de la compagnie, ça pourrait être bien de mettre un terme au règne de ton prédécesseur.

Rachel a les yeux qui brillent, signe qu'elle se retient de pleurer. Je sais combien cette situation l'affecte même si elle préfère se concentrer sur les autres employés de C & C. C'est une façade, plus elle s'occupera l'esprit et moins elle pensera aux sujets qui la concernent.

— Noah a raison, Rachy. Et puis ce n'est l'affaire que de trois secondes. Tu lui dis que tu l'emmerdes et tu repars, aussi rapide que ça !

La remarque de Lisa fait sourire celle que j'aime et elle finit par accepter. Je la sens sur la réserve, mais je serai là à chaque étape. Je la soutiendrai et ferai en sorte qu'à l'avenir, elle ne laisse plus passer sa carrière avant son bonheur.

Aujourd'hui, ce sont les résultats du bac. Notre groupe d'amis se tient devant la grille, prêt à bondir dès qu'ils auront affiché la fameuse liste. Dans ma main, celle de

Rachel tremble. Elle n'est pas rassurée alors que je sais qu'elle a cartonné à toutes les épreuves. Pour elle, son stress lui a fait défaut et elle a mis toutes les mauvaises réponses. C'est simplement l'angoisse qui parle. Rachel est la première de la classe et si elle n'a pas son diplôme avec une mention très bien, c'est là qu'il faudra s'inquiéter de savoir si des copies n'ont pas été échangées.

Je tourne la tête derrière moi et j'ai l'impression que toutes les terminales sont venues devant le lycée. Certains sont avec leurs parents, d'autres comme nous sont venus entre amis.

Le proviseur arrive, de grandes feuilles blanches entre les mains. Il y a des inscriptions noires, nos noms, mais c'est écrit si petit qu'il est impossible de lire depuis notre point d'observation. Il prend des punaises pour accrocher une à une les listes sur le tableau marron, et j'ai l'impression que ça dure une éternité, comme si trois ans de lycée n'avaient pas été déjà assez longs pour obtenir ce diplôme.

Le proviseur, accompagné de son adjointe, vient vers nous et ouvre les grilles qui mènent dans l'enceinte du lycée. C'est une sorte de petite cour qui précède l'entrée dans le bâtiment. Tels des animaux sortis de cage, nous nous ruons vers le fameux tableau. Je tiens fermement Rachel contre moi pour qu'elle ne se fasse pas trop bousculer par les autres.

Rachel s'approche en premier du tableau, je suis derrière elle et au lieu de chercher mon nom sur la liste, c'est le sien que je regarde. Mes yeux parcourent les noms de famille à une vitesse folle, et notre joie exulte en même temps :

— Je l'ai !
— Tu l'as !

Rachel saute dans mes bras, avec un sourire qui en dit long sur son soulagement. Ma belle a son baccalauréat, mention très bien. Je le lui avais dit, mais elle ne m'avait pas cru.

— Et toi ? elle me demande en posant sur moi ses immenses yeux noisette.

Devant nous, plusieurs terminales ont pris place si bien que Rachel est trop petite pour apercevoir le tableau. Avec ma tête de plus qu'elle, je remarque facilement mon prénom.

— Je l'ai aussi !

— On est bacheliers !

Rachel prend mon visage entre ses mains et m'embrasse avec toute la ferveur dont dispose son tout petit corps. Je suis soulagé à mon tour. Je n'ai pas particulièrement brillé sur les épreuves, j'ai été assez moyen dans toutes les matières et je m'en sors sans mention, mais tout de même avec mon bac en poche !

Notre groupe d'amis se dirige vers le fast-food le plus proche pour célébrer ce bout de papier pour lequel on a tant sué ces derniers mois. On a tous appelé nos proches et on a reçu des félicitations de toute part.

— Ça y est, le lycée est terminé pour nous, murmure Rachel.

Nous sommes assis l'un à côté de l'autre dans le bus. Nos amis sont devant nous, certains autres ont dû rester debout par manque de place à cette heure bondée. La tête de ma belle repose sur mon épaule et je sens une pointe de nostalgie dans sa voix.

— Une bonne chose de faite, non ?

— Disons que maintenant, on entre dans la vie adulte. On va bientôt savoir dans quelles universités on est accepté et ça me terrifie.

Rachel n'a qu'une seule université en tête, la plus prestigieusc dans le domaine dans lequel elle veut exercer, évidemment. Elle a été contrainte de postuler dans d'autres écoles, mais c'est celle-là qu'elle souhaite. Soyons honnêtes, avec un dossier en béton comme le sien il y a peu de chance qu'elle n'y parvienne pas.

J'ai moi aussi postulé dans la même université qu'elle, mais je crains de voir mon inscription rejetée. Et, je ne sais pas ce qu'il adviendra de nous avec la distance. Ce que je ressens pour Rachel est fort, mais est-ce assez pour survivre à des centaines de kilomètres ?

Chapitre 63. Rachel

Le procès de Veymers approche, ce qui s'avère plutôt rapide compte tenu de ce que j'ai entendu sur les délais de la justice. Certains d'entre nous seront appelés à la barre pour témoigner, mais étant donné que personne ne s'est douté des agissements de notre patron, je ne pense pas que nos récits apportent des éléments pertinents à la décision des juges.

Aujourd'hui, Noah et moi nous déplaçons en prison pour rendre visite à Veymers. Je ne sais pas ce que j'attends de cette rencontre au parloir, comment réagira notre ancien patron à notre venue. Et que pourrais-je bien lui dire ? Je lui en veux de m'avoir laissé le fardeau de cet abandon de poste, mais il est devenu un criminel et je ne suis pas certaine qu'il en ait quelque chose à faire de notre colère. Pourtant, Noah pense que ça me ferait du bien, en ma qualité de future dirigeante de la nouvelle firme.

Le taxi nous dépose devant un bâtiment gris, sans couleurs. Les murs sont hauts, tout comme les grillages qui empêchent certainement les évasions. Nous nous dirigeons vers le panneau qui indique l'entrée des visiteurs. Noah tient fermement ma main et je l'en remercie, car s'il me lâchait, je courrais probablement dans le sens inverse. Sa présence est le moteur de mes pas.

Nous entrons successivement dans plusieurs salles. On nous demande d'abord notre identité, l'heure de rendez-vous avec la personne incarcérée, puis on nous fouille pour être certains qu'on ne cache rien d'illégal sous nos gros manteaux hivernaux.

Une surveillante nous conduit dans une pièce assez déprimante. Des tables sont dispersées un peu partout, entre chacune d'elles des murets sont disposés pour plus d'intimité. Des surveillants pénitentiaires sont postés près de chaque coin. Je vois des couples se tenir la main, une maman qui pleure devant son fils et un jeune garçon qui doit tout juste être adulte. L'atmosphère est triste, pesante, en même temps c'est une prison, ça n'a jamais été réputé être un séjour extraordinaire dans un hôtel cinq étoiles, mais je m'imaginais autre chose.

La surveillante nous accompagne jusqu'à une table dans le coin de la pièce, la plus éloignée. Elle nous indique de nous asseoir, et que le prisonnier ne va pas tarder à arriver. Noah n'a toujours pas lâché ma main et je crois qu'elle doit bien être moite, mais cela n'a pas l'air de le déranger. Je scrute le bois éraflé de la table où quelques initiales ont été gravées.

Mes doutes, mes pensées s'interrompent quand Veymers entre dans notre champ de vision. Il est accompagné d'un surveillant et ses mains sont menottées devant lui. Il porte un vieux jean, un t-shirt blanc taché qui paraît large pour lui et sa barbe est devenue une épaisse couche de poils blancs autour de sa bouche. Je ne l'ai jamais vu dans cet état. Habituellement, il porte toujours un costume taillé et soigné. Sans sa cravate, il paraît presque humain, moins intouchable.

— Mes chers employés !

Veymers a le sourire, je reste de marbre. Tant mieux pour lui s'il est heureux de nous voir, mais ce n'est pas réciproque.

— Ex-employés, rectifie Noah sans lui avoir adressé le moindre bonjour.

Sous la table, ma main tremble de nervosité. Noah s'en aperçoit et redouble sa pression sur mes doigts, comme pour m'assurer silencieusement qu'il reste à mes côtés. Le regard de Veymers s'assombrit quand il passe de Noah à moi, et son ton est abject alors qu'il reprend la parole :

— Ma chère Rachel, je vous avais prévenue, il ne faut pas fricoter avec des collègues. Regardez où ça vous a menée ! C'est dommage, vous aviez toute une carrière devant vous et maintenant vous êtes au chômage.

— Vous avez conduit C & C à sa perte. Ma vie privée n'est pas responsable de vos escroqueries. D'autant plus que nous ne sommes pas sans emploi, C & C va être racheté.

Je fais tout pour ne pas me démonter devant Veymers. Mais, qu'il ait le culot de nous rendre responsables de la perte de son entreprise, c'est la goutte de trop ! Ce n'est tout de même pas moi qui me suis enfuie avec l'argent de la société ! Je sens qu'à mes côtés Noah bouillonne, mais il se retient.

— Oui, j'ai cru entendre que la justice allait accepter ce rachat. C'est fou, on ne me demande même pas mon avis alors que je suis le fondateur de cette boîte !

— En général, les avis des criminels importent peu.

Veymers se retourne vers Noah et ses iris le foudroient. Je retiens ma respiration.

— Moi, un criminel ? Ce n'est que du business.

— Voler l'argent de vos clients et laisser vos employés sans source de revenus, je n'appelle pas ça du business.

— Noah, Noah, Noah. Moi qui pensais vous avoir engagé parce que vous gâchiez votre talent dans votre ancienne entreprise, j'aurais dû vous y laisser !

Noah s'apprête à lui répondre, mais je presse sa main pour lui signifier que mon tour est venu d'exprimer le fond de ma pensée.

— Pourquoi avoir fait ça ? C & C disposait d'une solide réputation dans le métier et de clients prestigieux.

Veymers lève les yeux au ciel, d'un air méprisant comme si je n'étais qu'un vulgaire moustique qui bourdonne autour de ses oreilles et dont il voudrait se débarrasser.

— Une réputation ne fait pas tout. À mes débuts, j'ai dû emprunter de l'argent pour créer C & C. Cela fait de nombreuses années que je rembourse ce prêt. Et puis il y a quelques mois, j'en ai eu marre de rendre service à tous ces clients, de vous engraisser tous avec vos salaires à plusieurs chiffres, et de continuer à rembourser des frais qui augmentaient mois après mois parce que j'avais emprunté à la mauvaise personne. On ne peut pas m'en vouloir d'avoir voulu penser à moi.

— Depuis que vous m'avez donné ma chance, j'ai toujours fait passer C & C avant ma vie privée parce que vous m'aviez affirmé que c'était le mieux à faire, que je risquais ma place. Je vous ai toujours obéi. Et maintenant, vous préférez faire passer votre compte bancaire avant vos employés ? C'est de l'égoïsme, rien de plus.

— Mes menaces n'ont pas porté leurs fruits, puisque vous êtes tous les deux devant moi, ensemble.

— J'avais du respect pour vous, je continue sans prendre en compte son commentaire, vous étiez un exemple de réussite. Mais, plus je vous regarde et plus je me dis que j'ai eu tort de vous idéaliser.

— N'oublie pas que sans moi, tu n'aurais pas eu de telles opportunités à mettre en avant dans ton CV.

C'est la première fois que Veymers me tutoie et alors que je devrais être surprise, ma colère est telle que je la laisse exploser dans ce parloir.

— C'est vous qui devriez être redevable envers moi. Si la réussite de C & C a été aussi importante, c'est avant tout grâce à ses employés qui ont travaillé d'arrache-pied pour fournir des projets de qualité aux clients. Vous êtes simplement celui qui a trouvé le nom de cette entreprise et qui en retire les mérites, nous en sommes toutes les fondations.

Je tire ma chaise en me levant et fonce vers la sortie. Je sens Noah derrière moi, mais il ne parvient à me rattraper que lorsque nous arrivons à l'extérieur. J'inspire l'air frais qui emplit mes poumons. Je tremble encore, mais je suis heureuse d'avoir pu l'affronter. Moi qui le voyais comme un modèle de réussite, il est en réalité pourri jusqu'à l'os.

Noah s'approche de moi et m'emprisonne dans ses bras. Je sais que je suis là où est ma place, avec celui que j'aime. Plus jamais je ne laisserai des Veymers me dicter ma conduite. Je sais ce que j'ai à faire et je sais de quoi je suis capable.

Chapitre 64. Noah

Nous sommes début décembre et Noël approche à grands pas. Avec Lucas et Paul, nous faisons du lèche-vitrine afin de trouver des cadeaux pour nos proches. Ce qui est marrant, c'est que ce n'est pas dans nos habitudes de faire les magasins ensemble. Mais, Paul vient de devenir tonton, alors il veut gâter sa nièce et nous a appelés à la rescousse. Je n'y connais rien en enfant, pas plus qu'en maternité, mais je suis un bon ami, alors j'ai répondu présent et je vais profiter de cet après-midi pour acheter les cadeaux de Rachel et de mes parents.

Ce qui est fou, c'est que j'ai peut-être, moi aussi, des neveux et nièces biologiques quelque part dans le monde, mais que je ne les connaîtrai jamais. Ma mère biologique m'a abandonné alors qu'elle venait tout juste d'accoucher. Je ne saurai jamais si elle était trop jeune pour s'occuper de moi ou, simplement, si je n'étais pas désiré. Tout ce que je sais, c'est que mes parents, mes vrais parents sont ceux qui m'ont élevé et que peu importent les raisons de ma génitrice, je suis soulagé qu'elle l'ait fait, car mes parents sont formidables et je suis heureux d'être leur fils.

— Quand est-ce qu'on la rencontre, ta fameuse copine ? À force de ne pas la voir, on va croire que tu l'as inventée !

Nous entrons dans une boutique de puériculture bondée. Nous sommes samedi et il semblerait que tout le monde se soit donné rendez-vous pour acheter ses cadeaux aujourd'hui. Une file importante patiente derrière un comptoir sur lequel deux employées emballent les futurs cadeaux et usent avec abondance de Bolduc doré.

— Rachel existe vraiment, même si parfois je me demande si elle n'est pas le fruit de mon imagination. Et je vous la présenterai un jour, quand je serai certain que vous ne lui ferez pas peur !

— Mec, on ne fait peur à personne, nous.

Paul s'arrête en plein milieu d'un rayon de peluches pour contempler un ourson qui porte un gros nœud autour de son cou. Enfin, quand je parle d'un ourson, c'est plutôt une peluche géante qui doit faire la moitié de mon corps.

— Tu veux vraiment acheter ça à ta nièce ? Elle vient tout juste de naître ! se lamente Lucas, alors qu'il reçoit un regard désapprobateur de Paul.

— Mec, le frère de mon beau-frère lui a acheté une poussette hors de prix. Il est temps de montrer qui est le meilleur tonton. Dans la famille, je veux être le tonton cool !

— Tu sais que ce n'est pas une compétition d'affection, hein ?

Paul lève les yeux au ciel comme si je ne comprenais pas son point de vue. Et c'est vrai, je ne le comprends pas. Pour moi, cette petite les aimera tous les deux. Ce sont ses oncles, elle ne fera pas de distinction.

— La mère, c'est ma petite sœur. Je me dois d'être celui qui va la gâter le plus.

— Tu vas surtout être celui qui va lui montrer toutes les bêtises possibles à faire pour rendre sa mère folle.

— C'est possible, il rétorque, d'un sourire malicieux.

Paul prend comme il peut la peluche dans ses bras et la dépose sur la caisse. Nous nous rendons ensuite à la voiture, pour y laisser le cadeau et ne pas être encombrés avec. J'ai toujours un cadeau à choisir pour ma belle et je ne compte pas abandonner avant de l'avoir trouvé !

— Tu n'as qu'à lui offrir une bague, vu qu'elle est si merveilleuse !

Je scrute un à un les bijoux sur les petits présentoirs dans la vitrine de la bijouterie. Tous scintillent et me murmurent de les prendre. Rachel mérite tous ces diamants et je les achèterais si je le pouvais.

— Je vais attendre un peu pour la bague, je pensais à quelque chose de plus symbolique.

Et au moment où je prononce cette phrase, mes yeux tombent sur ce que je recherchais. Une conseillère de vente s'approche de moi et me demande poliment ce qu'elle peut faire pour m'aider.

— C'est ça que je veux, je lui indique, en montrant le bijou du doigt.

Elle emballe le cadeau dans un écrin, et au moment où elle referme le paquet, je sais que je n'aurais pas pu choisir mieux pour elle. C'est tout simplement parfait.

Je rentre enfin chez moi après une journée épuisante, car je n'aime pas faire les magasins et fais tout pour les éviter habituellement. Pourtant je suis du genre à gâter ceux que j'aime et ce Noël ne fait pas exception, alors je rentre satisfait de mon expédition et dépose tous les sacs dans le placard de l'entrée. Et il y en a beaucoup !

Rachel me manque. Depuis que nous sommes officiellement ensemble, c'est la première fois que nous n'allons pas nous voir durant un week-end entier. Elle est partie, ce matin, rendre visite à ses parents pour leur anniversaire de mariage. Je sais qu'elle a hésité à me proposer de l'accompagner, mais je lui ai fait comprendre que c'était mieux pour elle de se retrouver en famille, je ne voudrais pas être l'intrus lors de ces retrouvailles.

D'autant plus que je pourrais à tout moment croiser mes propres parents et, là, ça serait le drame. Ce n'est pas une petite ville, mais ce n'est pas non plus aussi grand qu'un arrondissement parisien, ce qui signifie que le monde peut se montrer petit. J'ai remarqué que plus on tentait d'éviter une personne et plus on avait de chance de tomber sur elle. Je ne vais donc pas tenter le diable et rester sagement chez moi, à Paris.

Les gars m'ont proposé de sortir avec eux, mais je n'avais pas la tête à ça. Je vais profiter de ce week-end en célibataire pour mater cette série qui me fait de l'œil depuis un moment. Il paraît qu'il faut savoir prendre du temps pour soi et c'est exactement ce que je vais faire en commandant une pizza.

Mon téléphone sonne, annonçant l'arrivée d'un message de Rachel. C'est le deuxième de la journée, le premier était pour m'informer qu'elle était bien arrivée. Elle me dit qu'elle pense à moi et que son lit va être bien vide ce soir. Je ne peux m'empêcher de sourire et de me languir de son retour.

Chapitre 65. Rachel

Je pose un pied sur le quai et respire l'air ambiant. Je suis heureuse de pouvoir enfin rentrer chez moi, même si, actuellement, je sens plus les émanations du train et la transpiration de l'homme qui vient de passer devant moi que l'air frais. Mon sac de voyage à la main, j'emprunte les escaliers et ne tarde pas à arriver dans le hall, peu bondé. C'est la gare d'une petite ville où seuls un café et un service de presse sont ouverts. Il n'y a personne aux guichets pour accueillir les voyageurs et une faible musique d'ambiance résonne dans les haut-parleurs.

— Racheeeel !

Avant de la voir, je l'entends. Maman est là, juste à côté de mon père. Elle porte une doudoune noire, un jean brut et des baskets blanches. Ses cheveux blonds sont coupés court. Papa a posé ses bras autour de ses épaules, sûrement pour la réchauffer. Ses cheveux bruns ont laissé place à une jolie couleur grise, je remarque qu'il a changé ses lunettes et que sa garde-robe s'est rajeunie, sûrement grâce aux conseils avisés de maman. Même après toutes ces années, ils forment toujours ce couple solide et amoureux que j'envie. J'espère que Noah et moi, nous serons comme eux à leur âge.

J'embrasse maman sur les joues et serre fort papa. Je sens leur parfum, celui qui m'indique que je suis chez moi.

— Ma chérie, ça fait plaisir de te voir.

Maman se recule pour m'examiner.

— Tu as l'air d'avoir meilleure mine que la dernière fois qu'on t'a vue !

Elle parle d'un Skype que nous avons fait, peu après qu'ils aient appris ce que Veymers a fait à C & C. Mes parents s'étaient inquiétés de mon avenir, mais ils ont vite été rassurés quant à mes capacités à rebondir.

— Je vais bien maman, je t'assure.

— Je le sais, ça se voit. D'ailleurs, il va falloir qu'on parle, toi et moi.

Je fixe ma mère, surprise. Elle ajoute avec un sourire malicieux :

— Ta sœur m'a parlé d'un jeune homme que tu lui as présenté lors de sa dernière expo. Il semblerait que ton père et moi n'ayons pas eu cette chance.

Elle fait mine d'être contrariée tandis que mon père lève les yeux au ciel devant la curiosité de sa femme, ce qui me fait rire.

— Je vous le présenterai la prochaine fois que vous viendrez à Paris.

— Je crois que ce n'est pas une réponse convaincante pour ta mère, réplique mon père, en me débarrassant de mon sac de voyage.

— Jess n'est pas encore arrivée ? je tente de changer de sujet.

Plus on parlera de Noah et plus le manque de sa présence à mes côtés se fera ressentir.

De toutes mes relations passées, c'est la première fois que j'éprouve ce vide, que je ressens cette absence. Je m'encourage silencieusement en répétant que ce ne sont que trois petits jours et que je suis entourée de ma famille, ce n'est pas comme si je n'allais jamais le revoir.

— Ta sœur est arrivée hier soir. Depuis qu'elle est réveillée, elle s'est enfermée dans sa chambre. Tu sais, les artistes et leur inspiration qui peut arriver à tout moment. Ce n'est pas parce qu'elle est devenue adulte qu'elle a changé, déclare maman, un sourire aux lèvres.

Je sais qu'elle est fière de ses deux filles, elle n'arrête pas de le répéter à qui veut bien l'entendre. Papa est plus discret, moins expressif, mais sa fierté se lit dans son regard. Que ça soit pour Jess ou pour moi, nos parents ont toujours été nos premiers soutiens, nous poussant toujours à faire ce qui nous rendait heureuses. Nous n'avons jamais été contraintes ou freinées dans nos envies ou nos ambitions.

Nous traversons le parking de la gare et je m'installe dans la voiture familiale. Mes parents me demandent des nouvelles de mon travail et de ma vie parisienne. Je leur relate tout ce qui se passe dans mon quotidien, sauf la case prison quand je me suis rendue au parloir voir Veymers.

Je connais le trajet par cœur, je pourrais même rouler les yeux fermés que je ne me perdrais pas. Par la fenêtre, j'observe chaque lieu qui me rappelle un souvenir, bon ou mauvais. Il y a mon collège, la boulangerie où on allait grignoter quand le repas de la cantine n'était pas à notre goût, ou encore la place de la mairie, là où j'ai appris à faire du roller. Et puis, on passe devant cette étendue d'herbe qu'on appelait la prairie, cet endroit où j'ai reçu mon premier baiser, ses lèvres avaient le goût des fraises que nous venions de manger. Je n'ai pas le temps de penser davantage à mon premier amour que maman m'informe de notre programme du week-end, et on peut dire qu'il est plus que chargé !

Papa se gare dans la cour qui mène à la maison. Elle ressemble à toutes les autres habitations du quartier : blanche avec un toit noir et deux fenêtres en haut, une pour chaque chambre des filles Dumas. Daisy, le jack Russell que mes parents ont adopté après notre départ de la maison vient m'accueillir en remuant sa queue. Je m'agenouille pour lui gratter le derrière de l'oreille, son endroit favori, et elle presse sa tête contre ma paume pour que je continue. Elle commence à fermer les yeux pour se délecter de l'instant au moment où ma sœur crie mon prénom, ce qui fait fuir la petite chienne.

Jessica se tient dans l'embrasure de la porte, les bras croisés sur sa poitrine. Elle porte une grande combinaison à manches longues couverte de tâches de peinture, ses mains sont violettes et son chignon tient en place grâce à un pinceau.

— Tu n'es pas venue avec ton Roméo ? elle me questionne en m'ouvrant ses bras.

— Non, ce week-end, ce sera tous les quatre.

Je ne pose pas la même question à ma sœur. Cette dernière est en union libre avec elle-même. Étant donné que son travail ne lui permet pas d'avoir d'attaches, difficile de conserver un petit ami avec la distance. Elle est comme les marins, un homme dans chaque port, enfin dans chaque ville. Jessica et moi parlons rarement de ses aventures. Je sais qu'elle aime les garçons libres, aventureux et avec une âme d'artiste, comme elle.

— Venez les filles, il ne faudrait pas que vous attrapiez un coup de froid à peine arrivées !

Maman nous conduit dans la maison, une fille à chacun de ses bras. Je ne sais pas ce que ce retour aux sources me réserve, mais je suis persuadée qu'il me fera du bien.

Chapitre 66. Rachel

Je m'attendais à ce que ma maison d'enfance ressemble aux souvenirs que j'en ai gardé, mais rien de tel ne se produit.

— Ta mère s'est trouvé une passion pour la décoration, m'explique mon père, alors que je contemple le nouveau salon.

Les murs orangés ont laissé place à du blanc immaculé. Le canapé en cuir qu'ils avaient depuis une éternité est devenu un élégant sofa en tissu bleu canard. Dans la partie salle à manger, des chaises moutarde trônent autour de la table blanc laqué et des tableaux de ma sœur sont accrochés et reprennent les couleurs d'ambiance.

— Qu'est-ce que tu en penses ? s'enquiert maman, un grand sourire aux lèvres. Elle bombe le torse, fière de son travail.

J'aime beaucoup ce qu'elle a fait, le changement opéré modernise la maison et si ça lui a fait plaisir de le réaliser, alors j'en suis heureuse. Je regrette simplement de ne plus pouvoir m'asseoir dans ce grand fauteuil à bascule qui a disparu de la pièce, celui dans lequel j'adorais réviser.

Ma sœur et moi montons ensuite à l'étage pour regagner chacune nos chambres qui, elles, n'ont pas été transformées par les envies de maman. Je dépose mon sac de voyage sur le lit qui est encore habillé d'une couverture à fleurs. Sur mes étagères, chaque livre est rangé à sa place, personne n'a dû y toucher depuis que je suis partie. Du bout du doigt, j'effleure ce que j'ai considéré longtemps comme une échappatoire.

Près de mon bureau, je tombe sur un pêle-mêle de photos. C'est Noé qui me l'a offert lorsque j'ai été reçue dans mon école parisienne. C'était une façon de me dire de ne pas l'oublier. Mais, j'ai préféré le laisser ici. J'ai longtemps hésité entre le conserver ou m'en débarrasser, comme tout ce qui était lié à lui.

Je revois les visages de mes amis du lycée, toutes ces personnes à qui je n'adresse plus la parole aujourd'hui. Je ne sais pas si nous étions réellement amis, je traînais avec eux lorsque je ne révisais pas et, même si nous étions proches à l'époque, nous ne nous côtoyons plus aujourd'hui. Finalement, Lisa est probablement la seule véritable amie que j'ai eue dans ma vie. Je ne me voyais pas raconter ma vie à ces personnes alors qu'avec elle, c'est différent. Il n'y avait qu'avec mon premier amour que je pouvais réellement exprimer ce que je ressentais à ce moment-là. Je ne sais pas pourquoi, mais le fait d'être de retour dans cette ville me replonge dans des souvenirs adolescents que je préférerais laisser enfouis.

Mon téléphone vibre dans ma main, j'avais presque oublié que je l'avais sorti de ma poche par réflexe. Noah m'envoie une photo de lui avec ce que je devine être ses deux amis. Ils ont décidé d'aller se promener en ville. Récemment, Noah et moi avons été collés l'un à l'autre, que cela soit au travail ou dans nos appartements respectifs. Il n'y a pas une seule nuit où nous avons dormi séparés. Je crois qu'il est donc temps de sortir de notre bulle paradisiaque et de partager des moments avec ceux qui nous entourent, même si je me languis de le retrouver.

Il est quinze heures lorsque maman décide de nous embarquer avec elle pour une petite séance shopping entre filles. À dix minutes de chez nous, un grand centre commercial a ouvert ses portes l'année dernière, et maman veut nous le faire découvrir. Lisa sauterait de joie à l'idée de faire les boutiques, elle me tuera si je ne lui ramène pas une pièce à ajouter à sa garde-robe déjà bien fournie !

Effectivement, lorsque nous déambulons dans la galerie principale, je remarque que l'endroit est gigantesque. Et puis, nous sommes quasiment à Noël ce qui ajoute de la masse humaine aux mètres carrés décorés pour l'occasion par des lumières et autres accessoires de saison. Les personnes que nous croisons ont les bras chargés de paquets colorés, certainement des cadeaux pour leurs proches.

Ma sœur, fidèle à elle-même, décide d'entrer dans la première boutique de beaux-arts qu'elle croise, une enseigne qui vend des livres comme des activités manuelles. Mon ventre grogne et je me rends compte que j'aurais dû accepter ce dessert que papa m'a proposé. La tarte au citron qu'il est allé chercher à la boulangerie aurait été un bon plan à cet instant.

— Je vais me chercher quelque chose à manger, j'ai un petit creux, j'annonce à maman qui suit difficilement ma sœur à travers tous ces rayons.

— D'accord, on s'appelle dès que ta sœur aura terminé de dévaliser la boutique.

Je sors du magasin et repère une enseigne qui propose des crêpes et des gaufres. Les prix ne sont pas excessifs et la carte y est alléchante. Je fais la queue derrière une famille dont la petite fille capricieuse fait une crise à ses parents, parce qu'elle veut retourner faire du toboggan alors que ses parents veulent rentrer.

— Rachel, c'est bien toi ?

Une femme s'approche de moi, un bonnet sur la tête et un sac en carton dans les mains. Ses joues sont rosies par le froid, mais sa bonne humeur n'en est pas ternie. Près de dix ans se sont écoulés et pourtant, elle n'a quasiment pas changé.

— Je ne savais pas si c'était bien toi.

Un pincement se fait dans mon cœur. Cette femme me prend dans les bras, aussi chaleureusement que la première fois qu'elle m'a vue, lorsque je n'étais encore qu'une ado.

— Tu es toujours aussi belle, elle ajoute, alors que je ne parviens qu'à prononcer un simple bonjour. Tu es revenue t'installer ici ?

— Je ne suis que de passage pour le week-end, je viens voir mes parents. C'est leur anniversaire de mariage, alors j'ai pris le train pour l'occasion.

En me rendant à la gare ce matin, je ne pensais pas raviver autant de souvenirs, et encore moins tomber sur la mère de mon ex. Autant sa maman est une perle, autant la voir me fait sombrer dans une période de ma vie où j'ai dû prendre une grande décision, alors que je venais à peine de rentrer dans le monde adulte. Mes études ou mon copain de lycée, le choix s'est malheureusement résolu de lui-même.

— C'est adorable de ta part ! Tu vis où maintenant ? Noé m'a dit que tu avais déménagé à Paris pour tes études, est-ce que tu y es toujours ?

Alors que j'allais répondre, le raclement de gorge du crêpier nous interrompt.

— Mesdames, est-ce qu'on peut avancer, s'il vous plaît ?

Je hoche la tête et lui commande une crêpe au sucre.

— Je dois y aller, une amie m'attend. Ça a été un plaisir de te revoir, ma chérie.

La maman de Noé me prend dans ses bras puis s'éloigne, en emportant avec elle mes questions. J'aurais aimé lui demander ce que Noé devenait, s'il avait réussi notre rêve de carrière. Peut-être est-elle grand-mère et le paquet qu'elle tenait pour l'enfant de Noé ?

Je sais que chaque choix du passé modèle la personne que nous sommes aujourd'hui, et je suis plutôt fière de celle que je suis devenue et de la vie que je mène. J'aime Noah et si je n'avais pas pris une lourde décision il y a quelques années, peut-être que je ne vivrais pas actuellement ce bonheur avec lui. Comme quoi notre avenir tient à peu de choses.

Chapitre 67. Noah

Je suis dans mon lit, il doit être pas loin de midi et j'ai décidé, pour une fois, de prendre un peu de temps pour moi durant une matinée. Moi qui suis habituellement un lève-tôt, une grasse matinée ne me fera pas de mal. Mais, c'est sans compter sur mon téléphone que j'entends sonner sur le canapé du salon. En caleçon, je traverse l'appartement et découvre deux appels manqués de ma mère. Il y a aussi un message. Je déverrouille l'appareil avec la reconnaissance faciale et manque de le lâcher.

Maman : Coucou, mon chéri, j'espère que tu vas bien. Peut-être que tu es en train de dormir parce que tu as fait la fête hier soir ? Tu ne devineras jamais qui j'ai croisé hier ! Si tu es curieux de le savoir, appelle-moi. Bisous, ta maman.

Maman me fait rire lorsqu'elle signe ses messages, comme si je n'avais pas son numéro enregistré dans mon téléphone. J'appuie sur le bouton vert et elle décroche au bout de la deuxième sonnerie.

— Bonjour, maman.

— Mon chéri, je suis contente de t'entendre. Tu as eu mon message ?

— Oui, c'est pour ça que je t'appelle.

Je m'assieds dans le canapé et allonge mes jambes sur la table basse. À tous les coups, maman va me dire qu'elle a croisé une personne dont je ne me rappelle pas le nom. Elle m'assurera ensuite que je vois de qui elle parle.

C'est souvent comme ça, elle me parle de quelqu'un en m'assurant que je l'ai rencontré en mars 2010 devant la boulangerie, alors que je ne me souviens plus de ce que j'ai mangé hier soir.

— Hier, je me promenais dans le nouveau centre commercial, tu sais celui qui a ouvert à la place de l'ancien terrain vague. Et là, je sortais du magasin de chaussures et …

Je bâille tout en écoutant ma mère d'une oreille distraite. Ce n'est pas que sa conversation ne m'intéresse pas, mais je crois être encore un peu dans les vapes. Et puis, maman adore ménager le suspense.

— … Rachel. C'est devenu une belle femme !

— Quoi ? je m'étrangle avec ma salive.

— Elle achetait une crêpe et …

— Tu as croisé Rachel ?

— Oui, c'est ce que je viens de te dire. Tu m'écoutes quand je te parle ? elle s'indigne, alors que les rouages de mon cerveau se mettent en place et menacent de faire une surtension.

— De quoi vous avez parlé ?

— De pas grand-chose. Elle est revenue ce week-end chez ses parents pour leur anniversaire de mariage, mais à cause de ce monsieur, elle n'a pas eu le temps de me dire où elle vivait. Tu sais, tu aurais le temps de prendre un train et de venir la voir ce week-end, je suis certaine que c'est toujours la fille qu'il te faut. Vous pourriez rattraper le temps perdu.

Si maman savait que je suis en couple avec Rachel, mais que cette dernière ignore totalement qu'elle vient de rencontrer à nouveau sa belle-mère, je ne sais pas ce qu'elle dirait.

Maman m'explique qu'elles n'ont pas pu parler longuement et je suis soulagé que seuls des sujets banals aient été évoqués. Si maman lui avait parlé de moi ou de mon lieu de travail, la conversation aurait pu rapidement tourner en ma défaveur. Je suis conscient que je joue avec le feu en refusant d'avouer mon identité et, qu'un jour ou l'autre, Rachel ou mes parents voudront se rencontrer. Mais, je n'ai toujours pas pris ma décision. Rachel et moi sommes au début de notre relation et je ne suis pas certain qu'elle pourrait passer outre ce mensonge, le premier mois de notre couple.

Je passe toute la journée à réfléchir à cet étau qui rétrécit autour de moi. Elle me demandera des explications, pourquoi je ne lui ai rien avoué avant que nous ne nous connaissions. Et, qui serais-je pour la juger lorsqu'elle ne voudra plus me voir ? À sa place, je serais déçu aussi.

Le soir, Rachel m'appelle et je crois qu'elle perçoit à ma voix que quelque chose me chagrine. Je prétexte un mal de tête, ce qui n'est pas éloigné de la vérité. Je dois faire les choses bien avec elle et lorsqu'elle l'apprendra, ça sera de ma bouche quand je l'aurai décidé. Pour l'heure, je pars me coucher des idées plein la tête.

- Septembre 2011 -

Je rentre dans ma petite chambre universitaire de neuf mètres carrés, les bras chargés de mon bloc-notes et d'un livre emprunté à la bibliothèque universitaire.

Cela fait maintenant une semaine que Rachel et moi nous sommes séparés. On pourrait presque dire que c'est d'un commun accord, mais en réalité, ce sont nos études qui ont causé notre rupture. Elle a déménagé à Paris, moi je n'ai pas été accepté dans la même université. Je crois que c'était écrit. C'est douloureux, mais j'aurais été incapable de l'empêcher de mener à bien son rêve, cet avenir pour lequel elle a tant travaillé. Ça aurait été égoïste de ma part de la retenir, ce n'est pas de l'amour. Quand on aime quelqu'un, on souhaite son bonheur, et j'aime cette fille du plus profond de mon être.

Mon cœur s'est déchiré lorsqu'elle est venue me voir chez moi, la veille de prendre son train pour la capitale. Elle a insisté pour que je ne l'accompagne pas à la gare. Elle a dit qu'elle préférait me voir dans un cadre heureux plutôt que sur un quai couvert de mélancolie. Quand ses larmes ont coulé et que la porte s'est refermée sur elle, je ne me suis pas rendu compte que c'était probablement la dernière fois que je la reverrais, pour notre bien à tous les deux.

Je dépose mes affaires sur mon bureau et m'allonge sur mon lit, observant le plafond irrégulier tout en pensant à cette fille incroyable. Je ne dois pas pleurer, la souffrance pourrait me faire replonger dans mes vieux démons. Une caresse sur mon poignet cicatrisé me rappelle ce que j'ai réussi à surmonter. Je ferme les yeux et revis la scène.

Une dernière fois, j'ai été enivré par son odeur, ce doux parfum qui la suivait dans chaque pièce dans laquelle elle entrait.

Un ultime câlin, son corps contre le mien.

Un baiser final, aussi plaisant que poignant.

Et son regard, qui brillait comme une lune dans un ciel dégagé.

En un fragment de seconde, c'est comme si tout ce que nous connaissions, tout ce que nous avons vécu s'était évaporé, nous laissant de tristes souvenirs dans le cœur.

Nous nous sommes quittés une fois, il est hors de question que ce triste épisode se renouvelle.

Chapitre 68. Rachel

Plus que quelques minutes avant de rentrer chez moi. Ce week-end est passé à une vitesse folle. Je n'ai pas eu le temps de célébrer l'amour de mes parents que j'étais déjà dans le train, direction Paris. Alors que nous entrons en gare, mon cœur est impatient et mes jambes meurent d'envie de sortir de ce wagon pour aller retrouver celui qui m'attend dans le hall. Je sais qu'il y est, il m'a envoyé un message il y a dix minutes.

Je saisis mon sac de voyage et suis la première à emprunter le couloir vers la porte. Je saute sur le quai et galope jusqu'à l'entrée de la gare, comme si j'étais la seule voyageuse dans le bâtiment. Des centaines de tête attendent leurs proches, le cou tendu vers l'endroit où je me trouve. Et, comme si j'avais un radar, je repère son visage dans la foule. Je cours vers lui, littéralement, je cours sans me soucier de passer pour une folle.

Noah me sourit. Ses bras s'ouvrent lorsque je suis à sa hauteur et je manque de faire tomber le bouquet de roses rouges qu'il tient dans sa main droite. Il m'embrasse, je l'embrasse et nous formons une bulle autour de nous.

— Je ne pensais pas que je t'avais autant manqué, il murmure, en écartant une mèche de mon front.

— Tu ne sais pas à quel point.

Nous nous embrassons à nouveau et j'ai l'impression de retrouver enfin ma moitié. C'est ce que je ressens, il est la moitié de mon être, il est cette partie que je lui ai accordée en le laissant entrer dans ma vie. Et lorsqu'il n'est pas là, je me sens incomplète. Je ne dépends pas de lui, je ne dépends de personne, pourtant c'est comme si j'étais un bouquet de fleurs dans un vase et qu'on venait de me donner de l'eau pour que je ne fane pas. Noah est cette eau, cet élément qui me permet de me maintenir à la surface. Avant de le rencontrer, jamais je n'aurais pensé que quelqu'un pouvait être aussi indispensable à ma vie.

— Avec toutes ces effusions, j'en ai presque oublié que je t'avais apporté ça.

Noah me tend le bouquet de roses et je le prends dans mes bras tandis qu'il se charge de mon sac de voyage. Nous hélons un taxi qui fait la queue devant la gare avec tous ses confrères et nous prenons la direction de son appartement.

Arrivés chez lui, il me plaque contre le mur et commence à m'embrasser dans la nuque. Il me contemple avec ferveur, me matant ouvertement comme un animal avide de nourriture.

Il me quitte un instant pour saisir son téléphone. Je ne comprends pas ce qu'il fait, puis j'entends du son sortir de sa télévision et je comprends qu'il a lancé une playlist. Je ne sais pas ce qu'il a tapé dans la barre de recherche, mais ça doit être quelque chose comme "musiques sexy" ou "songs to have sex", et ce n'est pas pour me déplaire.

— Déshabille-toi, il m'ordonne, et je m'exécute sans le contredire.

Debout dans l'entrée de son appartement, je retire le pull fin que je porte et il enlève son t-shirt. Nous sommes comme un miroir, lorsqu'un vêtement roule à nos pieds, l'autre fait exactement le même geste.

Je me retrouve nue devant lui alors qu'il porte encore son caleçon. Je lui fais signe de le retirer. Il lèche ses lèvres et je remarque que son entrejambe est dur. Je me consume de désir alors qu'il n'est pas encore entré en moi, et je me languis de ce moment. Il me soulève par les fesses, je m'accroche à son cou et quelques secondes plus tard, il me dépose sur le canapé en me surplombant.

— Je ne veux pas de douceur.

— Tu es sûre de toi ? il s'enquiert un instant.

— Je ne suis sûre de rien quand je suis près de toi.

Je lui souris et, à l'aide de mes jambes, je le pousse vers moi. Il s'enfonce en moi et le premier mouvement de bassin lui arrache un râle de plaisir.

Je crois que nous sommes partis pour ne pas nous lâcher de la nuit et je ne vais certainement pas m'en plaindre !

— Est-ce que tu as bien dormi ?

Noah vient glisser ses mains sous le t-shirt que je lui ai emprunté alors que je lui prépare une tasse de café. Ses mains agrippent mes seins et il les fait rouler entre ses doigts dans un massage circulaire. Je ne suis plus concentrée sur ce que je fais et le mug manque de glisser entre mes doigts. Je ferme les yeux et profite de cet instant. Sa bouche se pose sur mon cou. Je sens son souffle dans mes oreilles alors qu'il éveille mes sens.

Je me retourne pour lui voler un baiser, mais il me pousse contre le plan de travail. Mes fesses butent contre le meuble et je me retiens à lui pour ne pas tomber. Il a l'air fier de lui alors que je perds le contrôle de mon corps. Il se baisse, soulève mon haut et commence à lécher mes tétons. Un délicieux fourmillement se répand dans le bas de mon ventre. Mon corps est tout à lui, pendu littéralement à ses lèvres.

La sonnerie de son téléphone vient nous interrompre alors qu'il était en bonne posture pour vivre un énième round entre mes jambes. Nous râlons en communion. Il laisse passer le premier appel en poursuivant ses caresses, mais une deuxième vague mélodieuse vient nous tirer définitivement de notre état de quiétude.

— Je crois que tu devrais répondre, ça a l'air important.

— Peu importe qui c'est, je vais le tuer, je te jure !

Sa réplique m'arrache un sourire, même si au fond de moi je suis déçue de voir tout s'arrêter en si bon chemin.

Noah s'éloigne dans le salon et décroche avec une voix d'ours mal léché. Je comprends rapidement que c'est un de ses meilleurs amis qui l'appelle un lundi matin aussi tôt. Je profite de cet appel pour m'éclipser dans la salle de bains et commencer à me préparer pour aller au travail. Avec le procès de Veymers qui arrive à grands pas et le rachat imminent de C & C, je dois faire le tri des papiers et des commandes de projets en cours.

Je sèche mes cheveux et enfile la jupe crayon que j'avais glissée dans mon sac de voyage en prévision du cas où je ne serais pas rentrée chez moi hier soir. Je me gratifie d'avoir été aussi prévoyante. Noah passe devant moi pour aller rejoindre l'eau brûlante de la douche et ne peut s'empêcher de me décocher une petite tape sur les fesses au passage.

— Tu cherches quelque chose ? il me demande, alors que je retourne mon sac sur le lit.

— Je crois que j'ai oublié mon écharpe chez mes parents et on ne peut pas dire qu'il fasse très chaud dehors.

— Regarde dans les tiroirs de la commode, j'en ai une que ma mère m'a offerte à Noël dernier. Elle est toute neuve, tu peux la prendre.

Noah m'embrasse sur le front et part dans la salle de bains.

J'approche de sa commode et commence à fouiller dans les tiroirs. Je vois des caleçons, des paires de chaussettes et un drap soigneusement plié. Dans le dernier, je tombe enfin sur un carré coloré qui m'a tout l'air d'être la fameuse écharpe. En dessous, je découvre un bonnet en laine qui, vu de sa taille, devait lui appartenir lorsqu'il était jeune .

Je commence à refermer le tiroir lorsque j'aperçois quelque chose au fond. Au départ, je crois que ce n'est qu'un simple papier administratif que Noah n'a pas rangé. Mais, je prends une pause, le temps pour moi de l'analyser. C'est une enveloppe, tout ce qu'il y a de plus banale. Pourtant, je reconnais mon écriture dessus et là, je me fige. Qu'est-ce que c'est que ce bordel ?

Chapitre 69. Noé

On est en décembre et le froid est rude. Ici, à Nantes, il neige. Il n'y a pas de quoi devoir déblayer les marches qui mènent à ma résidence universitaire, mais quelques flocons se perdent sur mes vêtements et mon crâne rasé n'est pas friand de la température extérieure. J'ai oublié mon bonnet dans mon casier de la salle de sport à laquelle je me rends depuis deux mois, quel idiot je fais ! Dans cent mètres, je n'aurai plus qu'à tourner à droite et je pourrai enfin me prélasser sous une douche bien chaude.

J'entends des pas derrière moi. Je traverse un parc, il est vingt et une heures et je ne m'inquiète donc pas. Jusqu'à ce que je l'entende, son rire. Il est grave, moqueur, abject. Un frisson parcourt mon dos et je sais que ce n'est pas dû au froid. Pétrifié sur place, je ne parviens qu'à me retourner vers lui.

Ils sont trois, comme trois diables surgissant de l'Enfer. Ils sont les cauchemars dont je suis parvenu à m'extraire avec difficulté. Je ne pensais pas les revoir un jour, pourtant, ils sont bien là. Louis, le roux porte une bouteille de vodka à ses lèvres qu'il boit pure tout en me fixant droit dans les yeux. Un sourire malsain se dessine sur sa bouche. Ses deux fidèles acolytes, les blonds Romain et Vivien se tiennent de part et d'autre de lui comme des chiens prêts à mordre. Ils portent tous, dans leurs yeux, les stigmates de l'alcool. Ils ne sont clairement pas beaux à voir.

— C'est fou de se retrouver ici, Brindille.

Louis insiste sur la prononciation de ce surnom qu'il m'avait attribué. Je ne sais pas ce qu'ils font ici, mais je n'ai pas envie de le découvrir. Du coin de l'œil, je tente d'apercevoir une quelconque main tendue, mais il n'y a aucun passant aux alentours. Encore une fois, je me retrouve seul.

— Lorsque Jo m'a dit qu'il y avait un Noé Cartier dans sa fac, j'ai cru que c'était le destin qui nous réunissait à nouveau, explique Louis, alors que des nuages de buée se forment à chaque mot qu'il prononce.

Jo est en réalité Johan, un gars qui était dans notre classe à l'époque où le harcèlement que je subissais était à son paroxysme. Il n'était pas vraiment ami avec ces brutes et je suis surpris qu'il leur ait parlé de moi aujourd'hui. Je l'ai croisé quelquefois dans les couloirs, mais j'ai fait comme si je ne le connaissais pas pour ne pas à avoir à me remémorer le passé. Je ne pensais pas que lui, il m'avait reconnu.

— Tu sais, quand t'as déménagé, t'as sacrément foutu la merde dans nos vies ! ajoute Vivien.

Un soir, je suis rentré du lycée avec la lèvre en sang et mon iPod cassé. J'étais en seconde et, d'habitude, personne n'était à la maison avant moi. Il m'aurait été facile de m'enfermer dans ma chambre pour masquer les coups. Mais, ce soir-là, maman était présente.

Lorsque je suis arrivé devant elle, le plat qu'elle tenait dans les mains est tombé à terre et le marbré qu'elle avait préparé s'est éparpillé sur le sol. Elle s'est jetée sur moi en insistant pour que je lui dise ce qui m'était arrivé. J'ai tenté de lui mentir, prétextant que j'étais tombé, mais elle ne m'a pas cru. Je me suis muré dans le silence jusqu'à ce que mon père rentre à son tour du travail et que tous les deux finissent par me faire craquer.

Je me souviens des larmes qui ont coulé quand je leur ai raconté mon calvaire. Je n'entendais que les excuses de maman pour n'avoir rien vu et papa, qui s'est précipité sur le téléphone fixe pour appeler un de ses cousins qui était gendarme. Ils ne m'ont pas laissé le choix et nous nous sommes tous rendus le lendemain dans le bureau du proviseur.

Vivien, Romain et leurs parents ont tous été convoqués. Le père de Louis a voulu étouffer l'affaire en offrant une somme d'argent à mes parents pour que les atrocités de son fils ne s'ébruitent pas. Surtout que je n'étais pas le premier. Mes parents lui ont jeté le chèque à la figure. Louis et sa bande ont promis qu'ils me retrouveraient et me le feraient payer. On est ensuite allé porter plainte, mais elle a été classée sans suite.

La rentrée suivante, je recommençais tout dans une nouvelle ville et je rencontrais Rachel. Mes parents m'inspectaient les bras tous les soirs, s'assurant que je n'avais pas de coups. Ils m'ont fait promettre de leur dire si quelque chose survenait et ils ont même voulu m'accompagner tous les jours au lycée, ce que j'ai refusé. Ils ont tout fait pour me protéger de ces monstres.

— Nous, on déconnait avec toi, Nono.

Romain fait deux pas dans ma direction et son haleine respire ce qu'il a bu. Je cherche une issue pour m'échapper. Je pourrais courir, mais ils sont trois et je suis arrivé dernier au cross du lycée. Et si je criais ? Non, personne ne m'entendrait et je ne suis pas certain de pouvoir prononcer quoique ce soit.

— Bah alors, Noé ? T'as pris des muscles, mais perdu ta langue, on dirait. C'est comme au bon vieux temps !

Ils rigolent tous et je voudrais fermer les yeux pour m'extraire de ce cauchemar.

— Après la plainte que t'as déposée, mon paternel m'a forcé à terminer le lycée dans une pension en Suisse, je n'ai pas eu mon bac et il m'a interdit de remettre les pieds chez nous. Tu sais comment je survis ? En vendant de la came sur le canapé que me prête Vivien.

J'ai envie de lui hurler qu'il n'a que ce qu'il mérite, qu'il y a au moins une certaine justice dans ce monde. Louis renifle fort avant de poursuivre, des mèches de cheveux devant son œil droit :

— Romain, toute sa famille a été mise au courant des faits et sa sœur ne lui parle plus. Et Vivien, ses parents l'ont forcé à aller en cure de désintoxication pendant un an. Il est la honte de sa famille.

Vivien a toujours eu des problèmes de drogue et d'alcool, une cure n'a pu qu'être bénéfique pour lui. Pour autant, le discours de Louis ne m'attendrit pas. Je ne sais pas ce qu'il cherche à faire, mais je n'éprouverai ni regrets ni culpabilité pour avoir trouvé le courage de porter plainte. Le harcèlement, sous toutes ses formes, ne devrait pas exister et leurs auteurs devraient être punis, pas relaxés.

— Je dois y aller, je parviens à déclarer tout en reculant lentement.

— Petit Noé, tu n'as pas entendu ce que Louis vient de dire ? Tu as pourri notre avenir. On devait tous faire de grandes études et reprendre les traces de nos pères. On devait être aux volants de grosses voitures et pas à pourrir dans un trou à rats. Alors, maintenant qu'on t'a retrouvé, on voudrait t'exprimer nos remerciements pour ce que tu as gâché.

Et là, je comprends que c'est le signal et que je ne pourrai pas revenir en arrière. Mon sac à dos tombe à terre et je me mets à courir parce qu'après tout, je n'ai pas d'autre choix. En quelques foulées, mes bourreaux me rattrapent et je suis poussé. Ce sont mes coudes qui heurtent en premier le chemin de terre du parc, puis mon dos. J'entends des bris de verres, je crois qu'ils ont laissé tomber leurs bouteilles.

Ils sont au-dessus de moi, mais je ferme les yeux alors que les coups pleuvent. Un goût de métal se répand dans ma bouche, du sang sûrement. Je ne suis plus que le petit garçon, la Brindille qui se fait à nouveau battre par ces monstres. Je veux me protéger le visage avec mes bras, mais je suis impuissant, et eux, trop nombreux. Et ce n'est pas le nouveau corps que je me suis dessiné et ma poussée de croissance qui les arrêtent.

Je ne sais pas combien de temps ça dure, mais je n'entends plus leurs voix ni ne sens leur sueur. Une lumière vient brûler ma rétine, celle d'un médecin. Je suis à l'hôpital, maman pleure à mes côtés alors que je me réveille doucement.

J'apprends qu'on m'a retrouvé inconscient dans le parc, couvert de sang et glacé jusqu'aux os. La police vient m'interroger et je leur révèle ce qu'ils m'ont fait. Peu après le dépôt de ma plainte, ils ont, tous les trois, été arrêtés pour coups et blessures ainsi que possession et vente de drogue. La plainte que j'avais déposée, étant mineur, s'est ajoutée à celle-ci et le dossier était donc plus rempli pour leur faire face.

Chapitre 70. Noah

Je me lave les dents puis, enroulé d'une serviette, je sors de la salle de bains. J'ai passé une si belle soirée avec Rachel hier soir que le baromètre de ma joie est à son paroxysme. J'entame même une mélodie en sifflotant. Mais, mon état de gaieté est de courte durée. Dans l'embrasure de la porte, je suis paralysé devant le spectacle sous mes yeux.

Rachel est assise en tailleur devant ma commode. Elle tient dans sa main une enveloppe et, sur ses genoux, il y a l'album photo qu'elle m'a offert des années auparavant et que j'ai emporté avec moi, après ma dernière visite à mes parents. Je suis tétanisé par son regard qui remonte vers le mien. Son visage est rouge, ses yeux brillent et sa mâchoire est crispée.

Ce que je redoutais, ce que j'avais tenté de repousser un maximum est en train de se produire et je ne sais pas comment réagir. Je ne sais pas si le choc de ce qu'elle vient de découvrir est assez fort pour qu'elle ne fasse pas tout de suite le lien, mais elle ne sera pas longue à percuter. Elle ouvre enfin la bouche et j'entends mon cœur battre dans mes tympans.

— Où as-tu trouvé ça ?

Je ressens toute la colère qui habite ses mots. Je trouve enfin la force de m'avancer vers elle, mais elle brandit sa main en l'air pour m'intimer de ne pas avancer.

— Je peux tout t'expliquer.

— Tu as plutôt intérêt.

— Tu ne me reconnais pas ?

Ses yeux parcourent mon corps de haut en bas et sa main vient couvrir sa bouche.

— Ce n'est pas possible, ça ne peut pas être toi.

— Je m'appelle Noé Cartier et nous nous sommes rencontrés en première, au lycée Pierre et Marie Currie.

Elle se lève, mais se retient à la commode comme si elle allait tomber.

— Tu ne ressembles pas à Noé, tu n'as pas, non plus, le même nom de famille. Comment est-ce possible ?

Je baisse le regard et, honteux, je lui avoue la vérité. Je lui parle de ces années de sport intensif pour ne plus ressembler à celui que j'étais, prendre une revanche sur la vie en n'étant plus ce petit ado maigrichon, mais bel et bien un homme que les femmes voudraient avoir près d'elle.

— Durant toute mon enfance, j'ai été harcelé, violenté et moqué à cause de mon apparence. Le fait que j'ai été adopté n'a pas aidé à me faire accepter.

Je touche les cicatrices que je me suis faites au poignet après un trop plein de souffrance.

— Comment je n'ai pas pu faire le lien ? Tu avais les mêmes marques au lycée et tu ne m'en avais jamais parlé. Et tes yeux, tes yeux verts.

— Je ne voulais pas être rejeté. Tu m'as immédiatement vu comme un garçon comme les autres, et pas comme un bouc émissaire. Je ne voulais pas que tu changes d'avis en entendant mon histoire.

Rachel va s'asseoir sur le lit pendant que je m'installe à terre, devant elle, sur le tapis de ma chambre. Lorsque je lui relate les coups que j'ai reçus et les surnoms dont on m'a affublé toute mon enfance, la peine l'envahit et elle ne peut retenir ses larmes. Elle m'affirme qu'elle m'en veut pour ces mensonges, mais qu'elle est désolée pour ce que j'ai vécu étant enfant.

— Et ton nom de famille ? Ton prénom ?

Je baisse le regard et lui confie que j'ai été contraint de changer d'identité pour me protéger.

— Je ne comprends pas, te protéger de quoi ?

Et là, je lui révèle que ces mecs m'ont retrouvé quand j'étais à la fac, qu'ils m'ont battu et laissé pour mort.

— J'ai fait une lourde dépression à la suite de cet événement. Puis, le procès est arrivé et ils ont été, tous les trois, emprisonnés pour plusieurs charges. Ils se sont énervés contre le juge, ils étaient complètement ivres, ce qui a aggravé leur situation. Et, lorsqu'on les a conduits hors de la salle, ils ont proféré des menaces à mon encontre et celle de mes parents.

Rachel se tend et je sais qu'elle a de la peine pour moi. De mon côté, c'est la première fois que je parle à quelqu'un de cet événement depuis que j'ai décidé de reprendre le pas sur ma vie. Je me sens tremblant.

— Qu'est-ce qu'il s'est passé ensuite ?

La voix de Rachel est secouée par les larmes sur ses joues.

— Étant donné les menaces et le fait qu'ils soient revenus me voir après trois années, la justice nous a proposé de prendre part à une politique de protection des témoins. J'ai donc changé de prénom et de nom, et lorsque je suis sorti de l'hôpital, après ma dépression, j'ai décidé d'étudier depuis chez moi la première année, avant de reprendre les bancs de la fac. Mes parents ont décidé de faire installer un système de sécurité dans notre maison et ils ont changé de nom de famille pour prendre celui de jeune fille de ma mère. Ils ont inventé une excuse pour les voisins parce qu'ils ne souhaitaient pas déménager.

Si je n'entendais pas la faible respiration de Rachel, je pourrais croire qu'elle est inconsciente. Ses yeux sont fermés, son visage est rougi par ses sanglots et je voudrais savoir à quoi elle pense, là, tout de suite.

— Est-ce qu'ils vont te retrouver ? elle finit par demander au bout de deux minutes de silence durant lesquels je suis resté paralysé. Es-tu en danger ?

— Ils sont sortis il y a quelques années, le même jour. Leur premier réflexe a été de voler une voiture et de conduire complètement ivres. Le véhicule a terminé sa course contre un mur. Romain et Louis sont décédés sur le coup. Vivien est toujours dans le coma et son état a peu de chance de s'améliorer.

Je ne me réjouirai pas de leur mort, après tout comment peut-on se réjouir d'un tel événement ? Pourtant, une part de moi a du mal à croire que la protection soit levée et que dorénavant, je pourrais reprendre mon nom de naissance si je le souhaitais. Je crois qu'après tout ce que j'ai subi, cet état civil représente un renouveau, une seconde chance d'être la personne que j'ai envie d'être.

— Je suis allé sur leur tombe, je lui confesse à demi-mot. Je leur ai parlé, j'ai exprimé ce qui pesait sur mon cœur et toute cette souffrance que j'avais accumulée. Je leur ai dit que j'étais désolé qu'ils soient décédés, qu'ils auraient mérité la prison plutôt qu'une épitaphe.

Rachel plante son regard triste dans le mien.

— Je suis désolée pour ce que tu as vécu, j'aurais aimé que cette histoire ne soit qu'un mauvais rêve. Savoir que tu as souffert, ce que ces tortionnaires t'ont fait, je ne pourrais jamais me pardonner de ne pas avoir été là pour toi. Peut-être que si nous avions été encore ensemble …

— Tu n'y es pour rien, Rachel, je lui affirme, en prenant ses mains entre les miennes. Ça n'aurait rien changé au fait qu'ils voulaient se venger.

Si Rachel et moi avions été encore en couple à cette époque, peut-être qu'elle serait venue me rendre visite et que nous serions tombés ensemble sur ces mecs. Ce n'est pas une mauvaise chose qu'ils m'aient trouvé, seul, je n'aurais pas supporté qu'ils la blessent, elle.

Un nuage noir passe dans le ciel et vient assombrir la pièce éclairée par la lumière du jour.

— Pourquoi ne m'as-tu rien dit sur ton identité ? Pourquoi ne pas m'avoir avoué que tu étais Noé ?

— Quand on s'est croisé en boîte, j'ai bien compris que tu ne m'avais pas reconnu, et j'ai apprécié le fait de te redécouvrir après tout ce temps. Et après, le hasard a fait que nous sommes devenus collègues. Plus les jours passaient et moins il était facile de t'avouer qui j'étais. Et je crois qu'au fond, ça m'arrangeait.

Rachel se relève et se dirige vers la fenêtre qui donne sur la rue. Je contemple sa silhouette de dos. Ses bras sont croisés sur sa poitrine et elle fixe l'horizon.

— Tu t'es joué de moi, elle affirme des sanglots dans la voix. Tout ce temps, tu savais qu'on se connaissait et tu n'as pas eu le courage de me l'avouer.

Sa tristesse se transforme en colère et je ne peux qu'encaisser les coups. Elle se retourne enfin vers moi avant d'ajouter :

— Est-ce que tu ne me faisais pas assez confiance pour me parler de tout ça ?

— J'ai toujours eu confiance en toi, Rachel, ce n'est pas ça …

Ma belle tourne en rond dans la pièce comme un lion en cage et je suis là, les bras ballants ne sachant pas comment agir. En l'espace de dix minutes, je viens de lui confesser ma blessure la plus profonde et la vérité que je n'ai pas su assumer. Mais plus que tout, j'ai l'impression d'avoir tout gâché.

— Tu savais que j'étais réfractaire à une relation à cause de Damien. Je t'ai parlé des mensonges qu'il m'a infligés. Et toi, tu ne trouves pas mieux à faire que reproduire ce schéma ! Est-ce que tu comptais un jour me révéler la vérité ?

Je me mets à mon tour sur mes jambes et m'approche d'elle. J'ai envie de la prendre dans mes bras, mais elle me repousse violemment.

— Je ne suis pas comme Damien.

— Pourtant, tu fais exactement comme lui. Tu me manipules et tu me mens sciemment. En fait, ma sœur avait raison quand elle m'affirmait avoir des doutes sur toi, sur le fait que c'était bizarre d'avoir des prénoms similaires. J'aurais dû aussi écouter ma lucidité qui me disait de te maintenir éloigné. Tous les signaux étaient là, mais j'étais si aveuglée par toi que je ne les ai pas écoutés.

— Rachel …

Je tente de lui prendre la main, mais, encore une fois, elle recule. Un rayon de soleil vient éclairer son visage et je n'y lis que de l'animosité.

— Combien de temps ce manège aurait duré ?

— Je …

— Combien de temps, Noah ? Tu me l'aurais dit quand ? Réponds à ma foutue question !

Honteux, je fixe mes pieds alors que je suis toujours nu sous ma serviette.

— Jusqu'à ce que tu le trouves par toi-même, jusqu'à aujourd'hui.

La vérité est dure à encaisser, je sens ses épaules s'affaisser. À cause de moi, elle n'est plus cette femme forte et indestructible, j'ai l'impression d'avoir creusé un trou sous la surface et d'avoir fissuré ce qui lui permettait de ne pas s'effondrer.

— Un jour ou l'autre, j'aurais fini par le découvrir. J'ai même croisé ta mère ce week-end ! Je suppose qu'elle n'est pas au courant étant donné les questions qu'elle m'a posées. Tu sais quoi, je crois qu'on en a fini, toi et moi. Et je crois même que j'en ai terminé avec toute la gent masculine !

Elle rassemble ses affaires et récupère son sac alors que je la regarde faire, impuissant.

— Rachel, s'il te plaît. Je ne voulais pas te blesser.

Elle relève la tête vers moi. Je ne vois que ses yeux à travers ses cheveux qui masquent une partie de son visage.

— C'est trop tard pour ça. En règle générale, un mensonge ne fait jamais plaisir. Encore une fois, je suis sincèrement désolée pour ce que tu as traversé dans ton passé, mais là j'ai besoin d'air.

Elle sort de la pièce, ses talons claquant sur le sol. La porte d'entrée se referme et je glisse à terre.

La dernière fois que j'ai réellement pleuré, c'était en seconde. Je me suis fait bousculer dans les escaliers et je suis tombé sur mon bras. À l'époque, je ne pensais pas qu'une douleur pouvait être aussi vive. Et puis, il y a eu les côtes cassées par la bande de Louis lors de mon agression.

Mais, aujourd'hui, la douleur est bien pire que celle d'un membre cassé.

Aujourd'hui, je pleure parce que mon cœur saigne, mon esprit souffre et mon âme est en miettes.

Aujourd'hui, j'ai brisé ce bonheur qui me maintenait au-dessus de la surface de l'eau.

Aujourd'hui, tout est ma faute et je ne peux rien faire pour réparer mes erreurs.

Chapitre 71. Rachel

Quand le taxi me dépose devant chez moi, c'est comme si toute mon énergie m'avait quittée. J'emprunte les escaliers avec une lenteur d'escargot. Je passe le pas de ma porte et viens m'effondrer dans le canapé. J'entends mon téléphone vibrer dans mon sac, sûrement le travail, mais je n'ai pas la capacité de m'y rendre.

Ma gorge se noue à force de pleurer et mes yeux se perdent dans le vide. Je ne fixe rien en particulier, je suis simplement abattue. Noah est donc Noé. Mon premier amour est aussi mon actuel. J'ai bien été cruche de me poser des questions sur ce qu'il devenait alors qu'en réalité, il était juste sous mon nez.

Je ferme les yeux et revis tous les moments que nous avons passés ensemble, toutes ces fois où j'ai été la seule à ne pas percuter que ces deux personnes n'en étaient en fait qu'une seule. Peut-être qu'en réalité, je voulais simplement me persuader que plusieurs hommes pouvaient tomber sous mon charme, que je n'étais pas faite pour rester seule le restant de ma vie. Je voulais me persuader que la vie pouvait être clémente avec moi après ce que Damien m'avait fait subir.

C'est au moment où je baisse mes barrières, où je me persuade que je n'avais peut-être pas été juste en repoussant Noah, qu'il me plante un couteau dans le dos. Je l'ai aimé lorsque nous étions ados, je suis à nouveau tombée amoureuse de lui alors que nous sommes des adultes.

Pourquoi a-t-il ressenti le besoin de me mentir ? Il n'avait qu'à m'avouer qui il était en boîte. Peut-être que nous n'aurions pas fini la soirée chez lui, mais je ne me serais pas enfuie. Certes, ça aurait été étrange après toutes ces années, mais préférable à ce mensonge qui a duré beaucoup trop longtemps.

Et puis, la culpabilité se répand dans mon esprit. Je repense à ce qu'il m'a dit, à ce harcèlement scolaire subi par un petit garçon, et à l'agression. Mon corps se frigorifie lorsque je pense au fait qu'il aurait pu mourir ce jour-là et que je n'aurais même pas été au courant. Tout ce temps, j'ai mené ma vie tranquillement alors que celui que j'aimais souffrait. Je donnerais tout pour revenir en arrière, pour faire en sorte d'empêcher tout ça. Je ne sais pas ce que j'aurais fait, mais j'aurais agi.

Je trouve la force de me lever pour me changer et enfiler un pyjama affreux, de ceux qui menacent de représailles la première personne qui s'approcherait de moi. Aussitôt habillée, je me roule en boule sur mon lit et continue à pleurer.

Je ne sais pas combien de temps je suis restée dans ma chambre lorsque la sonnette retentit. Un flot incessant d'une mélodie stridente se répand dans l'appartement. Puis une voix, celle de Lisa, qui me somme de lui ouvrir ou elle défoncera la porte à coups de pied. Même ça, ça ne me fait pas rire.

— Rachel ! Je sais que tu es là.

Je prends mon courage à deux mains et parcours l'appartement pour déverrouiller la serrure. Il vaut mieux que je la laisse entrer plutôt que de souffrir d'un mal de tête dû à la sonnette.

— Oh, Rachel !

J'ai à peine entrouvert la porte qu'elle me saute dans les bras. Je crois qu'elle a deviné à ma tête que quelque chose n'allait pas. En même temps, ça ne doit pas être bien difficile. Entre ses talons et sa taille naturellement plus grande que la mienne, je me retrouve le visage au niveau de sa poitrine alors qu'elle tente de me réconforter sans savoir ce qu'il m'arrive. Elle me traîne ensuite dans le canapé, observe d'un drôle d'air ma jupe et mon haut, que j'ai laissés sur le sol sans les ranger quand je me suis changée et reviens de la cuisine, quelques instants plus tard, avec un chocolat chaud qu'elle vient de préparer.

— Je ne sais pas pour quelles raisons tu fais la morte, mais je me suis inquiétée. Tu n'es pas venue travailler et tu ne répondais pas au téléphone. En plus, Noah est arrivé avec une tête d'enterrement et avait l'air complètement à l'ouest aujourd'hui. Alors, tu vas tout me raconter, sans oublier le moindre détail.

La tasse fumante entre mes mains me réchauffe. Mais, avant que je ne puisse ouvrir la bouche, un flot de larmes déferle sur mes joues.

— Ma chérie, je suis là.

D'un point de vue extérieur, Lisa et moi devons être comme le jour et la nuit en ce moment. Elle, rayonnante, apprêtée avec sa robe jaune et ses chaussures rouges. Moi, effrayante, vêtue d'un pyjama gris et d'une queue de cheval qui doit être dans un état lamentable.

Alors que les sanglots cessent progressivement de secouer ma poitrine, je parviens enfin à lui raconter, tout lui raconter. J'avais déjà parlé à Lisa de mon premier amour d'ado, de ce garçon dont j'étais tombée amoureuse. Et très vite, elle comprend où je veux en venir.

— Est-ce que je devrais me sentir coupable ? je l'interroge, alors que je me pose des questions sur ma réaction.

— Ma puce, ce que Noah a traversé est terrible. Mais, les coupables, ce sont les agresseurs, pas toi, pas lui. En revanche, tu devrais différencier son passé de son identité. D'ailleurs, pourquoi ne t'a-t-il pas révélé qui il était en boîte ?

— Parce que c'était sûrement plus drôle de se jouer de moi.

Lisa prend mes mains entre les siennes et son regard brun s'adoucit lorsqu'elle le pose sur moi.

— Ma chérie, je ne crois pas que Noah se soit joué de toi. Ses sentiments ont toujours été sincères.

— S'il avait voulu jouer la carte de la sincérité, il ne m'aurait pas caché la vérité, je rétorque froidement.

— Je ne suis pas là pour le défendre et je ne le souhaite pas. Un mensonge reste un mensonge. Mais, parfois il arrive qu'on soit pris dans une spirale et qu'on n'arrive plus à en sortir. D'autant plus qu'avec ce qu'il a vécu, peut-être qu'inconsciemment c'était une façon pour lui de se protéger. Lorsque vous étiez ados, votre rupture vous a mutuellement affectés. Il est aussi possible qu'il n'ait pas voulu reproduire les erreurs du passé. Et puis, tant d'années se sont écoulées, vous êtes tous les deux devenus adultes …

— Si la situation avait été inversée, je lui aurais immédiatement dit qui j'étais, je coupe Lisa, en buvant une gorgée de chocolat chaud.

— Mais si tu l'avais croisé et qu'il ne t'avait pas vue, serais-tu parti le voir ? N'aurais-tu pas pris peur et changé de trottoir pour ne pas avoir à réouvrir tes blessures ?

Cela me fait du mal de l'admettre, mais elle n'a pas tort sur ce point. Si j'avais aperçu Noah au détour d'une ruelle et que je l'avais reconnu, je me serais enfuie pour ne pas affronter ce que j'ai laissé en quittant ma petite ville de province pour privilégier mes études. Sauf, que du Noé que je connais, il n'a gardé que ses yeux verts.

— Des milliers de personnes rêveraient de tomber amoureuses, toi, tu as eu cette chance, et deux fois en plus ! Et combien d'autres souhaiteraient retomber sur cette personne qui a fait chavirer leur cœur ? Le destin a placé Noah sur ta route, il a fait que vous vous retrouviez à Paris, cette ville dans laquelle vous souhaitiez tous les deux travailler. Tu m'as dit que votre rêve était de monter votre propre entreprise de publicité. Il semblerait que vous touchiez au but.

— Je ne peux pas, Lisa.

— Tu ne peux pas ou tu ne veux pas lui accorder une seconde chance ? Ose me dire que tu ressentiras à nouveau ces sentiments pour quelqu'un d'autre si tu le laisses s'envoler. Ce que vous partagez est unique.

Lisa tente de me convaincre, mais les mots de ma meilleure amie se heurtent à un mur d'émotions floues.

— Une dernière question et après je te laisse tranquille.

Je dévisage Lisa. Elle prend son air sérieux et ajoute :

— Si tu avais su depuis le début qui il était, penses-tu que vous seriez à nouveau en couple aujourd'hui ?

Chapitre 72. Noah

Cela fait trois jours que je n'ai pas vu Rachel, trois jours qu'elle préfère travailler depuis chez elle. Elle prétend avoir choppé un virus, mais nos collègues commencent à se poser des questions, car ce n'est pas son genre de rester enfermée chez elle. Ils me demandent des nouvelles de son état et je suis contraint de leur mentir parce que j'ai honte d'avouer que je suis la raison de son mal-être.

Quand Lisa et moi nous croisons, elle ne s'adonne plus à l'échange chaleureux auquel elle m'a habitué. Elle ne me parle que lorsque cela est nécessaire, pourtant je n'ai pas l'impression de ressentir de l'animosité, seulement de la … peine ?

Hier, elle m'a avoué qu'elle était désolée pour moi, je devine donc que Rachel lui a tout avoué. Au fond, je crois que j'en ai marre qu'on soit désolé pour moi, tout ce que je veux, c'est oublier ce traumatisme et avancer. Comment est-il possible d'effectuer un pas devant l'autre si, tous les jours, on nous fait reculer ? Je sais que Lisa veut se montrer empathique, tout comme Rachel l'a été, mais j'ai assez de mes cicatrices pour me le rappeler. J'ai menti, j'ai merdé et c'est sur ce sujet que je veux être jugé.

Je suis surpris quand Lisa me tire par le bras pour m'emmener dans le bureau de Rachel, me sortant instantanément de mes pensées.

— Ne fait pas ça, elle me dit simplement les bras croisés et les fesses sur le bureau de sa meilleure amie.

— Je te demande pardon ?

— Cette lettre, ne la donne pas.

Nos yeux se dirigent vers l'enveloppe que je tiens à la main, ma lettre de démission. J'ai pris ma décision et je pense que c'est le mieux pour nous. Je décide d'abandonner, parce que je suis un lâche et un traître. Je n'en peux plus de cette situation. Alors, hier, je me suis posé devant mon ordinateur et j'ai écrit ma lettre de démission, en marquant qu'elle prendra effet dès lors que je l'aurais déposée. Rachel mérite d'être dans cette entreprise bien plus que moi et je sais que si elle n'est pas là, c'est parce que ma présence la fait fuir. Dans les westerns, ils disent qu'il ne peut pas y avoir deux shérifs dans la ville, je décide donc de partir pour lui laisser la place qui lui revient.

— Comment es-tu au courant ?

— Tu te trimballes avec depuis ce matin, tu ne la quittes pas, comme si c'était un document top secret de la NASA. Et puis, tu as ce regard de chien battu depuis que Rachel et toi vous êtes disputés. Je t'ai aussi entendu demander à Marc s'il avait entendu parler d'offres d'emplois dans le secteur. Donc, si ce n'est pas une lettre de démission, je suis la reine d'Angleterre.

Lisa est perspicace, bien plus que je ne le serai jamais. Elle fait résonner ses talons hauts jusqu'à moi et fait en sorte que je ne puisse pas détourner mon regard. Puis, elle pose un long ongle manucuré sur mon torse, qu'elle enfonce à m'en faire presque mal.

— Tu n'as pas intérêt à renoncer. Rachel et toi avez loupé le coche une fois, il est hors de question que vous ne soyez pas ensemble à la fin du film. Je me fiche que tu ne lui aies pas avoué qui tu étais, tant que tu n'es pas un tueur en série. Mais, je t'en veux de la faire souffrir et je voudrais te briser les os un à un pour chaque larme qu'elle a versée.

En revanche, je te tiendrai encore plus responsable si cette souffrance persiste, si tu décides de prendre tes jambes à ton cou plutôt que d'affronter en face le bordel que tu as causé.

Je passe une main dans mes cheveux et tente de me calmer, de ne pas faire exploser la peine et le vide dans lesquels je me suis réfugié.

— Ma décision est prise, Lisa. Rien ne changera ça. Et puis, de toute façon Rachel ne veut plus entendre parler de moi. Elle ne répond pas à mes appels, elle ne vient plus travailler parce que je suis là, et je suis certain qu'elle préférerait jouer avec une poupée vaudou à mon effigie plutôt que de m'adresser le moindre mot.

— Est-ce que tu es bien sûr de ça ?

Elle relève un sourcil et fait une moue avec sa bouche, comme si elle me défiait.

— Je l'ai blessée et elle ne me pardonnera pas. Fin de l'histoire.

Je tourne les talons et ouvre la porte pour sortir. Dans mon dos, j'entends :

— Je ne te pensais pas du genre à renoncer au premier obstacle. Tu t'es battu pour l'avoir alors qu'elle se cachait derrière cette stupide règle. Tu n'as jamais abdiqué alors qu'elle a tout mis en œuvre pour que tu la laisses tranquille. Et, maintenant qu'il n'y a plus rien pour vous en empêcher, tu choisis de prendre la porte ?

— Je ne regretterai jamais d'avoir eu la chance de pouvoir la revoir, mais l'image qu'elle m'a renvoyée, de ses yeux qui souffrent par ma faute, ça, je ne veux plus le revivre, j'affirme sans me tourner vers Lisa. C'est encore plus douloureux qu'une souffrance physique. Elle mérite bien mieux que moi, elle mérite d'être heureuse, puis je fais un pas dans le couloir et disparais.

Je me réfugie dans les toilettes, toujours cette maudite lettre entre les mains. Je ferme les yeux et essaye de retrouver un rythme de respiration normale, mais un poids s'écrase sur mon torse. Mon corps tremble, mon regard ne parvient pas à se fixer sur un point précis et je comprends que je fais une crise d'angoisse.

— Mec, ça va ?

Marc frappe à la porte des toilettes, hésitant.

— Je t'ai vu courir dans le couloir, tu avais l'air tout pâle, il poursuit, alors que je parviens petit à petit à me défaire de cet état d'anxiété.

Je déverrouille le loquet et la porte s'ouvre sur moi. Je suis assis sur le couvercle des toilettes, la tête entre les mains et les yeux clos. Marc pose une bouteille d'eau sur mes genoux. Je relève les yeux vers lui.

— Ça fait toujours du bien de boire de l'eau, il affirme en haussant les épaules.

— Merci, Marc.

— Tu sais, Noah, ce n'est pas parce que nous sommes collègues que tu ne peux pas me parler. Je pense que nous sommes devenus amis, maintenant. Alors, si tu veux vider ton sac, peu importe ce qu'il contient, tu sais où me trouver.

Je hoche la tête et Marc quitte les toilettes. C'est gentil de sa part. Nous ne nous sommes jamais vus en dehors du travail, lui et moi, hormis pour déjeuner. C'est quelqu'un de bien, ça se voit.

Quand je retrouve enfin contenance, je me dirige vers le bureau de Rachel d'un pas assuré. Je dépose l'enveloppe contenant ma lettre de démission sur son clavier d'ordinateur et sors de la pièce sans me retourner.

Je récupère mes affaires dans l'open space et me dirige chez moi sous le regard de Lisa. Je ne le croise que quelques secondes, mais je sais qu'elle a deviné ce que je viens de faire.

La première fois, c'est Rachel qui est partie pour Paris.

À présent, c'est moi qui quitte Paris.

Comme quoi, la vie nous réserve des surprises.

Une valise m'attend déjà dans l'entrée de mon appartement. J'ai pris la décision de prendre quelques jours pour moi. Je partirai demain, prendrai un train dans l'après-midi. J'ai prévenu mes parents que j'allais débarquer, évidemment je leur ai menti sur les véritables raisons de mon séjour. Je compte prendre ce temps seul pour réfléchir à ma situation et éplucher les offres d'emplois. Si le facteur est rapide, Rachel devrait recevoir aujourd'hui une lettre d'excuses, celle qui contient les mots que je n'ai pas su employer de vive voix. Ça ne changera rien à ce que j'ai fait, mais j'avais besoin de le faire, pour me libérer de mes actions.

Chapitre 73. Rachel

Quatre jours à se terrer, c'est long. J'ai eu le temps de faire le ménage à fond dans tout mon appartement, de faire du tri dans ma garde-robe, de visionner cette série de trois saisons qui restait dans ma liste d'envies depuis des mois et de faire un gâteau au chocolat que le four a carbonisé. Alors, quand je lis et relis en boucle le message de ma meilleure amie m'informant que Noah a démissionné de l'entreprise, je devrais être soulagée. Pourtant, je ne le suis pas. Une partie de moi est même triste à l'idée que nous ne partagerons plus cet espace de travail. Il n'y aura plus de regards qui se cherchent, de mains baladeuses lorsque nous sommes seuls, ou de sourires complices. Il n'y aura plus rien parce que je ne le reverrai plus.

J'ai passé quatre jours à repenser à cette situation, aux raisons qui ont poussé Noah à ne pas m'avouer son identité. Et plus les jours avançaient, plus la colère s'apaisait pour laisser place à de la mélancolie. Je suis dans un état d'esprit où sa présence me manque, alors que je suis incapable de lui parler.

Trois coups frappent à ma porte, puis Lisa entre dans mon appartement. Elle passe tous les jours s'assurer que je me nourris, alors à l'approche de son arrivée, je ne verrouille même plus la porte. Sur mon plan de travail, elle dépose des viennoiseries et une lettre avec mon adresse inscrite dessus.

— Qu'est-ce que c'est ?
— Ça dépassait de ta boîte aux lettres.

Je n'ai pas quitté l'appartement depuis ma rupture avec Noah et je présume donc que la boîte aux lettres doit être pleine à craquer de catalogues de supermarchés et de quelques factures. Je pourrais la laisser de côté, me dire que maintenant, avec les nouvelles technologies, mes factures se règlent par virements automatiques, et donc que lire mon relevé du mois peut attendre. Mais, l'enveloppe comporte les initiales de C & C sur le côté. Ces enveloppes, on ne les réserve qu'à nos clients, nos employés ne reçoivent généralement pas de lettres.

— Tu viens manger ?

Lisa, dans sa sublime combinaison orange, tente de manger son pain au chocolat sans tacher ses vêtements. Je ne lui réponds pas et à la place, je décachette l'enveloppe en m'installant sur le canapé. C'est une lettre manuscrite et chaque mot me serre un peu plus le cœur.

— Qu'est-ce que tu comptes faire ?

À ma troisième lecture, Lisa, qui m'a rejointe une fois sa viennoiserie engloutie, a décidé de me retirer le papier des mains. C'est une lettre de Noah, un document dans lequel il s'exprime à cœur ouvert sur notre passé commun, ce qu'il a subi et le fait qu'il était heureux que je découvre une autre partie de lui. Il s'excuse à de nombreuses reprises en promettant qu'il ne voulait pas me blesser. C'est une lettre qui parle de regrets, de souvenirs, mais plus que tout d'amour.

— Rachel, est-ce que tu aimes cet homme ?

— Oui, je l'aime plus que tout.

— Alors, tu ne devrais pas le laisser partir. Retiens-le, soyez ensemble jusqu'à la fin des temps et faites-nous pleins de petits bébés, ou de bons investissements en bourse. Mais ne reste pas là à ruminer ce que tu as perdu.

Lisa a raison, j'ai trop attendu. Noah ne m'a jamais trompée, il a toujours été sincère lorsqu'il me susurrait qu'il m'aimait et a été présent à chaque fois que j'avais besoin de ses bras réconfortants. Alors, je ne devrais pas laisser cette mauvaise décision qu'il a prise affecter notre couple. Personne n'est parfait, on fait tous des erreurs et il s'en est excusé. Je pense avoir la capacité de lui pardonner. Et peut-être qu'avec tout ce qu'il a subi, j'aurais réagi de la même façon ? Je pense qu'on a tous les deux trop souffert dans nos vies pour ne pas saisir un instant de bonheur.

— Je ne sais pas quoi faire, Lisa.

— Tu pourrais commencer par te précipiter chez lui par exemple ?

Je cours vers le placard de l'entrée, enfile un manteau par-dessus le pull fin et le jeans que je porte. Mes baskets aux pieds, je saisis mon sac à main et Lisa sur mes talons, nous hélons un taxi en bas de chez moi.

Les rues défilent et lorsque nous arrivons devant l'immeuble de Noah, je laisse Lisa régler la course pendant que je me faufile dans les escaliers et me précipite vers sa porte. Je tambourine, frappe, crie son prénom, mais personne ne répond.

— C'est quoi tout ce boucan ?

Une femme, la soixantaine, sort de son appartement. Je ne connais pas les voisins de Noah, je n'ai pas eu l'occasion de les croiser durant les nombreuses fois où je me suis rendue chez lui, et cette femme a l'air de me voir d'un mauvais œil.

— Jeune fille, nous sommes dans un immeuble paisible. Si vous continuez à faire du bruit, je préviens la police pour tapage.

— Ne pensez-vous pas que c'est un peu extrême comme réaction ? demande Lisa, que je n'avais pas vue arriver à mes côtés. On devait rejoindre notre ami chez lui, mais il semblerait qu'il n'y soit pas.

— Évidemment qu'il n'y est pas ! affirme la voisine d'un grand geste de la main. Il est parti à la gare et il m'a demandé d'arroser les fleurs sur son balcon. Vous le sauriez si vous étiez vraiment amis, elle sous-entend en plissant ses lèvres.

— Mince, c'était aujourd'hui ! Vous savez, avec le travail, on a tellement de choses en tête qu'on oublie ce genre de détails, ment Lisa, en battant des cils pour amadouer la voisine.

Elle la remercie, puis nous nous jetons dans les escaliers avec, en fond, des murmures de la voisine sur les jeunes et les technologies qui nous grillent le cerveau.

— Vous revoilà ? s'étonne le chauffeur de taxi.

Par chance, ce dernier n'a pas bougé du trottoir et pianotait sur son téléphone. À peine sorties de l'immeuble, nous nous sommes ruées à l'intérieur.

— On va à la gare, finalement.

— Laquelle ?

Lisa se retourne vers moi et nous nous observons. Ça, c'est un détail qu'on aurait dû demander à la voisine. Il y a plusieurs gares dans Paris, et tout autant de possibilités.

— Mesdemoiselles ?

— Montparnasse, je réponds soudainement.

Lisa me fixe à nouveau, cette fois avec une lueur d'incompréhension dans le regard.

— Pourquoi Montparnasse ?

— Je sais où il se rend.

J'aurais dû le deviner plus tôt. Si Noah prend un train, c'est pour s'échapper de Paris. Et tout comme moi, il ne connaît qu'un seul lieu pour le faire. J'espère seulement ne pas me tromper et, plus que tout, ne pas arriver trop tard.

Chapitre 74. Rachel

Lisa et moi descendons du taxi en panique. C'est samedi, et qui dit samedi, dit jour de grand départ. Une foule de voyageurs se presse dans la gare et je dois tenir la main de Lisa pour ne pas la perdre dans le flot des personnes présentes.

— Viens, il y a un tableau là.

Lisa m'entraîne vers un écran lumineux où toutes les destinations et le quai correspondant sont inscrits.

— Je ne sais même pas dans quelle direction c'est.

La ville dans laquelle j'ai grandi n'est pas le terminus du train. Chaque fois que je m'y rends, je dois prendre une grande ligne puis faire un changement pour ensuite prendre un petit train de campagne.

— Voie sept.

— Mais le train part dans cinq minutes ! s'indigne Lisa quand elle observe le tableau.

— C'est pour ça qu'on va se dépêcher.

Une fois de plus, nous bravons la foule. Nous nous prenons des coups de coude, des sacs, des épaules. Il y a aussi quelques remarques sur le fait qu'il ne faut pas courir dans une gare ou de faire attention où on va. Mais, tout ça me passe au-dessus. Je n'ai qu'un seul objectif en tête, c'est pouvoir parler à Noah avant qu'il n'embarque dans ce foutu train.

— Ça va être comme dans les comédies romantiques, déclare Lisa, tout aussi essoufflée que moi alors qu'elle manque de faire tomber la valise d'un couple sur son passage.

— Seulement si on arrive à temps.

Une angoisse monte en moi. Depuis que j'ai rencontré Noah dans cette boîte, je ne sais plus ce que je fais. Il m'arrive d'effectuer des actes que je n'aurais jamais entrepris s'il n'avait pas été là, un peu comme aujourd'hui. Qui aurait cru que je courrais mon meilleur sprint dans les couloirs d'une gare pour rattraper un homme ? Certainement pas moi !

— C'est là.

Lisa pointe du doigt les escaliers en béton qui mènent à la voie qui nous intéresse. Je lâche sa main et gravis les marches aussi difficilement que si j'escaladais l'Everest. Coup de chance, le train vient de rentrer en gare et les derniers passagers rentrent dans leurs wagons. Alors que je vais pour m'élancer sur le quai, deux hommes m'interceptent.

— Mademoiselle, votre billet s'il vous plaît.

Essoufflée, je montre simplement le train en affirmant que je dois le rejoindre.

— Vous ne pouvez pas vous rendre sur le quai sans votre billet, ajoute le deuxième contrôleur.

OK, je suis pour les personnes qui effectuent bien leur travail, mais là tout de suite, j'ai envie de passer sous ce cordon devant lequel les deux hommes sont et leur dire d'aller se faire voir. Lisa, rougie par l'effort, arrive à côté de moi. Je suis impressionnée par ses chevilles qui ont tenu le coup malgré les talons qu'elle porte.

— Messieurs, elle déclare de sa voix la plus douce tout en bombant la poitrine, c'est un cas d'extrême urgence. Mon amie ici présente doit parler à un des passagers qui se trouve dans votre train. Si vous l'en empêchez, vous risquez de ruiner une histoire d'amour. Vous n'êtes pas aussi cruels, n'est-ce pas ?

Les deux hommes toisent Lisa en croisant fortement les bras sur leur torse et adoptent une posture hostile. Clairement, ils ne sont pas réceptifs à la plaidoirie de ma meilleure amie. Désespérée et sûrement éprise de folie, je me rue sous le cordon de sécurité et parviens à passer. Je cours sur le quai alors que les portes se referment et scrute les fenêtres à la recherche de Noah.

— Pat', attrape-la !

Deux bras m'agrippent et me font reculer. Ma meilleure amie leur crie de me lâcher, les contrôleurs s'insurgent de mon comportement et discutent de la procédure à suivre. Et moi, j'observe le train rouler vers sa prochaine destination, passer devant moi au ralenti pour s'éclipser sur les rails. Il ne reste plus qu'une odeur de fumée, de poussière et mes larmes qui coulent.

— Et ne recommencez plus, mesdames !

Nous sortons enfin d'un petit bureau après que les contrôleurs nous aient interrogés pendant une bonne heure. Ça ressemblait fortement à un interrogatoire de police alors que mon seul crime a été de vouloir rattraper celui que j'aime. Pour couronner le tout, je suis partie si rapidement de mon appartement que j'en ai oublié mon téléphone. Lisa s'est déjà ruée sur une borne automatique, prête à m'acheter le prochain billet pour ma petite ville.

— Tu peux avoir un train dans une heure.

— À quoi bon ? Peut-être que je me trompe sur toute la ligne et qu'il est parti en vacances dans le sud de la France.

Ma meilleure amie m'observe me rendre jusqu'à elle d'un pas lent. Voir le train partir m'a rendue morose et je remets tout en cause. Lisa me tend le billet qui vient de sortir de la machine.

— Dans une heure, tu auras les fesses dans ce foutu train. Dans trois ou quatre, tu seras devant chez lui et tu pourras avoir cette grande discussion de réconciliation que vous attendez tous les deux. Il est hors de question que tu abandonnes si près du but. Je vais patienter avec toi et m'assurer que tu sois sur le quai lorsque le train entrera en gare. Crois-moi, je ne te laisserai pas renoncer.

Il semblerait que les paroles de Lisa possèdent un effet réconfortant puisqu'un muffin englouti et un magazine acheté plus tard, je suis regonflée à bloc. Nous nous quittons sur les marches qui mènent à ma voie, sous le regard réprobateur des contrôleurs qui surveillent nos faits et gestes. J'embrasse ma meilleure amie et montre mon plus beau sourire au contrôleur qui scanne mon billet. Je sais, je suis mauvaise, mais j'avais envie de l'embêter, c'est mérité.

— Tu as intérêt à revenir avec un pénis à ton bras !

Je me retourne vers Lisa, qui ne paraît pas gênée par ce qu'elle vient de dire. À côté d'elle, les yeux d'un vieux monsieur s'arrondissent de stupeur. Je ris alors qu'elle me lance ses pouces en l'air pour m'encourager.

Je gravis la marche qui mène au wagon, m'installe dans le siège près de la fenêtre et fixe le quai qui se vide de ses voyageurs. Je ferme les yeux, effectue des exercices de respiration et m'assure que tout va bien se passer. Il est là-bas, il doit y être. Je me convaincs que j'ai raison parce qu'après tout, mes certitudes sont tout ce qu'il me reste.

Chapitre 75. Rachel

Dix-sept heures trente. Le taxi vient de me déposer dans le lotissement de Noah et je prie pour que ses parents n'aient pas changé d'adresse. Enfin, je lui ai demandé de se garer sur le parking de la salle des fêtes, car dans mes souvenirs c'est par là qu'il habitait, je ne me souvenais pas de son adresse exacte.

Je n'ai pas cessé de cogiter durant tout le trajet en train et, alors que le moment de vérité approche, une boule se forme dans mon estomac. J'ai l'impression de redevenir cette ado qui ne connaissait rien à l'amour, celle qui cachait sa timidité derrière une carapace de froideur, celle qui maintenait les autres à l'écart autant qu'elle le pouvait. Mais là, presque dix ans ont passé et je me retrouve à observer chaque maison pour trouver celle dans laquelle celui que j'aime doit se trouver. L'amour est toujours une idée qui me fait peur, mais je sais qu'avec Noah je n'ai rien à craindre. Le plus dur est derrière nous et il est temps que nous parlions pour aller de l'avant.

Alors que je suis la courbure du virage, une maison attire mon attention. Elle est semblable à toutes celles du lotissement, même toiture, même couleur de porte, mais dans la pelouse parfaitement tondue devant la bâtisse, un nain de jardin orangé me fait signe d'approcher. C'est ici, j'en suis certaine.

Je prends mon courage à deux mains et avance dans le petit chemin qui mène à la porte d'entrée. Deux voitures sont garées devant le garage, je présume donc que ses parents sont chez eux. Ma main reste en suspens dans l'air au moment où je vais frapper sur la porte blanche. Me voilà en train de trembler, nerveuse comme une feuille qui menace de se détacher d'un arbre alors que le vent souffle en automne. J'inspire et expire. Tu n'es pas arrivée jusqu'ici pour faire machine arrière, pas après ce que vous avez traversé.

Je trouve la force de frapper. Deux coups suffisent pour entendre des voix à l'intérieur de la maison, puis un bruit de clefs qui s'entrechoquent. Un homme apparaît dans l'embrasure. Grand, les cheveux grisonnants et un torchon sur l'épaule. Le père de Noah ne lui ressemble pas physiquement, pourtant il possède la même carrure que son fils adoptif.

— Je peux vous aider ?

Il ne m'a visiblement pas reconnue, mais ses yeux semblent chercher quelque chose. Peut-être se demande-t-il s'il m'a déjà aperçue quelque part ?

— Est-ce que Noah est là ? je m'enquiers en paraissant aussi assurée que possible.

— Il n'est pas …

— Rachel ? s'exclame la mère de Noah qui vient de surgir derrière son mari en le coupant dans ses paroles.

— Rachel ? répète son père en m'examinant.

Tous deux ont l'air surpris de me voir. Il est vrai qu'après tant d'années, voir réapparaître le premier amour de leur fils peut être déstabilisant.

— Je sais que tout ça doit vous paraître étrange, mais Noah et moi travaillons ensemble à Paris. Enfin, Noé, enfin je ne sais plus comment l'appeler.

Les parents de Noah se regardent avant que sa mère n'avance et me prenne les mains.

— Ma belle, je sais tout ce qu'il s'est passé entre vous deux. Il est arrivé tout à l'heure et nous a tout raconté. Tu sais, je ne tolère pas les mensonges de Noah, mais je connais mon fils et je sais que, depuis tout ce temps, il n'a jamais cessé de t'aimer.

Trop d'informations entrent dans mon esprit, mais une seule retient mon attention : Noah est bien venu ici.

— Est-ce que Noah est dans sa chambre ? J'aimerais beaucoup échanger avec vous, mais il faut absolument que je le voie.

— Noah n'est pas ici, Rachel, ajoute son père.

Soudain, tous mes espoirs s'effondrent. Peut-être que la maison de ses parents n'était qu'un arrêt, peut-être qu'il avait d'autres projets et qu'il est parti pour une autre destination. Je remercie ses parents pour le temps qu'ils m'ont accordé et m'excuse du dérangement. Je tourne les talons rapidement avant d'entendre dans mon dos :

— Il n'est pas ici parce qu'il est parti se promener.

Soudain, j'opère un demi-tour sur moi-même. La maman de Noah poursuit :

— Il m'a dit qu'il avait besoin de se vider la tête, de respirer le grand air. Il m'a parlé d'un chêne et de fraises. Je n'ai pas tout compris, mais je suis certaine qu'au vu de ton sourire, toi, tu dois savoir.

— Merci beaucoup !

Je me précipite dans la rue, cours à en perdre haleine. Il fait froid, le vent fouette mon visage et je menace de glisser chaque minute sur le trottoir. La nuit commence à se montrer, comme un doux câlin de l'hiver qui est proche. Je sais où est Noah. La première fois que nous nous sommes embrassés, c'était lors d'un pique-nique sous un chêne, nous mangions des fraises. Cet endroit, nous l'appelions la prairie. C'est une vaste étendue d'herbe avec, au centre, comme dominant l'espace, un unique chêne qui doit avoir des centaines d'années. Il ne peut être que là où tout a commencé entre nous.

Au loin, je perçois une lueur, je crois que c'est une lampe torche ou la lumière d'un téléphone. En quelques minutes, le ciel est devenu bleu nuit et les lampadaires communaux ont éclairé le chemin. Une silhouette se dessine, plus imposante à chaque nouveau pas que je fais dans sa direction. Mon cœur chavire lorsque je le reconnais, le dos contre le tronc de l'arbre. Il relève sa tête quand mon essoufflement est à la portée de ses oreilles.

— Est-ce que tout va bien ?

Sa voix est douce, légèrement inquiète. Il n'ose pas mettre la lumière de son téléphone sur mon visage, mais elle éclaire son expression de surprise et crée une ombre dans l'herbe. Auparavant assis, il se relève pour s'approcher de moi. Je ne sens aucune méfiance dans sa posture, alors que je pourrais tout à fait être un tueur en série. Une playlist est lancée sur son téléphone et je la reconnais tout de suite, ce sont les mélodies que nous écoutions avec nos camarades de classe quand on était au lycée. Veut-il se torturer en replongeant dans notre passé ?

— Noah.

Je fais un pas vers lui.

— Rachel ?

De surprise, il laisse tomber dans l'herbe son téléphone, qui nous éclaire à présent tous les deux. Mon cœur bat vite et, maintenant que je me retrouve devant lui, je ne sais plus quoi dire ou comment réagir. Ce n'est pas le moment de donner sa langue au chat !

Chapitre 76. Noah

— Noah.

Ce n'est pas possible, ce n'est pas sa voix. Je lâche mon téléphone et la lumière éclaire son corps.

— Rachel ?

Elle finit par acquiescer. C'est elle, c'est bien elle. J'ai l'impression de rêver, qu'elle sort tout droit d'une illusion alors que je n'ai pris aucun produit stupéfiant. Mais, que fait-elle ici ? Elle est essoufflée, sa poitrine se soulève rapidement. Automatiquement, mon application de musique passe à la chanson suivante et comme un signe, les premières notes de I will always love you de Whitney Houston retentissent.

— J'ai reçu ta lettre.

Nous nous asseyons dans l'herbe et elle me raconte qu'elle s'est rendue chez moi, mais que ma voisine lui a dit que j'avais pris le train. Elle est ensuite partie avec Lisa à la gare en espérant m'y retrouver, puis elle s'est fait arrêter par les contrôleurs pour finalement monter dans un train et se rendre chez mes parents. Sa journée a été mouvementée et je me rends compte qu'elle a fait tout ça pour moi. Elle s'est démenée pour me retrouver, et c'est un geste qui me touche bien plus qu'elle ne pourrait l'imaginer. Il ne faut pas que je me prenne à rêver, peut-être est-elle venue simplement pour refuser ma démission ou me faire signer un papier que j'ai oublié.

— Je suis désolée, Noah. Je ne veux pas que tu partes.

J'avais raison, ça a donc un rapport avec le travail. Je baisse le regard pour fixer mes baskets. Je m'attendais à un geste d'amour alors que ce n'est qu'un rapport entre un salarié et sa supérieure. En même temps, j'ai sacrément déconné avec elle.

— Tu trouveras facilement un employé compétent pour me remplacer.

Ses iris me fixent avec une lueur brillante.

— Effectivement, je n'aurais aucun mal à te remplacer.

Le coup de massue vient de tomber. Elle prend une grande inspiration avant d'ajouter :

— Mais là tout de suite, je me fiche de la boîte, Noah. Si je suis venue, c'est parce que je n'aurais pas dû réagir comme je l'ai fait quand j'ai appris que tu étais le Noé de mes souvenirs. Je n'apprécie pas le mensonge, mais je peux comprendre que, parfois, cela soit difficile de dire les choses. Je ne peux pas te promettre que j'aurais bien réagi si tu me l'avais annoncé dès le départ, mais ce qui est fait est fait et je ne veux pas passer encore dix ans à voyager dans mes souvenirs. Je veux les vivre.

Je ne comprends pas ce qu'elle essaye de me dire, alors je m'excuse, une nouvelle fois.

— Pourquoi t'être enfui ?

— Je ne pouvais plus supporter de t'avoir déçue. J'ai voulu prendre un nouveau départ, m'éloigner de mes erreurs.

— Je suis une erreur à ton sens ? elle me demande d'une voix faible.

— Te mentir a été une erreur, te rencontrer deux fois a été la plus belle expérience de ma vie.

Il y a un silence entre nous, pas de ceux qui sont dérangeants. Ce silence-là est rempli de paroles, de mots que l'on voudrait confesser, mais qui restent coincés entre nous. Je tente de digérer tout ce qu'elle vient de m'annoncer. Son discours signifie-t-il qu'elle est venue pour nous ? Elle cueille des brins d'herbe et joue avec, pour s'occuper l'esprit sans doute. Alors, je parle comme si je m'exprimais pour moi-même :

— Est-ce que tu te souviens de ce chêne ?

— Oui, c'est là que nous nous sommes embrassés pour la première fois.

— J'étais super stressé, je confesse en revoyant ce jeune homme dans le miroir de sa chambre qui se coiffait encore et encore pour obtenir la mèche parfaite.

— Pourtant, tu ne montrais rien. Tu avais l'air si confiant alors que je ne savais pas à quoi m'attendre. Tu m'avais préparé ce pique-nique adorable.

— J'avais demandé à ma mère une couverture, pour faire comme dans les films, et elle m'avait dégoté ce truc vert que ma tante avait oublié la dernière fois qu'elle était venue. Cette couleur, c'était affreux.

Nous nous mettons tous les deux à rire en repensant à cette couverture vert pomme qui attirait tous les petits insectes par sa couleur.

— J'ai l'impression que c'était hier alors que nos deux versions sont séparées de dix ans, elle déclare en étendant ses jambes devant elle.

— On a tous les deux changé, on a tous les deux évolué, on a tous les deux souffert, pourtant je t'aime comme au premier jour, Rachel. Et si tu savais comment je m'en veux. Ce jour-là, lorsque tu es venue me dire au revoir avant de partir à la gare, j'aurais dû te retenir. On aurait sûrement trouvé une solution pour se voir les week-ends, on aurait pu s'écrire. J'aurais pu te suivre.

— Je crois que je n'ai jamais autant pleuré que quand tu as refermé la porte. Je ne suis pas rentrée immédiatement chez moi, j'ai fait plusieurs détours. Je savais que dès que je passerais le pas de ma maison, ça signifierait la fin pour nous. Je voulais repousser ce moment autant que je le pouvais parce que le vivre était trop dur. Alors, une fois de plus, je me suis consacrée à mes études en imaginant qu'une carrière accomplie pourrait combler les autres manques de ma vie.

— Et tu penses que ça a marché ?

Nous nous retournons au même moment l'un vers l'autre, toujours faiblement éclairés par mon téléphone posé entre nous deux.

— Je le pensais, jusqu'à ce que je rencontre quelqu'un en boîte de nuit, qu'il devienne ensuite mon collègue et qu'il me tape sur les nerfs à tel point qu'il devienne indispensable à ma vie. Noah, je suis venue ici parce que je t'aime. Je suis venue jusqu'ici parce que je veux que tu rentres à Paris avec moi et que tu ne me quittes plus. Je ne veux pas vivre un jour de plus sans toi à mes côtés.

— Je suis désolé, Rachel.

— Arrête de t'excuser et viens m'embrasser. Je dois être pleine de sueur, mais l'amour est aveugle, non ?

— Plutôt n'a pas d'odorat ?

— Je sens mauvais ? elle s'inquiète en se reculant.

Je prends Rachel par le bras, l'attire et elle s'allonge sur moi. Il a beau faire froid, son corps me réchauffe.

— C'était une blague, je t'aime tout entière.

Elle se met à rire et, très vite, mes lèvres retrouvent les siennes. Elle a un goût de myrtille, qui se mélange avec le chewing-gum à la menthe que j'ai mâché plus tôt. Elle tire sur mes cheveux, je prends son visage en coupe.

C'est si bon de la retrouver. En moins d'une minute, un ascenseur émotionnel s'est logé en moi et n'a fait que des allers-retours incessants. Pas besoin de me pincer, je crois que ce que je vis est réel.

— Plus de mensonges entre nous, monsieur Wilson Cartier. Même si la vérité peut faire mal, je veux tout savoir.

— Je te le promets. À partir d'aujourd'hui, je ne te cacherai plus rien.

Rachel sourit et je revois cette ado qui m'avait fait de l'œil dès notre rentrée en première.

Certains disent que l'amour que l'on connaît enfant n'est qu'un mirage, que jeunes nous n'avons pas la capacité de comprendre ce sentiment. Moi, je suis tombé amoureux à dix-sept ans et je n'ai jamais cessé d'aimer depuis. Rachel était mon premier amour et je la chérirai pour qu'elle soit mon dernier.

Épilogue. Rachel

— Lisa, tu es sûre de ton coup ? lui demande Marc.

Ma meilleure amie tente de fixer une décoration au plafond. Le tout pourrait être sans danger si elle n'était pas sur un escabeau bancal avec des talons de dix centimètres. Marc retient l'échelle, mais il s'inquiète pour elle. Lisa finit par descendre, pour le plus grand bonheur de son mari.

— Tu ne veux pas t'asseoir ?

— Et vous regarder tout faire ? Non merci !

Le petit ventre de Lisa commence à se dessiner dans sa robe fluide. Depuis qu'ils ont appris qu'elle attendait un heureux événement, Marc redouble d'attention pour celle qu'il aime.

— Quand est-ce qu'il va arrêter de penser que je suis en sucre ? elle me murmure, alors que nous sommes adossées contre la fenêtre.

— Ne t'en fais pas, quand le bébé sera là, c'est sur lui que tous les yeux seront rivés.

— J'ai toujours autant les yeux rivés sur toi, chérie.

Noah, que je n'avais pas vu arriver, vient m'embrasser sur la tempe avant de se pencher vers la poussette qui m'accompagne et qui contient nos jumeaux d'un an. Ces deux petites terreurs sont en train de dormir pour le plus grand bonheur de leur maman. Je les aime de tout mon cœur, mais ils ne font pas encore totalement leur nuit, alors je profite de ces moments de répit pour reposer mes oreilles.

— Noah, tu peux venir m'aider ?

— Désolé les filles, le devoir m'appelle.

Noah m'embrasse à nouveau avant de rejoindre Marc.

— C'est fou, trois ans ont passé et vous avez l'air toujours aussi raide dingue l'un de l'autre ! J'espère que Marc et moi serons aussi amoureux quand on sera vieux.

— Eh, on a le même âge ! je la réprimande. Marc était fou de toi bien avant que tu n'ouvres les yeux pour le voir. Crois-moi, ça ne va pas disparaître avec les années.

Lisa et Marc se sont mariés l'année dernière, au cours d'une réception en petit comité. Ils ne voulaient rien de fastueux, seulement leur cercle le plus proche.

— Heureusement que Noah et toi avez été là.

Lorsque je suis allée rejoindre Noah pour nous pardonner mutuellement, nous avons passé un week-end entier à passer de la maison de ses parents à celle des miens. Quand nous sommes rentrés, il me paraissait évident que tout le monde devait partager le même bonheur que moi, à commencer par celle qui m'a remué les fesses et sans qui je n'aurais sûrement pas pris ce foutu train. Noah, Lisa, Marc et moi avons eu l'occasion de nous retrouver à de nombreuses reprises pour parler travail, alors un jour, on leur a volontairement fait faux bond, et c'est là que Marc a trouvé le courage d'avouer ses sentiments à Lisa. Depuis, leur vie ressemble à un conte de fées.

— On leur dit qu'ils l'ont installée à l'envers ?

Lisa et moi observons nos deux maris qui s'efforcent à faire tenir une banderole pour célébrer la soirée annuelle de l'immeuble. Cette année, nous sommes l'étage qui l'organise et, en tant que directrice de la filiale française, je me dois de faire en sorte que tout soit organisé dans les moindres détails. Après le procès de Veymers, le rachat est devenu officiel et nous avons enfin pu retrouver le chemin du travail. Ça nous a fait du bien de reprendre un rythme normal. Ma plus grande satisfaction a été de déchirer la lettre de démission de Noah. Il était hors de question qu'il ne soit pas à mes côtés pour vivre cette nouvelle expérience. Et puis, travailler avec son mari possède certains avantages, mais je n'en dirai pas plus ! Être ici, tous les deux, c'est comme si nous avions réalisé notre rêve de gosses.

— On va attendre qu'ils s'en aperçoivent par eux-mêmes, ça serait dommage de les interrompre dans leurs efforts.

Lisa et moi nous mettons à rire lorsque Marc pointe du doigt le lettrage qui n'est pas dans le bon sens et qui ne veut plus dire grand-chose. Noah se retourne vers moi lorsqu'il entend nos rires qui emplissent la pièce. Son regard est doux, son sourire malicieux et il sort son téléphone pour pianoter quelque chose. Quelques secondes plus tard, je reçois son message :

Noahahah : *Tu ne rigolais pas autant ce matin quand je te caressais ... Et ce décolleté que tu portes, je serais ravi de l'embrasser dans ton bureau.*

Mes joues s'empourprent, comme à chaque fois que Noah fait allusion à ce qu'il pourrait me faire. On pourrait croire qu'avec deux enfants, notre libido ait disparu. En réalité, il n'en est rien. Nous avons toujours autant besoin de notre dose de l'autre. Entre mes doigts, je joue avec le pendentif qu'il m'a offert à Noël, lors de notre première année ensemble. Le collier représente un chêne, cet arbre qui a vu naître notre amour et éclore notre renouveau.

Je ne réponds pas à Noah, à la place, je fais quelques enjambées jusqu'à lui pour me retrouver dans ses bras.

— Essayez-vous de m'aguicher, madame Dumas Wilson ?

— J'ai laissé les enfants à Lisa et il paraît que les murs de mon bureau sont insonorisés.

— Vous souhaitez que nous nous entretenions sur un dossier urgent, c'est bien ça ?

Noah entre dans mon jeu et nous murmurons dans notre bulle. Sa langue humidifie ses lèvres alors que toutes sortes de pensées doivent lui passer en tête, toutes celles qui nous impliquent nus ou presque.

— Totalement, je voudrais que vous vous assuriez de la solidité de mon bureau. Vous comprenez, cela serait vraiment embêtant si les planches tombaient une à une pendant un rendez-vous avec un client.

— Je crois que je suis votre homme, patronne.

Noah me prend par la main et m'entraîne dans le couloir sous le rire de ma meilleure amie, qui sait pertinemment que je ne vais pas rédiger un rapport comme je le lui ai fait croire.

Arrivés devant la porte, il me porte pour la traverser, comme lors de notre lune de miel et me dépose délicatement sur le bureau.

— Puis-je faire l'amour avec ma patronne ? il me questionne, alors que je me suis déjà débarrassée de ma chemise. Ses yeux font des allers-retours entre mes seins qui ont grossi depuis ma grossesse et mon visage qui le supplie.

— C'est même un ordre, je rétorque en ouvrant les jambes.

Il humidifie ses doigts et je sais qu'en sortant de la pièce, je serai complètement décoiffée.

J'aime cet homme, j'aime mon mari et je sais qu'avec sa présence, mon ciel autrefois gris et pluvieux s'est transformé en un sublime arc-en-ciel. Il est ma joie, il m'a fait le cadeau d'être le père de mes enfants et, plus que tout, grâce à lui, mon cœur bat enfin.

Remerciements

Et voilà, un nouveau chapitre de terminé, enfin devrais-je dire un nouveau roman. On dit souvent jamais deux sans trois, mais j'espère qu'il y en aura des dizaines d'autres parce que je ne compte pas m'arrêter là !

Ce roman a été aussi plaisant que compliqué à écrire à le vouloir le plus parfait possible pour rendre justice à l'histoire de Rachel et Noah. Le processus d'écriture a été long, intense. Il faut dire que j'ai commencé à imaginer ces personnages il y a bientôt trois ans et ils en ont fait du chemin depuis !

Il y a tant de personnes que je voudrais remercier, en commençant par toute l'équipe de So Romance, qui m'a donné ma chance et a permis à ce manuscrit de voir le jour. Merci pour votre confiance et votre patience.

Un énorme merci à Zoey Arann, ma merveilleuse bêta-lectrice et amie. Sans tes retours, ce roman n'aurait pas été ce qu'il est aujourd'hui. Tu es toujours d'un grand soutien et j'ai hâte de voir ce que notre avenir d'écrivain nous réserve !

Et puis, un remerciement et pas des moindres … Merci à ma génialissime famille d'être toujours aussi présente et m'encourager avec autant de ferveur. Je sais que vous accueillerez ce roman comme il se doit dans votre foyer et ça me fait chaud au cœur. Je ne saurais jamais vous remercier à la hauteur de ce que vous m'apportez au quotidien.

Pour finir, j'espère que toi qui es arrivé jusqu'à la fin, tu as pris plaisir à lire ce roman et à découvrir cette belle histoire d'amour où le temps n'a pas d'emprise sur les sentiments.

Merci à tous ceux qui m'ont fait l'honneur de me lire un jour, car c'est grâce à vous que je peux réaliser ce rêve de gosse.

On se dit à très vite pour de nouvelles aventures !

Vous avez aimé votre lecture ?
Découvrez les autres romans des éditions So Romance
disponibles en format papier et numérique.

Un Flic à Miami : Protège-moi

Je m'appelle Flora, j'ai 25 ans, et je vivais tranquillement en Écosse quand ma vie a basculé. La veille de son départ pour Miami, mon père est décédé. Me voici catapultée dans cette ville où le soleil brille, où les femmes ont des corps de déesse, et où les hommes ne regardent pas celles qui, comme moi, font du 46. Moi qui aimais raser les murs, je deviens l'une des héritières de la fortune de mon père. Moi qui n'avais pas confiance en moi, je deviens influente et attire toutes sortes de malveillances. Moi qui étais persuadée que personne ne pourrait m'aimer, je suis désirée par Rayan, ce flic de Miami que beaucoup convoitent.

From Moscow with love
Tome 1 : Un passé retrouvé

En rentrant d'un séjour professionnel de deux ans en Afrique, Margaux reçoit une lettre écrite par son père, décédé huit ans plus tôt. Avec ses deux sœurs, elle décide d'accéder à son souhait en dispersant ses cendres en Russie, la terre de leurs ancêtres, et de partir en quête de ce secret de famille. Au détour de plusieurs rencontres, elles vont prendre conscience du danger de leur identité tenue à rester cachée. Entre Mikhaïl, le fils d'amis de ses parents, et Alekseï, le mystérieux inconnu, Margaux devra se sacrifier afin de protéger ses sœurs.

Perfect Gentleman Online

Hélène est une jeune femme carriériste qui ne croit plus en l'amour. Mais suite à un challenge lancé par sa sœur, elle s'inscrit sur un site de rencontre. Raphaël, son nouveau collègue, passe alors un deal avec elle : elle le forme pour qu'il devienne le meilleur commercial de l'entreprise, et il la coache pour gérer ses rendez-vous amoureux. Très vite, les sentiments s'en mêlent, et entre Raphaël et Matys, le beau docteur rencontré online, le cœur d'Hélène balance. C'est sans compter le mystérieux inconnu qui l'a ramenée chez elle après une soirée trop arrosée, et dont il ne lui reste qu'un mouchoir brodé à ses initiales...

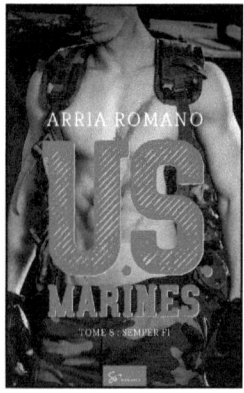

U.S. Marines - Tome 8 : Semper Fi

John, le séduisant pilote, et June, l'intrépide policière, goûtent désormais au bonheur d'être mariés. Leur amour est à son zénith et plus aucun fantôme ne vient le troubler... sauf que le métier de June n'est pas sans conséquence et que le couple se voit brutalement confronté à un drame lorsque la jumelle de June est prise pour cible par son ennemie. La policière se lance donc dans une quête vengeresse, au risque de parjurer ses principes. Mais elle n'est pas seule, car John et ses frères d'armes lui apportent leur soutien musclé dans cette opération à haut risque, pour le meilleur et pour le pire...

Pour en savoir plus
www.soromance.com

© Éditions So Romance, 2022 pour la présente édition

Éditions So Romance
10/8, rue Jules Cockx
1160, Bruxelles
www.soromance.com

ISBN : 9782390453239
D/2022/14.771/08

Maquette de couverture : Philippe Dieu
Photo : ©Poppy Pix / Shutterstock